ELSA LEWIN

Solo für Klarinette

Buch

Mit Anfang Fünfzig ist Anna Welles sicher nicht mehr prädestiniert für amouröse Abenteuer, aber nachdem ihr Mann sie wegen einer jüngeren Frau verlassen hat, fehlt ihrem Leben die rechte Würze. Um nicht ganz zum alten Eisen zu zählen, geht Anna auf Singlepartys in New York City, und tatsächlich treiben sich dort auch einige mehr oder weniger ansehnliche Herren ihres Alters herum. Anna flirtet mit George, die beiden gehen zu ihm nach Hause, und eigentlich ist klar, was passieren soll – schließlich sind sie beide erwachsen. Doch dann kommt alles anders: Anna wacht neben George auf – und der ist tot, erschlagen mit einer Klarinette.

Inspektor Bernie Bernstein, der den Todesfall untersuchen muß, hat nur einen Hinweis: ein knallgelber Regenschirm, der in Georges Wohnung vergessen wurde. Als er durch ihn in seinen Ermittlungen auf Anna trifft, folgt er ihr auf eine Singleparty. Die beiden fühlen sich zueinander hingezogen und wären ein ideales Paar ...

Autorin

Elsa Lewin lebt in New York, lehrt an der Universität und ist gleichzeitig niedergelassene Psychoanalytikerin mit einer Praxis in Greenwich Village. *Solo für Klarinette* ist ihr erster auf Deutsch erschienener Kriminalroman.

ELSA LEWIN

Solo für Klarinette

Roman

Aus dem Amerikanischen
von Sigrid Ruschmeier

GOLDMANN

Originaltitel: »I Anna«

Umwelthinweis
Alle bedruckten Materialien dieses Taschenbuches
sind chlorfrei und umweltschonend.
Das Papier enthält Recycling-Anteile.

Der Goldmann Verlag
ist ein Unternehmen der Verlagsgruppe Bertelsmann

Genehmigte Taschenbuchausgabe 10/98

Umschlaggestaltung: Design Team München
Umschlagfoto: © Jim Rakete
Satz: DTP Service Apel, Hannover
Druck: Elsnerdruck, Berlin
Verlagsnummer: 44229
FB · Herstellung: Sebastian Strohmaier
Made in Germany
ISBN 3-442-44229-X

1 3 5 7 9 10 8 6 4 2

ERSTER PROLOG

An irgend etwas versuche ich mich zu erinnern. Es entschlüpft mir immer, gleitet aus meinem Kopf hinaus und wieder hinein wie der Mond, der mit den Wolken spielt. Es zeigt sich, grausam glitzernd, schön und böse, und schlüpft dann verstohlen davon, ist verschwunden, hinterläßt Dunkelheit und Verwirrung. Hinterläßt Angst.

Vielleicht, wenn jemand da wäre, mit dem ich sprechen könnte ...

Heute ist Sonntag.

Warum ich auf diesen Kassettenrecorder spreche, weiß ich nicht. Er gehört meiner Tochter Emmy. Vielleicht will ich nur mit jemandem reden, und keiner ist da. Ich habe keine Freundinnen mehr. Ich habe vielleicht nie welche gehabt. Das macht nichts. Man verliert seine Freunde, wenn man seinen Mann verliert. Vielleicht läßt man sie selber fallen. Das Leben wird anders.

Aber ich brauche jemanden, mit dem ich reden kann. Ich glaube, etwas geht mit mir vor. Ich weiß nicht, was. Ich weiß nicht, wie es enden wird. Ich möchte, daß es jemand begreift. Ich bitte nicht um Verzeihung. Ich verzeihe mir selber nicht. Aber ich hätte gern, daß es jemand versteht. Wenn es jemand verstehen würde, könnte das ein Beweis dafür sein, daß ich gelebt habe. Daß ich wichtig war. Ich war ein Mensch, der gelitten hat. Und ich war wichtig.

Ich, Anna.

1. KAPITEL

Anna öffnete die Augen. Ein bläßlich graues Licht drang seitlich der Jalousien herein. Sie schloß die Augen.

»Mist, ich lebe noch ...«

Sie versuchte sich auf ihre beiden großen Probleme zu konzentrieren.

Eins: Sie mußte aus dem Bett raus. Zwei: Sie mußte sich entscheiden, was sie danach tun wollte.

Sein Name schoß ihr in den Kopf. Plötzlich. Als ob er die ganze Zeit da gelauert hätte, sprungbereit.

Simon.

Es kostete sie alle Kraft ... alles ... um sich aus dem Bett hochzuarbeiten.

Im Wohnzimmer waren die Vorhänge auf. Sie ging zum Fenster hinüber. Es würde gleich regnen. Es sah aus, als ob ein irres Kind mit schwarzer Kreide wie wild auf dem schmutzigen Himmel herumgekritzelt hätte. Auf der verlassenen Straße wirbelte der Wind ein Stück Zeitung vor sich her. Es taumelte und flatterte, kämpfte einen hoffnungslosen Kampf.

Sie schloß die Vorhänge. Vergilbter Brokat, früher mal elegant. Sie hatte sie aus dem Haus mitgebracht. Sie gehörten nicht in dieses Wohnzimmer mit Emilys immer noch offener und ungemachter Schlafcouch.

Der Kühlschrankmotor in der Küche hörte auf zu brummen. Als sie hörte, wie er ausging, wurde ihr klar, daß er angewesen war. Vor der plötzlichen Stille hatte sie ihn nicht wahrgenommen. Im Zimmer war sonst kein Geräusch.

»Der Motor der Welt ist ausgegangen«, dachte sie. Sie sagte

es laut, um etwas zu hören, und merkte dann, daß sie mit sich selber sprach. Es machte ihr Angst.

Sie zog den Vorhang zur Seite und starrte auf die Straße. Die Straße war leer. Sogar der Wind war weg. Nur die schwerhängenden Wolken waren da.

Vielleicht war das Ende der Welt nahe. Sie lachte. Der Ton schien gegen die Stille zu krachen.

In dem Zimmer bewegte sich nichts. Nichts atmete.

»Vielleicht bin ich tot.« Vielleicht hatte der Verkehrsunfall vor zwei Monaten doch geklappt, und sie war tot.

Nein. Schön wär's. Im Ausguß war Geschirr. Emilys Geschirr von gestern abend. Und auf dem Boden ein Paar von Emmys Jeans und Unterhosen und ein Pullover. Emmys Sachen.

»Das säh mir ähnlich, zu sterben und die schmutzige Wäsche meiner Tochter dabeizuhaben.«

Die Stille umgab sie – riesig, dicht, schnitt sie von der Welt ab. Sie kriegte keine Luft. Sie horchte auf ein Geräusch: eine Autohupe auf der Straße, ein schwaches Reifenquietschen, Schritte im Flur. Es war ein altes Gebäude. Die Wände waren dick. Die Fenster waren geschlossen. Es war vollkommen still.

Vielleicht war sie begraben. Begraben wie die Pharaonen mit dem, was ihnen gehörte. Begruben sie die Pharaonen mit schmutzigem Geschirr?

Die Stille griff nach ihr, hielt sie fest. Sie dachte daran, das Radio anzumachen, und schüttelte sich bei dem Gedanken an den gnadenlosen Frohsinn der Ansager, die hellen, frischen Stimmen, die über Brandstiftung und Mord und Inflation und den nächsten Weltkrieg berichteten. Fernsehen. Vielleicht. Sie müßte über die Schlafcouch klettern. Wozu?

Sie könnte das Geschirr spülen und das Bett machen. Aber dann wurde Emmy immer sauer.

»Warum mußt du mein Bett machen? Was für eine Rolle spielt es, ob es gemacht ist oder nicht? Wer sieht es denn schon?«

»Ich sehe es. Es ist so unordentlich. Es deprimiert einen.«

»Du deprimierst einen! Hat dir diese blöde Psychotante überhaupt nichts gebracht?«

Ah ja ... die blöde Psychotante. Was hatte sie ihr gebracht? Hm, sie hatte viel mit Anna gesprochen. Sie mit all der Weisheit einer emanzipierten Dreißigjährigen beglückt. Ohne die Segnungen eines Büstenhalters. »Sie *wollen* ja gar keine unabhängige Persönlichkeit sein!« Das arme Mädchen hatte die Augen weit aufgerissen. Anna hatte sich Sorgen gemacht, daß die Kontaktlinsen herauskullern würden.

»Meine unabhängige Persönlichkeit ist seit dreißig Jahren mit demselben Mann verheiratet. Für immer. Mein unabhängiges Bedürfnis ist, zusammen alt zu werden ...« Aber das sagte Anna nicht. Die Psychoanalytikerin hätte gar nicht zugehört. Die Distanz zwischen ihnen war zu groß.

Es war einerlei. Anna ging nicht mehr zu ihr.

»Es macht mir nichts aus, das Bett zu machen, Emmy«.

»Mir aber!« Schreien. Neuerdings schien Emmy immer zu schreien. Früher waren sie so gut miteinander ausgekommen.

Die Stille kroch näher an sie heran. Sie kroch zu ihren Knöcheln hoch, zu ihren Knien, zu ihrer Kehle. Sie ertrank darin.

Reglos stand sie da, ihr Körper war steif. Wenn sie lange genug still stand, wenn sie sich nicht bewegte, konnte sie zu Stein werden?

Sie würde eine großartige Statue abgeben: eine Dame im mittleren Alter mit zerknittertem Nachthemd und ungekämmten Haaren.

Was sie tun mußte, war, zu leben, ALS OB. Als ob sie einen Grund hätte zu frühstücken, zu duschen, sich anzuziehen. Als ob es darauf ankäme.

Sein Name schlich sich in ihren Kopf. Wieder. Simon.

»Gott, was habe ich falsch gemacht?«

ZWEITER PROLOG

Den ganzen Tag sah es nach Regen aus. Der Himmel war dunkel. Wenn es regnet, zieht sich die Wohnung um mich zusammen. Ein Zweizimmerapartment mit einer Schlafcouch im Wohnzimmer und einer engen, fensterlosen Nische fürs Kochen. Ich kann mich nicht daran gewöhnen, in einer Mietwohnung zu wohnen.

Am späten Nachmittag war nichts mehr zum Putzen und Waschen da. Ich wußte nicht, wann oder ob Emmy nach Hause kommen würde. Oft ist sie nicht zu Hause. Sie mag die Wohnung auch nicht. Ich glaube, sie mag mich nicht. Früher mochte sie mich. Sie gibt mir die Schuld.

Die Stille sickerte herein. Ich guckte in den Metropolitan Almanac *und fand eine Party. Eine Singlesparty.*

Es nieselte leicht, als ich die Wohnung verlassen wollte; deshalb nahm ich Regenmantel und Schirm mit. Als ich bei der Brücke ankam, regnete es so heftig, daß ich fast nichts sehen konnte. Auf den glitschigen Planken hüpfte der Wagen. Ich stellte mir vor, daß ein riesiger Lastwagen außer Kontrolle geriet und auf mich draufknallte und daß ich mit dem Kopf gegen die Windschutzscheibe schlüge und daß mein Wagen von der Brücke in den Fluß flöge und ich dabei umkäme. Aber ich wußte, daß das nicht passieren würde. Ich hatte kein Glück.

Mit Mühe fand ich einen Parkplatz. Ich hatte hochhackige, offene Pumps an, und meine Füße wurden naß. Der Schirm nützte auch nicht viel. Er war aus billigem, durchsichtig-gelbem Plastik. Die Stange war direkt über dem Griff kaputt. Statt am Griff mußte ich ihn am Metall anfassen, sonst hätte er zu sehr gewackelt und sich umgestülpt. Ich fror und hatte in den dunklen, nassen Straßen von Manhattan Angst. Und ich war nervös. Auf diesen Singlesdingern bin ich immer nervös und ärgerlich über mich selbst, weil ich dahin gehe. Ich fühle mich gedemütigt, weil ich in dieser Situation bin.

Als ich auf der Party ankam, fragte ich den Mann an der Tür, ob ich einen Blick hineinwerfen könne, ehe ich bezahlte, aber er sagte, nein, das könne ich nicht. Drinnen seien zu viele Leute, sagte er, und er könne die Leute nicht rein- und rauslaufen lassen, ohne daß sie bezahlten. Da wußte ich sofort, daß es nichts Tolles war, denn wenn es das gewesen wäre, hätte er mich ohne weiteres hineingucken lassen. Dann fragte ich ihn, wie das Verhältnis sei, und er sagte, er wisse es nicht. Ich sagte: »Aber Sie verkaufen hier draußen doch die Eintrittskarten!« Er sagte, er sei viel zu beschäftigt, um zu sehen, wer hineingehe. Ich sagte: »Sie werden doch wohl wissen, ob es Männer oder Frauen sind«, und lachte, weil es mir peinlich war, ärgerlich zu klingen, und sagte kokett: »Ich nehme an, Sie kennen den Unterschied zwischen Männern und Frauen.«

Er sagte: »Vive la différence!« *und lachte, und ich zwang mich auch zu einem Lachen, damit ich nicht aussah wie eine verbitterte Frau. Verbitterte Frauen mag niemand. Er sagte: »Es sind vielleicht ... hm, ... vier Männer auf drei Frauen oder drei Männer auf zwei Frauen. So was in dem Dreh. Es ist doch völlig einerlei. Es muß nur einer sein, wenn es der richtige ist.«*

Stell eine dumme Frage und du kriegst eine Lüge als Antwort, Anna. Aber es regnete, und die Fahrt zurück war lang, und ich hatte mein Make-up drauf. Und was erwartete mich in der leeren Wohnung?

Ich bezahlte meine sieben Dollar, ließ meinen Schirm bei einigen anderen im Flur und ging hinein.

Es war voll. Verraucht. Eine Zwei-Zimmer-Wohnung. Eine nervöse Frau bat jeden, sich die Füße draußen abzuputzen. Die fette Louise war im Flur. Es war eine ihrer Partys. Louise veranstaltet viele Partys. Sie wohnt im selben Stadtteil wie ich, dem Stadtteil, in dem ich gewohnt habe, als ich verheiratet war und das Haus hatte.

Ins Wohnzimmer waren etwa acht Männer und ungefähr dreißig Frauen reingequetscht. Auf einem Bridgetisch an der Wand standen eine Platte mit Gurkenstücken und ein paar rohen Karotten, eine Schüssel Kartoffelchips und eine Vier-Liter-Flasche billiger Wein und eine große Flasche Ginger Ale. Kein Eis.

Ich nahm einen Pappbecher voll Ginger Ale, damit ich etwas hatte, an dem ich mich festhalten konnte, während ich mich umsah.

Viel zu sehen gab es nicht. Die übliche Szene. Alle hatten sich noch nie gesehen, aber man könnte sich gesehen haben, und ich wußte, man würde sich wiedersehen: Die Männer – die meisten mit Übergewicht – schauten sich in dem Zimmer um und sahen aus, als hätten sie Zahnschmerzen; die Frauen sahen einsam aus.

Ich ging zum Bad, um mir die Haare zu kämmen. Das war Verzögerungstaktik, ehe ich mich der Party stellte. Die Badezimmertür war abgeschlossen. Ich wartete und klopfte dann. Von drinnen hörte ich Gekicher und Stimmen, und nach einer Weile kamen ein Mann und drei Frauen heraus, die einander anfaßten und kicherten. Sie waren high. Im Badezimmer roch es nach Shit. Ich sagte mir, die Jungen hätten kein Monopol darauf, war aber doch schockiert. Waren wir nicht zu alt dafür? Für all das? Was machte ich bloß hier? Was machten die anderen hier?

Ich kämmte mir schnell die Haare und guckte mich im Badezimmertürspiegel an. Ich fragte mich, wie ich aussah. Achtundzwanzig Jahre lang hatte ich mich darauf verlassen, daß Simon mir sagte, wie ich aussah. Jetzt wußte ich es nicht mehr.

Ich trug enge, schwarze Hosen, einen weißen Body, einen silbernen Gürtel und silberne Ohrringe. Nichts Neues. Nichts Modisches. Aber ich glaube, es brachte meine Figur zur Geltung.

Meine Figur ist, glaube ich, nicht schlecht. Wenigstens bin ich nicht dick. Simon haßte Dicksein. Ich habe blaue Augen und blonde Haare. (Bei meinem Haar helfe ich der Natur nach.) Und Falten. Ich bin fünfzig.

Ich ging zu dem Tisch mit den Erfrischungen zurück und setzte mich auf ein Sofa und versuchte, fröhlich auszusehen. Locker. Unbefangen. Nicht verzweifelt. Männer mögen keine verzweifelten Frauen. Schließlich ging ich zu einem der Männer hinüber. Ich sagte: »Hallo, sind Sie schon mal hier gewesen?«

Er hatte ungefähr zwanzig Pfund Übergewicht und eine Brille und schiefe Zähne. Er trug einen schlecht geschnittenen karierten Polyesteranzug. Je nun, wenn er hübsch und reich und intelligent und charmant wäre, warum müßte er dann zu einer solchen Party kommen?

Ich fragte ihn, ob er geschieden oder verwitwet sei. Verwitwet. Er erzählte mir von seinen Kindern, wie klug sie seien, und er erzählte mir von seinem Haus. Er erzählte mir alles über sich und fragte nicht ein einziges Mal etwas über mich. Also, ich stellte die meiste Zeit Fragen, und er antwortete, er war völlig desinteressiert, und ich hätte gar nicht erst anfangen sollen zu fragen. Eine andere Frau ging immer dazwischen, um auch mit ihm zu sprechen, aber an ihr war er auch nicht interessiert. Ein Gespräch anzufangen ist schwer, aber es ist noch schwerer, es zu beenden. Schließlich gab ich auf und ging weg.

Dann kamen zwei Männer herein. Der eine war groß und kräftig und hatte keinen Schlips an. Er trug einen verknitterten, dunkelbraunen Anzug, an dem ein Knopf fehlte. Sein Gesicht und sein Hals waren verschwitzt, und er wedelte mit den Ellenbogen, als versuchte er, ein bißchen Luft unter sein Jackett zu kriegen. Sein Nylonhemd sah naß aus und klebte ihm auf der Haut. Sein Freund war klein und untersetzt und hatte ruhelose Augen und ein Schweinegesicht. Wie wir ins Gespräch kamen, habe ich vergessen. Ich glaube, ich eröffnete wie üblich: »Sind Sie schon mal hier gewesen?« Irgend so was Brillantes. Im small talk bin ich nicht gut. Sie sagten, sie kämen gerade vom Tuxedo Junction auf Long Island. Ich sagte, ich sei noch nie im Tuxedo Junction und auch in keiner anderen Bar für Singles gewesen, ich hätte zuviel Angst, und sie sagten, es sei wie jede andere Bar, sehr voll, und die Leute stünden rum und machten Fleischbeschau. Dann fragte ich, warum sie heute abend hier seien, ob es irgend etwas Besonderes gebe. Sie sagten, es liege auf dem Weg.

Ich glaube, bei ihnen liegt viel auf dem Weg. Was suchen sie? Sie sind beide über fünfzig, der eine geschieden, der andere war nie verheiratet. Ich glaube, sie suchen nach etwas, was nicht nach ihnen sucht. Der Kleine sprach fast überhaupt nicht. Die meiste Zeit, während er seinen Blick abschätzig durch den Raum schweifen ließ, wackelte er mit dem Bein. Der Große sagte, er sei Lehrer. Ich fragte ihn, was er unterrichte, und er sagte, Kunst. Ich sagte, das sei interessant. Ich hätte Künstlerin werden wollen, bevor ich heiratete. Es machte ihm Mühe, mich zu verstehen. In dem Raum war es nicht laut. Ich glaube, er hörte nicht zu. Er sagte immer: »Was?« und holte seinen Blick von der Suche zurück, und ich wiederholte immer meine albernen Fragen, und er grummelte seine Antworten. Endlich sagte ich: »Ich glaube, ich hole mir mal was zu essen. Entschuldigen Sie mich bitte.«

Am Buffet stand ein dünner Mann mit Glatze. Er sagte: »Es gibt nichts zu essen. Nur ein paar Kartoffelchips.«

»Vorhin hatten sie noch Gurken.«

»Das ist eine schäbige Party«, sagte er. »Auf anderen Partys haben sie mehr zu essen. Für sieben Dollar sollten sie mehr als ein paar Kartoffelchips haben.«

»Sie haben all uns hübsche Frauen«, sagte ich.

»Diese Louise wird die Gans, die goldene Eier legt, schlachten, wenn sie nicht mehr auftischt.«

Damit war das Thema erschöpft. Ich ging weg. Eine andere Frau ging hin, und er beschwerte sich bei ihr. Der Kunstlehrer, fiel mir auf, sprach mit einer dunklen Frau in einer tief ausgeschnittenen Seidenbluse. Sie hatte dichtes, schulterlanges, welli-

ges schwarzes Haar. Eine jüngere Frau. Hübsch. Teure Bluse. Sie lachten. Verständigungsprobleme schien er mit ihr nicht zu haben.

Es war ein bißchen leerer geworden. Die Leute waren weitergezogen. Es gab noch mehr Partys. Tanzfêten. Noch mal sieben Dollar oder zehn oder mehr. Mehr als eine konnte ich mir nicht leisten. Und wahrscheinlich würde ich dieselben Leute treffen, die diese Party verlassen hatten. Wir rannten alle im Kreis herum.

Louise kam zu mir herüber und fragte mich, ob ich sie nach Hause fahren könne. Ich fragte, ob es ihr entgangen sei, daß ich nicht mehr im selben Viertel wie sie wohne. Daß ich in Queens wohne. Sie sagte, das sei kein großer Umweg. Zehn Minuten. Und warum die Eile, nach Hause zu kommen? »Was erwartet Sie da?«

In Wirklichkeit waren es zwanzig Minuten. Jeweils hin und zurück. Aber sie hatte recht, es eilte nicht. Mich erwartete nichts.

Ich sagte, gut, aber ich wolle sehr bald gehen. Ich war müde. Sie sagte ob ich bis halb elf warten könne. Zu dem Zeitpunkt war es halb zehn. Es paßte mir nicht. Ich wollte wirklich in der Minute gehen, und ich wußte, wenn sie halb elf sagte, meinte sie eigentlich frühestens halb zwölf, weil sie immer bis zum Schluß dablieb. Es ist ihre Party. Sie sucht sich Leute, die ihr ihre Wohnungen zur Verfügung stellen und einen bestimmten Prozentsatz der Einnahmen bekommen.

Eine dicke junge Frau um die Dreißig tauchte auf und sagte: »Ist diese Party nicht öde?«

Ich sagte: »Ja.«

Sie sagte: »Sie ist wirklich öde.«

Ich wollte wieder Ja sagen, besann mich aber und sagte: »Sie ist nicht öde. Sie ist enttäuschend.«

Sie schnaubte. »Wenn Sie erwarten, auf diesen Dingern einen Ritter auf einem weißen Pferd zu treffen, werden Sie enttäuscht.«

»In dieser Wohnung würde sich ein Pferd, ganz gleich, welcher Farbe, merkwürdig ausnehmen«, sagte ich.

Sie starrte mich an. »Wie schön für Sie, wenn Ihnen Ihre eigenen Witze Spaß machen.«

Wenn nicht mir, wem dann? Es gab einmal eine Zeit, als Simon mich witzig fand. Warum dachte ich heute so oft an ihn?

»Es ist alles so sinnlos«, sagte das Mädchen.

»So ist das Leben«, sagte ich liebenswürdig, wie ich dachte, denn sie tat mir leid.

Sie drehte sich ärgerlich um und stolzierte davon. Ich betrachtete sie. Sie war gut zurechtgemacht; enge Designerjeans, Seidenbluse, hochhackige Pumps mit freier Ferse, große Ohrreifen. Aber es wirkte nicht. Irgend etwas stimmte nicht. Es war, als habe jemand sie in Kleider gesteckt, die die richtige Größe hatten, ihr aber nicht gehörten. Ein Kostüm für ein Stück, in dem sie eine Fehlbesetzung war. Sah ich genauso aus?

Ich fühlte, wie jemand von hinten um mich herumreichte und verstohlen von unten meine Brüste berührte. Ich drehte mich um. Es war Hy. Ich entzog mich seiner Reichweite.

»Hallo, Hy, wie geht es Ihnen?«

»Gut. Großartig. Wie geht es Ihnen, Alice?«

Ich korrigierte ihn nicht. Er hatte wenigstens den ersten Buchstaben richtig getroffen. Aus unerfindlichen Gründen dachte ich an das Ballspiel, das die Mädchen spielten, als ich ein Kind war: »A« – ich heiße Anna, und meine Schwester heißt Alice, und wir kommen aus Alabama, und wir verkaufen Ananas. »B« – ich heiße Bertha, und meine Schwester heißt Betty, und wir kommen aus Birmingham … Wurde ich langsam hysterisch? »Wie geht's Ihrem Freund Sam?«

»Er ist nach Massachussetts gezogen. Er hat eine sehr gute Stelle gefunden.«

Sam hatte gesagt: »Wenn es bei der einen Nacht bleibt, ist es dein Fehler, Anna.«

Alles ist mein Fehler, warum das nicht auch? Wie sagt man

einem Mann, daß man den Geschmack seines Mundes nicht mag?

»Grüßen Sie ihn von mir. Anna. Sagen Sie ihm, Anna läßt grüßen.«

Aber Hy war schon weg. Es war einerlei. Ich würde ihn wieder sehen. Er tauchte überall auf. Er hatte dieses Ding mit Brüsten. Immer versuchte er, sie zu berühren. Am Anfang merkte man das noch nicht. Er saß neben einem oder stand dicht, zu dicht, neben einem und sprach und bewegte seine Hände, und die berührten einen so nebenbei und dann wieder. Erst wenn man zurückwich und seine Hände einem folgten, kapierte man es. Er war bestimmt schon sechzig Jahre alt. Vielleicht älter. Elegantes Aussehen. Silbergraues Haar. Untersetzt. Mittelgroß. Gut angezogen. Er machte Singlesveranstaltungen für diverse wohltätige Zwecke. Teure Partys. Fünfundzwanzig Dollar, fünfunddreißig. Ich konnte sie mir nicht leisten.

Mittlerweile war das Wohnzimmer ziemlich leer. An der Tür sprach Louise mit einer Frau und machte keine Anstalten zu gehen. Ich suchte mir einen Stuhl, setzte mich hin und dachte wieder daran, nach Hause zu gehen. Ein aufregender Gedanke war es nicht. Es war genausowenig sinnvoll, wie nicht nach Hause zu gehen.

Dann kam dieser Mann herein und setzte sich am anderen Ende des Raums in einen Stuhl und zündete sich eine Zigarette an. Er war eher klein und sehr schlank, und er trug sehr enge Designerjeans. Sein filziges, graumeliertes Haar war glatt zurückgekämmt und ging ihm bis zum Hemdkragen. Er steckte sich eine Zigarette an und sah auf. Seine Augen waren unruhig.

Er kam mir bekannt vor. Ich lächelte ihn an. Er lächelte zurück. Er hatte ein schelmisches, kindliches Lächeln; seine Mundwinkel verzogen sich nach oben, sein Mund wurde dabei halbmondförmig. Er stand auf, und ich glitt zur Seite und machte ihm neben mir auf dem Sessel Platz. Es war ein großer Sessel. Für uns beide war reichlich Platz.

Ich hatte ihn nie zuvor getroffen. Ich kannte ihn nicht. Aber er kam mir bekannt vor. Ich erzählte ihm, er komme mir bekannt vor. Es war nicht nur so dahergeredet.

»Yeah«, sagte er erstaunt und zog das Wort in die Länge. »Yeah. Du kommst mir auch bekannt vor, Mann ...«

»Klingt wie Anmache, nicht wahr.« Ich lachte.

»Nein ..., nein, Mann ...« Er lächelte. Er behielt das Lächeln lange Zeit auf dem Gesicht, als ob er es nur aufführte oder auf etwas wartete. Ich fragte mich, ob ich ihn gekannt hatte, bevor er sich seine Nase hatte richten lassen. »Ich muß aufhören, das zu sagen«, sagte er. »Ich muß aufhören, die ganze Zeit ›Mann‹ zu sagen.«

»Das ist mir gar nicht aufgefallen«, sagte ich.

»Yeah?«

»Ist schon in Ordnung«, sagte ich.

Ich lächelte, und er lächelte, und ich lehnte mich zurück und sah ihn an, und er sah mich an, und das Lächeln fing an, mir auf dem Gesicht weh zu tun. Ich sagte: »Sind Sie schon einmal hier gewesen? Ich meine, ... diesen Partys?«

»Oh, manchmal ...«

Seine Augen glitten von mir weg. Schämten wir uns alle, hier zu sein? »Wohnen Sie in Manhattan?« sagte ich.

»Oh yeah. Yeah. Manhattan. Das ist es.«

Seine Augen waren wieder auf meinem Gesicht. Sie waren leicht blutunterlaufen. »Nett«, sagte er. »Du bist nett, Mann ...«

»Danke.« Ich meinte es.

»Haben Sie eine schöne Wohnung?« fragte ich.

»Eine wunderschöne. Ich habe einen phantastischen Blick auf den Fluß. Dabei bin ich bloß im neunten Stock. Nicht im Penthaus.«

»Dann hat man's leichter, wenn der Aufzug schlappmacht«, sagte ich.

»Yeah.« Er sah mich nachdenklich an, grübelnd. Dann lächelte er zustimmend. Ich lächelte zurück.

»Ich wünschte, ich könnte nach Manhattan ziehen. Aber es ist zu teuer.«

»Meine Wohnung nicht. Die Miete ist gebunden. 685 Dollar im Monat. Aber sie reden davon, daß sie es in Eigentumswohnungen umwandeln wollen. Wissen Sie, wieviel meine Wohnung kosten würde? 100.000 Dollar. Ich würde sie billiger kriegen, weil ich da wohne. Sechzig Mille. Am nächsten Tag könnte ich sie für 100.000 verkaufen. Vierzig Mille Gewinn in Nullkommanix.«

»Wo würden Sie dann aber wohnen?«

»Yeah«, seufzte er. »Yeah.« Auf seinem Gesicht erschien wieder das koboldhafte Lächeln. »Und ich habe keine sechzig Mille.« Er zündete sich eine neue Zigarette an. »Mein Sohn ist gerade bei mir eingezogen, das ist es. Ich meine, es gibt nur ein Schlafzimmer. Aber ich konnte es ihm nicht abschlagen.«

»Natürlich nicht«, sagte ich.

Wir unterhielten uns. Wir unterhielten uns wirklich. Ein Gespräch, an dem zwei Leute teilnahmen. Er sah nicht gelangweilt aus. Ich spürte Erleichterung und Dankbarkeit. Ich war aufgeregt. Ich lehnte mich in dem übergroßen Sessel zurück. Er saß da mit übereinandergeschlagenen Beinen und sah mich an. Er hörte mir zu.

»Sie sind geschieden«, sagte ich.

»Yeah.«

»Schon lange?«

»Geschieden worden bin ich in diesem Jahr. Getrennt sind wir seit acht. Und Sie?«

»Fast zwei Jahre. Acht Jahre allein zu sein, ist eine lange Zeit.«

»Ich hatte zwei Beziehungen«, sagte er.

»Beziehungen, die Ihnen etwas bedeutet haben?« Er hörte mich nicht. Vielleicht sagte ich es gar nicht.

»Ich habe nur Beziehungen«, sagte er. »Ich vögle nicht in der Gegend rum. Ich vögle nie in der Gegend rum. Ich hab rumgevögelt, als ich verheiratet war.«

»Oh!« sagte ich verständnisvoll. Ich fragte mich, was ich hier tat. Warum redete ich mit diesem Mann?

»Meine letzte Beziehung habe ich vor ein paar Monaten beendet. Als ich geschieden wurde.«

»Sie wollte heiraten«, sagte ich.

»Yeah.« Er lächelte. »Es war aber mehr als das. Ich meine, ein Haufen Sachen lief gut zwischen uns und ein Haufen Sachen nicht. Ich meine, ... wir sind wirklich verschieden. Aber ich mag sie. Sie ist Künstlerin. Wir sind immer noch Freunde.«

»Sind Sie mit Ihrer Frau auch noch befreundet?«

»Oh, ich hasse sie. Ich meine, ... sie ist so ein verbitterter Mensch.«

»Sie haben die Kinder?«

»Oh, nein. Mein Sohn hat sich vor ein paar Monaten entschieden, bei mir zu leben. Er versteht sich mit seiner Mutter nicht.«

»Sie versteht ihn nicht«, sagte ich. »Sie ist altmodisch.«

»Yeah«, lächelte er. »Yeah ...« Sein Gesicht erhellte sich mit dem Lächeln. Seinem glücklichen Lächeln.

Ich lehnte mich mit dem Kopf gegen den Sessel und schloß die Augen. Ich überlegte, ob ich nach Hause gehen sollte.

»Lassen Sie uns abbauen«, sagte er.

Ich zögerte. Aber er war aufgestanden. Ich stand auch auf. »Ich habe jemandem versprochen, ihn nach Hause zu bringen«, murmelte ich.

Er hörte mich nicht.

»Wo wohnen Sie?« fragte er.

»In Queens«, sagte ich. Dann sagte ich: »Früher hatte ich ein Haus.«

»Ich hatte auch ein Haus«, sagte er, »als ich verheiratet war. Meine Frau hat es gekriegt.«

»Haben Sie die Entscheidung nicht angefochten?«

»Es war auf ihren Namen. Aus geschäftlichen Gründen. Ich wollte aber sowieso nicht, daß sich das Leben der Kinder zu sehr änderte.«

Oh, bitte, nehmen Sie den Vater-des-Jahres-Preis entgegen. Was wollte ich von diesem Mann? Er zog seinen Mantel an. Braunes Leder. Designerjeans, maßgeschneidert. Westernhemd. Frye-Cowboystiefel. Lange Haare. Kein Goldkettchen? In Zivil, Soldat! Zwei Minuspunkte!

Ich holte meinen roten Popelineregenmantel. Mir wurde peinlich bewußt, daß unten, wo ich den Saum rausgelassen hatte, ein Streifen war.

Die Wohnung war fast leer. Die meisten Leute hatten ihre Enttäuschung eingepackt und waren gegangen. Nur ein paar übriggebliebene Frauen standen in Gruppen und redeten miteinander.

Louise war draußen auf dem Flur und sprach mit zwei Männern, die zu spät gekommen sein mußten. Ich sagte: »Louise, ich komme gleich wieder.«

Sie antwortete nicht. Ich wußte nicht genau, ob sie mich gehört hatte. Ich glaubte aber doch, daß sie mich gesehen hatte und verärgert aussah. Ich weiß nicht genau. Vielleicht hat sie mich nicht bemerkt. Sie schien mehr an den beiden Männern interessiert zu sein. Vielleicht fühlte ich mich nur schuldig und war verlegen. Ich fragte mich, ob ich mit diesem Mann zusammen weggehen sollte. Ich fragte mich, ob ich rechtzeitig zurück sein würde, um Louise nach Hause zu bringen.

Im Aufzug sagte der Mann: »Sind Sie mit dem Auto hier?«

»Ja. Und Sie?«

»Nein. Ich habe ein Auto, aber es ist in der Garage. Zuviel Mühe, es rauszuholen. Ich bin mit dem Taxi hierhergekommen.«

Das Licht im Aufzug war grell. Ich fühlte mich entblößt. Ich hatte das Gefühl, er könnte jede Runzel sehen. Ihm war anscheinend auch unbehaglich zumute, und das machte ihn mir sympathischer.

Draußen sagte er: »Es hat aufgehört zu regnen.« Das erinnerte mich daran, daß ich meinen Schirm liegengelassen hatte. Ich überlegte, ob ich ihn nicht holen sollte. Ich wollte diesem Mann, einem Fremden, keine Unannehmlichkeiten machen, indem ich ihn bat, auf mich zu warten. Aber ich hatte in diesem Jahr schon so viele Schirme verloren. Und Handschuhe. Ich konnte hören, wie Emmy sagte: »Wenn du so darüber jaulst, wie pleite wir sind, weil Daddy uns kein Geld gibt, warum hörst du dann nicht auf, Geld zum Fenster rauszuwerfen, indem du Schirme und Handschuhe und Gott weiß was verlierst.« Und Ehemänner. Das ließ sie aus. Warum hast du deinen Mann verloren? Sie gibt mir die Schuld, ich weiß. Ich konnte ihren Vater nicht halten und habe ihr Leben verdorben. Töchter geben ihrer Mutter immer die Schuld.

Ich sagte, daß ich noch mal raufgehen müßte, um meinen Schirm zu holen.

Es war im dritten Stock. Es war leichter und schneller zu laufen, als auf den Aufzug zu warten. Ich lief. Mir fiel auf, daß Louise immer noch im Flur war.

Ich kam schwitzend und außer Atem wieder auf der Straße an. Ich war überrascht, daß er auf mich wartete. Ich wußte nicht, ob ich froh oder enttäuscht war.

Der Regen hatte aufgehört, aber es war windig und kalt. Ich trat in eine Eispfütze. Schnell, ohne uns zu berühren, gingen wir durch den heulenden Wind. Warum tat ich das? Warum ging ich mit diesem Mann? Wir liefen an meinem Auto vorbei und mußten wieder zurückgehen, um es zu suchen. »Ich bin etwas konfus«, sagte ich. »Ich habe dieses Auto noch nicht lang. Mein altes habe ich vor ein paar Monaten zu Schrott gefahren.«

»Das haut rein«, sagte er. »Das haut wirklich rein . . .«

Ich öffnete die Beifahrertür, und er stieg ein. Ich ging um das Auto herum zum Fahrersitz. Ich fragte mich, ob er hinüberreichen und mir die Tür von innen öffnen würde. Er tat es nicht. Ich trat wieder in eine Pfütze, als ich mir am Schloß zu schaffen machte.

Ich konnte ihn immer noch an seiner Wohnung absetzen und

sagen: »He, Mann, gute Nacht. Wir sehn uns ...« und nach Hause fahren. Wohin fahren?

Wenn ich nicht sofort einen Parkplatz fände, würde ich das tun. Wegfahren.

Genau vor seinem Haus war eine Parklücke. Das war wie ein Omen.

Der Regen hatte wieder angefangen. Ich nahm meinen Schirm. In der Eingangshalle winkte er dem Portier an dem Tisch zu und ging weiter. Der Portier sah mich nicht an. Die Eingangshalle war schäbig und der Aufzug auch. Der Teppich oben auf dem engen Flur war abgetreten und voller Flecken. Er sah aus wie der Teppich in einem Stundenhotel. Hatte ich das Schild verpaßt, auf dem WASSERBETT, FARBFERNSEHEN, ZIMMER FREI stand?

Die Farbe an seiner Tür war abgebröckelt. Als er die beiden Schlösser öffnete, murmelte er etwas wie »Entschuldigen Sie die Unordnung«; seit seine Frau nicht mehr käme, sei seine Wohnung einfach nicht mehr in Schuß. Ich wußte nicht, welche Frau, seine zweite Beziehung oder eine Zugehfrau. Vielleicht war es ein und dieselbe. Männer interessieren sich nur für die Befreiung der Frauen im Bett. Alles andere wollen sie um 1890 festgeschrieben haben.

Von der Tür aus hatte man gleich seinen Blick auf den Fluß. Es war aber auch nur ein Blick auf den Fluß. Nichts Besonderes. Wasser und Lichter und Autos auf der Autobahn, die daran entlangführt. Natürlich schöner als der Hinterhof, auf den meine Wohnung blickt, aber nichts Besonderes. Nicht so wie der Blick aus dem eigenen Fenster und der Anblick des eigenen Rasens mit einer großen alten Platane und im Frühjahr Forsythien und Flieder und Azaleen und Hyazinthen. Und im Sommer Rosen.

Rechts aus einer Tür kam sein Sohn. Er hatte nur Unterhosen an. Er war dicklich, und seine Haut war sehr weiß. Er sah aus, als äße er zuviel ungesundes Essen. Als er mich sah, fühlte er sich anscheinend schuldig und sagte schnell: »Ich wollte gerade gehen, ich bin fast fertig« und rannte zurück in das Schlafzimmer, ehe ich etwas sagen, mich dafür, daß ich da war, entschuldigen und gehen konnte.

Ich stellte meinen Schirm in eine Ecke neben der Tür und ging zum Fenster. Es regnete wieder in Strömen. Ich sah auf die Autos draußen, die entschlossen durch die nasse, dunkle Nacht rasten. Aus der Entfernung sieht es immer so aus, als ob Autos sich entschlossen irgendwohin bewegen, als ob sie zu einem wichtigen Ort fahren. Wieviele Fahrer waren Gehirnchirurgen, die sich beeilten, um irgend jemandes Leben zu retten? Wieviele von ihnen rasten durch die Gegend, um ihre Frauen zu betrügen?

Er hatte unsere Mäntel aufgehängt und war eifrig in der Küche zugange, hauptsächlich öffnete er Schränke und Schubladen und machte sie wieder zu. Er fragte mich, was ich trinken wolle.

»Schokomilch?« murmelte ich hoffnungsvoll.

»Was?«

»Sie haben nie in Brooklyn gelebt.«

»Oh yeah ... yeah ... mein ganzes Leben, Mann. Bis ich abgehauen bin. Nach Flatbush. Mal sehen, was wir haben.« Er schien seine Hausbar gefunden zu haben, ein flaches Einbauschränkchen unter einem verdreckten Grill, der kaputt aussah.

»Weißwein«, sagte ich. Ich weiß, was in ist.

»Weißwein«, überlegte er laut. Er glotzte in das Schränkchen. Er wirkte nervös, verwirrt. Dann zog er eine Flasche hervor und angelte aus einem anderen Wandschrank ein Weinglas.

Der Wein schmeckte wie Essig. Ich hatte auch ein Gefühl, als ob ich Staub schmeckte. Stiel und Fuß des Glases fühlten sich schmutzig an. Er setzte sich neben mich an den Tisch und fragte beflissen, ob der Wein in Ordnung sei. Ob er mir schmeckte. Ich sagte, er sei gut.

Seine Besorgtheit rührte mich. Warum schäme ich mich des-

wegen? Ich war für sein Interesse dankbar. Es war so lange her . . .

Er lächelte, seine Lippen verzogen sich zu einem Halbkreis. Er lehnte sich zu mir herüber. Unsere Knie berührten sich. Er pflückte das Namensschild von meiner Bluse, als sei es ein Käfer, und lächelte froh, zufrieden mit sich selbst.

Plötzlich war ich wegen des Schildchens verlegen. »Anna«, sagte er und lächelte wieder, als habe er ein großartiges Kunststück vollbracht.

Er trug kein Schild. Ich wußte nicht, wie er hieß.

Ich wußte nicht, wie er hieß. Was tat ich hier?

Oh, Anna, tu nicht so. Du weißt, was du hier tust. Du bist nicht allein. Du sitzt mit jemandem zusammen, und eure Knie berühren sich; du fühlst einen anderen Körper. Ein Mensch lächelt dich an, und diesen Augenblick lang glättet sein Lächeln die erbärmlichen Linien des Alterns um deinen Mund, du hörst eine menschliche Stimme, keinen elektronischen Ton aus einem Kasten, und sie richtet sich nur an dich, dich persönlich, nur an dich. Dich selbst bemitleiden, das tust du, Anna, und es fühlt sich verdammt gut an.

Ich fragte ihn nach seinem Namen, und er sagte überrascht »George«, als ob er ihn mir schon vorher gesagt hätte, und ich lachte und sagte: »Ach ja«, als hätte ich ihn nur kurz vergessen.

»Wie lange waren Sie verheiratet, George?«

»Zwanzig Jahre, und Sie?«

»Achtundzwanzig. Und Ihre Frau mußte die Kinder ganz allein großziehen?«

»Sie hatte einen Haufen Kohle.«

»Ja?«

»Ich hatte einen Haufen Kohle. Damals habe ich siebzig, achtzig Mille gemacht.« Er lächelte wieder. Sein Gesicht leuchtete, als knipste er ein Licht in sich an. »Ich hatte eine eigene Firma. Ich war Steuerberater.« Er wartete; es war eine theatralische Pause. »Steuerberater! Hätten Sie das gedacht?«

»Nein. Niemals«, sagte ich. Hätte ich aber doch. Ich glaubte es. Simon war Steuerberater.

Stolz lächelte er wieder, weil er dachte, er hätte mich überrascht. »Aber jetzt sind die Mädchen aus dem Haus«, sagte er. »Stevie ist bei mir. Ich gebe ihr kein Geld mehr. Sie hat einen Prozeß gegen mich angefangen, diese Ziege.«

Ich sagte: »Sie hat dem Richter erzählt, sie habe keine Ausbildung. Sie habe gleich nach dem Abitur geheiratet, weil sie Sie so sehr geliebt habe. Und sie hätten sofort die Kinder gehabt, und sie führte den Haushalt und könnte sich ihren Lebensunterhalt nicht selbst verdienen.«

»Yeah ...«, stieß er aus. »Ich hab mir einen Rechtsanwalt genommen. Hat mich eine Stange Geld gekostet. Sie machen sich keine Vorstellung, wieviel. Ich muß ihn noch jahrelang bezahlen.«

»Aber Sie müssen ihr ja nichts mehr bezahlen«, sagte ich. »Sie haben gewonnen. Bei den Gerichten hat sich was geändert. Die Frauen kriegen nicht mehr alles durch.«

Er lächelte und sah sehr zufrieden mit sich aus. Ich kicherte. Das war besser als zu schreien.

Sein Sohn kam in das Zimmer zurück. Er hatte ein T-Shirt an, auf dem in großen schwarzen Buchstaben »PHUCK« stand. Er kann nicht richtig schreiben, dachte ich und unterdrückte ein erneutes Kichern. Ich glaube, der Wein tat langsam seine Wirkung.

Der Junge ging an uns vorbei in die Küche. Auf dem T-Shirt war hinten eine Haschisch-Pflanze aufgemalt. Sein Körper sah aus, als sei er aus Knete, und wenn man, ganz gleich, an welcher Stelle, mit dem Finger da reindrückte, wäre er matschig. Liegestützen braucht er, keinen Shit. Ich fühlte mich gleich besser, als ich das dachte.

Angestrengt vermied er, uns anzusehen. Er ging in die Küche und tastete in einem Schrank herum und kam mit einer weißen Plastiksprühdose mit rotem Deckel zurück, so einem Ding, das man zum Wäscheeinfeuchten benutzen kann. Er füllte es mit Wasser und besprühte sich das Haar. Er hatte dünnes, verfilztes schwarzes Haar, lang und schmuddelig.

Ich fragte ihn, was er da tue, hauptsächlich, um ein Gespräch anzufangen. Er sagte, er mache sein Haar naß. Ich sagte: »Warum?« Und er sagte: »Davon wird es lockig.«

Ich sagte: »Draußen ist es kalt. Wenn Sie mit nassem Kopf rausgehen, werden Sie krank.« Ich wußte, daß das nicht meine Angelegenheit war. Aber er war ein Teenager. Sechzehn oder siebzehn. Und ich bin halt eine Glucke.

Er antwortete mir nicht. Er stellte die Sprühdose hin und lockerte sich das Haar mit den Fingern, und dann suchte er noch ein bißchen mehr in dem Schrank herum und holte einen Schuhkarton heraus. Er sagte: »George?« und hielt zwei Finger hoch. Sein Vater nickte, und der Junge sagte: »Danke« und ging.

George ging ihm bis zur Tür nach und schlug sie fest zu. »Irgend etwas stimmt nicht mit dem Schloß. Es schließt nicht mehr von selbst«, sagte er.

Ich fühlte mich schuldig; der Junge war meinetwegen gegangen. Ich fragte: »Wo geht er hin?«

Es schien ihn nicht zu interessieren. »Zu einem Freund ...«, sagte er. Er hatte sein Glas ausgetrunken. Er klopfte an meins, und ich sagte: »Nein, danke.« Er ging zu dem Küchenschrank und kam mit dem Schuhkarton zurück. Er stellte ihn auf den Tisch und öffnete ihn. Ein rechteckiges Päckchen, in Folie eingewickelt und ungefähr so groß wie ein Stück Margarine, war drin. Er nahm es, wendete es prüfend hin und her und sah dabei ganz ernst aus. Dann lächelte er zufrieden. »Guter Shit ist das«, sagte er. »Rein. Das hier ist ein Haufen Schotter.«

»Wieviel?«

»Zwei, vielleicht drei Scheinchen. Ich meine, er ist rein, *Mann ...« Er lächelte wieder. »Man könnte eine Menge Schotter damit machen.«*

»Ein Sandstrand wär mir lieber«, sagte ich.

Er hörte mich nicht. Er legte das Päckchen wieder in den Karton. Es gab noch ein lose in Folie verpacktes Päckchen und ein Briefchen Zigarettenpapier. Auf dem Boden des Kartons lag eine dünne Schicht kleiner, graubrauner Blätter. Er zog zwei Blättchen Zigarettenpapier heraus und öffnete die lockere Folie. Darin waren dieselben kleinen Blätter wie auf dem Boden des Kartons. Behutsam, sorgfältig streute er ein paar Blätter auf das Papier, rollte es, dreht die Enden fest zu. Ich beobachtete ihn. Ich hatte noch nie von nahem gesehen, wie das gemacht wird. Ich beobachtete es mit Faszination, Angst und einem Gefühl von Schuld. Ich fühlte mich, als sei in meinem Kopf ein Wasserfall, der pochte und brauste ... ein schreckenerregendes Tosen. Ich bin fünfzig Jahre alt. Zum ersten Mal kam ich mit einer Sache in Berührung, die locker zu nehmen jeder Fünfzehnjährige in Amerika ermutigt wird. Ein Lebensstil. Der Große Schmerzensstiller. In den Straßen von Manhattan hatte ich Teenager Haschisch rauchen sehen, während gelangweilte Polizisten ihren Blick abwandten.

Ich sagte: »Weiß Ihr Sohn, daß Sie das hier haben?«

»Klar. Es gehört uns gemeinsam. Solange ich Bescheid weiß, kann er was nehmen. Er hat zwei Joints mitgenommen, als er gegangen ist.« Er hob zwei Finger so, wie der Junge es vorhin getan hatte, und lächelte sein koboldhaftes Lächeln. »Wir sind Freunde. Darum kann er nicht mit seiner Mutter zusammenleben.«

Ich sagte: »Zu spießig«, und er lächelte. »Yeah ...«

Meine Hände fingen an zu zittern. Um es zu verbergen, nahm ich die leeren Gläser und trug sie zum Waschbecken und wusch sie und stellte sie zum Trocknen auf das Abtropfgestell. Das Waschbecken und das Gestell waren voller Geschirr. Als ich zurückkam, hielt er mir den dicken Joint entgegen. Ich zögerte und verstand, wie die Teenager sich fühlen mußten. Wenn ich ihn nicht nahm, konnte ich meinen Mantel nehmen und nach Hause gehen. In die Stille.

Ich nahm ihn. Der Nachgeschmack des staubigen, schmuddeligen Glases auf meinen Lippen verursachte mir leichte Übelkeit.

Das und Schuldgefühle. Und Ekel. Und Neugierde.

Mein Kopf fing an weh zu tun.

Die Rosen in meinem Garten waren so wunderschön gewesen. Ich hatte ihnen so viel Zeit gewidmet. Als ich das Haus verlor, grub ich die Rosen aus und warf sie weg. Es fühlte sich an, als hätte ich meine Kinder getötet.

Simon sagte, es sei kleinlich. »Sie ist kleinlich«, hatte er Emily erzählt. »Eine blöde Kuh. Kleinbürgerliche Wertvorstellungen.«

Stimmt, Simon, ich habe kleinbürgerliche Wertvorstellungen. Selbst, wenn ich sie mir nicht leisten kann.

Ich hatte versucht, mich umzubringen. Im Auto. Was könnte kleinbürgerlicher als Selbstmord sein?

George zündete den Joint an. Ich nahm einen tiefen Zug, so wie ich es in den Filmen gesehen hatte. Alle diese detailfreudigen Filme, damit die Jugendlichen davon lernen. Und ich wartete. Nichts passierte. Irgend etwas hatte ich falsch gemacht.

»George, Sie werden das nicht glauben, aber ich habe noch nie Sh geraucht.«*

»Erzähl keinen Scheiß!«

Ich nickte.

»Au, Mann!«

Ich war so verlegen, als sei ich immer noch Jungfrau. Mit fünfzig.

»Atme es ganz tief ein«, sagte er. »Schluck es. Halt es drinnen. Das ist nicht wie bei einer Zigarette.«

Sollte ich mich trauen, ihm zu sagen, daß ich auch keine Zigaretten rauchte?

Ich sah zu, wie er es inhalierte. Tief. Langsam. Locker.

»Ganz runter bis zu Ihren Zehenspitzen«, sagte ich.

Er nickte und lächelte sein Halbmondlächeln.

Ich versuchte es noch einmal, zog es tief ein. Langsam. Hoch die Tassen! Allez hopp! Ein Hoch auf die schöne neue Welt! Du hast ganz schön was auf dem Buckel, Baby.

Ich wartete, hoffte, etwas zu fühlen. Erwartete zu schweben. Keine Sorgen mehr. Keine Ängste mehr. Kein Simon mehr, der in den Schatten meiner Erinnerung lauerte. Ich inhalierte wieder, verzweifelt. Der Mann mir gegenüber lächelte und nickte aufmunternd. George. Er hieß George. Manchmal erinnere ich mich an seinen Namen.

Auf einmal stand er auf und nahm eine Klarinette von dem Regal, das die Küche von dem Wohnzimmer trennte. Er strich liebkosend an ihr entlang. Schwarz und silbern. Er machte seine Lippen feucht, setzte das Mundstück an, hielt die Klarinette hoch, beugte sich nach hinten und ging in die Knie. Ich sah zu und wartete auf den großen, vollen Ton. Er blies. Ein kurzes Quietschen kam raus.

Er lächelte. Ich fragte mich, was er gehört hatte.

»Gefällt dir die Musik?« fragte er, »eh ...«, und fischte in seinem Gedächtnis nach meinem Namen.

»Anna«, sagte ich. Dann lachte ich; ich fühlte mich beschwipst. »Nein, nenn mich ... warte ... was Italienisches ... was mit Musik und fröhlich ... Allegra. Ich heiße Allegra.«

»Au warte, Mann ...« Er nahm einen langen Zug von dem Joint und setzte die Klarinette an die Lippen, als ob er spielen wollte; dann legte er sie hin und nahm noch einen langen Zug.

Ich kicherte. Ich überlegte, wann er die Klarinette inhalieren und den Joint blasen würde. Er ging wieder zu dem Regal und wühlte in den Schallplatten. »Das mußt du hören, Mann! Jimmy Giuffre. Der größte Bläser, Mann. Der größte!«

Er legte die Platte auf und stand da und hörte zu und bewegte sich mit der Musik hin und her. Er hob die Klarinette ein paarmal zum Mund, als ob er mitspielen wollte, schloß die Augen, ging in die Knie, legte den Kopf zurück, die Klarinette hoch erhoben. Aufgerichtet. Dann lächelte er und ließ das Instrument sinken und zog statt dessen tief an seinem Joint. Ich nahm auch noch einen Zug. Wirklich. Zog den Rauch ein und behielt ihn drin.

George legte die Klarinette auf den Tisch und zog sein Hemd aus. Er hatte keine Haare auf der Brust, und sie war sehr weiß. Knochig. Ich stand auf, lief in seine Arme und fing an zu tanzen. »Du tanzt gern«, sagte er erfreut.

»Und du?«

»Yeah. Oh yeah, Mann.«

Aber er konnte nicht tanzen. Ein paar Minuten schaukelten wir hin und her. Dann ließ ich ihn los und tanzte weg, allein. Bewundernd sah er mir zu. Er hob die Klarinette an die Lippen und brachte ein kleines krächzendes Tuten hervor.

»Spiel es, Giuffre ... spiel es, Mann ...« Es war aber nicht Giuffre. Es war keine Klarinette dabei. Es war Thelonius Monk, die mit Art Blakey am Schlagzeug und Johnny Griffin am Tenorsaxophon Blue Monk *spielten, und man hörte eine Trompete und einen Baß. Er konnte ein Tenorsaxophon nicht von einer Klarinette unterscheiden. Ich sagte es ihm nicht. Es war unwichtig. Ich nahm noch einen Zug und überließ meinen Körper dem Rhythmus. Ich nahm meinen silbernen Gürtel ab und warf ihn auf die Couch. Die Hosen waren ein Problem. Der Verschluß war kaputt, und ich hatte sie mit einer Sicherheitsnadel zugemacht. Also dauerte es etwas länger. Meine Hände wollten sich bewegen und schweben. Tanzen. Nicht an Sicherheitsnadeln herumfummeln. Ich kriegte sie auf und ließ sie auf den staubigen schwarzen Glastisch vor den Couchen fallen. Es waren Sitzelemente, die mit breitgeripptem Cord bezogen waren und im rechten Winkel zueinander standen. Ich warf meine Hosen auf eine Couch, glitt um den Tisch herum und zurück zu George. Wir berührten uns mit den Fingern. Er hielt mir einen neuen Joint an die Lippen, und ich zog wieder dran und dann gierig noch einmal und schwebte davon. In einer gegenüberliegenden Ecke war ein Sitzsack in violettem Lederimitat, so groß wie ein Doppelbett. Und dem wiederum gegenüber auf der*

anderen Seite des Fensters ein kleines Klavier. Das Holz war am Deckel abgesplittert. Gardinen oder Stores gab es nicht am Fenster, nur ein paar Pflanzen, die meisten kaputt. Ziemlich wirr durcheinander hingen sie vor dem Fenster von der Decke herunter.

Ich zog mir die Schuhe aus. Der Strohteppich war uneben und rauh. Ich dachte, er würde meine Strumpfhose zerreißen. Ich zog meine Schuhe wieder an und tanzte immer noch weiter. Ich fühlte mich attraktiv, sexy. Hochhackige schwarze Sandalen aus Synthetik, das wie Alligator aussah. Schwarze Strumpfhose; enger weißer Body. Alles Kunstseide.

»Ich bin kunstseiden«, sagte ich.

»Au, au ...«, sagte er, sah mich an und nahm wieder einen Zug.

Er schälte sich aus seinen Jeans und legte sie auf die Lehne eines der Couchelemente und schwankte unbeholfen daher, mit der hoch erhobenen Klarinette im Mund.

»Charley ...«, sagte er. »Charley Mingus. Mann, hör dir den Baß an ...« Ich schloß die Augen und hörte zu, ließ meinen Körper fühlen. Der Klang wickelte sich um meinen Körper und hielt ihn, hüllte ihn ein, liebkosend, tröstend. Eine Hand machte meinen Body auf und zog ihn mir über den Kopf.

»Yeah ...«, flüsterte George. »Yeah ...«

Ich hakte meinen BH auf und warf ihn hin.

»Du bist schön«, sagte George. »Du bist wirklich schön, Mann ...«

Die Musik wurde heißer. Zu Mingus' Baß kamen ein paar Bläser und ein Piano und Schlagzeug. Heiß und hart und gemein.

Die Musik hörte auf, aber ich tanzte weiter. Und dann fiel eine neue Platte auf den Plattenteller, und ein Piano setzte ein: Someday he'll come along, the man I love. *Und dann umschlangen Art Tatums Finger die Melodie, umarmten sie, dämpften sie, legten sich neben sie. Aber sanft. Elegant. Gelassen.*

». . . from which he'll never roam . . .«, *summte ich.*

George drehte die Lautstärke auf. Es war laut, sehr laut. »Spiel es, Art, Alter . . .« Er stellte es noch lauter. Er rollte noch einen Joint und hielt ihn mir an die Lippen.

»Jetzt kannst du es«, sagte er und zog auch daran.

Ich wartete. Ich wollte high sein, schweben. Ich wollte mich schwerelos fühlen. Ich wollte, daß mein Kopf aufhörte zu denken. Nichts passierte. Ich fühlte nichts.

»Eine Riesenscheiße ist das«, sagte ich. »Wie alles andere auch. Wie das Leben.« Ich wollte heulen.

Er hatte seine Unterhose ausgezogen, einen roten Slip. Sein Penis war mittelgroß und dünn. Er stand da ganz allein, zwergenhaft im Verhältnis zu der Klarinette in Georges Mund. Ich dachte daran, was Winston Churchill gesagt hat: »Wenn ein Mann an der Größe seines Penisses gemessen wird, ist ein Gorilla einhundertmal mehr Mann als ich.«

Und das war auch eine Riesenscheiße. Churchill und seine Zigarre. Georgie hier und seine Klarinette. Er entrang ihr noch einmal ein albernes Tröten und ging Richtung Schlafzimmer, und ich folgte ihm mit meinen hohen Absätzen und der schwarzen Strumpfhose.

Das Bett war nicht gemacht. Ich fühlte mich schuldig. Ich war sicher, der Junge hatte hier geschlafen und war durch mein Erscheinen aufgeweckt worden und mußte mit einem nassen Kopf in die kalte Regennacht hinaus. Andererseits sah das Bett aus, als ob es nie gemacht worden sei. Die Bettwäsche hatte ein braun-schwarzes, geometrisches Muster. Ich mag keine Bettwäsche mit schreiendem Muster. Man kommt nicht zur Ruhe darin. Ich mag lieber einfarbige. Oder weiße.

Dieses Haschischzeugs erwischte mich langsam. Ich wandte mich George zu und legte meine Arme um ihn, und er küßte mich auf den Mund. Ich schmiegte mich an ihn und küßte ihn wieder und wieder.

Er legte seine Hände auf meine Brüste und sagte: »Du hast

tolle Titten«, und küßte sie. Wir setzten uns auf das Bett, und er küßte meinen Mund und meinen Hals und meine Brustwarzen, und dann legten wir uns aufs Bett. Das Bettzeug roch nach Schweiß. Ich versuchte, nicht tief einzuatmen. Ich hasse den Geruch dreckiger Bettwäsche. Ich kämpfte gegen Übelkeit an.

Er nahm meine Hand und führte sie zu seinem Penis. Ich dachte, »Gut, scheiß auf dich, Churchill. Her mit dem Gorilla!« Georges Penis war nämlich nicht so wie Simons. Simons war dick und fühlte sich in meiner Hand schwer an. Kompakt. Ich habe ihm das immer gesagt. Er hörte es gern. Er brüstete sich damit. Nicht, daß ich eine Penisexpertin bin. Simon war der erste. Achtundzwanzig Jahre lang der einzige.

George saß rittlings auf mir. Sein Penis baumelte über meinem Gesicht. Er krümmte sich leicht nach oben, wie seine Mundwinkel. Halbmondmund. Halbmondschwanz. Er lächelte sein blödes, fernes Lächeln.

»Iß mich«, sagte er.

»So was mach ich nicht.«

»Aber ich finde es schön«, sagte er verwundert.

»Nein.« Ich fühlte mich schuldig, weil ich ihn enttäuschte.

Er rutschte runter und legte sich auf mich. Mit seinem gebogenen Penis hatte er Mühe, in mich reinzukommen. Ich nahm seinen Penis in meine Hand und führte ihn ein. Ich war überrascht, daß ich innen so naß war, wo ich doch nichts fühlte. Kein Interesse, keine Lust. Ich wollte es nur hinter mich bringen. Ich fühlte, wie ich mich unter ihm erst langsam, dann schneller, rauf und runter drehte und wand und dabei die Muskeln in meiner Vagina zusammenzog und entspannte. Ich wollte ihn nicht enttäuschen. Ich wollte ein guter Fick sein. Ich wollte nicht, daß es ihm leid täte, daß er mich mit nach Hause genommen und meinetwegen seinen Sohn weggeschickt hatte.

Man tut, was man kann, Mann ...

»So ist gut«, keuchte er. »So ist es wirklich gut. Du fickst mich ja richtig.«

Ich öffnete die Augen und sah sein Gesicht mit seinem blöden, überraschten, draufgeklatschten Lächeln. Ich mochte ihn nicht. Was er zu mir sagte, gefiel mir nicht.

Aber langsam fühlte ich eine Erregung. Ich sagte mir: »Wenn du schon mal da bist, kannst du es ebensogut genießen.«

Ich schob seinen Oberkörper weg, so daß sein Gewicht unten auf seinem Körper lag und er tiefer reinkommen konnte. Ich war sehr naß, und ich konnte nicht genug von seinem Penis in mir drin spüren. Er schwitzte, und ich hatte Angst, daß er es nicht mehr lange zurückhalten konnte. Inzwischen war ich ziemlich erregt, ich schob ihn also raus und drehte mich auf den Bauch und führte ihn von hinten wieder in mich rein und legte eine seiner Hände unter mich auf meine Klitoris. Ich überkreuzte meine Beine und bewegte mich schnell auf und ab. Es ist meine liebste Stellung. Ich komme so ganz schnell. Jetzt wollte ich es wirklich wissen; ich war fast da. Fast ... Ich bewegte mich wie wild. Ich konnte spüren, daß er kurz davor war. Und dann stöhnte er und zog seine Hand raus, weg von meiner Klitoris. Ich spürte, wie er kam. Dann rollte er von mir runter und lag auf dem Rücken.

»Du hast es mir wirklich besorgt«, sagte er. »Du hast es langsam angehen lassen, aber dann hast du es mir richtig besorgt.«

Das hätte er nicht sagen sollen. In mir war eine schreckliche Frustration. Ich war grauenhaft frustriert. Ich wollte unbedingt noch kommen. Ich dachte daran, zu masturbieren. Ich hätte es vielleicht getan, wenn das Zimmer dunkel gewesen wäre und er mich nicht angeguckt hätte. Aber ich schämte mich. Hatte zuviele Hemmungen. Er hatte mich hängen lassen, und ich schämte mich.

Natürlich fragte er dann: »Bist du gekommen?« Ich wußte, er würde fragen. Nicht aus Interesse an mir. Es ging ihm nur um sich selbst. Wäre er wirklich interessiert oder sensibel für mich gewesen, hätte er nicht fragen müssen.

»Ja«, sagte ich. Ich hasse es, danach gefragt zu werden. Es war mir unangenehm, als ob ich ihm was angetan hätte, wenn ich keinen Orgasmus für ihn hatte; als ob es mein Versagen gewesen wäre.

Er lag auf dem Rücken mit seinem dünnen Penis, der wie ein kaltes, gegrilltes Würstchen zusammengeschrumpelt war. Er nahm die Klarinette und steckte sie sich in den Mund und blies ein paar Töne und nahm sie raus und lachte und steckte sie sich wieder in den Mund und hielt sie hoch. Es sah aus, als ob er an einem monströsen Penis lutschte. Ich stand auf und ging ins Badezimmer. Die Frustration war fast unerträglich. Ich war kurz vorm Kommen gewesen. Warum hatte ich nicht schneller kommen können? Warum brauchte ich so lange? Was war bei mir nicht in Ordnung?

Ich überlegte, ob ich mich mit einem Handtuch hinlegen und mich selbst befriedigen sollte, aber das brachte ich nicht fertig. Auf dem Boden war es zu eng und zu schmutzig, um sich darauf auszustrecken. Die Handtücher rochen. Ich fragte mich, wann sie wohl zum letzten Mal gewaschen worden waren. Und es gab bestimmt Kakerlaken. Eine sah ich da, wo es feucht in dem Becken war. Eine große.

Ich wusch mich und ging zurück ins Schlafzimmer. Wieder fragte ich mich, wann die Bettwäsche zum letztenmal gewechselt worden war. Auf dem hell- und dunkelbraun/schwarzen Muster konnte man Flecken nicht sehen, aber riechen. Eine Frau mußte sie gekauft haben. Eine seiner wichtigen emotionalen Beziehungen. Die Bettwäsche sah aus, als ob eine Frau sie für einen Mann kaufen würde, wenn sie ein maskulines Muster suchte.

Das Kissen hatte einen großen, nassen Fleck. Die Klarinette lag darauf, in majestätischer Ruhe. Mit der könnte ich hervorragend vögeln, dachte ich.

Als ich hereinkam, lag er auf dem Rücken, rauchte eine Zigarette und sah mich an.

»Ich muß fort«, sagte ich.

»Mann, du hast mich richtig gefickt.«

Wäre toll, wenn ich das auch zu ihm sagen könnte.

»Sind wir Freunde?«fragte er beunruhigt. »Willst du meine Freundin sein?«

»Ja.«

Er lächelte, als ob ihm eine große Last von der Seele genommen worden wäre.

»Komm näher zu mir, hm« Er suchte nach meinem Namen.

Allegra war verschwunden. »Anna«, sagte ich. »Ich heiße Anna Nym.«

»Komm näher zu mir, Anna.«

Die Klarinette thronte auf dem Kissen neben ihm. Eine Hand ruhte auf seinen Eiern, und er streichelte sie sanft, liebevoll, abwesend. Die andere hielt eine Zigarette. Er ließ den Zigarettenstummel in einen Aschenbecher fallen, der voller alter Kippen war, und griff nach mir und zog mich neben sich aufs Bett runter. Ich legte meine Arme um seinen mageren Brustkorb.

»Ich muß gehen«, sagte ich.

»Ich versteh dich nicht. Du willst mir keinen blasen.«

Ich antwortete nicht. Ich hielt ihn. Warum konnte er nicht still sein und mich so tun lassen, als ob? Ich war so traurig ... so traurig. Ich wollte weinen. Ich wollte, daß jemand mich hielt.

Er brachte sich in eine sitzende Stellung. Sein Penis war wieder hart, nach innen gegen seinen Bauch gekehrt. Ich guckte zu seinem Gesicht hoch. Es wirkte beglückt, sanft. Er hob meinen Kopf hoch und legte ihn auf seinen Oberschenkel dicht neben seinen Penis. Das Haar drumherum war klebrig. Ich konnte den abgestandenen Samen riechen. Ich konnte alte Körpersäfte riechen, die dort moderten. Der Gestank war überwältigend. Ich hatte das Gefühl zu ersticken. Ich öffnete den Mund, um Luft zu holen.

»Ich möchte, daß du mich ißt«, sagte er.

»Nein.« Ich ekelte mich.

»Ich hab das gern«, maulte er.

Ich machte eine Bewegung, um aufzustehen. Er drehte meinen Kopf herum und stopfte seinen Penis in meinen Mund. Ich schüttelte mich und würgte. Er hielt meinen Kopf fest und drückte ihn mit aller Kraft nach unten. Das klebrige Haar war in meiner Nase.

»Lutsch, lutsch . . .«, greinte er.

Ich würgte, versuchte, Luft zu holen, versuchte, mich loszureißen, versuchte zu schreien, spürte, wie der Penis immer härter wurde, als ob er kurz davor sei, zu bersten, spürte das Pochen, den Gestank, das Entsetzen. Und dann hatte ich einen schmierigen Schleim im Mund, und immer noch hielt er meinen Kopf in den Schmodder und keuchte: »Das ist gut, das ist gut; du ißt mich wirklich . . .«

Verzweifelt, rasend vor Wut schlug ich meine Zähne durch den ekeligen Modder in das Fleisch in meinem Mund und biß zu. Ich biß mit aller Kraft zu.

Ich hörte ihn schreien. Seine Hände fingen an, mir auf den Kopf zu schlagen, an meinen Haaren zu ziehen. Aber immer noch hielt er meinen Kopf runter zwischen seine Beine. Wie rasend biß ich fester zu, schmeckte eine andere scheußliche, salzige, dickliche Flüssigkeit, durch die Hände, die wie wild auf meinen Kopf schlugen, seiner Schreie undeutlich bewußt. Mit den Händen tastete ich blind neben mich. Ich bekam die Klarinette zu fassen. Ich hob sie hoch und schlug wie verrückt auf sein Gesicht und seine Brust.

Sein Griff lockerte sich. Sein Körper plumpste nach hinten. Eine wahnsinnige Wut ergriff mich. Irgend etwas tief in mir, etwas Vergrabenes, brach heraus. Explodierte. Ich fühlte nichts anderes. Ich schnappte nach Luft, würgte, richtete mich auf und schlug in sein Gesicht, hieb und drosch zu, bis meine Arme sich nicht mehr bewegen konnten und ich erschöpft war. Ich kroch vom Bett und taumelte ins Badezimmer. Die Klarinette hatte ich immer noch in der Hand. Sie war blutig. Ich ließ sie in die

Badewanne fallen, stellte mich daneben und drehte die Dusche auf. Ich wusch meinen Mund. Ich wusch ihn mit Seife und dann mit Zahnpasta und spülte ihn mit Mundwasser und dann alles wieder von vorn. Ich verbrauchte das ganze Mundwasser. Ich duschte und wusch mir wieder den Mund. Ich konnte den ekeligen Geschmack nicht wegkriegen.

Mit einem schmutzigen Handtuch wollte ich mich nicht abtrocknen. Ich fand den Wäscheschrank neben dem Badezimmer und zog ein sauberes Bettuch heraus und trocknete mich ab und wickelte mich in das Bettuch. Mit dem einen Ende hob ich die tropfende Klarinette auf und trocknete sie. Hoffentlich war sie nicht kaputt.

Ich ging mit der Klarinette zurück ins Schlafzimmer. Ich wollte mich bei George entschuldigen. Erklären, was mit mir los war.

Sein Gesicht war gar nicht zu erkennen. Ein unförmiger, blutiger Brei. Es war kein Gesicht, das man erkennen konnte. Es hätte jedermanns sein können. Es hätte Simons sein können. Mehr konnte ich nicht sehen. In seiner Leistengegend war zuviel Blut, um irgend etwas zu sehen.

Zuerst fühlte ich überhaupt nichts. Dann wurde mir ganz langsam warm. Heiß. Fiebrig. Mein Herz fing an, schnell zu schlagen. Ich fühlte etwas, das mehr war als Freude. Ich fühlte Erleichterung. Wonne. Jubel. Ich fühlte Rache.

Ich war glücklich.

»Ich hasse dich, Simon«, sagte ich. Ich sagte es noch einmal: »Ich hasse dich. Ich hasse dich, Simon.«

Vorsichtig legte ich die Klarinette neben den Mann. Ich ging in das andere Zimmer. Die Platte spielte immer noch. Laut. Someday he'll come along ... *Ruhig. Elegant. Es war so laut. Und ich hatte es die ganze Zeit nicht gehört.*

Sorgfältig faltete ich das Bettuch zusammen, mit dem ich mich abgetrocknet hatte. Ich war froh, fühlte mich leicht, schwerelos.

Ich dachte, ich sollte die Musik leiser stellen, aber ich wußte nicht, wie. Und ich konnte die Sicherheitsnadel für meine Hosen nicht finden. Es war einerlei. Der Silbergürtel bedeckte die Taille.

Der Mann unten in der Portiersloge unterhielt sich eifrig mit einer minderjährigen Nutte. Er sah mich nicht.

Der Regen hatte aufgehört. Die Luft roch gewaschen und sauber. Ich fühlte mich gut. Richtig gut. Ich wußte nicht, warum ich weinte.

Erst zu Hause merkte ich, daß ich das Bettuch mitgenommen, aber den Schirm dagelassen hatte.

Ich würde zurückgehen müssen und das Tuch zurückbringen und den Schirm holen. Ich kann es mir nicht leisten, dauernd Schirme zu verlieren.

2. KAPITEL

Freda Miller hörte zu ihrem heißen Kakao die Elf-Uhr-Nachrichten, wie sie es fast jeden Abend in ihrem Leben getan hatte.

Als Morris noch lebte, hatten sie die Elf-Uhr-Nachrichten immer zusammen gehört, mit ihrem Kakao, und dann waren sie ins Bett gegangen. Als Morris noch lebte, war sie immer sofort eingeschlafen, sein rhythmisches Atmen lullte sie ein. Als Morris noch lebte, war dieses Haus, in dem sie wohnte, ganz anders gewesen.

Nachdem sie sich heute abend hin und her gewälzt hatte und als sie gerade fühlte, wie sie in den Schlaf hinüberglitt, fing dieser Lärm an, dieser Jazz in der Nachbarwohnung. Mit einem Ruck war sie wach.

Früher hatte es in diesem Haus keine Leute wie die in der Nachbarwohnung gegeben. Sie und Morris waren eingezogen, als es gerade gebaut worden war, als die Leute, die hier einzogen, in der Nähe des Lincoln Center sein wollten. Sie wollten nahe an der Musik sein, am Ballett, an der *Kultur.* Jetzt war es anders. Alles war anders. Sie wußte nicht einmal genau, ob sie es sich leisten konnte, weiter hier zu wohnen, angesichts dessen, wie ihre Rente von der Inflation weggefressen wurde. Mit diesem schäbigen bißchen Geld aus Morris' Rentenversicherung. Aber wo hätte sie hingehen können? Was konnte sie tun? Auf was konnte sie sonst noch alles verzichten? Und allein. Sie hatten keine Kinder gehabt.

So viel hatte sich geändert. Es war einmal ein wunderschönes Haus gewesen und eine wunderschöne Straße und eine wunderschöne Stadt. Damals, als sie noch jung gewesen war.

Morris war seit vier Jahren tot. Sie würde sich nie daran gewöhnen, ohne ihn zu sein.

Der Schallplattenkrach aus der Nachbarwohnung hörte nicht auf. Sie versuchte, sich zu entspannen, versuchte, ihn nicht zu hören, versuchte, nicht zu denken und sich nichts daraus zu machen. Sie versuchte zu schlafen.

Die Platte wurde lauter gestellt.

Freda stöhnte. Sie rutschte hoch und zog ihre Beine schwerfällig herum und ließ sie an der Bettkante herunterbaumeln. Sie schlurfte ins Badezimmer. Konnte ebensogut aufs Klo gehen. Fünfmal in der Nacht mußte sie eh aufs Klo. Der Fluch der alten Frauen. Vielleicht sollte sie vor dem Schlafengehen nicht mehr den heißen Kakao trinken.

Nein. Das würde sie nicht ändern. Wie viele Veränderungen sollte sie in ihrem Leben noch auf sich nehmen?

Sie nahm ein Papiertaschentuch aus der Schachtel auf ihrem Nachttisch, zerriß es und stopfte sich ein paar Fetzen davon in die Ohren. Vielleicht half das. Sie legte sich wieder hin.

Natürlich half es nicht. Und das Papier in ihren Ohren störte sie. Sie glaubte auch andere Geräusche zu hören. Schreien und Schlagen. Wahrscheinlich eine wilde, verrückte Party.

Ihre Schlafzimmerwand war die Wohnzimmerwand der Nachbarwohnung. Sie nahm das Papier aus den Ohren und schlug heftig gegen die Wand. Vielleicht hörten sie es und machten es leiser.

Nichts passierte. Sie schlug noch einmal, fester, an die Wand, hauptsächlich, um ihrer Wut Luft zu machen. Sie stellten es nicht leiser. Das machten sie nie. Den gleichen Ärger hatte sie schon früher mit ihnen gehabt, aber nie so lang oder so spät. Sie hämmerte noch einmal mit ihren Fäusten gegen die Wand, ihr Ärger und ihre Hilflosigkeit wurden größer, und sie merkte, daß sie weinte. Erschöpft lehnte sie sich mit dem Kopf zurück an die Wand.

»Morris, Morris, wo bist du?«

Sie seufzte. Nicht, daß Morris eine große Hilfe gewesen wäre. Sie hatte immer die Kämpfe für sie beide ausfechten müssen. Aber wenigstens war jemand dagewesen, bei dem sie sich beschweren konnte. Oder über den.

Das schlimmste an dem Lärm war, daß es dieselbe Schallplatte war. Immer und immer wieder dieselbe Platte. Es machte sie wahnsinnig. Möglicherweise waren sie eingeschlafen. Waren ins Schlafzimmer gegangen und eingeschlafen und hatten den Plattenspieler angelassen, damit sie litt.

Sie konnte in den Hausflur gehen und bei ihnen klingeln und sie bitten, ihn leiser zu stellen. Aber wenn sie sich weigerten? Das war nicht das Problem. Sie wußte, daß das nicht das Problem war. Wenn sie sich weigerten, würde sie die Polizei rufen. (Nicht, daß die Polizei sich hinbemühen würde, weil eine alte Frau durch Lärm gestört wurde.)

Das Problem war, daß sie sich anziehen und ihre Zähne reintun müßte. Sie war nicht so eine, die im Bademantel ohne Zähne auf den Hausflur ging. Und sie müßte sich das Haar kämmen, sorgfältig, um die Stelle zu überdecken, wo ihr Haar so dünn geworden war, daß die rosige Kopfhaut durchschimmerte. Und sie war müde. Bei Regen schwollen ihre Knöchel an. Sie schmerzten, wenn sie sie tragen mußten.

»Oh Morris, Morris . . . wenn du am Leben wärst und ein paar Stunden Zeit hättest, könnte ich dir all die Sachen erzählen, die mir weh tun.« Nicht, daß er zuhören würde. Er hatte nie zugehört. Er hatte immer gelesen . . . eine Zeitung, ein Buch, eine Illustrierte. Seine Augen hatten ihn nie im Stich gelassen. Ein bißchen taub, ein bißchen arthritisch; das Herz war nicht so gut. Aber er hatte seine Augen. Gott war gut zu ihm gewesen. Was hat man davon, Morris, so durch die Gegend zu kriechen wie ich, so lange, und alle Teile sind verschlissen?

Freda guckte auf die Uhr mit ihrem kleinen, runden, rot beleuchteten Zifferblatt und den Ziffern, die in der Dunkelheit grün leuchteten. 1:45. Fast zwei Uhr.

Sie war müde. So entsetzlich müde. Und der Kopf tat ihr weh. Gut, dieses eine Mal, das einzige Mal in all den Jahren, die sie hier wohnte, würde sie ihren Bademantel anziehen und auf den Hausflur gehen und an der Nachbarwohnung klingeln und sie freundlich bitten. Und wehe, sie wagten es. Wehe, sie wagten es, sich taub zu stellen! Sie würde die Polizei anrufen. Sie sollte die Polizei in jedem Fall anrufen, aber schließlich: jedem seine Chance. Warum jemandem unnötigerweise den Ärger mit der Polizei aufhalsen? Und warum sollte sie selbst sich mit der Polizei herumschlagen?

Ihre Knöchel schmerzten, als sie ihre Füße schwerfällig auf den Boden setzte und ihren Bademantel holte. Eigentlich war es Morris' Bademantel. Ein guter Bademantel. Kariert, aus Wolle. Vor Jahren hatte er zwanzig Dollar und achtzehn gekostet. Gott weiß, was er jetzt kosten würde, solch ein Bademantel. An den Ellenbogen und im Rücken war er dünn geworden, aber er war immer noch gut. Und es war, als ob sie Morris um sich hätte. Jetzt die Zähne. Das verlangte der Anstand. Sie spülte ihre Zähne am Waschbecken aus und tat sie hinein.

Als sie auf den Hausflur trat, sah sie eine Frau am Aufzug warten. Eine Frau in einem roten Regenmantel. Freda ging schnell in ihre Wohnung zurück. Das eine Mal, das absolut einzige Mal, das sie jemals einen Fuß in den Hausflur gesetzt hatte, ohne angezogen zu sein, mußte jemand da sein! Das gab es ganz einfach nicht, daß man sie in Morris' altem Bademantel und mit ungekämmten Haaren sah. Sie lehnte sich von innen an die Tür und wartete, bis sie zu hören glaubte, wie die Aufzugtür fauchend aufging.

Einen Spaltbreit öffnete sie ihre Tür und guckte vorsichtig hinaus und beobachtete, wie die Frau in den Aufzug stieg. Sie sah ihr Gesicht nicht, nur ihren Rücken. Schlank. Lockige blonde Haare. Roter Regenmantel mit einem Streifen unten, wo der Saum herausgelassen worden war. Heutzutage wußte Freda sehr wohl, was es hieß, Säume herunterzulassen.

Die Aufzugtüren schlossen sich. Freda wartete aufmerksam, bis die Kabine sich in Bewegung setzte, und die Ziffern über der Tür aufleuchteten. Acht. Sieben. Sechs.

Sie ging in den Hausflur, trotzte dem Pochen in ihren Knöcheln (Arthritis, Morris) und hielt sich sehr gerade, sie ging mit aufrechten Schritten zu der Nachbarwohnung und klopfte fest an die Tür. Der Lärm von dem Jazz war deutlich hinter der Tür zu hören, aber es war nicht so laut wie in ihrem Schlafzimmer. Die Außenwände der Wohnungen waren dicker als die zwischen ihnen. Sie klopfte noch einmal, drückte dann auf die Klingel. Sie wußte nicht, ob man die Klingel durch den Jazzlärm drinnen hören konnte. Manche Klingeln waren kaputt. Bei Reparaturen nahm sich die Hausverwaltung Zeit. Das ganze Gebäude war heruntergekommen. Wie diese Flure. Der schäbige Teppich. Es war eine Schande. Das kam vielleicht daher, daß die Eigentümer es in Eigentumswohnungen umwandeln wollten. Was würde sie dann tun? Das erforderliche Geld brächte sie nie zusammen. Sie hatte ihren guten Platz in der Oper aufgegeben. Sie ging überhaupt nicht mehr hin. Vom Balkon aus konnte sie nicht sehen. Hören konnte sie auch nicht mehr gut. Wahrscheinlich war dieses ... Gesocks, das eingezogen war, in der Lage, sich Eigentumswohnungen zu kaufen, und sie würde ausziehen müssen. Wohin?

Ihr Herz klopfte bis zum Hals. Sie mußte aufhören, über angstmachende Dinge nachzudenken. Sie mußte aufhören, sich Sorgen zu machen. Sie legte ihren Finger auf die Klingel und ließ ihn da und drückte mit aller Kraft und zog dann plötzlich ihre Hand weg und steckte sie schnell in die Bademanteltasche. Sie sah ihre Hände nicht gern. Sie waren knotig, durchschlängelt von dicken blauen Venen und Altersflecken. Sie wollte schon gehen und trat wütend gegen die Tür. Sie bewegte sich. Sie starrte darauf. Sie war offen. Wie eine Flut stürzte ihr die Musik entgegen. Verlegen drückte sie vorsichtig dagegen. Sie öffnete sich weiter.

Sie wollte nicht herumschnüffeln. Sie war keine von diesen alten Damen, die nichts Besseres zu tun hatten, als ihren Nachbarn hinterherzuspionieren. Sie wußte nicht einmal genau, wer hier wohnte. Ein alleinstehender Mann, dachte sie, obwohl sie manchmal den Eindruck gehabt hatte, daß es auch eine Frau gab. Aber sie sah in das Zimmer.

Es war leer. Auf einem Regal links an der Küchenwand war ein Plattenspieler. Die Lautsprecher standen an ihrer Schlafzimmerwand. Ob sie es wagen sollte, weiter in das Zimmer zu gehen und das Ding abzustellen? Es war die Wohnung von jemand anderem. Die Wohnung eines Fremden.

Sie war nicht einmal sicher, ob sie wußte, wie man ihn ausmachte. Sie hatte ihre Brille nicht an.

Niemand hatte ihr Klingeln gehört. Vielleicht war keiner zuhause. Vielleicht hatten sie diesen Lärm angestellt und es vergessen und waren weggegangen. Vielleicht war es diese Frau in dem roten Mantel.

»Ich guck nur mal ganz schnell nach, Morris . . .« Und dann, wenn keiner zuhause war, würde sie das Gerät selbst ausmachen. Das konnte ihr doch niemand vorwerfen.

Als sie auf der Schwelle stand, klopfte sie noch einmal an die Tür. Sie hatte das Gefühl, unter einer Lawine von Lärm begraben zu werden. Sie wollte nicht, daß der Lärm noch jemanden im selben Stockwerk störte. Sie ging in die Wohnung und schloß die Tür mit dem Handrücken.

»Hallo«, rief sie.

Niemand antwortete.

»Entschuldigen Sie . . . Hallo . . .« Sehr laut.

Immer noch unsicher, was sie tun sollte, ging sie langsam zum Schlafzimmer. An der Schlafzimmertür blieb sie stehen.

Zuerst erkannte sie gar nicht, was sie sah. Sie ging näher hin, starrte das Ding auf dem Bett an. Dann kapierte sie, was sie sah. Das blutige Durcheinander, das ein Gesicht sein sollte. Weiter unten das Blut. Ihr wurde schwach. Ihr Körper sackte an den

Türpfosten. Ihr Magen drehte sich. Sie war zu entsetzt, um zu schreien. Sie drehte sich um und rannte in ihre eigene Wohnung. Zitternd und schluchzend ergriff sie das Telefon.

»Vermittlung . . .«, schrie sie. »Vermittlung! . . .«

Sie hielt inne. Sie legte das Telefon zurück.

Was tat sie? Auf was ließ sie sich da ein? Wenn sie die Polizei rief, wie könnte sie erklären, was sie in der Wohnung getan hatte? Warum sie da hineingegangen war? Sie würden sie vielleicht sogar verdächtigen. Sie hörte geradezu einen Polizisten sagen: »Haben Sie ihn getötet, weil er diese fürchterliche Musik so spät nachts gespielt hat und Sie nicht schlafen ließ?«

Was hatte sie schließlich damit zu tun, was nebenan passierte? So was hätte Morris gesagt. »Was hast du damit zu tun, Freda? Wer weiß, was für ein Mensch er war. Soll sich doch jemand anderes drum kümmern.«

»Ja, Morris.« Sie würde das tun, was sie ihr ganzes Leben lang getan hatte. Sich um ihre eigenen Angelegenheiten kümmern. Sie und Morris hatten immer für sich gelebt, sich um ihre eigenen Angelegenheiten gekümmert.

Die Tür zu der schrecklichen Wohnung hatte sie weit offen gelassen.

Der Hausflur war voll von diesem entsetzlichen Lärm. Jemand anders würde sich beschweren. Früher oder später würde jemand anders da reingehen und dieses . . . Ding . . . da auf dem Bett finden.

Sie ging zurück in ihr Schlafzimmer, schlurfte, gab dem Schmerz in ihren Knöcheln nach. Es war niemand da, vor dem sie ihn verbergen mußte.

Sorgfältig hing sie Morris' Bademantel auf. Es hatte keinen Zweck mehr, sich wieder hinzulegen. Sie würde nie einschlafen. Sie ließ sich in den Sessel sinken und starrte auf den Fluß. Wo fuhren all die Autos so schnell, so spät hin? Das Leben geht weiter, Morris, ohne uns. Wir hinterlassen keine Spur.

Sie lehnte ihren Kopf zurück in den Sessel und schloß die

Augen und versuchte, diesen widerlichen Anblick auf dem Bett nebenan loszuwerden. Die Erinnerung daran würde sie wachhalten.

Undeutlich hörte sie Geräusche im Hausflur. Türen wurden geöffnet und zugeschlagen. Schritte. Einen Schrei. Rufen. Aufgeregte Stimmen. Auf einmal hörte die Musik auf.

Jemand kümmerte sich um die Angelegenheit.

»Morris, warum mußtest du sterben und mich ganz allein in solch einer schrecklichen, eigensüchtigen Welt zurücklassen?«

»Freda, Dummchen, glaubst du nicht, ich wäre viel lieber bei dir? Mach dir nichts aus dem Lärm draußen. Geh schlafen.«

Sie tat, wie er sie geheißen hatte. Sie schlief ein.

3. KAPITEL

Bernie Bernstein versuchte nicht einmal zu schlafen. In dem schmalen Bett lag er auf dem Rücken und fühlte das Pochen in seiner Stirn, wo der Arzt ihn genäht hatte. Neun Stiche.

Der Junge ist wahnsinnig, dachte er. Er ist wahnsinnig. Mir das Feuerwehrauto an den Kopf zu schmeißen. Er ist zwölf Jahre alt. Warum, zum Teufel, spielte er mit einem Feuerwehrauto? Linda würde sich der Tatsache stellen müssen. Früher oder später würden sie ihn in eine Anstalt bringen müssen.

Draußen hatte der Regen sich ausgeheult. Der Wind warf sich gegen das Fenster, er weinte trockene Tränen. Bernie bewegte seinen großen Körper vorsichtig; einen Augenblick lang hatte er Angst, aus dem Bett zu fallen.

Und dann noch was: die beiden Einzelbetten. Eines Abends war Bernie nach Hause gekommen und hatte sie vorgefunden. Linda hatte ihr französisches Doppelbett rausgeworfen und die beiden Einzelbetten gekauft und sie aufstellen lassen und Tagesdecken darauf gelegt, und jetzt standen sie da, als ob sie die gesamten siebenundzwanzig Jahre ihrer Ehe dagewesen wären.

Das war vielleicht eine Überraschung. Sie hatte sich überhaupt nicht mit ihm abgesprochen. Hatte es nicht einmal erwähnt oder gesagt, daß sie so was vorhatte. Nicht, daß es irgendeinen Unterschied gemacht hätte. Was ihn anbetraf, konnten sie auf verschiedenen Planeten schlafen. Es war zwei, vielleicht sogar drei Jahre her, daß sie ihm den Gefallen getan und ihn mit ihr hatte schlafen lassen. Und sie hatte dagelegen wie eine schlaffe Lumpenpuppe, ungeduldig gewartet, daß er fertig wurde, und war dann sofort aus dem Bett gesprungen und ins Badezimmer gelaufen, um sich zu waschen. Um den Sex von ihrem Körper abzuwaschen. Ihn von ihrem Körper zu waschen. So war es schon seit Jahren: seit wie vielen, wußte er nicht mehr. Aber am Anfang nicht. Am Anfang hatte sie ihren Körper auf ihn geworfen, an ihm gezogen, gezerrt und gekostet. Am Anfang, als sie dachte, das würde ihr ein Kind geben.

Jesus, war sie schön gewesen. Alles rötlichblond. Haar wie gesponnenes Gold, grün-goldene Augen. Und Grübchen. Diese ungebärdigen, köstlichen Grübchen in einem runden Gesicht.

Ihr Körper war immer noch schön. Ihre Brüste waren immer noch rund und fest und hoch, ihre Taille schmal, ihre Hüften gerundet, aber schlank. Aber ihr Gesicht sah immer so aus, als ob alle Nerven gespannt wären. Ihr Gesicht war nicht mehr rund. Sie lächelte kaum noch.

Warum stieg auf einmal ein Schuldgefühl in ihm auf? Das mit den Kindern lag nicht an ihm. An ihr auch nicht. Es war eine dieser Tücken des Schicksals. Sie waren zu all den Spezialisten gegangen, hatten sich all den Tests unterzogen, alles versucht. Bei ihnen beiden war alles in Ordnung. Das hatte man ihnen unzählige Male gesagt. Mit einem anderen Partner hätte jeder ein Dutzend Kinder gehabt. Irgendwann in den Jahren ihres Zusammenseins war Zusammenschlafen zu einem verzweifelten, kalten, mechanischen Ritual geworden, um ein Kind zu machen. Einmal hatte er es gewagt, eine Adoption zu erwähnen. Sie wollte nicht darüber sprechen. »Ich bin die geborene Mutter«, hatte sie geschrien. »Ich habe die Hüften dafür, die Brüste dafür.«

Am Anfang hatte er sie jeden Monat in den Armen gehalten, während sie weinte, und jeden Ton als Anklage gespürt. Er wäre in den Himmel geklettert, um ihr einen Stern zu holen. Ein Kind konnte er ihr nicht geben. Er wußte nicht, wann sie angefangen hatten, voller Schuldgefühle und Enttäuschung aufeinander herumzuhacken. Auf einmal kämpften sie nur noch miteinander.

Und er liebte sie. Er liebte es, sie zu beobachten, wie sie ihre Hände bewegte: dünn, fast knochig, mit wundervoll geformten kurzen Fingernägeln, die sie nie lackierte. Und sie hatte dieses Gefühl für Farben. Für Kleider. Sie konnte sich einen grüngemusterten Schal um den Hals binden und aussehen, als ob sie Smaragde trüge.

Er lauschte in das stille, dunkle Zimmer und wußte, daß sie nicht schlief. Wenn er sie riefe, würde sie antworten?

»Linda?«

Nein. Natürlich würde sie nicht antworten.

Nachdem sie fünfzehn Jahre verheiratet waren und sich immer noch ihrem mechanischen, routinemäßigen hoffnungslosen Ritual des Kindermachens unterzogen, wurde sie plötzlich schwanger. Sie hatten aufgehört, darüber zu reden. Linda hatte aufgehört zu weinen, zum Schluß sogar aufgehört, die Tage zu zählen. Sie hatte gedacht, sie hätte ein Magenvirus, als ihr zum erstenmal übel wurde.

Ihre Ehe wurde wiederbelebt.

Als sie ihm sagten, es sei ein Junge, war er sofort losgegangen und hatte zwei Angelruten gekauft. Er hatte sie ins Krankenhaus gebracht. Zwei Angelruten und ein Dutzend langstieliger Rosen. Sie hatte gelacht. War das das letzte Mal gewesen, daß er sie wirklich lachen sah?

Sie suchte immer noch einen Arzt, der ihr sagte, daß mit Theodore alles in Ordnung war. Theodore nach Bernies Vater, dem kleinen Schneider, der die Natur liebte und Bernie immer, wenn er konnte, zum Angeln mitgenommen hatte. Der kleine Schneider, der so stolz auf seinen großen Sohn gewesen war. Und an TB gestorben war, die er sich in den Ausbeuterklitschen geholt hatte. Damals war Bernie siebzehn gewesen, und er hatte seine Hoffnungen vom Studium der Gesetze aufs Hüten derselben verlagert. Theodore Sean. Sean nach ihrem Vater, der an Leberzirrhose gestorben war. Und nach ihrem Bruder Sean, den sie liebte und haßte. Theodore Sean Bernstein, der Verrückte. Von Anfang an hatte mit ihm was nicht gestimmt.

Bernie stand auf und ging zu ihr hinüber.

»Linda.«

Er blieb stehen und sah auf sie hinunter. Ihre Augen waren geschlossen, aber ihr Körper war angespannt. *Bleib ruhig*, dachte er. *Ich fasse dich nicht an.*

»Linda, du hättest wenigstens fragen können, wie's mir geht. Wie ich mich fühle. Der Arzt hat neun Stiche gemacht.«

Warum hatte er das gesagt? Das wollte er gar nicht sagen. Sie sah so traurig aus, so voller Angst, ihr Körper so steif und überdehnt, daß es aussah, als ob er zerspringen würde, wenn man ihn berührte. Er wollte sie trösten. Er wollte, daß sie ihn tröstete. Er liebte sie so schrecklich.

»Linda, ich weiß, daß du wach bist.«

»Er ist wütend auf dich«, sagte sie. »Deshalb hat er mit dem Feuerwehrauto geworfen. Er weiß, daß du ihn nicht liebst.«

Er antwortete nicht.

»Du beachtest ihn nie. Du bist immer bis zu den Ohren mit deinem Sport zugange und deinen Zeitungen und deinen Hobbys und deiner Arbeit. Deiner verdammten Arbeit. Die *Truppe* ist dir wichtiger als er. Nie bist du zu Hause.«

»Meine Arbeitszeit kann ich mir nicht einrichten. Du hast gewußt, wie das Leben eines Polizisten ist, als du mich geheiratet hast. Sean war Polizist.«

»Du bist kein einfacher Polizist. Ein Inspektor kann sich seine Arbeitszeit einteilen.«

»Du weißt, daß das nicht stimmt.«

»Ganz egal. Du beachtest ihn gar nicht, wenn du zu Hause bist.«

Jetzt fing sie wieder damit an. »Ich habe ihn beachtet, als er den Wagen auf mich geschmissen hat.«

»Er wußte, daß du nicht mit ihm spielen wolltest. Er hat gehört, daß ich gesagt habe, du sollst mit ihm spielen.«

»Er hat mein Auge um Millimeter verfehlt. Ich könnte jetzt blind sein.«

»Unfälle passieren eben. Das hätte jedes andere Kind tun können.« Er setzte sich ans Fußende ihres Bettes. Sie machte ihm keinen Platz. Er versuchte ruhig zu sprechen. Sachlich. »Linda«, sagte er, »wir müssen der Wahrheit ins Gesicht sehen und den besten Weg finden, damit umzugehen. Theo ist zwölf Jahre alt. Vielleicht wird er nie ... vielleicht wird er niemals ... in der Lage sein. Ja, genau. *In der Lage sein,* selbständig zu werden.«

Sie setzte sich auf, zitternd. »Siehst du, so denkst du über ihn. Er weiß das! Ist dir nicht klar, daß er das weiß?«

»Verdammte Scheiße, Linda, kapier doch endlich! Er ist verrückt! Er ist verrückt geboren worden! Eines Tages werden wir ihn in ein Heim geben müssen!«

Sie zitterte am ganzen Körper. »Er ist völlig in Ordnung! Völlig!« Ihre Stimme erstickte vor Wut. »Wer nicht in Ordnung ist, bist du! Wenn du nicht hier wärst und ihm das Gefühl gäbst, daß mit ihm was nicht stimmt, daß er verrückt ist, dann wär er nicht verrückt! Ohne dich wäre er besser dran.«

»Oh, Scheiße, sind wir jetzt wieder bei der Leier?«

Sie stieg aus dem Bett, paßte auf, daß sie kein Stück nacktes Fleisch sehen ließ, und zog ihren Morgenmantel an. »Ich will, daß du gehst. Ich will, daß du aus dieser Wohnung verschwindest und uns in Ruhe läßt!«

Sein Kopf tat ihm weh. Nicht nur wegen der Wunde. »Du hast mir nicht zugehört. Du hast mich nicht gehört.«

»Ich habe dich gehört. Ich habe zugehört. Du bist derjenige, der nicht zuhört. Du bist so beschäftigt damit, der gute Bulle zu sein, der gute Jude. Du versuchst, den ganzen Iren und Provinzlern und jetzt den Latinos und Niggern zu beweisen, daß Bernstein genauso ein guter Bulle ist wie sie.«

»Ein besserer«, sagte er.

»Der große Bernie. Ihr Quoten-Jude.«

»Ich hab's mir erarbeitet.«

»Weiß ich. Auf meinem Rücken und dem deines Sohnes. Immer schön lernen für die nächste Prüfung. Sich immer freiwillig melden für den schlimmsten Bezirk, die mieseste Schicht.«

»Damit ich von dir und deinem Nörgeln und deiner Verbitterung verschont blieb.«

»Ich schlage vor, du verschonst uns für den Rest deines Lebens. Deinem Sohn wird es ohne dich bessergehen, Inspektor Bernstein. In Wirklichkeit bist du in deinem Job auch nicht erfolgreicher als als Vater. Du könntest dich für dein Revier kreuzigen lassen, und du wärst immer noch der Scheißjude für sie.«

Dieses Stück Munition hatte er ihr vor fünfundzwanzig Jahren selbst geliefert. Er hatte Feeley das Leben gerettet ... seinem ersten Partner ... und eine Kugel ins Bein dafür einkassiert. »Für einen Juden bist du in Ordnung, Bernstein«, hatte Feeley gesagt. Damals hatte sie seinetwegen geweint. Ihre Tränen waren längst zu Geschossen geworden. Sie trafen immer noch unter die Haut. Beinahe hätte er gesagt, bin ich das nicht auch für dich? Ein Scheißjude? Wie kam es, daß sie so tief gesunken waren? Sie waren so verliebt gewesen ...

»Es tut mir leid«, sagte sie plötzlich. Sie wandte sich von ihm ab. »Aber ich möchte, daß du gehst. Heute abend.«

Sie war so schön gewesen, so fröhlich, so lebendig. Ihr Lachen war ein Brunnen voll sprudelndem Gold gewesen. Er hoffte verzweifelt, daß er nicht weinen mußte.

»Linda, bitte hör auf damit. Laß uns über Theo reden. Wir müssen an die Zukunft denken.«

»Genau daran denke ich ja.«

Ohne zu überlegen, war er zu ihr gerückt, um sie zu berühren. Mit einem Ruck drehte sie sich von ihm weg. Für ihn war es wie ein Schlag. Sein Kopf pochte wie wild.

»Du liebst mich nicht mehr«, sagte sie. »Denkst du, Theo spürt das nicht? Denkst du, daß ihm das nichts ausmacht? Das ist es, was bei ihm nicht stimmt.«

»Ich wünschte, das stimmte«, sagte er. »Ich wünschte, ich liebte dich nicht.«

Sie zuckte mit den Schultern. »Tust du auch nicht. Seit Jahren nicht mehr. Aber Recht und Unrecht, davon bist du besessen und davon, ein guter Mensch zu sein. Und nette jüdische Jungs lassen sich nicht scheiden.«

»Gute katholische Mädchen auch nicht.«

»Ich habe nicht gesagt, daß ich mich scheiden lassen will. Ich will dich nur los sein.«

»Und nette jüdische Jungs trinken nicht und schlagen ihre Frauen nicht oder bumsen in der Gegend rum wie katholische Jungs. Wie Sean.«

»Er hat seiner Frau Kinder gemacht. Kräftige, gesunde Kinder«, sagte sie mit erhobener Stimme.

»Linda . . .«

»Oh, hau ab! Geh weg! Komm nicht zurück! Du tust uns allen nicht gut!« schrie sie wütend und rannte aus dem Zimmer. Er hörte, wie sich die Tür zu Theos Zimmer schloß, und dann hörte er, wie das Schloß klickte.

Es gab ein zweites Bett darin. Sie würde die ganze Nacht da drin bleiben. Das wußte er. Sie hatte es oft genug gemacht und während der letzten paar Monate immer häufiger. Ihre Auseinandersetzungen waren immer schlimmer geworden. Er konnte überhaupt nicht mehr mit ihr sprechen, ohne daß die Rede auf Theo kam und ein Streit losbrach.

Was war eigentlich mit ihrem Christus? Warum half der nicht? Sie hatte angefangen, zur Kirche zu gehen und Theo mitgenommen. Aber sie hatten ihr gesagt, daß sie ihn nicht mehr mitbringen sollte. Er hatte gegen die Stühle getreten und laut gesungen und gegähnt und Ausdrücke geschrien. Zum Schluß hatte er eine Frau in die Brust gebissen. Die Frau hatte sich zu ihm gebeugt, um ihn zu ermahnen, weil er so laut und respektlos war. Danach war Linda nicht mehr hingegangen, aber sie begann ein kleines goldenes Kreuz zu tragen. Sie trug es an einer langen, dünnen Kette in der Bluse, vielleicht um es von Bernies Blicken fernzuhalten. Als sie sich kennengelernt hatten, war sie nicht religiös gewesen.

Das Pochen in seinem Kopf war unerträglich. Draußen hatten der Regen und der Wind aufgehört. Im Schein der Lampen sahen die Straßen glatt und glänzend und angenehm kühl aus. Die Kühle war einladend.

Zum Teufel mit ihr. Glaubte sie, er wäre aus Stein? Er zog sich schnell an. Als er das Haus verließ, knallte er die Tür fest zu.

4. KAPITEL

Sobald er draußen an der Luft war, ging es Bernie besser. Die Luft fühlte sich nach dem Regen gewaschen und sauber an. Der Wind beruhigte ihn. Er ging gern spazieren. Er liebte Bewegung. Er war immer stolz auf seine langen, muskulösen Beine, seine breiten Schultern gewesen. Er war einsdreiundneunzig, breit gebaut und immer noch schlank. Seine Größe hatte er immer genossen. Er fühlte sich wohl damit. Es verschaffte ihm Befriedigung, der jüdische Junge im Kiez zu sein, an den sich die christlichen nicht rantrauten.

Als er klein war, mußte er auf dem Weg zur Schule am italienischen und am irischen Block vorbei. Aber er war immer groß gewesen, deshalb belästigten sie ihn kaum. Wenn sie es taten, dann sah er rot. »Killer« nannten sie ihn. Und Bernie den Großen. Bernie dem Großen durfte man nicht in die Quere geraten. In Wirklichkeit prügelte er sich nicht gern. Er fing nie an.

Er hatte riesige Füße. Schuhgröße 47. Er guckte gern auf sie hinunter. Es ging ihm gut, wenn er die großen Schuhe am Morgen neben seinem Bett sah. Linda hatten sie früher auch gefallen. Sie fand sie sexy. Große Füße, großer Schwanz . . .

Seine Größe schützte ihn, er fühlte sich sicher, mächtig, in der feindlichen, nichtjüdischen Welt vermittelte sie ihm ein Gefühl von Gleichheit.

All das wußte Linda. Er hatte ihr alles anvertraut, wenn er sie in seine Arme gekuschelt hielt, nachdem sie sich geliebt hatten, in den Zeiten, als sie noch miteinander schliefen und sie sanft und verträumt zärtlich tröstende Worte murmelte. Hatte sie ihm denn damals wirklich zugehört, als seine Größe sie erregte, oder wartete sie ganz schlicht darauf, daß die Babys kamen? All seine innersten Geheimnisse waren jetzt für sie lediglich Waffen, die sie gegen ihn benutzte.

Tat er ihr das gleiche an? Er hätte das über Sean nicht sagen sollen. Ihre Gefühle gegenüber ihrem Bruder waren so kompliziert. Sie liebte ihn so sehr und schämte sich so sehr für ihn. »Drecksire!« tobte sie, wenn er sturzbesoffen war. »Blödes Arschloch!« Und weinte. Und betete den großen sorglosen, trägen Bruder mit dem lockigen Haar an. Sean würde nie mehr als ein Revierbulle sein.

Er hätte das nicht zu ihr sagen sollen. Er würde ihr sagen, daß es ihm leid täte. Versuchen, mit ihr zu reden. Sie war schon in Ordnung. Sie hatte ihn nie betrogen. Bei seiner Mistarbeitszeit wäre es so einfach gewesen. Und vielleicht hätte es ihr Babys gebracht . . .

In Wirklichkeit hatte sie ja so wenig gewollt. Sie hatte keine Ansprüche an ihn gestellt. Sie hielt das Haus gut in Ordnung.

Sie zahlte alle Rechnungen und verwaltete das ganze Geld. Käuflichen Dingen maß sie keinerlei Wert bei. Sie hatte nicht mal einen Diamant-Verlobungsring haben wollen. Selbst als die Ärzte ihr geraten hatten, sich zu beschäftigen, nicht immer darüber nachzudenken, sich zu entspannen, und sie eine Ausbildung gemacht hatte und Krankenschwester geworden war, hatte sie sehr wenig für sich selbst ausgegeben. Und sie sah immer großartig aus. Sie hatte eine solche Ausstrahlung. Er war stolz auf sie gewesen, als sie Schwester geworden war. Sie nahm immer noch an Fortbildungen teil, um eine bessere Schwester zu werden. Er war immer noch stolz auf sie. Es war nicht ihr Fehler, daß sie ihm nur ein solches Kind wie Theo zu geben vermocht hatte.

Er hatte auch Kinder gewollt. Einen Haufen. Vier, fünf, sechs. Aber nicht auf die gleiche Weise wie sie. Kinder waren das einzige, was sie jemals wollte. Groß und stark wie du, sagte sie. Theo war eine verdammte kleine Krabbe. Winzig und dürr. Er hatte diese verrückten Eßticks. Monatelang aß er nur gut durchgebratene Hamburger und Apfelsaft. Dreimal am Tag. Nichts anderes. Und dann wechselte er mit einemmal. Einmal aß er einen Monat lang nur trockenes Müsli, ohne Milch. Jetzt hatte er es mit amerikanischem Käse und Traubensaft. Nichts anderes. Linda flehte ihn an, machte Spielchen, versuchte ihn zu bestechen, schrie und drohte und strafte. Bernie richtete es so ein, daß er während der Essenszeiten aus dem Zimmer, wenn möglich, aus dem Haus ging.

Hatte Linda recht? Vielleicht hatte er sich daran gewöhnt, kinderlos zu sein. Langsam hatte er das Extrazimmer in der Wohnung lieben gelernt, wo er sich langlegen konnte oder arbeiten oder fernsehen und an seinen Uhren rumbosseln. Er hatte gelernt, alte Uhren zu reparieren. Das war sein Lieblingshobby.

Das Extrazimmer hatten sie immer gehabt, denn sie hatten sofort nach der Heirat eine Dreizimmerwohnung genommen, obwohl sie es sich nicht leisten konnten. Alle ihre Freunde hatten Studios oder Zweizimmerapartments, weil sie warten wollten, bis sie eine Familie gründeten; sie wollten ein bißchen sparen, ein bißchen leben. Aber Linda hatte nicht warten wollen.

Mittlerweile hatten alle ihre Freunde zwei oder drei Kinder. Die meisten waren schon erwachsen, studierten oder waren verheiratet. Er wußte, was Linda all die Besuche bei den jungen Müttern, das Babygeschenkekaufen, das Lächeln angetan hatten. Immer das Lächeln. Sie hatte angefangen, nachts im Badezimmer allein zu weinen, sie wollte nicht von ihm getröstet werden. In den Ferien machten sie Reisen. Er legte sich ein neues Hobby zu, fotografieren. Sie mied Gesellschaft. Sie schlug Einladungen aus. Dauernd putzte sie die Wohnung. Er wandte sich mehr und mehr seiner Arbeit zu.

Bernie seufzte. Er war um den Block herumgelaufen und wieder an seinem Haus angekommen. Unentschlossen stand er am Eingang und beobachtete, wie der Wind Papier und Blätter vor sich hertrieb. In die Wohnung zurückzugehen hatte keinen Zweck. Er würde nicht schlafen können, und er mußte um sechs schon wieder aufstehen, wenn er um sieben auf der Dienststelle sein wollte. Er tat besser daran, sofort dahin zu fahren. Er konnte sich auf einer Liege in seinem Büro oder im Tagesraum hinhauen, bis sein Dienst anfing. Das hatte er schon mal gemacht, viele Male.

Im Auto ließ er die Fenster unten. Der Wind fegte die Spinnweben aus seinem Kopf. Langsam fühlte er sich besser. Er dachte an Linda, wie sie in dem Zimmer mit Theo eingeschlossen war, und hatte Mitleid mit ihr. Sein Mitleid hinderte ihn daran, wütend zu sein. Sie war so klein. Nur einszweiundsechzig. Allerhöchstens hundert Pfund. Zerbrechlich. Feine Züge. Schmale Handgelenke. Ihre Zerbrechlichkeit rührte ihn und machte sie anziehend. Er wollte sie beschützen. Und fühlte sich schuldig. Er konnte ihr nicht geben, was sie wollte. Er fühlte sich unzulänglich. Vor ihrer Enttäuschung und ihrer Wut wurde er stumm.

Er drehte das Autoradio an und suchte Tanzmusik. Irgendwas Sanftes. Musik zum Engtanzen. Er tanzte wahnsinnig gern. Das Tanzen war eines der Dinge, die sie gemeinsam hatten. Er war sich seiner Größe bewußt, seiner großen Füße, die so anmutig waren, seiner breiten Schultern, seiner langen, kräftigen Beine, die sich sicher und elegant bewegten. Er fühlte sich ... als Herrscher, wenn er Linda über das Parkett führte. Sie folgte perfekt. Er hatte sie bei einem Tanz kennengelernt; irgendeine Veranstaltung von seiner Einheit. Sean hatte sie mitgebracht. Er lächelte, als er an den Walzerwettbewerb dachte, den sie einmal auf einer Dampferfahrt gewonnen hatten. Das war genau, bevor sie schwanger geworden war. Er liebte es mit ihr zu tanzen. Er liebte es, wenn er sie bei einer Pause auf Armeslänge rausließ und sah, wie sie sich zu ihm zurückdrehte. Er liebte den Moment, wenn sie zurück in seine Arme glitt. Er liebte es, sie zu fühlen. Was er liebte ... war ... sie. Himmel, wie er sie liebte. Er wollte sie berühren, sie halten. Seine Hände fühlten sich leer an. Seine Lenden schmerzten.

Wann hatten sie das letzte Mal zusammen getanzt? Vielleicht sollte er versuchen, sie dazu zu bringen, mal wieder mit ihm tanzen zu gehen. Das vermißte er wahrscheinlich mehr als mit ihr zu schlafen.

Er fragte sich, wie schon so oft, warum er ihr treu geblieben war. Fremdzugehen wäre so einfach gewesen. Polizisten hatten jede Menge Gelegenheiten, ja, man forderte sie oft geradezu auf: die Nutten, die verzweifelten Frauen, die Verlockung der Uniform. Bei der Polizei waren kaputte Ehen gang und gäbe. Im Revier gab es zu viele Versuchungen. Das und die Scheißarbeitszeiten, die Langeweile, die Einsamkeit, häufig die Gefahr.

Aber natürlich wußte er, warum er nie schwach geworden war.

Weil er Jude war. Das würde er nie vergessen. Er trug das

Bewußtsein darüber mit sich, als ob er einen gelben Stern auf der Brust hätte.

Er würde diesen Stern tragen, als ob er für dessen Ehre verantwortlich wäre.

Als er vor fast dreißig Jahren zur Polizei gegangen war, war er der einzige Jude auf dem Revier. Selbst heute noch gab es verdammt wenig Juden da. Er war sich immer dessen bewußt, was sie über ihn sagten. Ungefähr dieselben Sachen, die sie heutzutage über die Schwarzen und die Latinos sagten.

Er mußte es ihnen zeigen. Er mußte besser als sie sein: größer, unbestechlicher, gewissenhafter, härter arbeiten und cleverer sein. Er mußte der Bulle sein, der nie die Hand aufhielt, der nie trank, der eine Hure nie ausprobierte, bevor er sie einbuchtete. Er stand nicht nur für sich selbst. Er stand für alle Juden.

Am Anfang hatte er gedacht, er würde nur kurze Zeit bei der Polizei bleiben. Ein bißchen Geld sparen. Jura studieren. Aber dann stellte er fest, daß er gern Polizist war. Er glaubte an Recht und Unrecht. Er glaubte an die Gerechtigkeit. Rechtsanwälte spielten mit dem Gesetz. Ein Polizist repräsentierte es.

Linda hatte gesagt: »Was dir daran gefällt, ist, besser zu sein als die Goyim.«

Gut. Vielleicht. Aber er *war* besser. Besser als Sean, der immer noch Streife ging.

Sehr früh schon hatte sein Captain zu ihm gesagt: »Sie sind ein guter Polizist, Bernstein. Klug. Wenn Sie Ihren Namen ändern würden, kämen sie weiter.«

Er hatte geantwortet: »In was sollte ich ihn ändern, Sir? Cohen oder Levy?«

Besser als die Goyim. Es war ihm zur Lebensart geworden. Linda hatte einmal gesagt: »St. Bernard. Dein Heiligenschein blendet mich.«

»Heiligenscheine sollen die Scheiße anziehen. Sie halten mich sauber.«

»Du bist besessen von Recht und Unrecht. Gut und Böse.«

Er hatte nie mit einer anderen Frau geschlafen.

Einmal hatte Linda mit einem bitteren Lachen gesagt: »Ich kann mich nicht mal ins Trinken flüchten. Du glaubst doch nicht, daß ich dir die Genugtuung verschaffe, ›versoffene Irin‹ zu mir zu sagen.«

»Das würde ich nie sagen.«

»Du würdest es denken.«

Sie mußte aber auch ihr Image polieren.

Er drehte das Radio ab und stellte den Kreischkasten an. Er hatte den Eindruck, daß der aufgeregt klang. Er hörte zu. Immer wieder kam die 1010 ... ermitteln Sie ... tot aufgefunden. In der West End Avenue. Das war sein Revier. In ein paar Minuten würde er an dem Block vorbeikommen.

Da konnte er genausogut dort halten und reinschauen. Wenn er zu früh ins Büro kam, würde er eh nur im Wege sein. Und möglicherweise gar nicht zum Schlafen kommen. Er war nicht mehr müde. Es könnte interessant sein, auf einen Ruf zu antworten. Schon lange hatte er das nicht mehr gemacht. Er überlegte, was er noch darüber wußte, wie man ein Verbrechen aufklärt.

5. KAPITEL

»Himmel!« Bernie taumelte zurück, als ob ihm einer in den Magen geschlagen hätte. Er rang nach Luft. Er hatte zu lange abgeschottet im Büro gesessen. Er war empfindlich geworden. Auf das widerwärtige Ding in dem blutigen Bett war er nicht vorbereitet. Er schluckte die Galle, die ihm hochgestiegen war, gewaltsam runter. Er würde sich nicht gestatten, sich zu erbrechen. Nicht wenn dieser häßliche Widerling Darryl Johnson ihn beobachtete, mit seinem schwarzen glänzenden Gesicht und unbeweglich wie eine Ebenholzstatue. Ein zäher kleiner Bursche, Johnson. Geradewegs aus Harlem. Mit Weißen hatte er nicht viel am Hut. Sagte sich wahrscheinlich: »Noch ein Weißer abgeräumt. Einer weniger kann nicht schaden.« Kalt, eiserne Miene; Einzelgänger. Aber ehrlich. »Haben Sie die Mordkommission und den Arzt schon angerufen?« fragte Bernie.

»Ja, Sir«, sagte Johnson ausdruckslos.

Bernie nickte. Er ging näher zu dem Bett. Von dem Gesicht war nichts übrig, und der verdammte Schwanz war fast ab. Er war jetzt ruhiger. Friedlich fast. Der Anblick der Gewalt hatte ihn beruhigt. Wie eine Katharsis.

Johnsons Partner Ramirez schob sich an Bernie vorbei und ging schnell ins Badezimmer. In der ganzen Wohnung war zu hören, wie er sich übergab, obwohl die Wasserspülung wiederholt betätigt wurde.

Bernie konzentrierte seinen Blick auf das Bett, auf Stellen, wo er die Leiche nicht sah, mehr, weil er seine Verlegenheit überspielen wollte, Ramirez zu hören, als deshalb, weil er wirklich etwas suchte. Er starrte auf die Klarinette. Ein paar Tasten waren anscheinend abgebrochen, aber blutig war sie nicht. Über allem anderen auf dem Bett war Blut verspritzt. Über dem ganzen modischen Bettzeug. Häßliche Bettwäsche. Er war sich bewußt, daß er zuhause oder anderswo Bettwäsche nicht zur Kenntnis genommen hätte. Aber bei einem Fall guckte er anders hin. Alle seine Sinne waren wachsamer.

Die Klarinette konnte nach dem Mord dort hingelegt worden sein. Er sah sich in dem Zimmer um.

Ramirez kam aus dem Bad zurück. In winzigen Perlen stand ihm der Schweiß auf der Stirn. »Scheißschwule«, sagte er.

»Warum sagen Sie das?« fragte Bernie.

Ramirez machte eine Geste zum Bett hin. Er sah nicht hin. »Die stehen auf so absonderliche Sachen mit Schwänzen.«

»Manche«, sagte Bernie.

Johnson durchstreifte das Zimmer und benutzte sein Taschentuch zum Öffnen der Schubladen und Schränke. Ehrgeiziger Winzling. Es ärgerte Bernie, daß die Polizei ihre Anforderungen an die Körpergröße heruntergesetzt hatte. Aber Johnson war zäh. In einem Kampf würde er nicht gleich zu Boden gehen. Bernie sah sich um; er rührte nichts an. Die Aschenbecher quollen über. Asche und Kippen und die kleinen Stummel von Selbstgedrehten waren überall auf dem Nachttisch und dem Boden, aber keine mit Lippenstift.

»Es gibt Männerkleidung in zwei verschiedenen Größen«, sagte Johnson. Er deutete mit dem Kopf auf einen Haufen Unterwäsche auf dem Boden. Es schien, als seien T-Shirts und Jeans wirklich überall fallengelassen worden . . . auf dem Schlafsessel und auf einer Kommode, aber hauptsächlich auf dem Boden. »Keine Frauenkleider im Schrank.«

Bernie ging in das Wohnzimmer. »Wer hat es gemeldet?«

»Wissen wir nicht, Inspektor. Als wir angekommen sind, war keiner hier, aber die Tür war offen. Die Stereoanlage war an, so wie jetzt.«

»Keiner will heutzutage mehr mit irgendwas zu tun haben«, sagte Ramirez.

Bernie besah sich die Stereoanlage. Ein Knöpfchen blinkte. Er berührte es nicht. Es könnten Abdrücke auf dem Knopf sein. Schade, dachte er, die Anlage könnte kaputtgehen, wenn sie sie nicht abschalteten. Und dann dachte er, wie dumm das war. Ein Mann war tot Wie konnte da ein Gerät wichtig sein?

»Warum machen die Scheißschwulen so was?« fragte Ramirez ärgerlich. Wegen seines schwachen Magens war er immer noch verlegen. Aus der Küche sagte Johnson: »Wenn es hier eine Frau gab, hat sie vom Fensterputzen noch nie was gehört. Oder überhaupt von irgendwas.«

Bernie guckte in den Raum. Das Spülbecken war voller Geschirr. Von wie vielen Leuten oder wie vielen Tagen, konnte man nicht sagen. Er kam zurück und blieb in der Mitte des Zimmers stehen und ließ seinen Blick einfach umherschweifen. Locker. Ziellos. Überlaß es den Spuren, dich zu führen; führ nicht du die Spuren, sagte er zu sich selbst. Langsam spürte er die alte Erregung. Wie in alten Zeiten, als er Kripobeamter gewesen war. Er fühlte sich lebendig.

Es war ein häßliches Zimmer. Vernachlässigt. Eine Bude zum Pennen. Ein schiefes Bild an der Wand. Ein Bild, aufgehangen ohne jeden Geschmack. Zusammengewürfeltes Zeug, das wie Überbleibsel aus einem anderen Leben oder einer anderen Wohnung aussah oder wie bei der Heilsarmee aufgegabelt. Überall Staub. Eine Staubschicht auf dem runden, schwarzen Cocktailtisch. Ein kleiner Gegenstand lag in dem Staub. Eine mittelgroße Sicherheitsnadel. Auf dem s- förmigen Sofa am Tisch waren ein Paar Jordache-Jeans, ein Westernhemd, rote knapp geschnittene Unterhosen. Vielleicht *war* es ein Schwulenmord.

»Irgendein Anzeichen für Einbruch?«

»Nein, Sir. Die Tür war auf, als wir ankamen. Wir sind einfach reingegangen«, sagte Johnson.

»Haben Sie mit Nachbarn gesprochen? Dem Portier?«

»Noch nicht, Sir. Wir haben auf die Kripo gewartet und die Fotografen und den Arzt.«

Bernie sah zur Tür. Sie war leicht geöffnet. Er ging rüber, um sie zu schließen. Das Schloß funktionierte nicht richtig. Man mußte sie fest zudrücken.

In einer Ecke neben der Tür stand ein Schirm. Aus billigem gelbem Plastik. Direkt über dem Griff war die Stange kaputt und verbogen. Er kniete sich hin und sah ihn sich an, ohne ihn anzufassen. Der Boden darunter war noch feucht. Den Schirm hatte heute nacht jemand benutzt.

Er verzog das Gesicht zu einem Lächeln und stand auf. In New York hatten womöglich fünftausend Frauen so einen Schirm. Was glaubte er wohl, was er da tat? Das hier war nicht sein Job.

Früher war er ein guter Streifenpolizist gewesen. Und dann ein guter Kripobeamter. Und Captain. Es hatte ihm gefallen. Jetzt war er Inspektor. Revierleiter. Auch das gefiel ihm.

Wie dem auch sei, das hier hatte ihn eine Weile lang auf andere

Gedanken gebracht. Er war dankbar. Dem Toten da drin war er dankbar.

Er sah auf die Uhr. Er machte sich jetzt besser auf zur Arbeit. Es war fast fünf. »Ich bin zufällig hier vorbeigekommen.«

»Ja, Sir.« Johnsons Miene verriet nichts.

Bernie guckte sich den Schirm noch einmal an. Er legte seine Hand auf den Türrahmen. Den Griff berührte er nicht. Ein schrilles Klingeln aus dem Schlafzimmer ließ ihn innehalten. Er blieb stehen. Johnson und Ramirez sahen ihn an. Sie starrten alle drei zum Schlafzimmer, wo das Klingeln herkam. Da war es wieder. Das Telefon.

Bernie ging schnell zum Schlafzimmer und nahm dabei sein Taschentuch heraus. Die beiden anderen folgten ihm und blieben in der Tür stehen. Vorsichtig hob Bernie mit dem Taschentuch den Hörer ab. Wenn er zuerst sprach, verunsicherte er möglicherweise den Sprecher am anderen Ende. Er räusperte sich und hustete ins Telefon.

»George? . . .« Es war eine junge Stimme.

»Mmmm«, murmelte Bernie.

»Kann ich jetzt nach Hause kommen?«

Bernie hatte ein Stück von dem Taschentuch über die Muschel manövriert, um seine Stimme zu dämpfen. »Warum nicht?« sagte er. »Naja, du hast doch gesagt . . . George? . . . Bist du auf? Ey, wer ist denn da . . .?«

»Wer sind Sie?«

»Scheiße, du bist gar nicht George.« Die Leitung war tot.

Bernie legte auf. Manchmal dachten sie, sie hätten falsch gewählt und riefen noch mal an. Er wartete. In dem Zimmer war es stickig. Er hatte das Gefühl, als ob das Ding auf dem Bett angefangen hätte zu stinken.

Noch bevor das erste Klingeln zu Ende war, hatte er das Telefon abgehoben. Dieselbe Stimme sagte: »George?«

Keinen Zweck, das Ding durchzuziehen. »Hier ist Inspektor Bernstein. Wer sind Sie?«

»Inspektor Bernstein? Polizei?«

»Ja. Wer sind Sie?«

Wieder war die Leitung tot.

Bernie legte das Telefon sorgfältig auf. Er nickte in Richtung Bett. »Das könnte George sein«, sagte er.

»Isser aber nich mehr«, sagte Ramirez.

Bernie nickte. Isser nich mehr. Wann hatte er aufgehört, George zu sein? Als sein Gesicht zerstört wurde? Er konnte immer noch geatmet haben. In dem Moment, als sein Schwanz abgegangen war? War er da nicht mehr George gewesen? Wann hörte das Leben und wann ein Mensch auf? Wann hatte sein eigenes Leben aufgehört? Lebte er? Er atmete, und er ging, und alle seine Einzelteile waren intakt. Unbenutzt, aber intakt. Lebte er?

Er sah wieder auf seine Uhr. Er hoffte, daß sein Gesicht genauso ausdruckslos war wie Johnsons. Ein gesichtsloses Gesicht.

»Warum haben Sie das hier nicht versiegelt?«

»Wir haben kein Amtssiegel dabei. Die Mordkommission bringt es mit«, sagte Johnson. »Wir haben es ihnen gesagt.«

»Versiegeln Sie es besser gleich. Mir gefällt das kaputte Schloß nicht. Bald wacht das Haus auf, und aus den Büschen kommen die Neugierigen. Ich habe ein Siegel im Auto. Kommen Sie mit mir runter, Ramirez, und ich gebe es Ihnen.«

Ramirez ging mit ihm auf die Straße, offensichtlich froh, daß er wenigstens für kurze Zeit von dort wegkam. Der Aufzug kam gerade, als sie aus der Tür traten. Sie liefen, um ihn noch zu kriegen. Ramirez zog die Tür nicht hinter sich zu.

6. KAPITEL

Zitternd stand der Junge in dem Telefonhäuschen. Die Tür war abgerissen. Ein nasser Wind fegte durch das Häuschen und peitschte auf ihn ein. In der Dunkelheit kurz vor der Dämmerung drohten die Umrisse der Stadt wie gespenstische Feinde.

Er schlug die Arme um seine weiche Brust. Sein Hemd, auf dem »PHUCK« prangte, war klatschnaß von seinem eigenen Schweiß.

»Shelley, diese Scheißsau«, murmelte er. »Gottverdammte blöde Sau.« Vier Anrufe. Er hatte viermal aus Georges Bude anrufen müssen, um was zu finden, wo er bleiben konnte, nachdem George nach Hause gekommen war. Vier Anrufe, um Shelley zu finden. Er kannte sonst niemanden mehr, den er um die Zeit anrufen konnte. Freunde hatte er keine mehr. Seit er Brooklyn und die Schule und das Haus seiner Mutter verlassen hatte, hatte er keine Freunde mehr. Die Jungs, die er in Brooklyn kannte, waren nie wirklich seine Freunde gewesen. Niemand war sein Freund. Keiner scherte sich einen Dreck um ihn.

Als er Shelley erreicht, fängt die an: »Hast du Stoff dabei, Mann?«

»Ja, Mann.«

»Wieviel?«

»Nicht nur einen Brösel.«

Also sagt sie: »Na gut, komm rüber. Warum nicht, Mann?« Im Hintergrund kann er Lachen hören und Musik, als ob eine Fete im Gange wäre.

Also findet er diese Scheißbude, zu der er kommen soll, in dieser Scheißstraße in diesem Scheißstadtteil, der NoHo heißt. »NoHo«, nölt sie rum, »wie SoHo, nur im No-rden, kapiert?« Und die Bude ist so ein Loftding, weißt du, und es ist dunkel, und die Tür ist verschlossen. Eine Million Mal klingelt er und haut gegen die Tür, und keiner macht auf. Er überlegt, ob sie ihn angelogen hat und ihm eine Phantasieadresse gegeben hat ... ihn aus Spaß durch die Gegend jagt, um ihn zum Idioten zu machen. Das säh Shelley ähnlich. Wahrscheinlich lacht sie sich tot. Sie und ihre Freunde.

In seinem T-Shirt im Regen, ohne Sweatshirt oder sonst was erstarrt er zu Eis, und sein Kopf ist naß. Warum zum Teufel mußte George diese alte Votze mit nach Hause bringen? Er hatte sich so wohl gefühlt ... high und warm und gerade am Rüberdriften, und dann war sie da mit George und sagte ihm, er würde sich mit dem nassen Kopf erkälten, wie seine verdammte Mutter.

Vielleicht hatte er die Adresse falsch aufgeschrieben. Wenn er bloß ein Telefon fände ... Aber wo konnte man in dieser Scheißstadt ein Telefon finden, das, verdammt noch mal, funktionierte? Zumindest war es schlau gewesen, die Telefonnummer mitzunehmen. Er war ja nicht blöd. Selbst wenn er die Schule geschmissen hatte. Er verhaute immer alles. Jeden Scheißmist. Als er klein war, war er gut in der Schule. Er ging sogar gern hin. Als er echt noch ein kleines Kind war. Vor langer Zeit. So ungefähr, als George sein Vater war. George scherte sich einen Dreck um ihn. Rechnete immer nach, wieviel Hasch noch in der Schachtel war, kontrollierte, ob sein eigener Sohn ihn beklaute. Er war doch sein Sohn, Himmelherrgott, oder? Sein eigener Sohn, und er mußte sich praktisch das bißchen Shit klauen, sagen, er nähm zwei, wenn er vier nahm. Nie mehr als zwei auf einmal. Er mußte vorsichtig sein. Aber er nahm immer ein bißchen mehr, als er sagte, und schaffte es beiseite, ey. Bunkerte das Hasch. Der Klang gefiel ihm. Er sagte es laut. Bunkerte das Hasch. Dafür, wenn er es brauchte. Wie heute nacht. Oder für eine Zeit, wenn George vielleicht mal nichts hatte. George legte nie etwas für ihn zur Seite, wenn zum Beispiel mal der Dealer nicht kam oder so was. Nie und niemals hätte er zu George ziehen dürfen.

Aber mit ihr konnte er auch nicht leben ... seiner Mutter. Sie hing ihm immer auf der Pelle. Er hatte ihr nicht mal gesagt, daß er überall durchfiel und das Scheißjahr wiederholen mußte. Die Leier kannte er schon. Das erste Mal hatte sie George deswegen angerufen, vielleicht kümmerte der sich ja drum. Niemand kümmerte sich darum, was mit ihm war.

Was wollten sie eigentlich, verdammt noch mal, von ihm? Die Sachen, die er in der Schule lernen sollte: den Bürgerkrieg, um Himmels willen, und dieses Stück über eine schwarze Familie und die wollte ein Haus kaufen . . . also so ein Mist, wen *interessiert* der? Und nachdem sie ihn ein paarmal erwischt hatten, wie er in der Stunde eingeknackt war, sagt ihm diese Tutorin, er hat einen hohen IQ und alles, und was er für Probleme hat? *Sie* ist sein Problem, genau. Fummelt mit den Unterlagen auf dem Schreibtisch rum, guckt auf die Uhr an der Wand, als ob sie es nicht abwarten könnte, ihn los zu sein, und zehn andere Typen warten draußen und wollen sie sprechen. Sie scherte sich auch einen Dreck um ihn.

Und was, verfluchte Scheiße, sollte er jetzt tun?

Er steckte sich einen Joint an und zog einige Male daran. Scheiße, vielleicht konnte er jetzt zu George zurückgehen. Vielleicht war die alte Votze weg. Ob er den Weg zurück finden würde? Er wußte nicht, wo er war. Er lehnte sich an das Haus und rauchte den Joint zu Ende und benutzte dabei für die Kippe die Klammer aus seiner Tasche.

Dann ging es ihm besser, und er drückte einen Finger auf die Klingel und ließ ihn da. Er ließ ihn da, bis sein Finger anfing wehzutun, und dann drückte er einen anderen Finger drauf, bis der auch weh tat, und dann trat er gegen die Tür. Er ging bis zum Randstein zurück und guckte an dem Haus hoch. Ein schmaler Lichtstrahl fiel unten aus einem Fenster, als ob jemand die Jalousie ein bißchen hochgezogen hätte. Er rannte bis zur Straßenmitte, wo er gesehen werden konnte und winkte hektisch mit den Armen und schrie: »Shelley . . . ey, Shelley . . . ich bin's, Stevie . . .«

Die Gardine wurde noch ein paar Zentimeter hochgehoben, und am Fenster erschien ein Gesicht. Stevie riß eine Plastiktüte aus seiner Tasche und winkte damit. Eine Hand machte ihm ein Zeichen, und die Gardine fiel wieder runter. Hoffnungsvoll rannte Stevie zurück zum Haus.

Vorsichtig wurde die Tür aufgemacht. Jemand Großes und Dünnes in Cowboystiefeln und schwarzen Lederhosen hob sich gegen das grüne Licht im Hausflur ab. An seinem linken Ohrläppchen glitzerte ein Ohrring. Eine ärmellose offene Weste mit roten Pailletten enthüllte eine nackte Brust. Sein Kopf war rasiert bis auf einen fünf Zentimeter breiten Haarstreifen, der von seiner Stirn bis zum Nacken verlief.

»Was willst du, Mann?«

»Shelley treffen.«

»Bist du der Kleine mit dem Shit?«

»Ich bin kein Kleiner.«

Der junge Mann sah ihn verächtlich an. Irgend etwas an ihm jagte Stevie Angst ein. Seine Gesichtshaut bedeckte nur Knochen und sonst nichts. In dem merkwürdigen grünen Licht waren seine Augen kalt. Gemein.

»Haste den Shit?«

»Ja.« Stevie bemühte sich um dieselbe feste, harte Stimme. Aber er nieste und zitterte in der Kälte. »Scheißregen«, sagte er. Er hatte kein Taschentuch. Er zog die Rotze hoch, und wischte sich mit dem Handrücken die Nase ab.

Der junge Mann trat zur Seite, und Stevie ging an ihm vorbei in das grüne Licht. Links war ein offener Fahrstuhl mit demselben Licht. Sie gingen rein, und der junge Mann schob eine metallene Falttür vor die Öffnung und drückte den Knopf. Er sprach nicht mit Stevie. Er stand mit dem Rücken zu ihm, ein Bein leicht ausgestellt, lässig. Als ob es sein Territorium wäre. Hier gehörte er hin. Stevie gehörte nichts. Stevie gehörte nirgendwo hin.

Der Aufzug wackelte und kroch klappernd hoch, ein schlingernder uralter Lastenaufzug. Es klang, als ob ihm etwas weh täte. Stevie hatte Angst, er würde runterfallen.

Nervös sagte er: »Ich bin Stevie. Shelleys Freund.«

Der Kopf mit dem Haarbüschel nickte, drehte sich aber nicht um. »Wer bist du?«

»Jo-Jo.«

Ein plötzlicher wilder Schrei, dem ein böses Krachen folgte, ließ Stevie erstarren. Sein Herz fing an zu hämmern. Das Krachen ging rhythmisch weiter, unterbrochen von einem Heulen und dann von einer männlichen Stimme, die so tat, als sänge sie, und dann wurde Stevie klar, daß es eine Platte war. Punk Rock. Stevie mochte keinen Punk Rock. Der Aufzug ächzte und hielt. Jo-Jo schob die Metalltür auf und bedeutete Stevie, ihm zu folgen. Sie gingen in das Geräusch und in verrückt wirbelnde bunte Lichtgeschosse hinein.

Kein Wunder, daß keiner das Klingeln gehört hatte. Scheiße, wenn er seine Platten so verdammt laut spielen würde, würde was anderes passieren. »Nette Bude«, sagte er. Aber niemand hörte ihn. Jo-Jo war weggetaucht; er hätte ihn eh nicht hören können. Stevie war schwindlig und kalt, und er fühlte sich ganz allein. Gab's in dieser Absteige irgendeinen Scheiß zu essen? Ganz plötzlich hatte er einen Mordshunger. Jemand berührte ihn am Arm und hielt ihn fest. Er drehte sich um und sah in das Gesicht eines sehr hübschen Mädchens. Sie lächelte ihn warm an. Sie hatte ein richtig nettes Lächeln. Shelley. Aus seiner Klasse, als er noch zur Schule ging. Die kluge, hübsche Shelley, die Anführerin mit dem glänzenden Haar und langen, glänzenden Beinen und glänzenden Zähnen und glänzender Haut. Shelley, die in der Tasche ihres weißen Pullovers mit den Unibuchstaben immer mindestens eine von all den Pillen und etwas von dem Kraut und dem Pulver und dem Saft hatte, die geschmissen und geraucht und inhaliert und verbrannt und gespritzt und geschossen wurden. Sie sagte etwas zu ihm.

»Ich verstehe dich nicht!« schrie er.

Sie zog ihn durch das Zimmer zu der Stereoanlage und stellte sie leiser, bewegte sich aber immer noch im Takt der Musik, ihr langes, glänzendes blondes Haar flog mit ihrem Körper. Sie trug eine kurze, enge, ärmellose rote Weste mit Pailletten wie Jo-Jo; oben war sie weit offen.

»Ich hab stundenlang geklingelt«, grummelte er.

»Tut mir leid«, schnurrte sie. »Die Musik ...« Sie schmiegte ihre Wange an seine Schulter und lächelte ihn an. Sie hatte wirklich schöne Zähne. »Was hast du mitgebracht, Stevie?«

»Goldenen. Goldenen Kolumbianer«, sagte er. »Gibt's hier was zu essen? Ich bin am Verhungern.«

»Weiß ich nicht«, sagte sie vage. »Vielleicht ist noch was über ...« Sie streckte ihre Hand aus. Ihre Fingernägel waren schwarz angemalt, und darauf waren winzige silberne Sternchen.

Er nahm ein Beutelchen voll mit den kleinen Blättern aus seiner Tasche. Sie nahm es ihm ab.

Aus dem Licht tauchte plötzlich Jo-Jo auf. Er legte einen Arm um Shelley und zog sie an sich heran.

»Was haben wir da, Fox?« sagte er.

Sie hielt die Tüte hoch. Er entblößte seine Zähne mit einem messerscharfen Lächeln. »Nicht schlecht«, sagte er. Mit seiner anderen Hand langte er um sie herum und nahm das Beutelchen.

»He ...«, sagte Stevie. »Warte mal. Das gehört mir ...«

»Du willst es mit uns teilen, oder, Junge? Dafür bist du doch hier, oder?«

Er ging, seinen Arm um Shelley. Das Licht funkelte auf ihren Pailletten, und es sah so aus, als würden sie in Brand gesteckt. Stevie lief hinter ihnen her. Jo-Jo ließ sich mit übereinandergeschlagenen Beinen auf einem Kissen an der Wand nieder, und Shelley setzte sich auch und kuschelte sich an ihn. Die Platte mit dem Geschrei fing wieder an. Einige Paare wanden und drehten sich zu der Musik, und ein paar andere glitten hinüber zu Jo-Jo. Ein Päckchen Zigarettenpapier kam zum Vorschein, und Jo-Jo rollte schnell einen Joint und zündete ihn an. Er gab ihn an Shelley weiter und faltete das Tütchen ordentlich zusammen und steckte es in seine Westentasche.

»He ...«, protestierte Stevie. »Das ist mein Tütchen ...«

Jo-Jo wandte seinen Blick verachtungsvoll ihm zu. Er sagte: »Gib Dickerchen einen Zug, Fox.«

Shelley hielt Stevie den Joint hin, aber er schob ihre Hand weg. Vor Angst, Kälte und Wut zitternd, sagte er sehr laut: »Ich will keinen Scheißzug. Ich will den Beutel wiederhaben.«

Sie antworteten nicht. Shelley gab den Joint an Jo-Jo weiter. Er tat einen tiefen Zug und gab ihn an jemand anderen weiter. Ein paar Leute hatten sich noch dazugesetzt und bildeten einen kleinen, engen Kreis. Der Joint ging rum. Ein Mädchen drängte sich an Stevie vorbei und setzte sich vor ihn auf den Boden und drückte ihn aus dem Kreis. Stevie sah, wie Jo-Jo in die Tasche seiner Paillettenweste langte und das Plastikbeutelchen rauszog ... *sein* Plastikbeutelchen. Zitternd schob er sich in den Kreis und griff danach. Jo-Jo schnappte ihn an den Handgelenken und drehte seinen Arm lachend um. »Foxy, dein Freund hier hat keine Manieren. Benimmst du dich jetzt, Dicker, oder was?«

Shelleys Kopf lag auf Jo-Jos Hüfte. Sie öffnete ihre großen, runden blauen Augen und lächelte Stevie an.

»Stevie, mach kein Theater. Du hast gesagt, du brauchst einen Platz, wo du dich hinhauen kannst. Komm her, setz dich hin ... hier zu mir. Wir wollen alle glücklich sein ...« Ihre Worte verschwammen. Sie hatte einen Joint in der Hand. *Seinen* Joint, aus *seiner* Tüte, verdammte Scheiße ...

Er hätte derjenige sein müssen, der es austeilte. War es nicht alles seins? Er hatte es seinem eigenen Vater geklaut, oder? Er sollte in der Mitte sitzen und alle sollten *ihn* angucken, *ihn* bewundern, *ihm* Aufmerksamkeit schenken, *ihm* dankbar sein und nicht diesem Punker.

»Genau, setz dich hin, Fettsack«, sagte Jo-Jo.

Stevie haßte ihn. Er wünschte, er wäre tot. Am liebsten hätte er ihn umgebracht. Er wünschte, er wäre groß und stark mit großen, breiten Schultern und harten Fäusten. Er wünschte, er hätte Stiefel mit Nägeln unten drunter, damit er ihn treten könnte, ihm aufs Gesicht treten könnte . . . anstatt Turnschuhe mit einem Loch in der Sohle und nasse Füße.

Und da lag Shelley mit dem Kopf in seinem Schoß, ihr blondes Haar ergoß sich über sie wie flüssiges Gold.

Sie klopfte auf den Boden neben sich. Jo-Jo steckte ihr einen Joint zwischen die Lippen, und sie sog daran und hielt die Luft an und schloß die Augen. *Er* sollte sie füttern. Ihr Kopf sollte in *seinem* Schoß sein. Ihre Hand mit den schwarzsilbernen Nägeln klopfte wieder träumerisch auf den Boden.

Scheiße, wenigstens konnte er sich das bißchen holen. Was machte es schon? Was machte irgendwas schon?

Er setzte sich neben Shelley und nahm den Joint, den sie ihm anbot. Er behielt ihn. Er würde ihn nicht weitergeben. Es wollte ihn aber eh keiner. Da taten sie gut dran. Oder? Oder was, Stevie? Er würde es ihnen schon zeigen. Er würde es allen zeigen. Eines Tages würde er irgend etwas *tun.* Vielleicht die Klarinette spielen lernen, die George hatte. Und eine Band gründen und ein Star werden. Dann würden sie ihn beachten. Sie würden ihn lieben. Alle würden ihn lieben.

Er streckte sich auf dem Boden aus. Er war müde. Richtig müde.

Langsam wurde ihm wärmer. Schön. Aber der Boden unter seinem Kopf war hart. Er wünschte, er hätte einen Schoß, wo er seinen Kopf reinlegen könnte. Er dachte an Shelley, an ihre langen Beine, die bis zu ihrer Möse raufgingen. Er wettete, da war es schön. Er wettete, wenn er seinen Schwanz in ihre Pussy stecken würde, wäre es richtig schön da drin.

Seine Augen fielen ihm zu. Der Joint in seinen Fingern wurde heiß. Er hielt ihn fest und saugte daran. Sie waren in Ordnung. So scheißblöde waren sie nicht. Sogar Jo-Jo, der Mohikaner. Das gefiel ihm. Er sagte laut: »Mohikaner, der Schmohikaner.« Er merkte, wie er lachte. Es ging ihm gut. Richtig gut. Er trieb dahin, seine Arme und Beine stiegen auf, sein Kopf drehte ab . . .

Jemand trat ihn, schrie ihm ins Ohr, er solle aufwachen. Er rollte von dem Schmerz weg. Der folgte ihm, ein hartes, scharfes, spitzes Ding. Jemand griff ihm ins Haar und zog fest daran. Er öffnete die Augen. Dieser verrückte Indianer mit den gemeinen Augen schrie ihn an, er solle aufstehen. Wollten sie ihn skalpieren? Er rollte von dem Indianer weg und rappelte sich auf, gebückt, voller Angst, in dem dämmrigen Licht versuchte er angestrengt, etwas zu sehen.

Der Indianer lachte. »Der ist nicht tot. Hab ich dir doch gesagt, Fox. Wach auf, Fettsack. Du mußt Leine ziehen, Mann.«

»Leine ziehen?« Wo war er?

»Fox' Alter arbeitet nachts. Er kann jeden Moment zurück sein. Beweg deinen Arsch! Hau ab!«

Stevie nieste, zitterte und blinzelte. Die Lichter und die Musik waren weg. Alle Fenster offen. »Wo sind die anderen?«

»Du lieber Himmel, beweg dich, Mann!« Jo-Jo schubste ihn grob zur Tür.

»Ich muß mal pissen . . .«

Jo-Jo schob ihn in den Aufzug, drückte einen Knopf und schmiß die Metallfalttür zu.

Draußen ging Stevie benommen davon. Es war kalt. Er ging so schnell er konnte. Alles war grau. Nirgendwo Farben und auch keine Leute. Nichts bewegte sich; nichts war zu hören. Der Himmel war grau; die Straßen grau; der dünne Nieselregen war grau. Die Häuser, nur von einem tieferen Grau, erdrückten ihn und schlossen sich um ihn zusammen. Er fing an zu rennen. Er wußte nicht, wohin er rannte. Als er ein Telefonhäuschen sah, lief er hinein. Die Schnur war ab. Er rannte wieder raus, er rannte, bis er außer Atem war und Seitenstiche hatte. Wo waren alle? War die Welt tot? War eine Bombe gefallen und alle Welt außer ihm war tot? Da war wieder ein Straßentelefon, oder war es dasselbe? Rannte er im Kreis? Er probierte zu telefonieren. Es funktionierte. Er rief bei George an. Vielleicht war die dürre alte Nutte weg, und er konnte zurückgehen und ein bißchen schlafen. Vielleicht hatte George was zu essen. Ein bißchen Eis oder Kakao. Vielleicht konnte er George dazu bringen, ein Taxi springen zu lassen, damit er, ohne sich zu verirren, nach Hause kommen konnte.

Diese elende Ziege Shelley, ihn rauszuschmeißen.

Er fror an dem offenen Telefon. Was machte ein Bulle in Georges Bude, nahm Georges Telefon ab? Wahrscheinlich eine Haussuchung. Sie mußten Georges Vorrat gefunden haben. Da konnte er jetzt nicht hingehen. Vielleicht suchten sie ihn sogar.

Er verließ das Telefon, und der Wind zerrte an seinem nassen Hemd. Er nieste. Seine Nase lief. Ihm war kalt, und er war naß und hatte Angst. Er zitterte heftig, und dann erbrach er sich. Sein Kopf tat weh.

Auf einmal weinte er. Er war ein fetter, verschreckter, kalter sechzehnjähriger Junge und überhaupt nicht high.

Er ging wieder zu dem Telefon und rief seine Mutter in Brooklyn an.

7. KAPITEL

Vor der Tür zu ihrer Wohnung zögerte Anna. Es war zwei Uhr morgens, aber sie war nicht müde. Unerklärlicherweise war sie in Hochstimmung, voller Energie. Von irgendwoher weit weg hörte sie leise ein dumpfes Geräusch und dann Stimmen; ein Geräusch, das ein Schuß gewesen sein konnte, und einen Schrei. Sie hörte genauer hin: Natürlich war es ein Fernseher. Sie wußte, hinter einigen der verschlossenen Türen war Licht, Leute bewegten sich, der Geruch nach Kaffee. Sogar nach Sex. Sie roch ihn beinah.

Und was war dieses wildgemusterte Ding in ihrer Hand? War

es ein ordentlich gefaltetes Bettuch? Sie wußte nicht mehr, wo sie es aufgegabelt hatte.

Und wo hatte sie ihren Schirm stehen lassen?

Es war zu spät, um zu versuchen, über irgend etwas nachzudenken. Und was sollte sie Emmy erzählen? So spät war sie noch nie nach Hause gekommen. Emmy schon. Sogar später. Häufig. Wenn sie sehr ruhig wäre, wenn sie auf Zehenspitzen reinginge, würde sie Emmy vielleicht nicht aufwecken. Es würde schwer sein. Mit der aufgeklappten Schlafcouch im Wohnzimmer konnte man sich kaum rühren. Im Dunkeln würde sie gegen irgendwas rennen.

Die arme Emmy. Sie hatte keinen Raum für sich allein. Früher besaß sie so ein hübsches Zimmer. Es sah auf den Garten hinaus. Und im Grunde genommen hatte sie ja ihr eigenes Badezimmer gehabt. Simon und sie benutzten das Badezimmer im Erdgeschoß fast nie. Sie hatten ihr eigenes Badezimmer am großen Schlafzimmer.

Emmy redete nie über ihr Zimmer. Sie redete nie über das Haus. Dachte sie überhaupt darüber nach? In Wirklichkeit war es kein sehr großes Haus. Sie hätten was viel Größeres haben können. Aber sie hatte nie Ansprüche gestellt. Hätte sie vielleicht sollen. Vielleicht, wenn Simon sich verpflichtet gefühlt hätte, mehr Geld zu verdienen, härter zu arbeiten, dann hätte er keine Zeit gehabt . . . Aber es schien, als seien sie so zufrieden in dem Haus. Es hatte sechs Zimmer; ein Eßzimmer, ein Wohnzimmer und unten eine riesige Küche. Sie liebte große Küchen. Von der Küche aus kam man auf eine überdachte Veranda. Im Sommer aßen sie dort draußen. Das vermißte sie wirklich. Die zusätzliche Toilette, von der sie immer gesprochen hatten, ließen sie nie einbauen. Oben waren drei Schlafzimmer. Das dritte hatten sie als Arbeitszimmer benutzt mit einem Farbfernseher und einem Schreibtisch für Simon und dem herrlichen Ledersessel und der Ottomane, die sie ihm gekauft hatte.

Bei der Scheidung bekam er den Sessel. Er sagte, es sei seiner.

Das stimmte, aber sie hatte ihn ihm gekauft. Er saß gern in dem Sessel. Es war echtes Leder; der Sessel hatte den wunderbar männlichen Geruch nach Leder. Sie glaubte, er sei glücklich mit ihr, glücklich, in ihrem gemeinsamen Zuhause in dem Sessel zu sitzen. Es wäre ihr nicht im Traum eingefallen, daß er es verlassen wollte. Sie verlassen.

Wann hatte es angefangen, daß er weggehen wollte? Wann hatte er angefangen, enge Hosen zu tragen und sein Haar wachsen zu lassen? Wann hatte es angefangen, daß sie ihm nichts mehr recht machen konnte? Was hatte sie falsch gemacht? Sie hatte sich so viel Mühe gegeben ...

Mein Gott, wann würde der Schmerz vergehen? Würde sie niemals aufhören, darüber nachzudenken? Was tat sie in diesem engen Flur, vor dieser schweren grauen Metalltür mit dem Guckloch wie bei einer Einzelzelle für Isolierhaft? Im Flur roch es immer leicht nach Kohl. Trotz des vornehmen Anstrichs, des graugrünen Teppichs, auf dem man den Schmutz nicht sehen konnte, der graugrünen Tapete, roch es immer nach Kohl. Wie in jeder billigen Mietskaserne.

Kohl kochen müßte in allen Mietshäusern verboten werden, dachte sie. Sie hatte Mietshäuser immer gehaßt. Sie hatten mit dem Kind so lange gewartet, bis sie genug Geld gespart hatten und ein Haus kaufen konnten, in dem sie das Kind großziehen konnten. War auch das ein Fehler?

Was sagte die Psychofrau immer? »Sie müssen aufhören, sich selbst für alles die Schuld zu geben. Es war nicht Ihre Schuld.« Midlife-Krise, sagte sie. Expertengeschwätz. Begriffe, die die Leute erfanden. Ausreden. Damit sie andere Leute verraten konnten, ihr Leben zerstören konnten, ohne sich schuldig zu fühlen.

»Wollen Sie kein unabhängiger Mensch werden?« hatte die junge Analytikerin schockiert ausgerufen. Noch mehr Expertengeschwätz.

»Ich habe immer gearbeitet. Ich war immer ein unabhängiger

Mensch. Darum bekomme ich keinen Unterhalt. Ich hätte Unterhalt bekommen, wenn ich mein Leben lang zu Hause geblieben wäre und Mah-Jongg gespielt und meine Zeit damit verbracht hätte, meine Nägel zu lackieren und hilflos zu sein. Vielleicht hätte er überhaupt nicht aufgehört, mich zu lieben, wenn ich abhängig und hilflos gewesen wäre.«

Ihre Stimmung änderte sich. Die schöne Hochstimmung war weg. Aber müde war sie immer noch nicht. Sie hatte plötzlich einen Bärenhunger. Mordshunger. Sie mußte etwas essen. Aber wenn sie in die Wohnung ginge und herumhantierte, würde Emmy wach.

Unten in der Straße war ein Imbiß, der die ganze Nacht warmes Essen hatte. Dort würde sie etwas essen und dann nach Hause gehen.

Draußen auf der kühlen, ruhigen Straße wurde sie wieder fröhlicher. Das Klicken ihrer Absätze auf dem Bürgersteig kam ihr friedlich und irgendwie jung vor. Der Mond alberte mit den Wolken, lugte hinter ihnen hervor, flirtete, tauchte weg. Dabei fiel Anna ein, daß sie sich an etwas erinnern sollte. Oder war es vergessen? Sie wußte es nicht genau. Sie erinnerte sich nicht. Sie merkte, wie sie ein altes Lied, das sie immer gern gemocht hatte, sang: *»Someday he'll come along, the man I love . . .«*

Sie hatte immer noch das Bettuch dabei. In dem Imbiß legte sie es auf den Stuhl neben sich. Sie würde es zurückbringen und ihren Schirm holen müssen. Daran hatte sie sich erinnern wollen. Ihren Schirm. Sie hatte ihn auf der Party im Flur stehenlassen. Nein. Von der Party war sie weggegangen. Sie hatte Louise nicht nach Hause gefahren, und jetzt würde Louise sie nicht mehr mögen. Sie hatte den Schirm in eine Ecke neben der Wohnungstür dieses Mannes gestellt. Sie aß einen Hamburger und Pommes frites und Schokoladenkuchen mit Eis und trank zweieinhalb Tassen Kaffee. Als sie das Lokal verließ, war es vier Uhr morgens. Sie war immer noch nicht müde. Auf dem Weg zurück zur Wohnung kam sie an ihrem Auto vorbei. Vielleicht sollte sie zurück nach Manhattan fahren und ihren Schirm holen. Mit dem ganzen Kaffee, den sie in sich hineingeschüttet hatte, würde sie nie schlafen können. Genausogut konnte sie was Nützliches tun. Aber was würde sie Emmy erzählen, wenn sie die ganze Nacht wegbliebe? Nichts. Einfach nichts. Emily ging das gar nichts an.

Was, wenn der Mann schlief? Dann würde sie klingeln und ihn wecken. Geschah ihm ganz recht. So ein ekeliger Mann mit seinen engen Hosen und dem langen Haar.

Trotzig und entschlossen, glücklich, stieg sie ins Auto. Um diese Zeit würde sie da hin nicht länger als eine Stunde brauchen. Sogar weniger. Sie machte das Radio an und fand ruhige Musik. Die schlüpfte ganz sanft in die leeren Räume in ihrem Kopf und verdrängte jeden Gedanken.

Anna brauchte eine volle Stunde, um dort hinzukommen, weil sie den Long Island Expressway reparierten. Den Expressway reparierten sie immer, und er blieb immer gleich. Riesige Pfützen, die sich immer an denselben Stellen sammelten und Schlaglöcher, die sich neben den aufgefüllten Schlaglöchern bildeten.

Es war fünf Uhr. An der Ecke, nur ein paar Schritte vom Eingang des Hauses entfernt, fand sie sofort einen Parkplatz. Sie blieb ein paar Minuten im Auto sitzen; irgend etwas saß tief in ihrem Gedächtnis, etwas, an das sie sich erinnern sollte.

Vielleicht sollte sie anfangen, Vitamine für ihr Gedächtnis zu schlucken, wie Simon es getan hatte. Vitamin E. Oder war es Lecithin? Sie wußte es nicht mehr genau. Das Problem wäre natürlich, daran zu denken, es zu nehmen.

Sie stieg aus dem Auto. Die Nacht stirbt, dachte sie. Der Himmel hatte eine kränklich graue Blässe. In der Luft hing angespannt Regen wie ungeweinte Tränen. Sie hatte das Gefühl, daß ihr frischer, froher Schritt nicht zu der nassen, dicken Luft paßte, aber sie mußte darüber lachen. Vom Wetter ließ sie sich nicht bezwingen. So oft bestimmte das Wetter ihre Stimmung.

Das Wetter und Emily und Simon und davor ihr Vater ... das passierte ihr immer wieder. Sie hatte sich immer bemüht, es allen rechtzumachen, das zu tun, was man eben tat. Die Götter günstig zu stimmen ... Heute fühlte sie sich von ihnen allen frei. Als ob sie zum ersten Mal ihr eigenes Schicksal in die Hand nähme.

Schnurstracks ging sie an dem Portier in der Empfangshalle mit ihrem neuen, selbstbewußten Schritt vorbei, zum Aufzug. Ein verschrumpelter, weißhaariger Mann mit Gummistiefeln und einem Regencape und einer Plastikbedeckung über seinem Hut sagte guten Morgen. Er hatte die Sonntagsausgabe der *Times* und eine braune Papiertüte in der Hand.

Anna sagte auch guten Morgen. Sie hoffte, der Mann würde nicht reden.

»Konnte nicht schlafen«, sagte der Mann. »Das Schlimmste am Alter. Im Theater schläft man ein, aber im Bett kann man nicht schlafen.«

»Sie sind doch nicht alt«, sagte Anna.

»Natürlich bin ich alt«, sagte der Mann unwirsch.

»Wenn Sie darauf bestehen«, sagte Anna. Der Mann hörte sie nicht, weil der Aufzug angekommen war und die Tür keuchend aufging. Kaum war sie offen, kamen zwei Männer eilig heraus: ein kleiner, dunkler, lateinamerikanisch aussehender Polizist und ein langer, sehr großer Mann in einem zerknitterten Anzug.

»Wahrscheinlich hat er ihn wegen irgend etwas festgenommen«, sagte der alte Mann laut und deutlich. »Bestimmt Einbruch. Hier passieren eine Menge Einbrüche. Ein großer, starker Mann wie er, der sollte einen Job kriegen. Er sollte sich was schämen.«

Anna errötete. Sie sah sich nach dem großen Mann um. Ohne anzuhalten, drehte er sich auch um, um sie anzusehen. Ihre Augen trafen sich, und er grinste.

Anna wurde wieder rot und grinste zurück. Er hatte ein angenehmes, freundliches Gesicht.

»Ich glaube nicht, daß er ein Einbrecher ist«, sagte Anna laut.

»Heutzutage kann man nicht vorsichtig genug sein. Gucken Sie mal hier die Papiertüte. Ohne die gehe ich nirgendwo hin. Da habe ich einen Ziegelstein drin. Wenn mir jemand dumm kommt, kriegt er ihn ab. Wenn Sie mit im Aufzug fahren wollen, kommen Sie. Der ist so schon langsam genug, auch, ohne daß man auf Leute wartet.«

Als die Tür zuglitt, sprang Anna schnell hinein.

»Welches Stockwerk?« fragte der Mann.

Mit seinem Schirm drückte er auf ihre Zahl, dann auf seine. »Ekelhaftes Wetter«, sagte er.

»Ja, herrlich, nicht wahr«, sagte Anna.

Der Mann starrte sie an. »Meine Fenster waren so naß, daß ich dachte, es regnet. Ich hab meinen Schirm mitgenommen für den Fall, daß der Portier vergißt, meine Zeitung zu besorgen, und ich selber hätte rausgehen müssen. Die Portiers sind auch nicht mehr das, was sie mal waren. Ich glaube, die stecken mit den Gaunern unter einer Decke.«

»Gut, daß Sie Ihren Schirm nicht verloren haben«, sagte Anna.

»In meinem ganzen Leben habe ich noch nichts verloren. Wenn ich zu bestimmen hätte«, sagte der Mann, »würde ich sagen: ›Regne dich aus, und dann Schluß!‹«

»Wenn ich könnte, würde ich Sie bestimmen lassen«, sagte Anna freundlich.

Der Mann sah sie wieder ärgerlich an. »Glauben Sie, ich würde es nicht besser machen als der – wer immer es ist, der für das Wetter sorgt. Jede Wette, daß ich das könnte.«

Der Aufzug hielt. »Neun«, sagte der Mann.

»Danke schön.«

Als Anna rausging, sagte der Mann: »Hat man so was schon mal gehört, daß eine Zeitung einen Dollar kostet. Einen Dollar! Früher hab ich für einen Dollar meine Familie eine Woche lang ernährt.«

»Sie haben ein sehr gutes Gedächtnis«, sagte Anna.
»Ich habe noch alle Tassen im Schrank«, sagte der Mann.
»Und einen Ziegelstein dazu«, sagte Anna.
Die Tür schloß sich. Der Aufzug fuhr hoch.

Ein dunkelgrüner, vier Jahre alter Chevy kam angefahren und parkte neben dem Hydranten unmittelbar vor dem Hauseingang, obwohl es noch mindestens zwei andere Parkplätze in der Nähe gab. An dem Auto waren die Arztzeichen. Ein großer, grauhaariger Mann mit Brille und einer schwarzen Arzttasche und einem Plastikbecher mit Deckel in den Händen stieg aus und sah sich um. Bernie winkte ihm. Er kam schnell auf Bernie zu. Bernie holte das Schild BITTE NICHT BETRETEN POLIZEI aus seinem Kofferraum und gab es Ramirez.

»Machen Sie es gleich an die Wohnungstür.«
»Ja, Sir.« Er drehte sich um.
»Ramirez.«
»Ja, Sir.«
»Wie lange sind Sie bei der Polizei?«
»Seit drei Monaten, Sir.«
»Gekotzt habe ich nie«, sagte Bernie. »Ich hatte Alpträume. Wachte schweißgebadet auf, mit einer Wahnsinnsangst. Tu ich immer noch. Kotzen ist besser. Machen Sie das dämliche Schild an die Tür, bevor die Neugierigen über uns hereinbrechen. Bewachen Sie die Tür. Es gibt gute, rechtschaffene Bürger, die sich vom Kopf des Opfers Haare als Souvenir nehmen, wenn sie sie kriegen. Die Leute von der Mordkommission müssen bald hier sein. Sobald Sie das Schild angebracht haben, sagen Sie Johnson, er soll in der Zwischenzeit eine Liste aller Mieter und ihrer Wohnungsnummern anfertigen. Alle. Überprüfen Sie jeden, der hier raus- und reingeht. Aufzüge und Treppen. Lassen Sie sich die Ausweise zeigen. Finden Sie heraus, wer der Mieter in 9E war. Vielleicht lassen Sie sich von dem Portier ein paar Takte erzählen. Portiers wissen manchmal eine Menge. Und

klingeln Sie überall. Fragen Sie. Finden Sie alles raus, was heute nacht in 9E passiert ist. Fangen Sie mit den Nachbarn an. Die müssen irgend etwas gehört haben.«

Bernie beobachtete Ramirez, wie er in das Gebäude zurückging. Er hoffte, daß seine Lüge geholfen hatte. Das einzige, was ihm Alpträume bereitete, war sein Sohn.

Mit heulenden Sirenen kam ein Krankenwagen die Straße heruntergerast und fuhr die runde Auffahrt vor dem Haus hoch. Kaum hatte er angehalten, sprangen auch schon zwei Männer in Weiß heraus. Sie öffneten die hintere Tür und rollten eine Trage heraus.

»9E«, rief Bernie ihnen zu.

Sie rannten in das Haus.

»Trinken Sie Ihren Kaffee besser jetzt, Doktor«, sagte Bernie zu dem Mann in Grau. »Oben wird er Ihnen auf den Magen schlagen.«

»Tatsächlich? Was gibt's denn da oben, Bernstein?«

»Eine blutige Masse, wo das Gesicht sein sollte. Schwanz ab, oder größtenteils ab.«

Das graue Gesicht des Polizeiarztes wirkte noch ein bißchen grauer. Er schob sich die Brille noch weiter die Nase hoch. Sie rutschte immer hinunter. Dann nahm er den Deckel von dem Becher und trank einen tiefen Schluck. Er hielt Bernie den Becher hin, der daran nippte und hustete und in den Becher guckte. »Das ist Scotch!«

»Genau. Kaffee ist nicht gut. Koffein.« Er nahm den Becher wieder an sich, schloß den Deckel sorgfältig und ging würdevoll auf einer völlig geraden Linie in das Haus.

Aus einer schmuddelig hellbraunen Limousine auf der anderen Straßenseite kam ein Mann geradewegs auf Bernie zu. Ein kräftiger Mann in einem unauffälligen Regenmantel. Er hatte bräunliches Haar, helle Augen, gesunde Hautfarbe. *Kripo* hätte in Neonbuchstaben auf seiner Stirn stehen können. Er bewegte sich schnell ohne Hektik.

»Fünf Minuten vor der Zeit ist des Schülers Pünktlichkeit«, sagte Bernie. »Reizend von Ihnen, daß Sie da sind, Donlon.«

»Überarbeitet und unterbezahlt, Inspektor. Will der Bürger schneller bedient werden, soll er mehr Beamte anheuern.«

»In der Zwischenzeit hätte der Verbrecher dreimal zurückkommen und die ganzen Beweise beiseiteschaffen können.«

Donlon zuckte mit den Schultern. »Mehr als achtzehnhundert Morde in New York City im letzten Jahr. Können nicht immer gewinnen. Leute bringen sich dauernd um; man tut, was man kann. Eben bei dieser Schönheit gewesen. Leiche in einem Hotelzimmer ohne Hände, Füße und Kopf. Was denken die sich wohl als nächstes aus?«

»Ich sage Ihnen ...« Bernie hielt inne. Drei Autos kamen schnell angefahren. An den Windschutzscheiben hatten sie große »Presse«-Schilder. »Die Presse«, sagte Bernie durch die Zähne.

Donlon nickte. Sein Gesicht verschloß sich. Wie auf Kommando drehten sich die beiden Männer um und gingen sehr schnell in das Haus.

Als Anna den Aufzug verlassen hatte, wartete sie, bis die Tür zu war. Sie sah zu, wie die Nummern aufleuchteten: 10, 11, 12, 14, 15. Langsam. Ein klappriger alter Aufzug. Sie wandte sich den Wohnungstüren zu. Sie sahen alle gleich aus. Schmuddelig, angeschlagene braune Metalltüren.

Gestern abend waren sie aus dem Aufzug rausgekommen und nach rechts an ein paar Türen vorbeigegangen. Wieviele, wußte sie nicht mehr. Sie blieb vor einer Tür stehen. Unter der Türklingel stand »Miller«.

Hatte er ihr seinen Familiennamen gesagt? Sie konnte sich nicht daran erinnern. Wie hieß er mit Vornamen?

Sie klingelte. Ein Rascheln, und dann starrte sie durch den Spion ein Auge an. Sie starrte zurück. Es verschwand. Dann öffnete sich der Spion wieder, und das Auge blinzelte, und eine Frauenstimme sagte: »Wer ist da?«

Anna sagte: »Entschuldigen Sie. Ich wollte nicht stören. Vielleicht können Sie mir helfen . . .«

»Ich will nichts. Vertreter unerwünscht.« Der Spion ging zu. Anna glaubte Schritte zu hören, die sich entfernten.

»Ich verkaufe nichts.«

Keine Antwort.

Die falsche Tür. Sie ging zur nächsten und klingelte. Sie hörte nichts. Wahrscheinlich war die Klingel kaputt. Sie hob die Hand, um zu klopfen, und bemerkte, daß die Tür ein bißchen offen stand. Diese alberne Scherzfrage, die Emmy immer so mochte, als sie klein war, kam ihr in den Sinn: »Wann ist eine offene Tür nicht offen?« – »Wenn sie auf ist.« Warum dachte sie jetzt daran? Ihr fiel ein, daß die Tür des Mannes nicht richtig schloß. Mit dem Schloß stimmte etwas nicht, hatte er gesagt. Plötzlich konnte sie sein Gesicht sehen mit dem blöden Lächeln, aber sie hatte seinen Namen schon wieder vergessen. Hatte sie die Tür aufgelassen, als sie gegangen war? Zögernd, vorsichtig steckte sie ihren Finger dazwischen. Sie ging ein paar Zentimeter auf. Anna sah ein Stück braune Couch und einen schwarzen Glastisch. Am Rückenteil der Couch war ein Streifen Rot. Der rote Slip. Er schlief wohl immer noch. Sinnlos, ihn zu wecken. Mit einem Finger schob sie die Tür vorsichtig noch ein paar Zentimeter auf. Der Schirm war da, wo sie ihn gelassen hatte, in der Ecke neben der Tür.

Der Aufzug fuhr runter. Sie konnte das Klappern in dem Schacht hören. Wenn sie ihn nicht kriegte, würde sie lange warten müssen.

Ihre Hand glitt schnell hinein und ergriff den Schirm. Es dauerte weniger als eine Sekunde. Sie hielt ihn fest. Sie war froh, daß sie ihn hatte.

Sie lief los, um den Aufzugknopf zu drücken. Hinter sich hörte sie einen Mann rufen: »Ramirez?« und hörte, wie eine Tür geöffnet wurde. Der Aufzug hielt, die Tür kroch auf. Sie ging schnell hinein. Sie war froh, daß er leer war. Gemächlich setzte sich der Aufzug in Bewegung. Plötzlich hatte sie es eilig, hier wegzukommen. Nach Hause.

Er hielt einmal an. Ein Mann stieg zu. Er schlief noch halb und sah verknittert aus und ging direkt in eine Ecke und lehnte sich an und schloß die Augen, um noch ein paar Sekunden Schlaf zu kriegen. Sie war froh, daß er nicht mit ihr sprach.

Als sie schließlich unten in der Eingangshalle ankamen, wartete ein Haufen Leute auf den Aufzug. Der kleine, dunkle Polizist war da und hatte ein Schild in der Hand. Er war so in Eile, daß er hereinstürzte, ohne zu warten, bis sie ausgestiegen war. Es waren auch zwei Männer in Weiß da. Und der große attraktive Mann. Er redete eifrig auf einen anderen großen Mann in einem Regenmantel ein. Sie glaubte, daß er sie wahrnahm. Sie glaubte, daß er alles um sich herum wahrnahm. An einem Zucken in seinem Gesicht merkte sie, daß er sie erkannte, und sie hätte ihn angelächelt, aber er lächelte nicht als erster. Sie wollte nicht den Anschein erwecken, als ob sie flirtete. Er war sehr attraktiv. Sehr männlich. Männer wie diesen traf sie auf ihren albernen Singlesdingern nie. Männer wie der hatten es nicht nötig, dahin zu gehen. Die guten sind vergeben oder tot.

Sie wunderte sich, warum auf einmal so viele Leute da rumliefen. Irgend etwas mußte passiert sein. Es waren noch mehr Polizisten da, und durch die dicke Glastür, die nach draußen führte, konnte sie einen Krankenwagen sehen, dessen Lichter an- und ausgingen.

Sie guckte zum Aufzug zurück. Die Türen schlossen sich gerade. Sie hatte den Eindruck, daß der große Mann sie ansah. Für einen Moment schien es sogar, als würde er aussteigen und vielleicht zu ihr rüberkommen.

Oh ja, Anna, bald siehst du Männer unter deinem Bett. Starke, schöne, bezaubernde Männer, und sie werden sich auf den ersten Blick wahnsinnig in dich verlieben.

Vielleicht hat Emmy recht. Du solltest wieder zu deiner Psychotante gehen. Diesem BH-losen Wunder.

Draußen war der Nebel zu einem langsamen, trägen Regen geworden. Anna öffnete ihren Schirm. Sie dachte, was für eine gute Idee, sofort zurückzufahren und ihn zu holen, anstatt bis später am Tag zu warten. Wenn sie durch das gelbe Plastik guckte, hatte sie das Gefühl, als ob die Sonne schien. Darum hatte sie dieses Gelb genommen, damit es so aussah, als ob heller, sonniger Tag wäre, wenn es regnete. Einen sonnigen Tag konnte sie gebrauchen.

Langsam ging sie zu ihrem Auto. Jetzt hatte sie keine Eile mehr, nach Hause zu kommen.

Bernie sah sie. Die Frau in dem roten Regenmantel. Sie hatte einen gelben Plastikschirm in der Hand. Es war die Frau, die er mit dem alten Mann am Aufzug gesehen hatte. Er war überrascht, als er den Schirm sah, aber dann kam er sich blöd vor und dachte, daß heute Millionen davon auf der Straße wären, einer auf jeden zweiten Häuserblock. Trotzdem, irgend etwas daran störte ihn. Er sah ihr nach. Sie hatte tolle Beine. Auf schöne Beine fuhr er ab. Linda hatte tolle Beine.

Ah, Linda. Das hatte sein Kopf wieder astrein dazwischen geschmuggelt.

Er zerrte seine Gedanken zurück zu dem Fall. Tatsächlich war es noch sehr früh. Nicht einmal 5.30 Uhr. Er hatte noch massenhaft Zeit, bevor er zum Dienst mußte. Er überlegte, ob er im dritten Stock die Biege machen sollte, die Treppen runtergehen und am Dienstboteneingang rausgehen, um den Reportern zu entkommen. Aber er entschied sich, zurück in die Wohnung zu gehen. Mitzuhelfen. Sich noch ein bißchen umzusehen.

8. KAPITEL

»Welcher Schirm?«

Die Frage machte Bernie Beine, in den Flur hinaus zum Aufzug. Er kriegte ihn, als die Türen gerade zugingen, und er stieß mit dem Finger auf den »E«-Knopf und ließ ihn da, als ob er dann schneller führe. Der verfluchte Aufzug kroch runter, als habe er Angst zu fallen. Als er schepperte, um im vierten anzuhalten und eine junge Frau mit einem Waschkorb hereinzulassen, rannte Bernie hinaus auf die Treppen, raste die vier Stockwerke hinunter, kam vor dem Aufzug in der Eingangshalle an und rannte nach draußen mitten auf die Straße. Warum hatte er sie nicht angehalten? Er hatte die Absicht gehabt. Beinahe. Er hätte mit ihr reden können.

Und was gesagt? »Sie sind festgenommen, weil Sie einen gelben Plastikschirm haben.« Vielleicht war es gar nicht *der* gelbe Plastikschirm. Bei dem war die Stange kaputt. Und selbst das bewies gar nichts.

Er hätte irgend etwas sagen können. Sagen können: »Hallo.« Und von da aus weiter. Was war er, ein lächerlicher Anfänger, ein Kotzer? Vielleicht wußte sie etwas. Irgendwas. Vielleicht war sie gestern abend oder nachts in der Wohnung gewesen. Möglicherweise war sie Zeugin. Möglicherweise war sie in der Lage, ihnen einen entscheidenden Hinweis zu geben. Vielleicht war sie sogar die Mörderin.

Er stand mitten auf der Straße und guckte hoch und runter, auf beiden Seiten. Was, zum Teufel, war mit ihm los? Die Frau konnte überall sein, in jeder Richtung etliche Nebenstraßen weiter oder in einem Bus oder in der U-Bahn oder in ihrem eigenen Auto, allein oder mit jemandem zusammen oder in irgendeinem Haus oder Restaurant oder Laden. Und warum jagte er sie? Sie hatte einen gelben Plastikschirm wie der in der Wohnung. Einen Schirm, den niemand anderes gesehen hatte.

Jetzt erst nahm er den Regen zur Kenntnis. Es goß in Strömen. Regen floß ihm den Hals herunter, in den Kragen. Er war durchnäßt. Er drehte sich um. Und dann sah er sie. Sie war in ihrem Auto, an der Ecke, nur ein kurzes Stück entfernt, hielt an einer roten Ampel. Er lief zu dem Auto. Die Ampel ging auf grün. Ihr Auto bewegte sich. Er merkte sich die Autonummer.

Die Presseleute kamen auf ihn zu. Er ging schnell zu seinem Wagen und fuhr los. Ein paar Straßen weiter hielt er an und schrieb die Nummer auf seinen Block. Dann rief er auf dem Revier an. Sie brauchten weniger als fünf Minuten, um die Informationen einzuholen. Sie hämmerten es direkt in den Computer in Albany. Er schrieb in sein Notizbuch: Anna Welles. Und ihre Adresse.

Er würde der Sache nachgehen. Er selber. Ohne viel Aufhebens. Er wollte der Frau keinen unnötigen Kummer machen. Es konnte ein Fehler sein. War es wahrscheinlich. Sie sah aus, als ob sie nett wäre. Sie hatte ein angenehmes, intelligentes Gesicht. Empfindsam. Und er wußte, sie hatte Sinn für Humor. Vielleicht war sie ein Eckchen nervös. Irgendwie wie ... OK ... sprich es aus. »Irgendwie wie Linda.« Verblüht, vielleicht. Traurig. Verletzlich.

Er würde der Sache nachgehen. Irgend etwas an dem Fall erregte ihn. Zog ihn rein.

9. KAPITEL

Nacht war nicht mehr. Aber auch nicht Morgen. Es war diese atemlose Zeit. Voller Spannung. Emily Dickinson hatte darüber geschrieben. »Wird es wirklich einen Morgen geben ...?«

Sie hatten ihre Tochter nach Emily Dickinson genannt. Warum dachte sie jetzt daran? Müde. Völlig hinüber. Was für ein Glück, daß um diese Zeit kein Verkehr war. Damals hatte Simon sie geliebt. Hatte er! Warum hatte er dann gesagt, daß es nicht stimmte? Warum mußte er ihr das auch noch wegnehmen? Das war das grausamste. Als ob sie nie geliebt worden sei. Zu vergessen, wie er sie immer hatte berühren wollen ... ihre Hand, ihren Nacken. Ohne sie irgendwo anzufassen, konnte er nicht spazierengehen. Warum hatte er das vergessen? Gesagt, daß das nur die Jugend gewesen sei. Sex. Unschuld.

Schuldgefühle, sagte die Psychofrau. Es würde ihm zuviele Schuldgefühle bereiten. Er mußte alles leugnen ...

Und warum mußte er am Ende so gemein sein? So hyperkritisch und grausam und ungeduldig, immer zynisch, ihre Meinung war unerwünscht, warum mußte er sie kleinmachen, runtermachen, ihre Fehler auflisten, ihr Selbstbewußtsein so zerstören, daß sie sich nicht einmal wehren konnte. Das hatte er absolut nicht nötig gehabt.

Und warum kaufte er ihr plötzlich den wunderschönen Opalring, den sie nur einmal so nebenbei bewundert hatte?

Gefühl von Schuld, Schuld, Schuld ...

Nicht genug Schuld. Den Ring zählte er mit, als sie die Sachen bei der Scheidung aufteilten.

Es regnete wieder. Die Scheibenwischer nützten nichts.

Nein, du Dummchen, es regnet nicht. Es sind Tränen. Du weinst wieder. So hast du das Auto letztes Mal zu Schrott gefahren.

Nein, beim letzten Mal war es Absicht gewesen. Ein Mensch hat das Recht, zu entscheiden, wann er genug hat.

Vergiß es, Anna. Hör auf, dich selbst zu bemitleiden. Guck die Statistiken über Heiraten und Scheidungen an.

Statistiken helfen mir nicht. Sie helfen *ihm*. Machen seine Schuldgefühle geringer. So viele Männer tun es; es ist in Ordnung so.

Frauen tun es auch. Das nennt man zweifellos Chancengleichheit. Tanzveranstaltungen für Singles. Singlespartys. Singlesbars. Singlesquatschrunden. Du hast ganz schön was hinter dir, Baby. Komm, wir vögeln.

Simons Frau ist zweiunddreißig. Einmal habe ich sie mit ihm im Theater gesehen. Sie hatten Plätze in der ersten Reihe. Sie trug ein beigefarbenes Oberteil mit Spaghettiträgern. Ihre Nippel spielten mit dem schimmernden Stoff. Brustwarzen sind IN, Baby. Nichts auf der Welt ist so herrlich wie volle, hohe, junge Brüste, Simon. Wer könnte dir einen Vorwurf machen? Das Alte raus, das Neue rein. Wenn sie dann fünfzig ist und du vergessen hast, was du am Anfang für sie empfunden hast, ist es nicht wichtig. Nichts wird wichtig sein. Ich bin jetzt auch nicht wichtig. Niemandem.

Mit allem Nachdruck: Sie müssen sich selbst wichtig nehmen.

Also gut. Wenn sie mich begraben, können sie es auf meinen Grabstein schreiben.

Sie war sich selbst wichtig.

Hör auf, Kopf. Schluß mit dem Denken.

Was war das für ein Gedanke, der ihren Kopf plagte? An ihr nagte? Schwamm drüber.

Warum konnte ein Kopf nicht wie ein Wasserhahn sein? Aufdrehn, zudrehn. Meiner würde tropfen.

Emily mag die neue Frau ihres Vaters. Sie ist nett, hat Emily gesagt. Angenehm und vernünftig. Natürlich. Sie ist glücklich. Und sie nörgelt nie an Emily herum. Nichts ist ihr wichtig genug, um zu nörgeln oder sich Sorgen zu machen. Emily hat zwei Mütter: die alte Nervensäge und die hübsche neue. Das war wirklich das grausamste. Das wahrhaft Unerträgliche. Einer anderen Frau hatte er einen Teil ihres Kindes geschenkt, des Kindes, das sie geboren hatte, das aus ihrem Körper gekommen war. Eine andere Frau hatte er zur Mutter ihres Kindes gemacht. Dazu hatte er kein Recht. Eine jüngere, hübschere Fremde. Und Emily mochte sie. Mochte sie vielleicht lieber. Anna konnte sich nicht dagegen wehren. Sie zog sich zurück. Gab auf. Verlor auch Emily, weil sie es nicht wagte, sich Emily so nah wie vorher zu fühlen. Stimmte das, was Emily einmal wütend gesagt hatte: »Du liebst mich nicht mehr«?

Ich liebe dich, Emily. Ich liebe dich mehr. Du bist alles, was ich habe. Ich habe Angst, dich zu sehr zu lieben aus Furcht, daß ich zu abhängig von dir werde oder dir das Gefühl gebe, verantwortlich für mich zu sein. Auch aus Furcht, daß ich dich verliere.

Müde.

Schrei. Los doch. Schrei. Im Auto ist außer dir niemand.

Und dann gab es in der Nähe ihres Hauses keinen Parkplatz. Sie mußte endlose Straßen weiter parken.

Sie konzentrierte sich darauf, wie sie ging, auf das Klicken ihrer Absätze in der stillen Dämmerung, auf den langsam erwachenden Himmel, darauf, den Schirm im Wind festzuhalten. Wenn sie ein bißchen Schlaf gekriegt hätte, würde sie sich an das erinnern, was an ihrem Kopf herumschnibbelte. Hoffentlich bedeutete es nicht noch eine Fahrt nach Manhattan.

Sie war die ganze Nacht weggewesen. Was sollte sie Emmy sagen? Hoffentlich machte sie sich keine Sorgen, das arme Kind. Ich bin zu müde, um Erklärungen abzugeben.

Emily war nicht zu Hause. Seit der Scheidung blieb Emily abends oft lange weg. Sie rief nicht an oder erklärte was.

Gut. Ich werde nicht um Erklärungen bitten. Ich werde mir keine Sorgen machen oder Ansprüche stellen. Ich werde lässig und vernünftig sein wie die gnädige Frau Zweiunddreißig-Jahre-alte-neue-Gattin. Wieviel hat das bißchen beigefarbene Seide gekostet, Simon, während ich jeden Pfennig umdrehe und Säume rauslasse und kaputte Schirme benutze. Ich muß Emily durchs College bringen. Nicht Simon. Das Gericht hat gesagt, er müßte es nicht, nicht mehr, wenn Emily achtzehn würde. Emily wird mich auch verlassen. Das tun die Kinder. Sollten sie tun.

Schrei! Keiner hört dich. Keiner ist zu Hause. Oder mach deinen Kopf zu und geh schlafen. Stell ein Schild auf: VERSTAND BIS AUF WEITERES ABGESCHALTET. Denken verboten. Sich Sorgen Machen. Ich werde sofort schlafen gehen. Ich werde nur meine Zähne putzen.

Sie hatte einen widerlichen Geschmack im Mund.

Das letzte, an das Anna sich erinnerte, bevor sie einschlief, war, daß sie das gefaltete Bettuch im Auto liegengelassen hatte. Immer vergaß sie etwas.

10. KAPITEL

Während ihrer Ehe hatte Anna jeden Morgen, bevor sie die Augen aufmachte, im Bett neben sich nach Simon getastet. Sie mochte es, wenn sie ihn dort spürte. Sie berührte ihn gern. Immer wenn sie nachts wach wurde, faßte sie mit der Hand nach ihm. Sie berührte ihn, und das beruhigte sie, und sie konnte wieder einschlafen.

Sie tat das immer noch. Jeden Morgen streckte sie ihre Hand aus und riß ihre Augen in Panik weit auf.

Er war nicht da. Es war kein böser Traum. Er war nicht da.

Aber heute war Anna aus dem Bett und in ihrem Morgenmantel, bevor sie merkte, daß sie im Bett ihre Hand nicht nach Simon ausgestreckt hatte. Sie war aufgewacht und sofort aufgestanden. Irgend etwas hatte ihn aus ihrem Gedächtnis gelöscht. Was immer es war, sie war dankbar.

Es war fast Mittag. So spät stand sie nie auf. Sie mußte sehr spät heimgekommen sein. Wo war sie gewesen? Garantiert mal wieder auf so einer großartigen Singlesveranstaltung. Sie versuchte sie immer sofort zu vergessen, meistens ohne Erfolg. Was hatte sie gestern abend gemacht?

Ohne Kaffee konnte sie nicht denken.

Leise öffnete sie die Tür zum Wohnzimmer. Ihre Tochter schlief noch auf der Schlafcouch. Ihre Jeans und ihr T-Shirt lagen da, wo sie sie hatte zu Boden fallen lassen. Auf Zehenspitzen schlich Anna darum herum, durch das Zimmer in die Küche.

Sie hatte dem Hauswart Geld dafür gegeben, daß er eine Tür zwischen Küche und Wohnzimmer anbrachte. Es war nur eine Ziehharmonikatür, und sie ging nicht fest zu, aber es war besser als nichts. Sie versuchte wenig Lärm zu machen. Sie stellte den Kaffee auf und röstete ein paar Brötchen auf dem Toaster. Der fensterlose Raum war stickig und heiß. Sie deckte für sich den Tisch und auch für Emmy, mit Platzdecken und Servietten, und goß die Milch für den Kaffee in eine hübsche Milchkanne. Den Tisch so nett zu decken gab ihr ein gutes Gefühl. Sie würde nicht eine von diesen trübsinnigen Singles sein, die ihr Essen direkt aus der Dose aßen.

Die Ziehharmonikatür wurde aufgeschoben, und Emmy steckte ihren Kopf durch.

»Guten Morgen.« Anna versuchte fröhlich zu klingen. Es klappte nicht.

Emily kam herein und schmiß sich in einen Stuhl. Das war nicht die sorglose Emmy, die immer schnatterte und kicherte, dauernd übersprudelte, dieses Mädchen mit den blutunterlaufenen Augen und dem zerzausten Haar. Anna schenkte ihr Kaffee ein.

»Warum fragst du nicht zuerst, ob ich ihn will?« fragte Emmy gereizt.

Anna wurde rot. »Tut mir leid, Liebes. Ich denke immer, alle sind so wie ich und brauchen als erstes diesen Schluck Kaffee.« Sie nahm die Tasse in die Hand. »Ich schütte ihn zurück.«

»Mach nicht so einen Aufstand!« Emmy nahm sie ihr ärgerlich weg. Der Kaffee schwappte über und verbrannte ihnen beiden die Hand. »Ach, Scheiße, gib schon her!« Emmy stellte ihn unsanft auf den Tisch. »Du machst immer aus allem so eine Riesenaffäre.«

»Hast du dich verbrannt?«

»Vergiß es, hör auf, bitte.«

Anna ließ Wasser über ihre verbrannten Finger laufen. Hauptsächlich tat sie es, um mit dem Rücken zu ihrer Tochter zu stehen, bis sie sich ruhiger fühlte. Dann goß sie sich in ihre eigene Tasse nach. Emmy rührte in ihrem Kaffee. Sie trank ihn nicht. »Hast du gestern abend deinen Märchenprinzen mit den dritten Zähnen getroffen?« Anna antwortete nicht. Sollte sie ihrer Tochter wieder erklären, daß es nichts Schändliches oder Entwürdigendes war, zu Singlesveranstaltungen zu gehen? Wie konnte sie Emmy davon überzeugen, wenn sie es selbst nicht einmal glaubte? Sie stürzte den Schluck Kaffee hinunter und stand auf. »Willst du noch mehr Kaffee trinken oder soll ich den Stecker rausziehen?«

»Weiß ich nicht. Ist auch einerlei.« Auf einmal klang Emilys Stimme deprimiert. »Nein. Ich glaube, nicht.« Sie stand auf und trug das Geschirr zum Waschbecken und spülte es. Sie zog die Schultern ein. Sie sah niedergeschlagen aus.

»Stimmt was nicht, Emily?«

Emily antwortete nicht. Sie spülte zu Ende und wischte sich ihre Hände an ihrem Schlafanzug ab. Sie drehte sich nicht um. »Gestern abend war ich auf einer Party bei Betsy«, sagte sie, wobei sie offensichtlich ihre Worte sorgfältig wählte. »Alle waren da. Alle meine alten Freundinnen und Freunde.«

»Du hattest Angst, daß sie nichts mehr von dir wissen wollten.«

»Seit langem haben sie mich nicht mehr angerufen.«

»Telefone funktionieren von beiden Enden aus, Emmy.«

»Lauras Eltern sind getrennt. Und Erics Eltern sind geschieden.«

»Es ist eine Epidemie.«

»Alle stecken sich nicht an«, sagte Emmy.

»Bei der Beulenpest auch nicht.«

»Was hätte es für einen Zweck, wenn ich Betsy oder jemand anderen anriefe? Die Sachen, die sie machen, kann ich nicht mehr machen. Könnte ich sie hierher einladen?«

»Natürlich. Sie wollen nichts von deiner Wohnung, sie wollen was von dir.«

»Ach, Scheiße. Eric muß nicht von seiner Schule und zu so einem blöden College in der City wie ich.«

»Colleges in der City sind nicht blöde. Sie sind anspruchsvoller als die Ivy League Schulen. Wer bezahlt Erics Schule?«

»Sein Vater. Und seine Mutter hat auch das Haus bekommen.«

Ihr Haus war auf ihrer beider Namen eingetragen, auf ihren und Simons. Die Rechtsanwälte hatten vereinbart, daß das Haus verkauft und das Geld geteilt werden sollte, obwohl sie anfangs nie in der Lage gewesen wären, es zu kaufen oder zu unterhalten, wenn Anna nicht gearbeitet hätte. Und obwohl Simons derzeitiges Gehalt dreimal so hoch wie ihres war. Nachdem die restlichen Hypotheken abbezahlt gewesen waren, konnte Anna von ihrem Anteil ihre Anwaltsgebühren bezahlen und den Umzug in die Wohnung und Emmys Schulgebühren für das erste Jahr. Eigene Ersparnisse hatte sie nicht, obwohl sie während all der Jahre ihrer Ehe gearbeitet hatte. Sie hatte ihrem Ehemann vertraut.

Statistiken.

Das wußte Emmy alles. Wahrscheinlich kannte sie die Statistiken.

»Vielleicht war Erics Mutter klug genug, sich einen guten Anwalt zu nehmen«, sagte Emmy. »Vielleicht ist sie nicht zerbrochen wie ein Ei, das runterfällt.«

»Du hättest einen Kredit aufnehmen und in Skidmore bleiben können.«

»Jetzt kommst du schon wieder damit. Kredite müssen zurückgezahlt werden. Womit zahlt eine Studentin der Geisteswissenschaften einen Kredit zurück?«

»Ich bin sicher, Laura hat Kredite aufgenommen. Das hat sie doch schon vor der Trennung getan.«

»Ich habe dir x-mal gesagt, daß Laura Köpfchen hat. Physik ist ihr Hauptfach, und sie hat Stipendien bekommen, und sie wird keine Probleme haben, einen hervorragenden Job zu finden, wenn sie mit dem Studium fertig ist. Außerdem ist sie so schön, daß irgendein Mann glücklich sein wird, das alles für sie zurückzuzahlen.«

»Wenn sie wirklich Köpfchen hat, wird sie darauf nicht zählen.«

»Es gibt Frauen, die wissen, wie sie von Männern das kriegen, was sie wollen.«

»Ja«, sagte Anna. »Ich weiß. Als Frau war ich eine Niete.«

»So hab ich's nicht gemeint. Wirklich nicht, Mom . . .«

Anna stand auf.

Plötzlich drehte sich Emmy herum und sah ihrer Mutter ins Gesicht. Ihr Gesicht verlor den Kampf gegen die Tränen. »Nächste Woche fahren sie alle nach Florida in die Osterferien.«

Anna wartete.

»Sie haben mich eingeladen, mitzukommen.«

»Du weißt, daß ich das Geld nicht habe, Emmy.«

»Ich will es nur geliehen haben.«

»Ich habe nichts zum Leihen.«

»Du könntest deine Rente beleihen.«

»Auf meine Rente habe ich mir schon das Auto gekauft. Ich habe es noch nicht zurückgezahlt.«

»Wenn du das Auto nicht zu Schrott gefahren hättest, säßen wir jetzt nicht so in der Klemme.«

Anna antwortete nicht.

»Du könntest es von einer Bank leihen. Sie würden dir Geld leihen. Ich würde es von meinem Job zurückzahlen. Jede Woche.«

»Emmy, du kannst von deinem Job nicht mal den Kostenanteil im Haushalt bestreiten, den du freiwillig übernehmen wolltest.«

»Ich kann mehr Stunden arbeiten.«

»Bei den Stunden, die du jetzt arbeitest, schaffst du kaum deine Prüfungen.«

»Also bin ich nicht helle.«

»Das hab ich nicht gesagt. Früher waren deine Noten exzellent. Du machst schlechte Zeiten durch. Wir beide.«

Emily schob sich an ihrer Mutter vorbei und rannte aus der Küche. Sie warf sich auf die offene Schlafcouch und schluchzte. Hilflos sah Anna ihr zu. Sie wußte nicht, wie sie sie trösten sollte.

»Ich weiß, wie du dich fühlst, Emmy.«

»Weißt du nicht! Ich bin dir scheißegal! Du hast mich nicht lieb! Du hast mich nie lieb gehabt!«

»Das stimmt nicht. Ich hab dich sehr wohl lieb, Emmy.«

»Alles, was dich interessiert, ist, einen neuen Mann zu finden.«

»Es tut mir leid, Emmy. Es tut mir leid, daß du so denkst. Ich habe getan, was ich konnte. Mehr als das.«

»Ich *muß* nach Florida! Wie kann ich Freundinnen und Freunde haben, wenn ich nicht machen kann, was sie machen?«

»Ich würde dir so gern helfen.«

»Ach, laß mich in Ruhe!«

Anna sagte, was sie sich geschworen hatte, nie nie zu sagen: »Bitte deinen Vater um das Geld.«

Voller Selbsthaß ging sie schnell durchs Wohnzimmer in ihr Schlafzimmer. Emily schrie ihr nach:

»Du bist verrückt! Nur verrückte Leute versuchen sich selbst umzubringen. Man sollte dich wegbringen! Einschließen! Ich mache ihm keine Vorwürfe, daß er dich verlassen hat!«

Anna schloß die Schlafzimmertür. Zitternd lehnte sie sich an die Wand. *Ich mache ihm keine Vorwürfe, daß er dich verlassen hat!*

Unaufhörlich hallten die Worte in ihren Ohren wider. Es war wie in ihren häufigsten Alpträumen, in ihrer hartnäckigsten Angst. In einem Kreis höhnisch lachender Frauen stand sie ... ihre Freundinnen, die noch verheiratet waren, und die Frauen, die sie kannte, und Fremde und hinter ihnen verächtliche Männer, die alle mit dem Zeigefinger auf sie zeigten und skandierten:

Ich mache ihm keine Vorwürfe, daß er dich verlassen hat! Ich mache ihm keine Vorwürfe, daß er dich verlassen hat!

Sie zwang sich unter die Dusche und zog sich schnell an. Der Trick dabei war, nicht zu bummeln, in Bewegung zu bleiben, beschäftigt zu bleiben, nicht zu denken. Sie zog das Bett ab und sammelte die Wäsche ein, um sie im Keller in der Waschküche zu waschen. Als sie mit dem Waschkorb ins Wohnzimmer kam, saß Emily auf dem zerwühlten Bett, ihre Füße hingen zu der einen Seite hinab. Untröstlich starrte sie ins Nichts.

»Zieh bitte dein Bett ab, Emily. Ich möchte die Wäsche waschen. Soll ich zum Essen was auftauen? Bist du zu Hause?«

»Weiß ich nicht. Spielt es eine Rolle? Was spielt überhaupt eine Rolle?«

Nicht mehr viel, dachte Anna. Aber als sie heute morgen aufgestanden war, hatte sich sich von Simon befreit gefühlt. Zum ersten Mal, für einen kurzen Augenblick, hatte es sich angefühlt, als ob er nicht mehr existierte ...

Emily legte ihre Wäsche in den Korb. »Ich habe ihn schon gefragt«, sagte sie. »Ich habe Vater gestern abend um das Geld gebeten. Er hat auch gesagt, er hätte es nicht. Er führt jetzt ein völlig neues Leben. Niemand hat Platz für mich.«

Arme Emily. In Liebe empfangen. Was haben wir dir angetan? Anna seufzte. »Ich seh mal zu. Vielleicht schaffe ich es irgendwie.«

Vielleicht konnte sie ihren Wintermantel noch ein Jahr tragen. Kragen und Bündchen waren schon dünn, aber sie konnte sich irgendeinen Stoff besorgen, karierten oder Samt und neue Aufschläge und einen neuen Kragen machen. Im übrigen war der Mantel wirklich nicht so übel, besonders, da man in diesem Jahr nicht an der Länge herumfummeln mußte.

»Mach dir keine Sorgen, Emmy. Du wirst schon fahren.«

Sie ging mit der Wäsche raus.

Während die Wäsche in der Maschine war, holte Anna ihr Auto und besorgte ein paar Sachen im nahen Feinkostgeschäft. Schinken aus Virginia und deutschen Kartoffelsalat, Essen, das Emmy mochte. Wieder wunderte sie sich, woher sie dieses häßliche Bettuch hatte, das sie im Auto fand, aber sie war mehr mit Emily beschäftigt. Wie sollte sie das Geld für sie auftreiben? Sie machte sich Sorgen um Emmy. Es wäre so schön, wenn sie miteinander reden könnten. Gab es jemanden, mit dem Emmy reden konnte? Mit ihren alten Freundinnen nicht, das wußte sie. Emmy würde zu stolz sein. Vielleicht ergab sich heute eine Gelegenheit. Sie würde Emmy bitten, zum Essen zu Hause zu bleiben. Aber das hatte Anna schon früher versucht. Nie hatte sie das Richtige gesagt. Alles, was sie neuerdings sagte, schien ihre Tochter wütend zu machen. Es war eine schlechte Zeit im Leben eines Mädchens, den Vater zu verlieren. Sie war siebzehn gewesen. Ein Mädchen in der Pubertät braucht seinen Vater. Anna hatte versucht, Simon das beizubringen. Simon hatte zu Emmy gesagt: »Ich werde glücklich sein, ich meine, du solltest dich für mich freuen.« Das europäische Maßhemd bis zum Bauchnabel offen, Goldkette um den Hals, dicke Koteletten. Oder waren die Koteletten früher gewesen? Oder später? Er färbte auch sein Haar. Spielte Tennis, um schlank zu bleiben. Früher hatte Anna sonntags morgens immer Blaubeerenpfannkuchen gemacht, und sie hatten in dem Arbeitszimmer oder auf der Veranda gesessen und die *Times* gelesen. Sie hatte die Sonntage immer gemocht. Dann fing er an, später und später vom Tennis nach Hause zu kommen. Er sagte, der Platz neben ihnen sei leer gewesen und ihnen angeboten worden. Anna freute sich für ihn, freute sich, daß er sich wohl fühlte.

Als Anna mit den Einkäufen und der Wäsche zurückkam, war die Schlafcouch gemacht, und die Wohnung roch nach Scheuerpulver und Möbelpolitur. Emily hatte Rock und Pullover an und saß mit der *Times* und einem Bleistift am Tisch. Verblüfft überlegte Anna, ob sie Emily sagen sollte, wie hübsch sie mit ihrem gebürsteten und ordentlichen Haar und dem blauen Stirnband, das zu dem Pullover paßte, aussah. Sie konnte sich nicht erinnern, wann sie sie das letzte Mal ohne Jeans gesehen hatte. Sie überlegte, ob sie sagen sollte, »du siehst hübsch aus, Emmy«, ob ihre Tochter dann, nur um sie zu ärgern, sich den Rock herunterreißen und ein paar zerknitterte Jeans anziehen würde. Sie wußte, sie sollte über diese Veränderung froh sein, aber sie machte sich Sorgen deswegen. Sie hatte ein ungutes Gefühl.

»Du solltest dir einen neuen Regenmantel kaufen, Mutter.«

Anna antwortete nicht. Sie zog den Mantel aus und hing ihn an der Garderobe auf. »Es sieht alles so hübsch aus. Danke für's Saubermachen.«

»Ich wohne hier auch.«

»Du solltest für's College arbeiten. Es ist wichtiger, daß du dafür arbeitest.«

»Großvater hat mir einmal erzählt, daß du Künstlerin werden wolltest.«

»Großvater ist tot.«

»Ich weiß, daß Großvater tot ist«, sagte Emily ärgerlich. »Es ist so schwer, mit dir zu reden, Mutter.«

»Entschuldigung.« Sie war dankbar, daß er gestorben war, bevor Simon sie verlassen hatte.

»Stimmt es, daß du Malerin werden wolltest?«

»Nein. Meine Fähigkeiten sind begrenzt. Eigentlich bin ich eher handwerklich begabt. Ich zeichne ganz nett. Gut genug, um die Faltblätter des Elternbeirats zu illustrieren. Das hat mir Spaß gemacht.« Sie fing an, die Wäsche zu falten. Emily stand auf, um zu helfen.

»Wo hast du das Bettuch her?«

Sie hatte es aus dem Auto genommen und gewaschen. Wenn ihr einfallen würde, wo sie es her hatte, konnte sie es genausogut sauber zurückgeben. »Das ist eine lange Geschichte. Ich muß es zurückbringen.«

»Du hast immer die besten Kostüme fürs Schülertheater gemacht. Da war ich immer sehr stolz drauf.«

»Ungefähr so weit reicht mein Talent.«

»Du machst dich immer selber runter.«

Anna lachte. »Ich habe diese ganzen Artikel auch gelesen, Emmy. ›Ich habe die Kunst für meinen Mann aufgegeben, diese Ratte, und jetzt, wo er mich verlassen hat, finde ich Erfüllung in meiner Arbeit.‹ Ich habe die Kunst nicht aufgegeben. Auf die Kostüme war ich genauso stolz wie du. Mehr als das wollte ich nie.«

»Eine Frau sollte mehr als Mann und Kinder haben.«

»Welche Frau?« sagte Anna. »Jede nach ihrer Façon. Mein Versagen sollte dich nicht zynisch machen, was die Ehe betrifft.«

»Du hast nicht allein versagt. Mit dem Versagen muß er auch was zu tun gehabt haben. Eine Frau sollte was haben, das ihr nachher Halt gibt.«

»Vielleicht fangen sie an, Liebesversicherungen zu verkaufen. Wie Lebensversicherungen. Wenn die Liebe stirbt, kassierst du.«

»Die Versicherungsgesellschaften würden pleite machen. Liebe stirbt immer. Außerdem hätten alle lieber das Geld.«

»Nein«, sagte Anna. Und war auf der Stelle verlegen. Zu fröhlich sagte sie: »Wollen wir essen?«

Emmy ging in die Küche, während Anna die gefaltete Wäsche weglegte. Das geheimnisvolle Laken legte sie auf das untere Regal ihres Nachttisches. Sie konnte eine böse Ahnung nicht abschütteln.

Als sie in die Küche kam, sagte Emmy »Dad und Rosemary machen eine Kreuzfahrt.«

Anna sagte nichts. Warum tat das so weh? Sie war unfähig gewesen, Simon weiter als New Jersey zu kriegen.

»Deshalb kann er mir das Geld für Florida nicht leihen. Sagt er.«

»Ich hab dir gesagt, daß ich es dir leihe, Emmy.«

»Nein, Mami.« Ihre Stimme klang sehr fest.

Wieder dieser Stich voller Angst.

Emily hatte den Schinken und den Käse und den Kartoffelsalat auf einer Platte zurechtgemacht und mit ein paar Oliven und Scheiben von eingelegten Gurken dekoriert und die Brötchen in einen Korb gelegt. In einer blauen Vase auf dem Tisch standen gelbe Narzissen. Emmy mußte sie besorgt haben, als sie die Zeitung gekauft hatte.

»Das sieht wirklich wunderschön aus, Emmy.«

»Daß ich hübsch aussehe, hast du nicht gesagt.«

»Ich hatte Angst. Ich dachte, du würdest dir sofort ein Paar dreckige Jeans rausfischen und dich umziehen.«

»Bin ich so beschissen?« In Emilys Augen schossen Tränen. Sie drehte sich weg. »Verzeihung.«

Annas Kopf hämmerte. »Du bist nicht beschissen. Überhaupt nicht. Du bist immer ein sehr nettes Mädchen gewesen. Es ist . . . es ist eine Phase. Teenager haben so Phasen. Rebellion. Außerdem ist es eine schlimme Zeit für dich. Für uns. Sogar für Dad.«

»Oh, Scheißdad!«

»Emily!«

»Was könntest du nicht alles anfangen, wenn du mir kein Geld für Florida leihen müßtest? Weißt du, wie schuldig ich mich dabei fühle? Du und deine runtergelassenen Säume und deine Hosen, die dünn am Hintern werden.«

»Du wolltest, daß ich dir das Geld leihe! Du hast darum gebeten!«

»Ich weiß. Es tut mir leid. Hör zu, Mutter. Ich will mich nicht mit dir streiten. Ich will mit dir reden.« Sie goß ihnen beiden eine Tasse Tee ein und setzte sich gerade hin. »Ich habe beschlossen, daß ich von der Schule abgehe.«

»Emily, ich habe dir gesagt, daß ich dir das Geld gebe.«

»Weiß ich. Ich weiß, daß du das tun würdest.«

»Werde ich auch. Ich verspreche es dir. Ich begreife dich ja. Du bist jung. Du wirst nie wieder jung sein. Ich möchte, daß du so viel vom Leben hast wie möglich.«

»Was ist mit deinem Leben?«

»Dafür bist du nicht verantwortlich, und es ist nicht dein Problem. Ich habe meine Chance gehabt.«

»Ich will arbeiten. Ich bin neunzehn. Ich will eigenes Geld haben. Eine eigene Wohnung.«

»Ich weiß, daß du keinen Raum für dich hast. Ich habe dir das Schlafzimmer angeboten.«

»Hör auf, mir etwas anzubieten!« rief Emily. Dann begann sie zu weinen. »Es tut mir leid. Es tut mir leid wegen heute morgen. Es tut mir leid wegen jedem Morgen. Ich habe mich so ... zerrissen gefühlt.«

»Ist gut, ist gut. Das ist kein Grund, von der Schule abzugehen. Emily, tu das nicht. Du wolltest immer studieren. Das ist nicht nur etwas, was ich für dich wollte.«

Emily versuchte zu lächeln. »Auf der ganzen Welt verhungern die Menschen. Es gibt einen Knopf, den irgendein Verrückter drücken wird, und das wird das Ende der Welt sein. Wie wichtig ist es da, ob ich zum College gehe?«

»Es ist wichtig für dich. Für dein Leben.«

»Welches Leben? Das gehört alles zu einem anderen Leben. Verschiedene Leben haben verschiedene Träume. Ist auch egal«, sagte sie munter, »ich habe Klamotten anprobiert, in denen ich einen Job suchen kann. Seh ich so in Ordnung aus?«

»Ja. Sehr hübsch. Emily, hör zu, du warst durcheinander. Fahr mit deinen Freundinnen und Freunden nach Florida. Amüsier dich. Du hast schon so lange nichts Schönes mehr gemacht. Du wirst alles in einem anderen Licht sehen, wenn du wiederkommst.«

»Nein, ich werde alles in schlechterem Licht sehen.«

»Mach wenigstens das Schuljahr zu Ende.«

Emily schüttelte den Kopf. »Ich muß es rechtzeitig machen.

Ich denke schon seit langem darüber nach. Heute habe ich in die Zeitung geguckt und ein paar Möglichkeiten ausgeschnitten.«

»Was für einen Job kannst du kriegen? Du hast keine Ausbildung.« »Kellnerin. Fabrik. Alles. Mein Maschineschreiben kann ich später aufpolieren.« Sie stand auf. »Diese Kleider hebe ich mir lieber für morgen auf. Mommy ... ich will, daß du eins verstehst ... es ist nicht dein Fehler.«

»Nein?« sagte Anna bitter. »Wessen Fehler ist es?«

»Niemandes. Der Welt. Der Zeiten. Des Lebens. Muß es der Fehler von irgend jemand sein?« Sie schrie plötzlich. »Warum weinst du?« Abrupt stand Anna auf. »Ich werde deinen Vater anrufen. Ich habe ihn bisher nie angerufen. Nicht ein einziges Mal habe ich ihn um Hilfe gebeten. Aber jetzt werde ich ihn anrufen.«

Emily stand im Flur. »Es interessiert ihn nicht. Mein Leben hat sich geändert, Mutter. Ist anders geworden. Ich muß auch andere Sachen damit machen. Ich muß den Tatsachen ins Auge sehen. Du solltest auch den Tatsachen ins Auge sehen. Er wird nie zurückkommen. Nie.«

»Aber das weiß ich.«

Jetzt weinte Emily, Tränen, die Anna nie zuvor gesehen hatte. »Er will uns wirklich nicht.«

Anna hielt sie in den Armen. »Nein, Liebling, *ich* bin es, die er nicht will. Du wirst immer seine Tochter sein.«

Emily schüttelte den Kopf und schluchzte. »Sie ist schwanger. Rosemary kriegt ein Kind. Er ist sechsundfünfzig Jahre alt; er sollte Großvater sein, und er wird Vater. Er hat gesagt« – Anna wußte nicht, ob Emily weinte oder lachte – »ich könnte bei ihnen b-baby ... babysitten ...«

Anna hielt sie, wiegte sie hin und her, beruhigte sie und versuchte verzweifelt, nicht selbst zu weinen. Gestern für einen Augenblick ... war es gestern ... hatte sie sich von ihm befreit gefühlt. Als ob er tot wäre. Jetzt fiel es ihr ein. Wann war das gewesen? Wie?

Emily entzog sich den Armen ihrer Mutter und trocknete sich die Augen. »Mutter, bitte, laß mich tun, was ich tun möchte, ohne daß du mir das Gefühl gibst, daß ich dich enttäuscht habe, ohne daß ich Schuldgefühle kriege.«

»Gut«, sagte Anna. »Alles, was du willst.« Sie wollte sagen, versuch, glücklich zu sein, aber sie glaubte nicht mehr an Glück. Sie glaubte an nichts mehr. Sie hatte eine Welt besessen, und die war zerbrochen. Verschwunden. Sie war in einer Leere zurückgelassen worden. Es gab nichts mehr, auf das sie auch nur noch hoffte.

»Mutter, ich ziehe aus.«

»Gut.«

»Letzten Monat habe ich auf einer Party zwei Mädchen getroffen. Sie brauchen eine Mitbewohnerin. Sie haben gesagt, sie ziehen mich mit durch, bis ich einen Job habe.«

Emily dachte wahrscheinlich schon lange darüber nach.

»In Ordnung.«

Die Stille war in das Zimmer zurückgekommen. Kalt. Tot. Sie fühlte ihren eisigen Atem. Sie griff nach ihr.

»Ich lasse dich nicht im Stich, Mutter. Ich komme dich besuchen. Wir reden miteinander. Du kommst zum Essen.«

»In Ordnung.«

»Tu mir das nicht an!« schrie Emily »Sag was!«

»Es tut mir leid . . . Es tut mir leid, Emily Ich habe an etwas anderes gedacht. Natürlich mußt du tun, was du für das Richtige hältst. Es ist dein Leben. Du bist erwachsen. Wenn es nicht hinhaut, kannst du was anderes machen. Zurück zur Schule gehen. Bei mir bist du jederzeit willkommen.«

»Du mußt ein eigenes Leben anfangen.«

»Wenn ich dir irgendwie helfen kann, sag mir Bescheid. Ich werde es nicht anbieten. Ich weiß, wenn ich es anbiete, sieht es wie Einmischen aus . . .« Jetzt redete sie zu viel, und zu schnell. Es hielt die Stille nicht davon ab, nach ihr zu greifen. »Wann wolltest du ausziehen?«

»Ich möchte so bald wie möglich ausziehen. Heute. Ich habe mit meinen Freundinnen gesprochen, während du draußen warst. Wenn ich mich heute dort einrichte, kann ich morgen früh eine Arbeit suchen. Die Wohnung ist in Manhattan.«

»Oh . . . dann solltest du lieber packen. Kann ich dir helfen?«

»Ich brauch keine . . .«, fing sie ungeduldig an, und dann hielt sie inne und lächelte. »Klar, natürlich kannst du helfen. Kann ich ein paar Laken und Kopfkissenbezüge und Handtücher mitnehmen? Sie haben nicht genug.«

»Natürlich. Nimm alles, was du möchtest.«

»Ich kann nicht alles auf einmal mitnehmen. Wegen der restlichen Sachen komme ich wieder. Ich besuche dich.«

»Natürlich.«

Emily sah glücklich aus. Sie hatte schon so lange nicht mehr glücklich ausgesehen. Sie schnatterte daher über die Mädchen, zu denen sie ziehen wollte, und die Jobs, für die sie sich morgen bewerben wollte. »Ich sage dir sofort Bescheid, wenn ich was habe. Ich ruf dich morgen abend an.«

Anna lächelte und nickte und faltete und packte. Die Stille lag da und wartete. Überall. Geduldig. Erbarmungslos.

Die Koffer waren gepackt, die Reißverschlüsse zugezogen, alles fertig. Im Spaß sagte Emily: »Jetzt hast du keine Jeans oder Unterwäsche mehr rumliegen und kein ungemachtes Bett im Wohnzimmer.«

»Ich werde es vermissen«, sagte Anna.

»Wenn ich dich besuchen komme, mach ich dir ein Durcheinander«, sagte Emily. »Die Mädchen sind ziemlich ordentlich. Die Wohnung ist klein.«

Beide lachten.

»Danke für deine Hilfe, Mutter. Du hast immer wunderbar gepackt. Ich erinnere mich, wenn ich ins Ferienlager fuhr, wieviel Zeug du in einen Koffer reingekriegt hast.«

Der Anblick Simons überkam sie, wie er über sie lachte, als sie weinte, nachdem sie zum ersten Mal eine sorglose Emily zum

Sommerlager weggebracht hatten. Er hatte ihr einen Eisbecher mit heißer Karamelsoße und Nüssen und Schlagsahne gekauft, damit sie sich besser fühlte. »Wie kann ich mich besser fühlen, wenn ich fett werde?« hatte sie gelacht. Dann waren sie nach Hause gegangen und hatten ihre Kleider abgeworfen und waren ins Bett gegangen. Es war wie zweite Flitterwochen.

»Ich habe die Adresse und die Telefonnummer in dein Buch geschrieben.«

»Gut. Ich kann dich hinfahren, wenn du möchtest.«

»Nein. Ich will allein anfangen. Für mich selbst sorgen. Versteh das, bitte ...«

»In Ordnung«, sagte Anna. »Ist schon in Ordnung.«

Emily umarmte sie einen langen Augenblick lang.

»Geh. Hau hier ab, bevor ich anfange zu weinen«, sagte Anna. »Und viel Glück.«

»Ich hab dich lieb, Mutter«, sagte Emily.

Und weg war sie.

Anna kehrte in die Wohnung zurück und sah der Stille entgegen. Und der Erinnerung, die sich in ihr Bewußtsein drängte.

11. KAPITEL

Der Fall hatte sich in Bernies Kopf festgesetzt. Er versuchte nicht sich zu wehren. Irgend etwas daran erregte ihn. Er fragte sich, ob er nur etwas suchte, um seine Gedanken daran zu heften.

Mehrmals war er mit Johnson und Ramirez die Sache durchgegangen. Einen Schirm hatten sie nicht bemerkt. Diesen Bereich der Wohnung hatten sie sich noch nicht angesehen. Hatte Ramirez die Tür zugemacht? Er glaubte, ja. Nun, er war sich nicht sicher. Er war schnell hinausgelaufen, um den Aufzug zu erreichen.

War jemand an die Tür gekommen?

Nein. Oder vielleicht doch, ja. Johnson glaubte, an der Tür was gehört zu haben. Als er hinging, um nachzusehen, war niemand da.

War die Tür offen, als Johnson hinging? Er guckte Ramirez an. Er wollte seinem Partner keine Unannehmlichkeiten machen. Der Partner war lebenswichtig für einen Polizisten. Doch ja, die Tür war offen gewesen.

War jemand im Flur?

Ja. Eine Frau ging in den Aufzug. Er wußte nicht genau, was sie anhatte. Es konnte rot gewesen sein. Ein roter Mantel. Der Aufzug war gerade gekommen, und sie ging hinein. Einen Schirm hatte er nicht bemerkt.

Hieß das, sie hätte keinen gehabt?

Nein. Das hieß nur, daß er keinen bemerkt hatte.

Hätte sie einen haben können? Wäre das möglich? Mit so einer Beweisführung würde der Fall gar nicht vor Gericht weiterverhandelt.

War die Tür weit genug offen, so daß jemand von außen in die Ecke langen und einen Schirm, der da stand, wegnehmen konnte? Jeder hergelaufene Advokat konnte ihn mit so was an der ausgestreckten Hand verhungern lassen.

Johnson und Ramirez dachten bestimmt, daß er verrückt geworden war. Er wußte es. Was für ein Schirm, schließlich und endlich?

Es war nicht einmal ein Fall, in den er sich einklinken mußte. Er hätte ihn ganz und gar der Mordkommission überlassen können. Er bekam einen Anruf von Captain Feeley von der Mordkommission. »Was ist jetzt mit dem Schirm, Inspektor? Bist du sicher, du hast ihn gesehen? Ich meine, weißt du ... manchmal denkt man, man hat etwas gesehen, und in Wirklichkeit stammt die Erinnerung ganz woanders her.«

»Was du nicht sagst? So was passiert wirklich, Feeley?«

»Ich weiß, daß ich dir das nicht zu sagen brauche.«

»Stimmt. Brauchst du nicht«, sagte er. Er sagte nicht: »Ich bin derjenige, der die Anweisungen gibt. Dein Vorgesetzter.« Für so etwas kannten sie sich zu lange. Feeley war sein erster Partner gewesen.

»He, hör auf, Bernie ... du bist neuerdings ganz schön empfindlich, weißt du.«

»Wußt ich nicht.« Wußte er auch nicht. Er hoffte, daß es nicht stimmte. Er konnte Leute, die ihren persönlichen Müll im Büro abluden, nicht leiden.

»Meine Jungs glauben, daß es ein normales Ding ist, wo sich Schwule eins über die Rübe gehauen haben. Vielleicht noch mit einem Schuß Drogen. Da gab's eine ganze Menge von.«

»Wenn es Schwule waren, dann war's nicht normal.«

»Witzig, Inspektor. Im Korb waren Männerklamotten in zwei Größen. Keine Frauensachen.«

»Also war es ein Schwulenschirm. Auch die benutzen Schirme. Ihr müßt ihn lediglich finden.«

»Was für einen Schirm? Außerdem, du hast die abgeschnittene Gurke gesehen. Wer sonst macht so was?«

»Weiß ich nicht. Aber Tunten haben die Exklusivrechte auf diese Nummer nicht in alle Ewigkeit. Sie war auch nicht abgeschnitten. Der Arzt sagt, es waren Zähne.«

»Du bist ja wirklich interessiert.«

»Es bedurfte nur eines Anrufs.«

»Warum?«

»Das war der einfachste Weg, es rauszukriegen.«

»Du kriegst den Oscar für den besten Komiker der Abteilung, Sir. Ich will wissen, warum du so interessiert bist.«

»Es ist in meinem Revier passiert. Ich bin zufällig da vorbeigefahren. Zufällig hab ich die 1010 gehört. Zufällig hatte ich Zeit. Ich entschloß mich, da vorbeizugehen. Das tu ich manchmal. Meine Leute bleiben am Ball, wenn sie wissen, daß ich überall zu jeder Zeit auftauchen könnte.« Er legte auf. Aber er verstand Feeley. Jede Abteilung mußte sich selbst schützen. Feeley fühlte sich bedroht. Und Feeley war sein Freund.

»Also vergiß es, Bernstein«, sagte er zu sich selbst. »Such dir einen anderen Fall aus, über den du nachdenken kannst.«

Allein im Büro, kam Bernie Lärm von draußen zu Bewußtsein. Laute Stimmen und heiseres Lachen. Frauenstimmen. Der Nuttenauftrieb. In der letzten Zeit war in den Zeitungen eine Menge Aufregung über die Stadt der Sünde gewesen. Der Bürgermeister hatte die übliche Erklärung, die Stadt sauber zu halten, vom Schreibtisch abgelassen. Die Botschaft war bis zu den Revieren runtergereicht worden. »Greift sie auf.« So ein Quatsch. In wenigen Stunden waren die Mädchen wieder draußen; sie mußten nur länger arbeiten oder mehr Freier umlegen, um ihr Soll für ihre Zuhälter zu erfüllen.

Diesmal war es ein lauter Haufen. Er kriegte Kopfschmerzen davon. Er ging raus, um zu sehen, was los war.

Es war eine Gruppe von acht, vielleicht zehn meist jungen Mädchen in hautengen neonfarbenen Hosen. Für die Hot-Pants-Saison war es noch zu kühl, obwohl einige ihre Jacken weggelassen hatten und nur ihre knappen Oberteile trugen. Alle waren sie schon einmal dagewesen, außer einem sehr jungen, blonden Ding, vielleicht fünfzehn, in einer engen, tiefausgeschnittenen Bluse mit langen Ärmeln. Zweifellos Einstichspuren unter diesen Ärmeln.

Er ging zu ihnen. »Rand halten, alle!« sagte er ärgerlich. »Ich krieg Kopfschmerzen von euch.«

Die junge Blonde stellte sich dicht neben ihn, nah genug, daß er ihre rotgeränderten, blutunterlaufenen Augen und die geweiteten Pupillen sehen konnte. Sie war groß und sehr dünn, mit schmalen Hüften und großen Brüsten, und ihr Haar ließ ihn an Weizenfelder denken, obwohl er nie ein Weizenfeld gesehen hatte.

»Ich hab das beste Mittel gegen Kopfschmerzen«, sagte sie; sie artikulierte nicht deutlich. Sie schlang ihre Arme um seinen Hals und preßte ihren Körper gegen seinen. »Was auch immer du hast, ich kann es heilen, Opa«, murmelte sie und blies ihm ins Ohr.

Zu seinem Schrecken spürte er ein schmerzhaftes Heben in der Leistengegend. Sein Gesicht wurde heiß. Er schob sie so heftig weg, daß sie das Gleichgewicht verlor und hinfiel. »Buchtet sie ein«, sagte er und wandte sich schnell ab, um die Wölbung in seiner Hose zu verbergen. »Legt sie auf Eis, bis wir wissen, wo sie hingehört. Und ihr anderen, ein bißchen ruhiger!« Er ging zurück zu seinem Büro und warf die Tür hinter sich zu.

Eins der schwarzen Mädchen lachte. »Hat dich keiner gewarnt, dich an den ollen Rabbi ranzumachen, Kind?«

»Los, komm, Minnesota, hopp hopp hopp. Steh auf. Du sollst zu deiner Mama kommen.« Das war einer der jungen Beamten.

»Nein, soll ich nicht.« Die Stimme des Mädchens, nörgelig. »Und Sie hätten mich bezahlen können, bevor Sie mich hierhergezerrt haben.«

»He, mit dieser alten Scheißtour brauchst du mir nicht zu kommen«, lachte der Beamte.

»Das ist kein Scheiß.«

»Gerade hast du den Alten getroffen. Glaubst du, ich würde das tun, wenn er Dienst hat? Mädchen, du kommst aus dem Mustopf. Das hier ist das sauberste Revier, das du finden kannst.«

Bernie ging in sein inneres Büro, wo er sie nicht hören konnte, und schloß die Tür. Er brauchte Ruhe, er mußte sich hinsetzen und nachdenken. Sein Körper zitterte. Das Mädchen mit seinem starken, jungen Körper, der Geruch nach Sex und billigem Parfüm hatte ihn erwischt. Er spürte ein Gemisch von Scham und Zorn. Zorn auf Linda. Noch war er jung, noch leidenschaftlich, noch stark. Er war nicht aus Stein. Er mußte mit ihr reden. Sie mußte das verstehen. Noch war sie seine Frau.

12. KAPITEL

Als in dem verdunkelten Schlafzimmer das Telefon klingelte, dachte Janet Stone, es sei der Wecker. Sie streckte einen Arm aus den Decken und haute auf die Uhr, ohne die Augen zu öffnen. Sie würde noch zehn Minuten liegenbleiben, sich ans Wachsein gewöhnen, sich sammeln. Das Klingeln hörte nicht auf. Plötzlich kam ihr zu Bewußtsein, daß es nicht der Wecker, sondern das Telefon war. Um diese Zeit mußte es eins der Kinder sein, das in Schwierigkeiten steckte. Sie schoß aus dem Bett und nahm den Hörer ab.

»Hallo!«

»Mom ...«

Als sie Stevies Stimme hörte, wußte sie sofort, daß irgend etwas fürchterlich schiefgegangen war. Er rief sie nie an. »Was ist los? Was ist passiert?« rief sie.

Stevie spürte eine altbekannte Wut. Sofort mußte etwas passiert sein. So war sie. Immer nur am Nerven.

»Wer hat gesagt, daß was passiert ist?«

»Weißt du, wie spät es ist? Warum rufst du um diese Zeit an?«

»Dann häng ich eben auf, wenn du nicht mit mir reden willst.«

»Stevie, natürlich will ich mit dir reden. Aber es ist fünf Uhr morgens. Wo bist du?«

»Weiß ich nicht.«

»Wie meinst du das, du weißt es nicht? Bist du nicht bei deinem Vater?«

»Ich bin an einem Straßentelefon.« Er nieste. Seine Nase lief. Ihm war entsetzlich kalt.

»Was machst du um diese Zeit an einem Straßentelefon? Du solltest schlafen.«

Sie war schlimmer als die Arschbullen, du lieber Himmel. Vielleicht sollte er in Georges Wohnung zurückgehen. Jetzt waren die Bullen bestimmt weg. Aber er hatte keine Kohle. Und was wäre, wenn die Polypen noch da wären? Was wäre, wenn sie hinter *ihm* her waren? Er weinte wieder.

»Stevie, hör doch, leg nicht auf. Geh raus und sieh zu, ob du ein Straßenschild sehen kannst. Warte. Gib mir zuerst deine Nummer. Geht das?«

»Ja.«

»Gut. Lies mir die Nummer vor.«

Er las sie ihr vor. Sie wiederholte sie laut.

»Gut, jetzt häng auf. Ich rufe dich sofort zurück. Geh nicht weg, Stevie.«

Scheiß George. Nie hätte sie es zulassen dürfen, daß Stevie wegging und bei ihm lebte. Nie hätte sie auf diese verfluchte Sozialarbeiterin hören dürfen. Sie hätte Stevie zwingen müssen, bei ihr zu bleiben. Das Gericht würde ihn dazu gezwungen haben. Die Sozialarbeiterin sollte ihr Maul jetzt mal aufreißen. Sie wählte wie verrückt. Beim ersten Klingeln wurde das Telefon abgenommen. »Steven?«

»Ja.«

»Gott sei Dank. Also, jetzt häng nicht auf. Geh raus und finde heraus, wo du bist. Guck dir die Straßenschilder an. Dann komm wieder und sag mir Bescheid.«

Er mußte bis zur nächsten Ecke gehen, um ein Straßenschild zu finden. Als er zurückkam und ihr sagte, wo er war, fühlte sich sein Körper an wie aus Eis.

»Ich hole dich. Warte auf mich.«

»Weißt du, wo es ist?«

»Ich finde es. Geh nicht weg.«

»Wie lange dauert es?«

»Nicht lange. Eine halbe Stunde. Der Verkehr ist um diese Zeit nicht so übel. Könntest du auch allein nach Hause kommen?«

»Ich hab keine Kohle«, sagte er mißmutig. »Und Taxis gibt's hier nicht.«

Er hätte sie nicht anrufen sollen. Er wollte nicht nach Hause. Mach deine Hausaufgaben; mach dein Bett; üb Geige, verdammte Scheiße. Und immer kritisierte sie George. Er wollte bei George wohnen. Wer konnte George verpfiffen haben? Vielleicht war diese alte Ziege vom Rauschgiftdezernat? George kam immer mit diesen Scheißziegen nach Haus. Man konnte ja annehmen, eine von denen würde wenigstens mal das Geschirr für sie abwaschen, verdammte Scheiße.

»Stevie, bist du noch dran?«

»Mir ist sehr kalt.«

»Ich bring dir dein Jackett, das du hier gelassen hast, mit. Und ein bißchen Schokolade. Warte in der Telefonzelle, nur für den Fall, daß irgend etwas passiert und ich dich zurückrufen muß.«

Sie erwartete immer, daß etwas passierte. So verbrachte sie ihr Leben. »Nur für den Fall . . .« Und was zum Henker, sollte er tun, während er auf sie wartete?

Janet Stone war entschlossen, sehr vorsichtig zu sein. Die Sozialarbeiterin hatte immer gesagt: »Kritisieren Sie seinen Vater *nicht* vor ihm. Zwingen Sie ihn *nicht,* seinen Vater zu verteidigen oder sich entscheiden zu müssen. Vor allem anderen aber machen Sie ihm *keine* Schuldgefühle dafür, daß er nicht angerufen hat, oder für etwas anderes, das er getan oder nicht getan hat. Sagen Sie ihm *nicht,* seine Augen seien blutunterlaufen. Stellen Sie ihm *keine* Fragen. Lassen Sie ihn das erzählen, was er Ihnen erzählen will. Wenn Sie ihm irgend etwas anbieten, bestehen Sie *nicht* darauf, daß er es akzeptiert. Streiten Sie *nicht* mit ihm. *Akzeptieren* Sie ihn. Denken Sie daran, Sie lieben ihn. AKZEPTIEREN Sie ihn.«

Gut. Sie würde es auf diesem Weg versuchen. Sie würde es auf *jedem* Weg versuchen. Aber sie würde ihn nicht mehr von sich weglassen. Sie sagte nichts, als sie ihn zusammengekauert auf dem Boden unter dem Telefon fand. Im Auto gab sie ihm das Jackett und die Schokolade und die Thermosflasche mit dem heißen Tee, den sie gemacht hatte, während sie sich in ihre Sachen warf. Sie stellte die Heizung auf die höchste Stufe. Sie protestierte nicht, als er im Radio laut Rockmusik anmachte. *»Lassen Sie sich nicht provozieren. Er wird versuchen, Sie zu provozieren.«*

Als sie zu Hause waren, fragte sie ihn, ob er ein heißes Bad wollte, und er sagte nein. Sie bestand nicht darauf. Sein Gesicht war erhitzt und fiebrig. Als er nach oben gegangen war, hörte sie, wie das Badewasser in die Wanne floß. Er kam in Schlafanzug und Bademantel herunter, und sie sagte: »Möchtest du was frühstücken?«

»Ich kann es mir selbst machen«, sagte er. »Ich bin kein Säugling, daß du es weißt.«

Sie preßte die Lippen zusammen und ging aus dem Zimmer. Sie hörte, wie der Kühlschrank und die Schränke geöffnet und geschlossen wurden und das Geschirr und das Besteck klapperten. Als sie ihn darüber meckern hörte, daß keine süßen Getreideflocken da waren, ging sie nach oben und machte ihr Bett und das Bad sauber. Als er heraufkam, guckte er in ihr Zimmer.

»Arbeitest du heute nicht?«

»Heute ist Sonntag.«

»Oh. Ja. Schwein gehabt, daß du heute nicht arbeitest.«

»Ich hätte dich in jedem Fall geholt, Stevie.«

Was Falsches gesagt. Sie sah ihn zu Eis erstarren. »Ich bin nur zu Besuch«, sagte er. Er drehte sich ärgerlich um und ging zu seinem Zimmer und knallte die Tür zu.

Sie wollte wissen, was passiert war. Aber der letzte Mensch auf Erden, mit dem sie sprechen wollte, war George. Dieses Schwein. Sie mußte wohl warten, bis Stevie sich entschloß, es ihr zu erzählen. Wichtig war, daß Stevie zu Hause war, und sie würde ihn nicht wieder ziehen lassen.

Eine Stunde später öffnete sie leise seine Tür und sah hinein. Er schlief und atmete schwer durch den Mund. Ihre Augen füllten sich mit Tränen. Sie erinnerte sich, als er ein Baby war, wie sie immer auf Zehenspitzen in sein Zimmer gegangen war und ihn beobachtet hatte, wie er schlief. Ihr Sohn. Seine Schwestern warfen ihr immer vor, daß sie ihn am meisten liebte, weil er ein Junge war. Rund und süß. Das ist mein Sohn, Dr. Steven Stone …

O Gott … mein Sohn, der Kiffer.

Mein Mann, das Arschloch.

Sie schloß die Tür. Gut, Sozialarbeiterin, immer schön ein Tag nach dem andern. Ich hab's gestern geschafft; ich werd's heute schaffen. Ich schaffe es. Ich bin stark. Und du schaffst es auch, Stevie. Du bist zu Hause bei mir.

Sie ging in die Küche zurück und spülte und trocknete das Geschirr ab und stellte es weg. Heute abend würde sie Lasagne machen. Stevie mochte ihre Lasagne so gern. Und Grüne-Bohnen-Eintopf mit Zwiebeln und Pilzen in Sahnesoße und Salat mit Saurer-Sahne-Soße und Pasteten mit Schokoladenpudding und richtiger Schlagsahne. Morgen würde sie ihn dann auf Diät setzen. Er war wieder fett geworden. Vom Junkfood-Essen bei seinem Vater. Heute würde sie ihm all das zu essen geben, was er mochte. Langsam. Sie mußte es langsam angehen.

Am späten Nachmittag schlief Stevie immer noch. Die Soße für die Lasagne blubberte auf dem Herd, und der Grüne-Bohnen-Eintopf stand fertig auf dem Arbeitsbrett, um in den Ofen geschoben zu werden, als es an der Tür klingelte. Wie immer linste sie durch das rautenförmige Fenster in der Tür, bevor sie aufmachte.

An der Tür waren zwei Polizisten, ein Schwarzer, harter Bursche; der andere sah wie ein Latino aus.

»Oh Gott, bitte … laß es nicht wegen Stevie sein …«

Sie atmete tief ein und öffnete die Tür.

»Mrs. Stone?«

Sie mußte nachdenken. Sie mußte eine Minute rausschinden. »Kann ich Ihre Ausweise sehen, bitte?«

Höflich gaben sie ihr ihre Ausweise. Sie schaute sie sorgfältig an, ohne irgend etwas zu sehen, versuchte, Zeit zu gewinnen, um sich zu beruhigen. Durch ihren Kopf hämmerte die Furcht und legte sich wie Nebel vor ihre Augen.

»Vielen Dank. Eine alleinstehende Frau kann nicht vorsichtig genug sein«, sagte sie. Sie mußte ruhig bleiben. Sie durften nicht sehen, wie ihre Hände zitterten. Sie gab die Ausweise zurück.

»Sie haben recht, meine Dame. Sind Sie Mrs. Stone?«

Sie zögerte immer noch. Jetzt war es ihr unangenehm, darauf ja zu sagen. Irgendwann würde sie ihren Namen ändern. Wenn die Kinder erwachsen waren und es sie nicht mehr betraf. Warum sollte sie sagen, sie sei Mrs. Stone, wenn sie es längst nicht mehr war?

»Ja«, sagte sie schließlich. »So heiße ich.«

»Mrs. Stone, in der Wohnung Ihres Mannes scheint es Probleme gegeben zu haben.«

»Meines Ex-Mannes.«

Sie trat vor die Haustür und machte sie zu. Wenn es was über George war, wollte sie nicht, daß Stevie es hörte oder mit hineingezogen wurde. »Was für Probleme?«

Sie schienen sich unwohl zu fühlen. »In seinem Zimmer, in seinem Bett, ist eine Leiche gefunden worden. Eine männliche Leiche. Sie muß identifiziert werden.«

»Ich gebe Ihnen ein Foto. Sie können es selbst überprüfen.«

»So einfach ist es nicht, meine Dame. Die Leiche ist schwer zu identifizieren. Können Sie uns sagen, ob Mr. Stone irgendwelche besonderen Kennzeichen hatte. Muttermale oder Narben. Irgend etwas Besonderes?«

»An Mr. Stone gibt es nichts Besonderes«, sagte sie trocken.

»Wissen Sie, zu welchem Zahnarzt er gegangen ist? Er könnte anhand seines Gebisses identifiziert werden. Kronen oder Brükken ...«

»Ich kann Ihnen sagen, zu wem er früher gegangen ist. In Brooklyn. Welchen Zahnarzt er jetzt hat, weiß ich nicht. Warum können Sie ihn nicht an seinem Gesicht erkennen?«

»Es hat offenbar einen ... Unfall gegeben.«

»Was für einen Unfall?«

»Möglicherweise ist Mr. Stone ermordet worden. Wenn es Mr. Stone *ist.*«

Sie zwang sich, sich im Gesicht nichts anmerken zu lassen, aber sie zitterte. »Mir wird kalt hier draußen«, sagte sie. »Es tut mir leid, daß ich Sie nicht hereinbitten kann; ich habe gerade den Boden geputzt. Ich kann Ihnen nicht weiterhelfen. Tut mir leid.«

»Würden Sie seinen Körper erkennen können? Den Torso. Das Übrige würde zugedeckt bleiben.«

»Vor acht Jahren, zehn eigentlich, habe ich Mr. Stones Körper zum letzten Mal gesehen. Ich glaube nicht, daß ich Ihnen helfen kann.« Jetzt war sie ruhiger.

»Würden Sie es versuchen?«

»Muß ich?«

»Nein.«

»Ich will ihn nicht sehen.«

»Können Sie uns sagen, mit wem er zusammenlebte?«

»Nein. Ich weiß nichts über ihn. Seit Jahren habe ich ihn nicht mehr persönlich gesehen oder von ihm gehört. Alles, was wir miteinander zu tun hatten, ging über die Anwälte. Soweit ich weiß, hat er ... sich geändert ... sehr, seit wir ... seit ich ihn das letzte Mal gesehen habe.«

»Sie wissen nicht, mit wem er wohl in der Wohnung zusammen wohnte? Mit einem Mann?«

»Nein, weiß ich nicht. Mit irgendeinem Penner wie er selbst, könnte ich mir denken. Ich habe überhaupt keinen Kontakt mehr zu ihm gehabt. Es tut mir leid, daß ich Ihnen nicht weiterhelfen kann. Es ist sehr kalt.« Zitternd drehte sie sich zur Tür.

»Sie haben ihn wohl nicht sehr gemocht«, sagte der schwarze Polizist.

Sie wandte sich ihm wieder zu. »Wir waren geschieden«,

sagte sie kalt. »Sind Sie hergekommen, um mich deshalb festzunehmen?«

»Nein, meine Dame. Wir sind überhaupt nicht gekommen, um jemanden festzunehmen.«

»Dann, guten Tag«, sagte sie. Sie ging schnell ins Haus. Heftig zitternd lehnte sie sich von innen an die Tür. Sie konnte nicht aufhören. Sie hatte Angst, sie würden über die Straße hören, wie ihre Zähne klapperten. Sie drehte sich um und guckte durch das Glas in der Tür und sah, wie die beiden Polizisten wegfuhren. Sie war sicher, der ganze Block hatte sie auch gesehen. Scheiß-George. Scheiße, Scheiße, Scheiße.

Immer noch zitternd setzte sie sich an den Küchentisch, um nachzudenken. Sie wollte nicht wissen, was passiert war. Sie wußte nur, daß sie Stevie von dort wegkriegen mußte. Heraus aus der City. Aus dem Staat. Weg. Weg, egal, in was für einem Schlamassel er drinsteckte. An allem war sein Vater schuld. Sie wollte nicht, daß die Polizei ihm Fragen stellte.

13. KAPITEL

Autofahren war am schlimmsten, dachte Bernie. Wenn er fuhr, hatte er seine Gedanken nicht unter Kontrolle; sie stürmten auf ihn ein. Das Radio nützte nichts. Es war voll von den Morden des heutigen Morgens. Die Reporter hatten ihren großen Tag. Er fühlte sich wie ein Gefangener im Auto, von seinem eigenen Kopf gefangen, von ihm gequält. Der Regen nützte auch nichts. Er umschloß ihn wie ein dunkler, nasser Vorhang und isolierte ihn von der Welt draußen.

Der Vorfall mit der jungen Nutte hatte ihn aus den Angeln gehoben. Er war zu lange ohne Frau gewesen, ohne Linda. Heute abend würde er deshalb etwas unternehmen. Er war lange genug geduldig gewesen. Zu lange.

Immer wieder ging er im Geist durch, was er ihr sagen würde.

Korrigierte es. Plante es. Übte es. Sie sollten zusammen wegfahren. Ferien machen. Nur sie beide. Allein sein. Ohne Theo. Nie gingen sie ohne Theo irgendwo hin. *Nirgendwo* gingen sie hin. Sie könnten ein paar Tage wegfahren. Sich erholen. Lachen. Sich lieben. »Ich liebe dich, Linda. Ich brauche dich ...« Er würde sie in seinen Armen halten, sie küssen ...

Ganz sicher brauchte sie ihn auch. Es gab keinen anderen Mann. Dessen war er sich sicher.

Er hielt an einem Blumenladen und kaufte Blumen für sie. Langstielige Rosen. Teuer. Es war ihm einerlei. Er war aufgeregt. Seit langem hatte er Linda keine Blumen gekauft. Früher hatte er ihr jeden Freitag Blumen mitgebracht, wie sein Vater seiner Mutter, um den Sabbath zu beginnen. Er würde wieder damit anfangen. Die Dinge mußten sich ändern. Er konnte es kaum erwarten, nach Hause zu kommen.

Als er ankam, sprang er aus dem Auto und achtete gar nicht auf den Regen. Es würde besser werden. Er wußte es. Er wußte, er konnte sie dazu überreden, es wenigstens zu versuchen. Nur zu versuchen. Das mußte sie tun. Sie hatte ihn einmal geliebt. Er war zu aufgeregt, um auf den Aufzug zu warten. Er rannte die drei Treppen zu ihrer Wohnung hoch, die Schlüssel schon in der Hand.

Der Schlüssel paßte nicht ins Schloß. Er schob ihn fest hinein. Es ging nur ein Stück weit. Und er kriegte ihn nur schwer wieder heraus. Verflucht! Er mußte die Büroschlüssel mitgenommen haben.

Aber es waren nicht die Büroschlüssel. Er sah sie sich ganz genau an. Die Schlüssel hatten noch nie geklemmt. Er versuchte es an dem oberen Schloß. Da ging der Schlüssel überhaupt nicht hinein.

War er im falschen Stockwerk? An der falschen Wohnung? Nein. Dort stand 3D. Auf dem Namensschild stand »Bernstein«. Die Schlösser glänzten wie neu auf der dunklen Metalltür.

Sie waren neu. Die Schlösser waren ausgewechselt worden. Er war sich nicht sicher, ob er begriff, was vor sich gegangen war.

Er legte den Finger auf die Klingel und ließ ihn da. Er konnte das Klingeln drinnen hören, einen anhaltenden, gellenden Ton. Sonst nichts. Kein Geräusch von Schritten, die sich der Tür näherten.

Sie war da. Er wußte genau, daß sie da war. Er glaubte, ihr Atmen hinter der Tür zu hören. Um diese Zeit war sie immer zu Hause. Sie mußte mit Theo zu Hause sein. Er schlug an die Tür und rief: »Linda!«

Die Nachbartür ging auf. Ein junges Mädchen steckte seinen Kopf heraus. »Hallo, Inspektor Bernstein.« Kokett.

Er nahm seine Hand von der Klingel und bemühte sich, seine Stimme unter Kontrolle zu kriegen. »Hallo. Hallo, Patty.«

»Mrs. Bernstein hat mich gebeten, Ihnen diesen Brief zu geben. Sie hat gesagt, sie müßte mit Theo mal kurz weg.«

Er machte einen schmerzlichen Versuch zu lächeln. »Danke, Patty.« Sie beobachtete ihn, wartete, daß er den Brief öffnete. Die kleine Nervensäge wollte ihn anmachen.

»Danke«, sagte er noch einmal.

»Oh . . . bitte. Nichts zu danken.« Sie zog den Kopf wieder rein, zwinkerte ihm zu und lächelte und schloß endlich die Tür.

Seine Hände zitterten. Er zerriß den Umschlag. Die Nachricht darin war kurz.

»Ich habe die Schlösser ausgewechselt. Ich habe mir das schon lange überlegt. Ohne Dich wird es Theo bessergehen. Ich habe einen Koffer für Dich gepackt. Er ist beim Hauswart. Ruf an, wenn Du so weit bist, Deine restlichen Sachen zu holen. Es ist wirklich der beste Weg für uns alle. Auf der Bank sind noch $ 300 für Dich. Alles andere habe ich abgehoben und auf Theos Namen eingezahlt; ich bin die Bevollmächtigte. Du weißt, daß Theo das Geld brauchen wird.«

Er las die Nachricht und las sie noch einmal. Er wußte nicht, was er tun sollte. Er fühlte sich total machtlos. Sein Gehirn und sein Körper waren wie gelähmt.

Weiter hinten auf dem Korridor ging eine Tür auf, und eine Frau kam auf ihn zu. Sie ging an ihm vorbei und lächelte und ging weiter zum Aufzug. Bernie lächelte auch. Er kannte alle auf dem Flur. Während ihrer ganzen Ehe hatten Linda und er hier gewohnt.

Endete so eine Ehe? Mit einer Nachricht, nicht mal unterschrieben? Nicht einmal an ihn adressiert. Kein »Lieber Bernie . . . Deine Dich liebende Frau Linda . . .«

»Wollen Sie mit im Aufzug?«

»Was?«

»Ob ich den Aufzug anhalten soll, Inspektor. Wollen Sie mit runter fahren?« Die Frau hielt die Aufzugtür fest.

»Nein. Nein, danke. Trotzdem vielen Dank, Mrs. Gardner.«

Er war absolut überzeugt, daß Linda in der Wohnung war. Wahrscheinlich hatte sie sich mit Theo in dessen Zimmer eingeschlossen, las ihm vor, half ihm bei den Hausaufgaben oder badete ihn. Er war zwölf Jahre alt, und sie badete ihn immer noch.

Er konnte gegen die Tür hämmern, bis sie aufmachte. Hämmern und Klingeln. Eine Szene machen. Das würde sie hassen. Das würde sie unheimlich aufregen. Sie gab immer soviel auf das, was »die Leute« dachten. Nachbarn, Freunde. Fremde.

Und was ist damit, was ich denke, Linda? Was ich fühle?

Wenn er an die Tür hämmerte, würde sie die Polizei holen? Er lächelte bitter. Die Polizei war da.

Er konnte einen Schlüsseldienst anrufen und sagen, er hätte den Schlüssel verloren. Die Tür aufkriegen. Und dann was? Das, was Sean tun würde? Ihr heißgeliebter Sean. Ihr ein blaues Auge schlagen und das Nasenbein brechen und ein paar Zähne rausschlagen. Und dann was? Sie hochnehmen, ihre knapp hundert Pfund, und sie aufs Bett schmeißen und ihr die Kleider runterreißen . . .

Und dann was, Bernie Bernstein, guter jüdischer Junge? Dann was?

Er war sehr müde. Er hatte in der letzten Nacht nicht viel geschlafen. Sein Kopf pochte wieder da, wo der Doktor ihn genäht hatte. Den ganzen Tag lang hatte er einen Haufen Fragen wegen dieser Naht beantworten müssen, einen Haufen Lügen erzählen müssen. Bernie log nicht gern.

Er konnte nicht den ganzen Abend im Flur stehenbleiben. Er holte seinen Koffer vom Hauswart.

»Verreisen Sie, Inspektor?«

»Mmm ...«, nickte er, versuchte zu lächeln.

»Ich verstehe. Polizeitätigkeit, geheim.«

Bernie setzte noch ein Lächeln drauf.

Er legte den Koffer in den Kofferraum seines Autos. Er hatte immer noch den Strauß Blumen in der Hand; er warf sie auch in den Kofferraum. Er setzte sich auf den Fahrersitz; er war wieder völlig gelähmt. Ihm war kalt, und er war naß und allein. Was tat er jetzt? Wo konnte er hingehen?

Richtige Freunde hatte er nicht. Über die Jahre hatte Linda sie von ihren Freunden abgeschnitten. Er konnte sich nicht erinnern, wann sie das letzte Mal jemanden eingeladen hatten außer Sean und seine Frau oder mit jemandem ausgegangen waren, außer Sean gelegentlich am Sonntagnachmittag zu besuchen. Eine Familie, an die er sich wenden konnte, hatte er nicht. Seine Mutter war in einem Altersheim. Manchmal erkannte sie ihn; meistens wußte sie nicht, wer er war. Seine zwei Schwestern lebten in Kalifornien.

Er blieb lange in seinem Auto sitzen, dachte nicht richtig, fühlte nicht richtig. Wie betäubt. Der Wind schleuderte zornig Regengüsse gegen die Windschutzscheibe.

Plötzlich fühlte er sich allein und hatte Angst. Niemals zuvor hatte er wirklich Angst gehabt, nicht einmal, als er körperlich in Gefahr war. Er wußte nicht einmal, wovor er Angst hatte.

Und ihm war kalt, und er war naß. Er nieste.

»Gesundheit, Inspektor«, sagte er. »Genau das fehlte dir noch, eine Erkältung. Pack dich in ein Hotel und nimm ein heißes Bad und dann . . .«

Dann?

14. KAPITEL

Der Hotelpage sagte: »Danke schön, Sir. Wenn ich sonst noch etwas für Sie tun kann, zögern Sie nicht . . .« Einen kurzen Moment blieb er stehen und ging dann hinaus und schloß die Tür.

Bernie war allein.

In dem düsteren Zimmer bewegte sich nichts. Dunkles Holz, dunkle Bettdecke, dunkle Vorhänge. Er ging mit langen Schritten zum Fenster und zog die Vorhänge auf. Das Fenster sah auf einen Hof. Rechteckig und dunkel und leer, die Fenster alle zu und die Vorhänge zugezogen, es war wie eine tiefe Gruft. Sogar der Wind schien hier gestorben zu sein, und der Regen floß teilnahmslos. Er zog die Gardinen zu und wandte sich zurück ins Zimmer. Allein an diesem finsteren und unbekannten Ort, war er total verzweifelt. Einsfünfundneunzig großes und einhundertachtzig Pfund festes, kompaktes Fleisch, und er fühlte sich verlassen wie ein verirrtes Kind. Das Gefühl demütigte ihn. Er war ein attraktiver Mann, das wußte er. Wenn Linda ihn nicht wollte, ihr Pech. Er war ein Mann, der Liebe geben konnte.

Er schüttelte sich in seinen nassen Sachen. Der große City-Bulle. Mit allen Wassern gewaschen. Von unten zum Inspektor hochgearbeitet. Was er auf dem Weg dahin nicht alles erlebt und geschafft hatte . . . das war das erste und einzige Mal, daß er in der City allein ein Hotelzimmer hatte. Sich allein einzutragen war ihm peinlich gewesen. Wie ein heimatloser Penner, der nicht weiß, wo er sich vor dem Regen in Sicherheit bringen kann. Ohne Frau, die ihm mit einem Lächeln, mit Liebe, die Tür aufmacht. Oh ja, und Hühnerbrühe, Bernstein. Vergiß die Hühnerbrühe nicht . . .

Er nieste. Setz dich in Bewegung, bevor du dir eine Erkältung holst.

Er öffnete den Koffer. Linda hatte ihn wunderschön gepackt, wie immer. Er wußte, er würde alles haben, was er brauchte. Er fand Unterhosen und einen Bademantel, stieg aus seinen nassen Sachen und sah zu, daß er zu seiner heißen Dusche kam.

Er duschte lange. Während das heiße Wasser an ihm herunterrann, konnte er sich darauf konzentrieren, warm zu werden und die Verspannung in seinen Gliedern zu lösen.

Als er aus der Dusche kam, machte er alle Lichter und das Fernsehen an. Es half nichts, aber er ließ sie trotzdem an. Das Fernsehen war wenigstens eine Stimme. Es lenkte ihn ab, selbst wenn er nicht zuhörte. Es hielt ihn vom Denken ab. Er wollte noch nicht denken. Er fing an auszupacken und bewunderte dabei, wie ordentlich Linda seinen Rausschmiß vorbereitet hatte: die Unterwäsche in die Falten der Hosen gesteckt, damit sie nicht knitterten, die Socken in die Hohlräume gestopft, Schuhe in Plastiktüten. Sogar eine neue Zahnbürste. Seit wann hatte sie das geplant?

Er ließ den Koffer zuschnappen. Auspacken tat plötzlich zu weh. Auspacken würde die ganze Sache wirklich machen. Es hieße, sie zu akzeptieren.

Er sah auf seine Uhr. Fünf Uhr. Was du brauchst, Bernstein, ist was zum Essen. Nicht, daß er Hunger hatte. Aber er hätte was zu tun. Er wollte nicht wieder hinaus in den Regen. Er rief den Zimmerservice an.

Derselbe Page brachte sein Abendessen. Ein dürrer und zäher junger Mann. Ein Junge von der Straße. Er hatte den Koffer ergriffen, bevor ihn Bernie davon abhalten konnte, und trug ihn hoch. Bernie hatte es noch nie leiden können, wenn ihm jemand den Koffer trug. Er war immer größer als jeder Page. Nachdem Bernie dem jungen Mann sein Trinkgeld gegeben hatte, blieb der wieder an der Tür stehen. »Brauchen Sie noch etwas, Sir?«

»Das sieht gut aus«, sagte Bernie.

»Außer Essen.« Der junge Mann blickte ihn offen und direkt an.

Bernie hoffte, daß man ihm nicht ansah, wie unbehaglich er sich fühlte. Was bist du, Bernstein, ein poetisches, unberührtes Jüngelchen?

»Was haben Sie denn?«

»Blond, brünett oder rothaarig«, sagte der Page. »Weiß, schwarz oder gelb.«

»Woher wissen Sie, daß ich kein Polizist bin?«

»Sind Sie einer?«

»Seh ich aus wie ein Polizist?«

Er zuckte die Schultern. »Sie sehen müde und einsam aus.« Er wartete.

»Keine Blonde«, hörte Bernie sich rauh, wütend und traurig sagen. »Ungefähr in einer Stunde, Sir?«

Bernie nickte. Er machte den Fernseher lauter und glotzte, weil es nichts anderes zu tun gab, und er aß etwas von dem Essen, weil es nichts anderes zu tun gab, und er putzte sich die Zähne mit der neuen Zahnbürste, weil es nichts anderes zu tun gab. Und wartete. In dem verlassenen Zimmer mit dem flakkernden Licht vom Fernseher. Einmal hörte er ein Lachen, und war überrascht. Es kam aus dem Fernseher. Es erstaunte ihn, daß die Leute immer noch rumquatschten und lachten. Er stand auf und drehte den Ton ab und legte sich wieder hin. Er dachte plötzlich über das Mädchen nach. Würde er wirklich fähig sein, das zu tun?

Er war noch nie mit einer Hure zusammengewesen. Er hörte Lindas Stimme: »Bernie Bernstein, du netter jüdischer Junge.« Spöttisch.

Gut, leck mich am Arsch, Linda.

Er war in Stimmung, als das Mädchen kam, ein plumpes,

großbrüstiges Mädchen mit einer langen, orangefarbenen Mähne. Sie sagte: »Du bist mir ja'n richtiges Riesenherzchen, was?«

»Von oben bis unten«, sagte er. »Reden wollen wir nicht.«

»Zu Diensten, Süßer«, sagte sie. »Aber zuerst werd ich bezahlt. Fünfzig Dollar.«

»Der Junge hat fünfundzwanzig gesagt.«

»Fünfunddreißig«, sagte sie.

»Dreißig.« Du schindest Zeit, Bernstein.

»Nein.« Fest. »Fünfunddreißig.«

Er stand auf und holte sein Geld aus der Brieftasche. Er zählte fünfunddreißig Dollar ab und gab sie ihr und steckte den Rest zurück in die Brieftasche. Sie verstaute das Geld in ihrer Handtasche. Dann langte sie nach hinten und zog den Reißverschluß ihres Kleides auf und stieg heraus und legte es säuberlich auf einen Stuhl, auf die Handtasche. Ihre großen, hängenden Brüste schwangen hin und her, als sie sich bewegte. Sie trug nur einen grüngeblümten, knappen Slip. Den zog sie aus und begab sich mit ihren spitzen Absätzen zum Bett.

»Willst du was Spezielles, Süßer?«

»Nur daß du die Klappe hältst«, sagte er. Er machte alle Lampen aus. Als er zum Bett zurückkam, lag sie mit gespreizten Beinen und angezogenen Knien auf dem Rücken. Ihre Hüften waren fett und sehr weiß. Einen schrecklichen Augenblick lang dachte er, er würde es nicht durchstehen. Aber sie rollte sich auf die Seite und nahm seinen Penis in ihre weichen, plumpen Hände und streichelte ihn. Sie wußte, was sie zu tun hatte. »Steck deine Rute in Mamas Möse, Süßer«, sagte sie. Er schob sie auf den Bauch. Er wollte ihr Gesicht nicht sehen. Und legte sich auf sie drauf.

Einen Augenblick lang, einen langen, intensiven, taumelnden Augenblick lang liebte er sie; er liebte ihr weiches, nachgiebiges Fleisch, das sich ihm öffnete, auf ihn reagierte. Er hörte sich stöhnen und seufzen und merkte, wie er sich schüttelte ...

Nachher lag er neben ihr auf dem Bauch mit seinem Arm über

ihrer Brust, driftete in den Schlaf. Er hörte, wie sie leise sagte: »Du bist großartig, Süßer . . .«

Er antwortete nicht. Er atmete rhythmisch und tief, als ob er schliefe, und wünschte sich plötzlich verzweifelt, daß sie verschwinden würde.

»Schläfst du, Süßer?«

Er antwortete nicht. Er war froh, daß er sie vorher bezahlt hatte. Vielleicht würde sie weggehen, und er könnte schlafen. Leise, zu sanft, glitt sie unter seinem Arm weg und lag dann still. Er konnte die Spannung in ihrem Körper spüren, ein gespanntes Warten.

»Süßer . . .«, flüsterte sie. Auf einmal war er hellwach, in Alarmbereitschaft, aber er antwortete nicht. Er bewegte sich nicht.

Er hörte sie aufstehen. Er öffnete die Augen. Sie hatte ihre Schuhe angezogen und bewegte sich geräuschlos über den teppichbedeckten Boden zu dem Stuhl mit ihrem Kleid. Sie zog das Kleid an und sah hastig hinüber zu Bernie. In dem schwachen Licht konnte sie seine halboffenen Augen, die sie beobachteten, nicht sehen, das wußte er. Sie konnte nur sehen, daß er sich nicht bewegt hatte. Sie öffnete ihre Handtasche und tastete darin herum und nahm etwas heraus und umschloß es mit ihrer Hand. Sie guckte wieder auf Bernies reglosen Körper und bewegte sich ohne einen Ton in Richtung seiner Hosen. Als er sich bewegte, hatte sie seine offene Brieftasche in der Hand. Er sprang aus dem Bett zu ihr hinüber. Sie fuhr herum, ließ die Brieftasche fallen. Er hörte ein Klicken und sah die Klinge in ihrer Hand, die genau auf seinen Bauch zeigte. Er bückte sich, umfaßte ihre Knie mit der einen Hand und zog sie zu sich, und mit der anderen Hand stieß er sie nach hinten. Sie fiel auf den Rücken, riß den Stuhl mit runter, ließ aber das Messer nicht fallen. Sie rollte sich schnell herum, von ihm weg, und hockte sich auf die Knie, mit dem Messer vor sich, das auf seinen Unterleib gerichtet war.

»Wehe, du bewegst dich«, sagte sie. »Eine Bewegung, und ich schneide dir deine verdammten Eier ab.« Langsam, angriffsbereit, die Augen unverrückbar auf ihn geheftet, stand sie auf und schlängelte sich von ihm weg zur Tür hin. Das Messer hatte sie fest in der Hand. An der Tür langte sie hinter sich. Sie drehte den Schlüssel, um zu öffnen. In dem stillen Zimmer war das Geräusch wie ein Schuß. Er hätte sie gehen lassen können.

Aber die Wut stieg in ihm hoch. Und Scham, darüber, daß er sich in diese Situation hineingebracht hatte. Und etwas anderes. Haß. Auf Linda. Der zerriß ihn wie ein Geschoß.

Er sprang auf das Mädchen zu, griff sie am Handgelenk und drehte es um. Sie schnappte nach Luft, und das Messer fiel ihr aus der Hand. Sie stieß ihm das Knie zwischen die nackten Beine. Seine Hände legten sich um ihren Hals; er knallte ihren Kopf an die Wand. Sie kämpfte, versuchte zu schreien. Es kam kein Ton. Ihre Augen traten hervor, und ihre Zunge hing raus; er sah es nicht. Er hörte nichts. Ein Hämmern brüllte wie ein Sturm in seinen Ohren und machte ihn taub.

Ihre Nägel gruben sich durch sein Gesicht. Er spürte nichts. Ihre Arme fielen leblos zu den Seiten herab; ihr Körper wurde schwer. Etwas Nasses tropfte ihm von der Stirn in die Augen. Er nahm eine Hand von ihrer Kehle, um sich die Augen auszuwischen. Er sah auf seine Hand. Sie war rot. Klebrig und naß. Wie Blut. Und auf einmal hörte das Hämmern auf. Er lockerte seinen Griff um das Mädchen. Sie klatschte auf den Boden, schnappte nach Luft und hustete.

Er stand da und starrte sie blöde an. Er roch Erbrochenes und Urin. Ihr Kleid war naß von beidem und von Blut. Sein Handgelenk blutete und sein Gesicht.

Das Mädchen rappelte sich taumelnd auf. Sie zitterte heftig und schob sich an ihm vorbei zur Tür. Er trat von ihr zurück. Bernstein, der Killer, hatten die Kinder immer zu ihm gesagt. Er kämpfte nicht gern, aber wenn er es tat, dann wollte er Blut sehen ...

Er hätte dieses Mädchen, dieses arme, dumme, nichtssagende Mädchen töten können.

Sie war an der Tür angelangt und öffnete sie.

»Miss . . .«, sagte er heiser.

Sie drehte sich nicht um. Er bückte sich, nahm seine Brieftasche und die Scheine heraus und schob sie in ihre Richtung, aber sie war schon zur Tür hinaus. Er machte sie weiter auf. »Hier, nehmen Sie . . . bitte . . .«, rief er und warf die Scheine hinter ihr her in den Flur und verschloß die Tür. Zitternd lehnte er sich an das kühle Holz.

Das flackernde, grauweiß changierende Licht vor ihm kam ihm zu Bewußtsein. Der Fernseher. Er war die ganze Zeit ohne Ton angewesen. Das einzige Licht in dem Zimmer. Das Bild zeigte einen Krankenwagen vor einem großen Gebäude, und zwei Männer rollten eine Bahre hinaus, auf der etwas zugedeckt war. Hatte er das Mädchen getötet? Fuhren sie ihre Leiche heraus? Er ging näher hin und stellte den Ton an. ». . . gräßlicher Mord heute am frühen Morgen . . . nicht identifizierte männliche . . . verstümmelte Leiche . . .«

War das heute morgen gewesen? Erst heute morgen? Es schien, als ob es Jahre zurückläge, ein ganzes Leben.

Die Arbeit. Die hatte ihm immer geholfen, weiterzumachen. Er würde ein bißchen schlafen und dann arbeiten. Vielleicht an dem Fall. Der interessierte ihn.

Und natürlich mußte er sich ein anderes Hotel suchen.

Aber er konnte nicht schlafen. Zweimal nahm er den Hörer in die Hand, um Linda anzurufen, legte ihn aber jedesmal wieder zurück. Wenn Linda mit ihm reden wollte, sie kannte seine Nummer auf dem Revier.

Schließlich stand er auf und wusch sich das Gesicht und rasierte sich. Auf seiner Stirn waren zwei tiefe, häßliche Kratzer. Der eine ging immer wieder auf und blutete ihm in die Augenbraue. Und auf seinen Wangen waren drei lange Kratzer.

»Du bist großartig, Bernstein. Das hat dir zu deiner Narbe auf der Stirn gerade noch gefehlt.«

Er nahm sein Notizbuch heraus. Die traurige Lady mit dem Schirm und dem schüchternen Lächeln. Sie wohnte in Queens. Die Gegend kannte er flüchtig. Hohe Häuser an einer verkehrsreichen Straße, wo die Leute hohe Mieten für eine große Eingangshalle mit einem häßlichen Kronleuchter und winzige Wohnungen bezahlten. Sie glaubten, die Straßen seien sicherer als die in Manhattan.

In einem beigefarbenen Tweed-Sportmantel und schokoladenbraunen Hosen, die dank Lindas Planung wunderbar zusammenpaßten, war Bernie Punkt acht Uhr abends in der großen äußeren Eingangshalle von Annas Haus. Er drückte den Knopf auf der Gegensprechanlage, auf dem »A & E Welles« stand. Er drückte mehrmals. Er wollte gerade aufgeben und den Hörer zurücklegen, als er das Antwortbrummen und dann durch Knattern und Rauschen schwach eine Stimme hörte: »Ja? Hallo? Emmy? Wer ist da?«

»United Parcel. Wohnt hier Arthur Welles?«

»Arthur? Nein. Das A steht für Anna. Anna Welles.«

»Oh. Tut mir leid, daß ich Sie gestört habe.«

Er legte auf und ging zu seinem Auto, das drei Autos vom Hauseingang entfernt in der zweiten Reihe stand. Hier hatte er einen perfekten Überblick über alles, was rein- und rausging.

15. KAPITEL

Anna saß in der Couchecke, hatte die Arme um ihren Körper geschlungen und die Füße unter sich gezogen und hörte das Kratzen schwach, gedämpft, als wenn es sich durch Watte vorkämpfte. Es grub sich zu ihrem Bewußtsein durch, erschreckte sie und brachte sie so wieder zur Besinnung. Sie wußte nicht, wo sie war oder wo sie gewesen war. Hatte sie geschlafen?

Wieder hörte sie das Brummen. Es schien die Stille zu verdrängen, wie der Hahn, der im Morgengrauen kräht, die Geister und Schrecken der Nacht in die Flucht schlägt, sie zerschmettert. Aber sie verschwanden nicht. Sie waren nicht zerstört. Sie verbargen sich wie die Stille und warteten. Warteten, um zurückzukehren.

Wenn das Brummen aufhörte, würde die Stille sich zurückstehlen.

Der Ton kam wieder, harsch, beharrlich. Plötzlich erkannte sie ihn. Es war die Gegensprechanlage. Vielleicht war es Emmy, die zurückkam.

Sie ließ ihre Beine schnell auf den Boden gleiten und fiel fast hin. Sie waren eingeschlafen; Anna spürte sie nicht. Sie mußte stundenlang auf ihnen gesessen haben. Es kribbelte wie von Nadelspitzen. Und irgend etwas fiel aus ihrem Schoß. Aber sie mußte an der Gegensprechanlage sein, bevor Emmy wieder wegging. Sie hielt sich an der Wand fest und schleppte sich zum Eingangsflur.

»Ja? Hallo? Emmy? Wer ist da?«

Es war nur ein Fremder, der zu einem Arthur Welles wollte. Sie legte den Hörer auf. Sie ging nicht zurück ins Zimmer. Würde sich die Stille jetzt zurückstehlen? War sie überhaupt weggegangen?

Trotzig machte sie das Licht im Flur und in der Küche und im Wohnzimmer an; sie blinzelte wegen der plötzlichen Helle. Aber die Stille hatte keine Angst vor dem Licht. Sie hatte nicht einmal Angst vor Geräuschen.

Sie rieb sich heftig die Beine und Füße, und ihr Blick fiel auf das Mikrofon von Emmys Kassettenrecorder auf dem Boden. Es mußte heruntergefallen sein, als sie aufgestanden war. Sie hob es auf und legte es zusammen mit dem Kassettenrecorder auf ein Regal im Wohnzimmer. Was war mit dem Kassettenrecorder? Sie wußte es nicht. Sie räumte die Kleider weg, die Emmy nicht hatte mitnehmen wollen und auf der Couch liegengelassen hatte.

Wann war Emmy ausgezogen? War das heute gewesen? Sonntag? War es immer noch Sonntag?

Sie mußte sich bewegen. Sich beschäftigen, weglaufen.

An Sonntagen gab es immer Singlestreffs und -tanzereien in dieser Kirche auf Long Island. Die waren relativ billig. Vier Dollar. Sie ging selten zweimal hintereinander aus. Es war zu teuer. Aber heute abend war es anders. Heute abend mußte sie hier raus. Einmal hatte sie gezählt, auf wieviele Arten man in einem normalen Haus Selbstmord machen konnte. Nach zehn hatte sie aufgehört zu zählen. Vielleicht wäre die elfte Art und Weise reizvoll.

Diese Woche würde sie überhaupt nichts ausgeben und heute abend ausgehen. Das würde sie schon hinkriegen. Als sie jung verheiratet waren und Simon noch in der Ausbildung war, hatte sie es auch hingekriegt. Simon hatte sie für eine großartige kleine Managerin gehalten. Eine großartige kleine Nichtausgeberin, das war sie.

»Was könntest du alles anfangen, wenn du mir kein Geld für Florida leihen müßtest?«

Sie legte sich die Hände auf die Ohren. So viele Gespenster ... so viele Gespenster ... Sie konnte sich die Gespenster nicht vom Leibe halten. Blick nicht zurück, Anna; denk daran, was Lots Frau passierte, weil sie zurückblickte. In eine Salzsäule verwandelt. Es war kein Salz. Es waren Tränen. Und wo war Lot, als all das passierte?Warum beschützte er sie nicht? Legte wenigstens bei Gott ein Wort für sie ein? War wahrscheinlich froh, sie loszuwerden. Drehte das ganze Ding mit seinen und ihren Anwälten. Hinter der Bühne wartete eine Zweiunddreißigjährige auf ihn.

Tränen halfen nicht. Lachen half nicht. Die Stille kam zurückgekrochen. Sie mußte raus hier. Schnell.

Sie hatte einen schrecklichen Geschmack im Mund. Sie putzte sich die Zähne und benutzte eine Menge Mundwasser und duschte schnell.

Emily hatte gesagt: »... deine Hosen, die am Hintern dünn werden«. Also, was sollte sie anziehen? In ihrem Schrank war nicht gerade eine große Auswahl. Eigentlich nur das lavendelfarbene Seidene. Das war ihre neueste Errungenschaft. Ein phantastisches Schnäppchen auf einem Kirchenbasar. Sie hatte es aufgehoben. Wofür? Natürlich für *ihn*. Den Ritter auf dem weißen Pferd. Bei ihrem Glück würde das Pferd in die Eingangshalle scheißen, und ihr würde gekündigt werden.

Zieh es an. Benutz es. Leb danach. Morgen kannst du tot sein (mit einem bißchen Glück). Und die arme Emily hätte die Beerdigungskosten am Hals. Ich will verbrannt werden, und meine Asche soll von einer Yacht in die Karibik geworfen werden. Das ist die einzige Möglichkeit, wie ich je dahin kommen kann.

Sie hatte einen hübschen Schal, erst zehn Jahre alt, der sah zu dem lavendelfarbenen Seidenen gut aus.

Um zwanzig Uhr dreißig verließ sie mit ihrem roten Regenmantel und dem gelben Plastikschirm munter die Eingangshalle und ging durch den nebligen Regen schnell zu ihrem Auto. Die dunkle Limousine, die ihr folgte, bemerkte sie nicht.

16. KAPITEL

Jake Harris betrachtete die Fotos auf Detective Captain Feeleys Schreibtisch und zündete sich eine Zigarette an. Es war ein Vorwand, um den Blick von den Fotos zu wenden. In einem Aschenbecher vor sich hatte er schon eine Zigarette brennen.

Der Polizeiarzt nahm einen Schluck aus seinem Pappbecher und hielt ein vergrößertes Foto von dem abgetrennten Penis hoch. »Ich habe eine tolle Schlagzeile für Sie, Jake«, sagte er. »›Wer Kennt Diesen Schwanz?‹«

»Sie haben Ihren Beruf verfehlt, Doktor«, sagte Jake.

»Stimmt. Meine Mutter wollte, daß ich zur Zeitung ging, aber ich konnte den Whiskeygeruch nicht ertragen.« Er tat einen tiefen Schluck aus seinem Becher und ging hinaus.

»Tolles Wochenende haben wir in dieser Scheißstadt gehabt«, sagte Jake. »Eine kopflose Leiche, eine schwanzlose Leiche, ein junges Mädchen verpaßt sich eine Überdosis und fliegt aus dem fünften Stock.«

»Das Mädchen war nicht aus diesem Revier«, sagte Feeley.

»Stimmt«, sagte Jake. »Sie zählt nicht. Haben Sie irgend etwas für mich, das druckreif ist?«

Feeley schüttelte den Kopf. »Über die ohne Kopf nichts. Der andere ... wahrscheinlich ist die Klarinette für sein Gesicht benutzt worden. Sie ist jetzt im Labor. In der Kartei haben wir keine Fingerabdrücke von dem Opfer. Wir wissen nicht, wer er war. Wir tun das Übliche: Haarproben aus dem Bett. Samen. Haschisch. Tabak. Popcorn.«

»Popcorn?«

»Das Bett wurde heftig benutzt. Und natürlich befragen wir alle in dem Haus: die Nachbarn, den Portier, den Hauswart. Etwas wird dabei schon rauskommen. Das kennen Sie ja mittlerweile. Es ist nie das große Ereignis. Nur langsames Wühlen.«

»Sie wissen wirklich nicht, wer es war?«

»Hm ... wir suchen noch. Ein George Stone. Benutzen Sie den Namen noch nicht, Jake.«

»OK. Die Rede ist von Homosexualität.«

»Möglicherweise. Es gab noch einen Mann in der Wohnung. Ihr Jungs tretet das ja wirklich breit.«

»Euer täglicher Raubüberfall auf alte Damen langweilt die Öffentlichkeit. Sie will was Grelleres.«

»Prima. Dann fangen die Nachahmer an. Und in kurzer Zeit haben wir ganze Haufen abgebissene Penisse.«

»Nicht, wenn ihr Jungs den Mörder erwischt.«

»Wir sind dabei, wir sind dabei«, sagte Feeley gereizt.

17. KAPITEL

Janet Stone haßte Bügeln. Aber sie wußte, daß sie ihre Nervosität nur im Zaum halten konnte, wenn sie beschäftigt blieb, bis Stevie aufwachte. Sie mußte sowieso noch einen Korb Wäsche wegbügeln. Die einzige Art und Weise zu bügeln, war mit eingeschaltetem Fernseher; den drehte sie normalerweise am Tag nicht an. Aus diesem Grund sah sie auch die Reportage über den grausigen Mord. Sie sah, wie eine Bahre in einen Krankenwagen gerollt wurde, um den eine Gruppe von Leuten stand. Sie erkannte das Gebäude im Hintergrund. Das Blut pochte so laut in ihrem Kopf, daß sie kaum etwas hören konnte. »Möglicherweise Verbindungen zu Homosexuellen ... möglicherweise mit der Drogenszene ... eine große Schachtel mit Marihuana und Kokain und Heroin ... gesucht wird ein junger Mann, der zuletzt mit ihm zusammengewohnt hat ...« Ein Schauder überlief sie. Auf Stevies T-Shirt war Blut gewesen. Sie suchten ihn. Sie hatte nicht die geringsten Zweifel. Sie hatte gewußt, daß sie ihn aus New York rausbringen mußte. Jetzt wußte sie, daß sie es schnell tun mußte. Sofort. Fragen würde sie ihm keine stellen.

Der Sprecher ging zur Krise im Mittleren Osten und zur Inflation über. Janet zog den Bügeleisenstecker heraus. Sie setzte sich hin. Sie mußte nachdenken.

Als die Polizisten ihr gesagt hatten, George sei tot, hatte sie das gar nicht richtig registriert. Sie war so weit weg von ihm. Jetzt, wo er ihr nicht einmal mehr Geld schickte, war es, als sei das letzte Band zu ihm durchschnitten. Sie hatte nur das Gefühl gehabt, daß sie diese Information irgendwie von Stevie fernhalten mußte. Ihn wegkriegen mußte.

Jetzt war es noch dringender, ihn wegzukriegen.

Was George zugestoßen war, konnte sie sich nicht vorstellen. Es war ihr einerlei. Wie oft hatte sie sich gewünscht, er wäre tot? Und jetzt war es ihr einerlei. Es war egal. Sie war nicht einmal neugierig darauf, wie er gestorben war. Sie wollte nur ihren Sohn beschützen. Was auch immer passierte, was auch immer mit Stevie nicht in Ordnung war, George war daran schuld. Doch sie stellte fest, daß sie ihn nicht einmal mehr haßte. Er war ein Teil ihres Lebens, das zu Ende war. Sie war unfähig gewesen, ein befriedigendes neues Leben zu beginnen. Nach der Scheidung hatte sie all ihre Energie darauf verwandt, einen Job zu kriegen, weiterzumachen, die Familie zusammenzuhalten. Zuerst hatte sie sich wie gelähmt gefühlt; sie hatte versucht, mit ihrem alten Leben weiterzumachen, mit den alten Aktivitäten, und das war, als ob ein Mann mit einem Bein lief und so tat, als hätte er zwei. Aber daran hatte sie sich mit der Zeit auch gewöhnt. Sie hatte sich in einem Leben ohne Ehemann eingerichtet und nie versucht, einen neuen zu finden. Ein Singlestanz hatte zu dieser Entscheidung ausgereicht. Außerdem, wer interessierte sich schon für eine Frau mittleren Alters mit drei Kindern und einem Haus, das sie mit einem Buchhalterinnengehalt und sporadischen Unterhaltszahlungen gerade so finanzieren konnte? Es wurde immer schwieriger. Jetzt, wo die Mädchen aus dem Haus waren und zum Teil für sich selbst aufkamen, hatte sie sogar schon daran gedacht, das Haus zu verkaufen. Sie wußte nicht, warum sie daran hing. Es war der letzte Fetzen eines Traums vom normalen Leben, eines Traums von Mann und Familie, Barbecues im Garten, alle im Wohnzimmer versammelt, zeitunglesend, beim Fernsehen, lachend, streitend, Scrabble oder Monopoly spielend; Enkelkinder, die im Planschbecken im Hof mit Großvater und Großmutter herumspritzen. Der Traum war seit langem zu Ende. Schließlich war sie aufgewacht. Sie würde das Haus verkaufen. Vielleicht hatte eine andere Frau mehr Glück darin. Abgesehen davon brauchte sie das Geld.

Sie würde Stevie keine Fragen stellen, weil sie die Antworten nicht wissen wollte. Sie mußte sich darauf konzentrieren, ihn vor der Polizei wegzuschaffen.

Zuallerst mußte sie dafür sorgen, daß er nicht ans Fernsehen rankam. Sie wußte, er würde es anmachen, sobald er aufgewacht war. Das oder das Radio. Bis dann konnte die Leiche identifiziert sein. Sie wußte, daß der Tote auf der Bahre George war, als ob sie die Leiche gesehen hatte. Von seinem Penis getrennt hatten sie ihn? Gut. Hoffentlich hatten sie ihn mit einem stumpfen Messer abgeschnitten. Sie hätte ihm das antun sollen, nachdem sie das erste Mal das mit der anderen Frau herausgefunden hatte. Bei ihr impotent, hatte er gesagt. Ihr Fehler, hatte er gesagt. Dabei hatte er sich bei den anderen Frauen verausgabt.

Vergiß es. Vergiß George. Konzentrier dich auf Stevie. Sie mußte dafür sorgen, daß er die Nachrichten nicht mitkriegte.

Sie ging in den Keller und zog alle Sicherungen im Sicherungskasten heraus. Sie würde ihm erzählen, daß sie zur Zeit keinen Strom hätten, irgendein Fehler in der Versorgung, der vor morgen nicht behoben werden konnte. Bis morgen wären sie weg.

Ihre Eltern wohnten in Florida. Sie und Stevie konnten bei ihnen bleiben. Aber Stevie würde nicht bei ihnen bleiben wollen. George hatte ihn gegen sie eingenommen. Vielleicht konnten sie Disney World besuchen. Das würde ihm gefallen. Sie würde sagen, sie hätte Urlaub und daß sie Disney World besuchen würden. Heute abend würde sie die Tickets besorgen. Sie würde sagen: »Ich habe es dir nicht gesagt, weil du so müde warst, Stevie. Ich wollte auch nicht, daß du meinst, du hättest mich unter Druck gesetzt. Aber ich habe Urlaub. Ich hatte schon ein Ticket. Ich habe noch eins für dich gekriegt. Für Disney World. Du hast immer gesagt, du wolltest dir Disney World angucken.«

Sie wollte nicht, daß er sie am Telefon hörte, wenn er jetzt aufwachte. Und sie wollte nicht, daß er in der Zeit in Georges Wohnung anrief. Wer weiß? Vielleicht konnte die Polizei den Anruf zurückverfolgen. Es gab ein Telefon in der Küche und eins in ihrem Schlafzimmer und einen Anschluß in der Waschküche. Das wußte Stevie nicht. Der war neu. Und da unten hin würde er eh nie gehen. Sie rannte die Kellertreppen hinunter und nahm den Hörer ab, und um ganz sicherzugehen, leerte sie einen Korb Wäsche darüber aus. Mit danebengelegtem Hörer konnte er weder Gespräche führen noch empfangen.

Sie legte ihm einen Zettel auf den Küchentisch für den Fall, daß er aufwachte. »Stromausfall. Telefon kaputt. Bin zum Laden, um den Reparaturdienst anzurufen. Alles Liebe, Mutter.« Nein. Sie radierte *Alles Liebe* aus. Er würde das nicht leiden können. Sogar *Mutter.* Aber sie würde, verflucht noch mal, nicht mit »Janet« unterschreiben. Seinen Vater nannte er George. George wollte kein Vater sein. Sie unterschrieb die Nachricht überhaupt nicht.

Sie zog sich schnell einen Mantel an und rannte zum Auto, um ihre Eltern und die Fluggesellschaft anzurufen.

18. KAPITEL

Freda Miller war entschlossen. Ganz und gar. Hatte sie schließlich und endlich nicht alles sorgfältig mit Morris durchgesprochen? Natürlich war er tot. Sie wußte, daß er tot war; sie war nicht verrückt. Aber wenn man mit einem Menschen siebenundvierzig Jahre verheiratet war ... siebenundvierzig Jahre lang hatte man jeden Abend mit ihm Abendbrot gegessen und jeden Morgen mit ihm gefrühstückt und sogar manchmal mit ihm zu Mittag gegessen ... und den heißen Kakao jeden Abend siebenundvierzig Jahre lang nicht zu vergessen. Sogar im Sommer, denn Morris glaubte, daß einen bei Hitze ein heißes Getränk besser abkühlte als ein kaltes. Nach siebenundvierzig Jahren mußte sie nicht mit ihm reden, um zu wissen, was er sagen würde. Und was er sagte, war: »Halt dich raus, Freda. Kümmere dich um deine eigenen Angelegenheiten.« Das hatte er immer gesagt.

Sie würde der Polizei gar nichts erzählen. Selbst wenn sie ihr hart zusetzen würden; sie würde sich nicht hineinziehen lassen.

Als es bei ihr klingelte, war sie vorbereitet. Ihr Haar war frischgewaschen und sorgfältig gekämmt, um die kahle Stelle zu bedecken, und ihre Zähne hatte sie drin; sie hatte Hüfthalter und Strümpfe und Schuhe an. Arm, aber stolz. Niemand sollte sagen, daß Freda Miller je als Schlampe die Tür geöffnet hätte. Sie hatte sogar einen Hauch Rouge und ein bißchen Puder aufgelegt. Niemand würde ihr anmerken, wie wenig sie heute nacht geschlafen hatte. Was hatte ihre Mutter immer gesagt? »Eine Menge Schminke, ein bißchen Puder, machen eine Dame aus jedem Luder.«

Langsam ging sie die Tür öffnen. Sollten sie ruhig zweimal klingeln. Sie war zu alt, um schnell zu sein. Sie machte das Guckloch auf. »Ganz egal, was, ich brauche nichts«, sagte sie.

»Polizei, meine Dame, bitte öffnen Sie die Tür.«

Sie öffnete die Tür, ließ aber die Kette drin. Sie sah einen stämmigen Mann in einem Regenmantel, der aussah, als ob er darin geschlafen hätte. »Kann ich Ihren Ausweis sehen?«

Er reichte ihn ihr durch den Spalt in der Tür. Sie prüfte ihn sorgfältig, hielt ihn dicht vor die Augen. Andrew Donlon. Ein Ire. Es konnte ein gefälschter Ausweis sein. Er konnte Italiener sein. Mafia. Das konnte ein Mafiamord in der Nachbarwohnung gewesen sein. Die Nachrichten im Radio hatten Drogen erwähnt. Sie gab den Ausweis zurück und machte die Tür ein paar Zentimeter weiter auf, nahm aber die Kette nicht ab.

Er sagte höflich und geduldig: »Wir würden Ihnen gern wegen letzter Nacht ein paar Fragen stellen. Können Sie uns sagen, was Sie gehört haben?«

»Gehört? Ich habe nichts gehört.«

»Ist Ihr Schlafzimmer nicht Wand an Wand mit dem Wohnzimmer der Nachbarwohnung?«

»Weiß ich nicht. Ich bin noch nie in der Wohnung gewesen. Ich bin kein Mensch, der von einem Kaffeeklatsch zum anderen läuft und in den Nachbarsküchen rumschnüffelt.«

»Davon bin ich überzeugt, meine Dame.« Seine Mutter hatte

recht gehabt. Er hätte Sportlehrer werden sollen, wie sein Bruder. »Würde es Ihnen etwas ausmachen, wenn ich mich in Ihrer Wohnung ein wenig umsähe?«

Freda richtete sich auf. »Spielt es eine Rolle, ob es mir etwas ausmacht?« sagte sie bitter. Sie machte die Kette los und ließ ihn hinein. Sie blieb hinter ihm. Er ging geradewegs zum Schlafzimmer und klopfte an die Wand. Sie war sehr froh, daß sie die Tagesdecke auf ihr Bett gelegt hatte.

»Ganz schön dünn, meine Dame. Man kann hören, wenn jemand niest.«

»Ich höre nicht mehr so gut«, sagte sie. »Außerdem habe ich gestern abend eine Schlaftablette genommen.«

»Wirken die bei Ihnen? Da haben Sie Glück, meine Dame. Meine Mutter schläft nachts manchmal nicht vor vier, fünf Uhr morgens ein. Nichts hilft.« Manchmal schnarchte seine alte Dame nachts so laut, daß sein Vater zum Schlafen in den Keller gehen mußte.

»Hat sie es mit einem bißchen heißer Milch vor dem Einschlafen versucht?«

»Mit heißer Milch? Weiß ich nicht. Ich werde sie mal fragen. Vielen Dank.« Heißer Brandy wäre bei seiner Mutter wahrscheinlicher. »Eine schöne Wohnung. Sie haben sie gut in Schuß. Wohnen Sie schon lange hier?«

»Von Anfang an. Seit sechsundzwanzig Jahren.«

»Wirklich? Das ist ja großartig. Wirklich großartig, meine Dame. Da kennen Sie wohl alle.«

»Ich kenne niemanden«, sagte sie steif.

Scheiße. Sie war ihm wieder entglitten. »Das überrascht mich. Sie machen einen angenehmen Eindruck auf mich. Wie ein Mensch, mit dem man leicht auskommt.«

»Als Morris noch lebte ... Morris war mein Mann ... da hatten wir einander. Jemand anders brauchten wir nicht.«

»Das ist großartig, meine Dame. Das ist wirklich großartig. Wie lange ist er schon ... tot?«

»Fünf Jahre.«

»Eine lange Zeit. Man gewöhnt sich nie daran.«

»Nein«, sagte sie und versteifte sich wieder.

Er kriegte keinen Zugang zu ihr. Vielleicht war es noch nicht zu spät. Er konnte noch eine Ausbildung machen und Sportlehrer werden.

»Es ist schwer, darüber zu reden, ich weiß. Mein Vater, Gott sei seiner Seele gnädig ...« (Und Gott meiner, wenn er jemals hört, daß ich ihn so hab abkratzen lassen, noch dazu, wo er ein Bulle von Mann ist, der mir immer noch den Kopf mit einem Schlag abhauen könnte.) »Für meine Mutter ist es schwer ...«

»Seit wann ist er tot?«

»Seit drei Jahren.« Er bekreuzigte sich.

Zuerst schien Freda nicht zugehört zu haben. »Wissen Sie, was man über die Zeit sagt, ist gelogen«, sagte sie schließlich. »Die Zeit heilt gar nichts. Mit jedem Jahr wird es schwerer.« Sie drehte sich abrupt von ihm weg. »Wollen Sie noch mehr sehen?«

»Nein, meine Dame. Jetzt nicht.« Er folgte ihr zurück zur Tür. »In dieser Gegend hat sich in sechsundzwanzig Jahren eine Menge verändert«, sagte er sehr leise.

»Ja.«

Ihr Gehör war völlig in Ordnung. Sie hatte die Hand an der Tür.

Noch leiser, bittend sagte er: »Es wäre eine große Hilfe, wenn Sie mir irgend etwas erzählen könnten. Ganz egal, was. Wissen Sie, hier wurde ein Mann getötet.«

»Das weiß ich«, sagte sie.

»Das wissen Sie?«

»Ich habe es im Radio gehört.«

»Können Sie uns erzählen, wer in der Nachbarwohnung gewohnt hat? Vielleicht haben Sie ihn auf dem Weg zum Müll gesehen oder im Aufzug getroffen.«

»Ich habe ihn ein- oder zweimal gesehen.«

»Wie sah er aus?«

»Graues Haar, zu lang. Enge Blue Jeans. Ein alberner Mensch. Leute wie ihn hatten wir in diesem Hause früher nicht.«

»Was war der andere Mann für einer?«

»Einen anderen Mann habe ich nicht gesehen.«

»Es sieht so aus, als hätten dort zwei Männer gewohnt.«

»Erst seit einem Monat oder so. Es war auch, genau genommen, kein Mann. Ein Junge. Er nannte den Mann George. Er war pummelig. Sah aus, als brauchte er ein Bad. Und er trug ein obszönes T-Shirt.«

»Obszön, meine Dame? Inwiefern?«

»Auf dem Rücken war ein Wort aufgedruckt.«

»Könnten Sie es . . . mir buchstabieren, meine Dame?«

»P-H-«, sagte sie. Sie wurde rot. »P-H- . . . anstatt F . . .«

»Das ist ja widerlich«, sagte Donlon. »Seinen Namen haben Sie nicht zufällig gehört?«

»Nein. Ich habe nur ›George‹ gehört, weil er es im Flur rief. Er sagte, ›Ich halt den . . . den‹ . . . so einen Ausdruck . . . ›Aufzug, George. Wo ver- . . .‹ wieder den Ausdruck, wissen Sie, › . . . bleibst du?‹«

»War er heute nacht in der Wohnung?«

»Über heute nacht weiß ich nichts.«

»Sie haben nicht irgendein Geräusch gehört? Musik? Eine Party? Einen Streit?«

»Nein.«

»Haben Sie gesehen, wie jemand in die Wohnung ging oder sie verließ?«

»Nein. Ich habe es Ihnen doch gesagt. Ich habe eine Schlaftablette genommen und bin schlafen gegangen.«

»Einige Leute auf diesem Flur haben laute Musik gehört.«

»Reden Sie mit denen«, sagte sie.

Er bekam nichts mehr aus ihr heraus. Heute nicht. Es war leichter, einen Mafiakiller auseinanderzunehmen als diese alten Damen. Er würde es später noch einmal versuchen müssen.

»Danke schön, meine Dame. Hoffentlich habe ich Sie nicht zu sehr gestört.«

Sie antwortete nicht.

»Ich werde meiner Mutter das mit der heißen Milch sagen.«

Sie nickte. Wieder verschlossen wie ein Grab. Na gut, in dem Gebäude gab es noch vierhundert andere Mieter. Vielleicht wußte einer von denen etwas.

»Vielleicht müssen wir uns noch einmal mit Ihnen unterhalten. Ich hoffe, Sie verstehen ...«

»Ich weiß nichts von heute nacht. Ich kümmere mich um meine eigenen Angelegenheiten«, sagte sie.

19. KAPITEL

Einige Male glaubte Bernie, daß Anna Welles wußte, daß er ihr folgte, wegen ihres Fahrstils. Nachdem sie den Long Island Expressway erst nicht, dann doch genommen hatte, fuhr sie stadteinwärts; an der allerersten Ausfahrt fuhr sie raus und auf dem Expressway in die andere Richtung, nach Long Island, zurück. An der Einfahrt fuhr sie glatt durch, ohne sich zu vergewissern, ob die Straße frei war, und fuhr nur ein paar Zentimeter vor ein Auto, dessen Fahrer hupte und ihr mit der Faust drohte. Dann schlich sie mit zwanzig Meilen die Stunde und hielt kilometerlang den Verkehr hinter sich auf. Die Fahrer, die sie überholten, drehten sich um und hupten sie an. Sie schien sich nichts daraus zu machen. Vor ihr kam ein Lastwagen rein, der langsamer als sie fuhr, und da wechselte sie plötzlich, ohne zu blinken, die Fahrbahn und fuhr weiter, als ob sie gerade aufgewacht wäre. Dann wiederum ohne zu blinken, fuhr sie schnell auf die rechte Fahrbahn und eine Ausfahrt hinaus. Bernie, der ihr folgte, mußte scharf nach rechts ausscheren und fuhr fast auf einen Lastwagen hinter ihr auf.

Als sie zur ersten roten Ampel kam, fuhr sie weiter und hielt dann an einem Stop-Zeichen so lange, daß Bernie, der direkt hinter ihr war, mit einer automatischen Bewegung auf die Hupe drückte. Er machte keinen Versuch, sich zu verstecken. Überrascht sah sie sich um und setzte sich dann jäh, ohne nach rechts und links zu gucken, in Bewegung und verfehlte um ein Haar einen Zusammenstoß mit einem anderen Auto. Bernie mußte etliche Wagen an sich vorbeifahren lassen, bis er sie wieder einholen konnte. Ihm wurde klar, daß sie ihn nicht abschütteln wollte. Sie war sich seiner genausowenig bewußt wie der anderen Autos auf der Straße. Entweder war sie die verrückteste Fahrerin der Welt oder eine Frau, die nicht wußte, was sie wollte. Langsam bezweifelte er ernsthaft, daß sie, wo immer sie hinwollte, dort in einem Stück ankommen würde, und er fürchtete ernsthaft um sein eigenes Überleben, wenn er sich zu dicht an sie dranhängte. Er überlegte mehrere Male, ob sie sich selbst töten wollte und sich darüber klar war. Dann krochen sie in einem Vorort durch eine belebte Hauptstraße, die ihr offensichtlich vertraut war, denn es sah so aus, als ob sie die Ampeln kannte, und sie ging rechtzeitig mit der Geschwindigkeit herunter, und dann bog sie in eine gewundene, dreispurige Straße ein, von der die Häuser wie auf Kommando ungefähr hundert Meter zurückgesetzt waren. Jetzt fuhr sie wieder langsamer, sie schlich, dachte er. Er ließ sich jetzt etwas zurückhängen, ließ sogar einige Male ein Auto zwischen sie. Als sie nach links auf den Parkplatz einer Kirche abbog, fuhr er noch ein paar Meter weiter, wendete dann und fuhr langsam zurück. Er sah, wie sie auf dem vollen Parkplatz parkte, und hielt in einiger Entfernung an und drehte den Motor ab.

War sie die ganze Strecke gefahren, um zu beten? Wenn schon, dann zu dem Heiligen Christophorus, dem Beschützer der Reisenden, der ihr das Leben gerettet hatte. Er sollte auch hineingehen und eine Kerze anzünden. Bulle zu sein war wirklich kein ungefährlicher Job.

Anna stieg nicht sofort aus. In seinen Gedanken war sie

Anna. Warum, wußte er nicht. Irgend etwas an ihr berührte ihn. Er merkte, daß er grinste. Vielleicht, weil er die Gefahr mit ihr geteilt hatte, und wegen der Erleichterung, daß sie beide diese Fahrt überlebt hatten.

Wieder fuhr ein Auto auf den Parkplatz, und zwei Frauen stiegen aus. Sie trugen tiefausgeschnittene Kleider und hohe Absätze und die Art Make-up, die zu starkem Parfum paßt. Er sah, wie Anna ihnen nachsah. Als sie vorbei waren, lehnte sie ihren Kopf zurück an den Autositz. Nach fünf Minuten setzte sie sich langsam wieder aufrecht, kämmte sich, legte Lippenstift auf. Immer noch zögernd stieg sie aus dem Auto. Sie straffte sich und ging munter zum Eingang. Er bemerkte, daß sie ihren Schirm nicht mithatte.

Er wartete, bis sie um die Hausecke verschwunden war, und folgte ihr dann. Zwei weitere Frauen kamen aus einem Auto und holten ihn ein. Er blieb hinter ihnen zurück.

»Gottseidank, daß es aufgehört hat, zu regnen. Mein Haar wird kraus.«

»Ich bin neugierig, was heute abend los ist.«

»Erwarte nicht zuviel. Dann bist du nachher auch nicht enttäuscht.«

»Machst du Scherze? Nach den Schleimlingen gestern abend in der Synagoge kann mich nichts mehr enttäuschen.«

»Meinst du? Du hättest auf dem Alleinerziehenden-Bums am Freitag sein müssen. Ich war fast soweit, zu Irving zurückzugehen.«

Beide lachten. Es waren jüngere Frauen, nicht über dreißig. Hier war eins von diesen Singlesdingern, von denen er gehört und gelesen hatte. Er dachte an Linda und schüttelte sich innerlich. Wäre sie auf so was aus, wenn ihm was passierte? Und dann fiel ihm ein: Linda hatte *ihn* ausgeschlossen.

Er bezahlte vier Dollar bei einer Frau, die an einem Tisch im Eingang saß und ihn fragte, ob er auf die Adressenliste wollte. Er suchte auf der Liste nach ihrem Namen. Er sah ihn. Sie hatte angefangen, »An-« zu schreiben, und hatte das dann durchgestrichen und »Allegra« geschrieben. Allegra Welles und ihre Adresse und Telefonnummer. Er schrieb »Kevin Feeley« und Feeleys Adresse. Es machte ihm Spaß. Feeleys Frau rief ein dutzendmal am Tag unter dem einen oder anderen Vorwand im Revier an, um ihn zu kontrollieren. Es machte Feeley rasend. Bernie wünschte, er könnte sie hören, wenn die Post von den Sonntagssinglestreffs käme.

Vor dem Hauptraum der Kirche war ein Eingangsflur. Von drinnen kam Tanzmusik. Er spürte den Rhythmus. Die Band war gut. Er ging hinein. Der Raum war voll. Ungefähr zweihundert Leute. Einige tanzten, andere standen herum und redeten oder guckten. Am Rand saßen Leute an Tischen.

Er beobachtete die Tanzenden. Anna konnte er nicht sehen. Einen Augenblick lang hatte er Angst, er hätte sie verloren, sie hätte ihn hierhergeführt und wäre dann hinausgeschlüpft, sie hätte gewußt, daß sie verfolgt wurde.

Dann kam sie durch die Tür. Sie mußte ihren Mantel draußen aufgehängt haben.

Ihr Kleid gefiel ihm. Lavendelfarbene Seide mit einem engen Oberteil und einem langen Rock. Ein schönes Kleid zum Tanzen. Und sie hatte einen hübschen Schal um den Hals geschlungen. Das gefiel ihm auch. Linda hatte das oft getan.

Linda. Wie ging es seiner Liebsten Linda? Dachte sie überhaupt an ihn? Machte sie sich Sorgen?

Anna sah nicht in seine Richtung. Sie war hereingekommen und stehengeblieben und hatte sich vorsichtig umgesehen. Schüchtern. Er glaubte, er sähe sie seufzen und dann in den Raum hineingehen.

Himmel, er hatte ganz und gar vergessen, wie man eine Frau zum Tanzen aufforderte. Und woran dachte er? Er war nicht zum Tanzen hierhergekommen. Er beobachtete, wie Anna an die Bar ging. Er ging zu ihr hinüber.

»Hallo, Bernie.«

Schuldbewußt drehte er sich um. Es war ein großes Mädchen in einer Seidenbluse mit jeder Menge offener Knöpfe. Goldene Ohrringe glitzerten auf ihrem dunklen Haar. Er kannte sie nicht.

Er sagte: »Hallo, ... hm ...« und suchte ihr Namensschild.

»Es macht den Stoff kaputt.« Sie hob den Arm hoch und zeigte ihm ihr Handgelenk. Da war das Namensschild. »Shelley« stand darauf. »Eigentlich Shirley«, sagte sie. »Aber wenn du Shirley sagst, schreie ich und verschwinde in einer Rauchwolke.«

»Mach das nicht«, sagte er nervös.

»OK, Bernie. Tanzt du Cha-Cha-Cha?«

»Früher schon.«

»Dann laß uns mal.«

»Klar. Bitte.«

»Ich habe dich noch nie irgendwo gesehen. Bist du neu in der Szene?«

»Welcher Szene?«

»Der hier. Dem Fleischmarkt.«

»Oh. Ja. Bin ich.«

Sie nahm seine Hand und führte ihn auf die Tanzfläche. Mit ihren Absätzen war sie groß, fast so groß wie er. Er war es nicht gewöhnt, mit so einer großen Frau zu tanzen. Er war es gewöhnt, mit seiner Frau zu tanzen, die alle seine Bewegungen kannte. Er tanzte schlecht und war verlegen. Er sah sich weiter in dem Raum um, weil er Anna suchte, und trat Shelley auf den Fuß. Als der Tanz vorbei war, sagte er schnell: »Danke für den Tanz.« Und ging zur Bar.

Sie stand in der Nähe der Bar mit einem Glas Wein in der Hand und sah hinüber zur Tanzfläche.

Er ging zu ihr und sagte: »Hallo, Allegra.«

Sie sah überrascht aus. Er zeigte auf ihr Namensschild, und sie lächelte. Ihr Lächeln gefiel ihm richtig gut.

»Ich bin Bernie.«

»Sie kommen mir bekannt vor«, sagte sie. »Sind Sie schon mal hier gewesen?«

Er schüttelte den Kopf. »Sie?«

»Ja«, sagte sie. Sie sah ihn wieder an. »Sie kommen mir wirklich bekannt vor.«

»Ich hab eben so ein Gesicht.«

»Es ist ein sehr nettes Gesicht«, sagte sie. Sie wurde rot. »Ich glaube, ich bin betrunken.«

»Ich hoffe, Sie müssen nicht betrunken sein, um mein Gesicht nett zu finden.«

»Oh nein«, sagte sie schnell und wurde wieder rot, und er lachte.

Die Musik fing wieder an. Sie kam von einem Tonband, das auf der Bühne aufgebaut worden war. Ein Fox-Trott. Den konnte er womöglich schaffen, ohne ihr die Füße zu zerstampfen. »Wollen wir tanzen?« fragte er.

Sie nickte und stellte ihr Glas Wein und ihre Handtasche auf einen Tisch in der Nähe. Er legte seine Arme um sie. Sie paßte gut hinein. Ihm war augenblicklich klar, daß er sie gern anfaßte. Ihre Hüften berührten sich, sie ließ sich von ihm führen, als ob sie seit Jahren zusammen tanzten. Sie sprachen nicht miteinander. Der Fox-Trott ging in einen Lindy über und wurde dann wieder zu einem Fox-Trott. Als das Set zu Ende war, wartete er auf der Tanzfläche und hielt ihre Hand. Er sagte: »Sie sind einsdreiundsechzig und wiegen einhundert Pfund.«

»Neunundneunzig. Blaue Augen, blonde Haare ... mit einem bißchen Nachhilfe. Aber ob Sie geschieden oder verwitwet sind, kann ich nicht sagen. Normalerweise weiß ich das immer.«

»Woher wissen Sie das?«

»Keine Ahnung. Aber ich weiß es immer. Außer bei Ihnen.«

»Getrennt«, sagte er. »Sie?«

»Geschieden«, sagte sie. »Seit zwei Jahren. Ich habe eine Tochter. Ich wohne in Queens. Ich bin Bibliothekarin in einer öffentlichen Bücherei. Jetzt haben Sie die statistischen Angaben.«

»Ich wohne in Manhattan. Kommen Sie schon mal nach Manhattan?«

»Natürlich. Gestern abend war ich in Manhattan auf einer Party.«

»Wirklich? Wo?«

»In der Wohnung von irgend jemandem in der West End Avenue. Kennen Sie Louise King?«

»Louise King«, sagte er, um es sich zu merken. »Nein.«

»Sie veranstaltet Singlespartys. Die von gestern abend hat sie organisiert. Ich glaube, Sie sind noch nicht lange Single.«

»Nein«, sagte er.

»Ist es nicht ein fürchterliches Wort? *Single.* Ich hasse es.« Sie lächelte. »Das ist ein Hustle.«

»Wie bitte?«

»Die Musik.«

»Ich glaube, den kann ich nicht.«

»Ich bring ihn Ihnen bei. Ohne den Hustle können Sie kein erfolgreicher Single sein.« Sie führte ihn weg von der Tanzfläche in eine Ecke des Raums. »Er ist sehr einfach. Man muß nur bis sechs zählen ...«

Es machte ihm Spaß. Er lernte ihn schnell, und sie lehrte ihn zwei einfache Figuren. Sie tanzten für sich in ihrer Ecke und lachten, wenn sie aus dem Takt gerieten. Als die Musik aufhörte, tanzten sie weiter. Dann sagte der Ansager: »Jetzt kommen die Lateinamerikaner. Rumba.« Doch sie gingen nicht zur Tanzfläche zurück. Sie blieben an ihrem kleinen Platz. Ein Mann mit zwei Gläsern Wein ging dicht an ihnen vorbei, und Bernie zog sie an sich, um dem Mann Platz zu machen, und sie blieb so, nahe bei ihm. Er hatte das Gefühl, wenn er die Augen schlösse, könnte es Linda sein, die er hielt. Die alte Linda ...

»Ich vermute, Ihr Mann ist ein Idiot«, sagte er.

»Es gibt eine Zweiunddreißigjährige, die nicht so denkt. Sie könnten bestimmt auch eine kriegen.«

»Was könnte ich mit einer Zweiunddreißigjährigen anfangen? Möglicherweise dächte sie, die Weltwirtschaftskrise hat was mit Kneipen zu tun ... und der Arbeiterführer John L. Lewis ist ein Rockstar.«

Sie lachte. Einen Moment lang war es angenehm, eine Frau zum Lachen zu bringen.

»Ihr Kleid ist schön«, sagte er. »Sie sehen richtig hübsch aus.«

»Stimmt das?« sagte sie, und es schien sie wirklich zu interessieren. »Heutzutage weiß ich das nicht mehr sicher. Ich wußte nur das sicher, was ich in den Augen meines Mannes sah.«

Er wollte sie trösten, ihr weiches, sauberduftendes Haar streicheln, sie enger halten. Wahrscheinlich war es ihre Größe, so sehr Lindas.

Auf einmal schmerzte es ihn, sie in den Armen zu halten. Er begann zu vergessen, weshalb er hier hergekommen war. Er sagte: »Würden Sie gern irgendwo einen Kaffee trinken?«

Sie sagte: »Gut. Aber ich kann nicht so lange aufbleiben. Ich muß morgen arbeiten.«

»Ich auch.«

»Was arbeiten Sie?«

Er hatte sich keine Antwort zurechtgelegt. »Raten Sie«, sagte er.

»Für einen Zirkuszwerg sind Sie zu groß, und für Gulliver sind Sie zu klein. Ich geb's auf.«

Er lachte. »Sie sind nett«, sagte er. Und war überrascht, weil er es auch meinte. Es war nicht nur ein Ausweichen, um ihr die Antwort vorzuenthalten. »Ich habe noch nie eine Bibliothekarin getroffen.«

»Das krieg ich immer zu hören. Ich glaube, die Leute denken immer noch, daß eine Bibliothekarin ein kleine alte Dame ist, die hinter einem Tisch sitzt und Bücher stempelt.«

»Naja, ich würde nicht von ihr erwarten, daß sie Tanzlehrerin ist.«

Er nahm ihr den Regenmantel ab, um ihn ihr zu halten, während sie ihn anzog. »In einer Bücherei treffen Sie sicher nette Leute.«

»Ich treffe fast überhaupt keine Leute. Ich arbeite am Katalog. Die meiste Zeit arbeite ich im Büro. Ich ordne die Bücher zu und katalogisiere sie. Das heißt, ich gebe ihnen die Nummer und das Schlagwort für die Schlagwortkartei. Ich dachte immer, wir wären eine herrliche Kombination. Eine Bibliothekarin und ein Steuerberater.«

»Steuerberater?«

»George war Steuerberater.«

»Wer war George?«

»George?« sagte sie verwirrt.

»Sie haben George gesagt.«

»Hab ich?«

»War George Ihr Mann?«

»Nein, nein. Simon war mein Mann. Ich kenne niemanden, der George heißt.« Sie sah sehr durcheinander aus. »Ich verstehe nicht, warum ich George gesagt habe.«

Sollte er es versuchen? Würde er sie abschrecken? Er konnte sie nicht einschätzen. Man konnte niemanden festnehmen, weil er einen gelben Plastikschirm hatte. Trotzdem wünschte er, er könnte ihn sehen. Die Stange war kaputt, erinnerte er sich. Leichthin, wie zufällig, sagte er: »Sie müssen den Namen in den Nachrichten gehört haben. Ein Mann namens George ist gestern nacht ermordet worden. Sie machen ein Riesentrara darum.« Der Name war aber nicht bekanntgegeben worden. Würde sie das wissen?

»Ich höre nie Nachrichten«, sagte sie.

»Ich weiß, was Sie meinen. Es deprimiert einen.«

»Nein. Nicht deswegen. Ich finde es komisch, daß ich weiß, daß die Nachrichten mich deprimieren sollten, aber sie tun es nicht. Sie sind unwichtig. Alles ist unwichtig geworden. Außer ...«, sie hielt inne. »Es tut mir leid. Ich wollte nicht so ernsthaft werden. Es versaut die Stimmung.«

Sie kamen auf dem Parkplatz an ihrem Auto an und blieben daneben stehen.

»Außer was ...?« fragte er. »Sie haben gerade gesagt, daß Sie nichts mehr fühlen, außer ...«

»Hin und wieder. Hin und wieder fühle ich etwas.«

»Jeder fühlt sich nur hin und wieder glücklich.«

»Nein. Glücklich bin ich nie. Was ich hin und wieder fühle, sind Wut und Angst und Hilflosigkeit. Totale Verzweiflung. Aber meistens fühle ich überhaupt nichts.« Sie lachte. »Ich wollte Sie nicht langweilen. Ich glaube, ich habe seit langem mit niemandem mehr wirklich geredet.«

»Seit der Scheidung von George?«

»Simon. Mein Mann hieß Simon. Nein. Schon seit vor der Scheidung. Er wollte nicht mehr zuhören. Er hatte eine andere Stimme gefunden, die er lieber mochte. Eine neue Stimme ist besser als ein altes Zusammengehörigkeitsgefühl. So ist es heutzutage. Naja, das wissen Sie ja ... Sie haben Ihre Frau verlassen.«

»Hab ich nicht!« sagte er hitzig. »Sie hat mich rausgeworfen!«

»Weil Sie fremdgegangen sind?«

»Nein, bin ich nicht. Hätte ich vielleicht sollen. Sie haben von Männern eine beschissene Meinung. Eine Menge Frauen gehen auch fremd, oder?«

»Hat Ihre Frau das gemacht?«

»Nein. Wenigstens glaube ich nicht. Es war ... Ich weiß nicht, was es war.«

»Es tut mir leid. Ich wollte nicht neugierig sein. Vielleicht ist Ihre Trennung nur vorübergehend. Vielleicht braucht Ihre Frau nur ein bißchen Zeit, um allein zu sein und nachzudenken.«

»Vielleicht sollte ich auch mal ein bißchen nachdenken«, sagte er wütend.

Sie berührte seine Hand. »Tun Sie's nicht, Bernie. Sie haben beide gelitten, und es wäre ganz umsonst gewesen. Man sollte nie umsonst leiden.« Sie lächelte.

»Warum nicht? Teufel auch, neues Leiden aufzutun ist nie ein Problem.«

»Das ist nicht das Gleiche. Mit neuem Leiden, unbekanntem Leiden wird man schwerer fertig. Und Leiden, das man mit sich selber abmachen muß, kann unerträglich sein. Es kann einen verrückt machen . . .«

Sie stand dicht bei ihm. Im Parkplatzlicht konnte er ihr Gesicht sehen. Sie lächelte, aber es war keine Fröhlichkeit darin. Ihr Lächeln war wehmütig, scheu. Er fühlte sich ihr sehr nahe; am liebsten hätte er sie getröstet.

Zu seiner eigenen Überraschung sagte er: »Ich habe auch seit langer Zeit mit niemandem mehr wirklich gesprochen.«

Unvermittelt hob sie den Kopf und sah ihn an. »Ihre Frau versteht Sie nicht«, sagte sie.

Er war verblüfft. Ihre Geste erinnerte ihn so sehr an Linda, an die Art, wie sie ihren Kopf warf und ihn ansah, eine kokette Geste, mokant und sehr weiblich. Wenn sie das tat, hatte er oft ihr Kinn mit der Hand ergriffen und sich hinuntergebeugt und ihren Mund geküßt. Er erwischte sich dabei, wie er sich dicht auf ihr Gesicht zubewegte, und zog sich zurück. Durch das Autofenster sah er den Schirm auf dem Autositz, auf dem Beifahrersitz.

Er sagte: »Es könnte kompliziert werden, wenn wir zwei Autos nehmen. Ich kenne die Gegend hier nicht.«

»Sie könnten hinter mir herfahren.«

»Warum fahren wir nicht beide in Ihrem Auto? Dann können wir hierhin zurückfahren, und ich hole mein Auto.«

»Wird es dann nicht ziemlich spät? Sie müssen noch zurück nach Manhattan.«

War dies nicht die Stelle, an der er sagen mußte: »Ich könnte bei Ihnen bleiben oder Sie bei mir«? Der Satz lautete »Zu Ihnen oder zu mir?« oder? Er sagte es nicht. Warum, wußte er nicht. Weil sie nicht gesagt hatte, »Wir könnten bei mir Kaffee trinken . . . es ist näher«? War es diese Aura von Resignation, von Verletzlichkeit, die sie hatte? Zog nicht ein Anflug von Bitterkeit über ihr Gesicht? War es was anderes, was er nicht begriff?

Fühlte oder ahnte er etwas? War es lediglich, weil er nicht wußte, wie er es sagen sollte? Der nette jüdische Junge.

Plötzlich lächelte Anna.

»Danke«, sagte sie. »Dafür, daß Sie es nicht gesagt haben.«

»Was nicht gesagt?«

»›Zu mir oder zu Ihnen?‹«

»Wieso dachten Sie, ich würde es sagen?«

»Die richtige Stelle war da.«

»Hätten Sie ja gesagt?«

Sie errötete. Er konnte es sogar in dem Licht hier draußen sehen. »Ja«, sagte sie. »Es hat nichts mit Ihnen zu tun. Heutzutage wird das von einem erwartet.«

»Warum rufe ich Sie nicht morgen an? Wir können zusammen zu Abend essen. Ich bin nicht daran gewöhnt, allein zu essen.«

»Ich bin daran gewöhnt«, sagte sie. »Es ist beschissen.« Sie langte herüber und zog das Namensschild von seiner Jacke, nahm einen Stift aus ihrer Handtasche und schrieb ihre Nummer darauf. Er steckte es in die Tasche.

»Morgen«, sagte er.

Mit ihr konnte er anfangen. Und von da aus weitermachen. Er sagte: »Was ist Ihre Lieblingsfarbe?«

»Weiß ich nicht. Wahrscheinlich blau. Jeder mag doch blau, oder? Was ist Ihre?«

Linda mochte am liebsten grün. Ihre Augen waren grün. Dunkelgrün mit gelben Flecken. Er sagte: »Gelb. Ich mag gelb. Es ist so fröhlich. Ziehen Sie was Gelbes an.«

»Wenn es regnet. Ich habe einen gelben Schirm.«

»Wirklich?«

»Er ist im Auto.« Sie drehte sich zum Fenster um und zeigte hinein.

»Da. Besonders gut ist er nicht. Er ist kaputt.«

»Wo ist er denn kaputt? Vielleicht kann ich ihn ganzmachen. Darf ich ihn mal sehen?« Er mußte ihn von nahem ansehen.

»Man kann ihn nicht mehr reparieren. Ich sollte ihn wegschmeißen.«

»Nein, tun Sie das nicht.« Er mußte sich sehr bemühen, nicht zu aufgeregt zu klingen. »Vielleicht kann ich ihn morgen in Ordnung bringen. Ich bin ein toller Reparierer.«

Er nahm ihre Hand.

»Gute Nacht«, sagte sie.

Er hielt ihre Hand fest. »Gute Nacht, Anna. Bis morgen.«

Einem Impuls folgend, stellte sie sich auf die Zehenspitzen, reckte sich zu ihm hoch und küßte ihn auf die Wange. Sie öffnete ihre Autotür und stieg ein. Sie hatte das Auto nicht abgeschlossen.

»Lassen Sie immer Ihre Autotür auf?«

Sie zuckte mit den Schultern.

Er wartete, bis sie den Motor angelassen hatte, und beobachtete, wie sie aus dem Parkplatz rausfuhr. Dann fuhr er sofort hinter ihr her. Sie kannte sein Auto nicht. Sie würde auf keinen Fall mitkriegen, wenn er ihr dahin folgte, wo sie parken würde. Wenn sie ihr Auto auf und den Schirm darin liegen ließ, könnte er ihn sich vielleicht ansehen. Einen Versuch war es wert. Schon einmal hatte sie den Schirm im Auto gelassen. Sie tat es vielleicht wieder. Selbst wenn sie abschlösse, welcher gute Bulle hatte keinen Kleiderbügel im Auto, um verschlossene Autotüren damit zu öffnen? Er wollte diesen Schirm unbedingt sehen. Er konnte niemanden verhaften, weil er einen kaputten Schirm hatte. Er wollte ihn einfach sehen.

Auf der Straße erkannte er ihr Auto leicht und folgte ihr, meist mit zwei Autos dazwischen. Irgendwie fuhr sie diesmal vernünftiger, aber Preise würde sie für gutes Fahren nicht gewinnen. Ein paarmal dachte er, ob sie wohl versuchte, sich umzubringen. Ein Auto war eine beliebte Selbstmordwaffe.

Im Auto war es warm. Anna schüttelte sich den Regenmantel von den Schultern. Einen Moment streifte ihr Blick den Namen auf der Schulter ihres Kleides. Allegra. Sie zog ihn vorsichtig ab und ließ ihn zu dem Müll auf den Autoboden fallen. Der Mann, Bernie, war ihr bekannt vorgekommen. Nach einer gewissen Zeit sahen alle Männer gleich aus.

Er machte einen netten Eindruck auf sie. Sensibel. Sie überlegte, was bei ihm nicht stimmte. Warum sollte sich ein so warmherziger, attraktiver Mann für sie interessieren? Ein Mann wie er konnte eine viel Bessere, viel Jüngere kriegen. Weniger angeschlagen. So einer wie er hatte noch nie ihre Nummer aufgeschrieben.

Er war sehr männlich; sie mochte seine Stimme. Was arbeitete er noch mal? Steuerberater war es nicht. Sie konnte sich nicht daran erinnern, was er gesagt hatte. Er hatte schöne Hände, groß und fest. Einen kräftigen Händedruck. Sie dachte daran, wie nett er ihre Hand gehalten und gute Nacht gesagt hatte. »Gute Nacht, Anna.« Er *hatte* »Anna« gesagt. Sie fischte ihr Namensschild aus dem Müllbehälter. »Allegra« stand darauf. Hatte sie ihm Anna gesagt?

Es war einerlei. Er würde nicht anrufen. Männer wie er taten das nie. Trotzdem, warum hatte er sie Anna genannt?

Nur einen Block von ihrem Haus entfernt parkte sie. Er schien überrascht gewesen zu sein, daß sie das Auto nicht abschloß. Überrascht eigentlich nicht. Neugierig. Sie nahm den Schirm und schloß die Autotür ab.

Es war merkwürdig, wie leicht sie miteinander reden konnten, wie locker sie sich mit ihm fühlte. Was soll's, Anna. Anna/Allegra.

Es waren keine Sterne am Himmel. Die Straße war dunkel und leer, eine Straße, die vom Regen saubergefegt war. Eine Straße, die zu warten schien . . .

Am Rinnstein war der Müll in zugedeckten Mülltonnen und großen schwarzen Plastiksäcken ordentlich aufgestellt. Sie ließ den Schirm auf einen der Plastiksäcke fallen. Er war nun einmal kaputt. Albern, einen kaputten Schirm zu behalten. Jetzt, wo

Emmy nicht mehr da war und alles sah, würde sie sich einen neuen kaufen. Vielleicht mit hübsch geblümtem, gelbem Stoff, einen guten, der nicht so leicht kaputtging.

Sie sah das Auto nicht, das ein paar Wagen hinter ihrem parkte und dessen Licht erlosch. Sie sah nicht, wie der Mann sie beobachtete. Ein großer Mann. Er beobachtete sie, wie sie den Schirm fallen ließ. Er beobachtete, wie sie über den von Büschen gesäumten Eingang zu ihrem Haus ging und hinauf zu den großen Glastüren, die mit Metall verziert waren. Er stieg aus seinem Auto und ging schnell zu dem Müllhaufen. Er ging leise, verstohlen.

Der Himmel war dunkel. Sterne waren nicht da. Der Mond war hinter dicken Wolken weggeschlossen. Wenn es morgen regnete, hätte sie keinen Schirm, den sie mit zur Arbeit nehmen konnte. Vielleicht konnte sie keinen neuen gelben Schirm kriegen. Sie drehte sich um und rannte zu dem Müllhaufen zurück und nahm den Schirm an sich.

Den Mann, der sich schnell hinter einem geparkten Auto bückte, bemerkte sie nicht.

Sie hielt den Schirm dicht an sich.

Vielleicht rief er an.

Sie rannte zurück zu ihrem Haus.

20. KAPITEL

Bernie schloß die Hotelzimmertür auf und ging in das Zimmer. Er spürte die Gegenwart des dicken Mädchens; es roch nach ihr, ein übelkeiterregender Geruch nach schmutzigem Haar und billigem Parfum. Er wandte sich um und sah sie, einen Blick des Entsetzens im Gesicht, wie sie sich zur Tür schob und versuchte zu entkommen. Er stürzte sich auf sie. Sie war nicht da. Da war nur die Tür. Verschlossen. Er hatte sie abgeschlossen. Zitternd machte er das Licht an. Er machte alle Lampen an ... die

Deckenlampe, die Lampe neben dem Bett, die Lampe auf der Frisierkommode, die im Badezimmer. Er guckte sogar in den Schrank. Das Zimmer war leer. Sogar der Geruch war weg.

Er konnte nicht aufhören zu zittern. Er stand im Lampenlicht in der Mitte des Zimmers, wo er fast eine heruntergekommene Hure getötet hätte, die er besser hätte weglaufen lassen, und er fühlte sich, als ob er ganz plötzlich in eine dreckige, häßliche Welt hineinkatapultiert worden sei. Während des größten Teils seines Erwachsenenlebens hatte er sich durch diese Welt unerschütterlich und unantastbar wie ein Gott bewegt. Und nun hatte diese Welt ihn berührt. Ihn infiziert. Er hatte Angst. Linda war schuld. Nein. Er war schuld. Irgendwie war er ihr nicht gerecht geworden.

Ihm stand der Schweiß im Gesicht; am ganzen Körper war er klatschnaß. Er riß sich Jacke und Hemd herunter. Er wußte nicht, was er damit tun sollte. Wo sollte er das Hemd hintun? Linda kümmerte sich immer um seine Hemden, alle seine Sachen. Was sie damit machte, wußte er nicht. Sie entschied, wann sie schmutzig waren, und brachte sie irgendwohin, und sie hing sie sauber und gebügelt für ihn auf, daß er sie wieder benutzen konnte. Seine Unterwäsche und seine Socken waren immer ordentlich in seiner Kommode gefaltet. Sie war eine gute Frau gewesen. Sie hatte für ihn gesorgt. Gekocht und eingekauft und den Haushalt geführt und die Rechnungen bezahlt. Ihr Haus war blitzsauber. Auf ihrem Küchenfußboden könnte sich eine Kakerlake ein Bein brechen, hatte Sean einmal lachend gesagt. Seans Frau interessierte sich nicht für den Haushalt. Mit all den Bälgern ...

Wo war Linda heute abend? Wie erging es ihr ohne ihn? Vermißte sie ihn?

Er wollte sie anrufen, sie fragen, ob es ihr gutginge. Brauchte sie was? Brauchte ihn? Er sollte ihr wenigstens sagen, wo er war. Es könnte einen Notfall geben.

Ihr ganzes gemeinsames Leben war ein Notfall gewesen.

Wenn sie Probleme hatte, konnte sie Sean anrufen. Ihn wollte sie nicht. Das mußte er sich vor Augen halten. Seit Jahren wollte sie ihn nicht mehr. Er mußte lernen, das zu akzeptieren.

Konnte so wirklich eine Ehe enden?

Er hatte alle seine Sachen ausgezogen. Sie lagen als kleiner Haufen zu seinen Füßen. Sein Körper war feucht, und ihn fror. Er fühlte sich klamm und schmuddelig. Duschen. Wenn er unter der Dusche war, konnte er Linda nicht anrufen.

Die Dusche war beschissen. Der Strahl war zu dünn, und man konnte ihn nicht hoch genug stellen. Und das Wasser war nicht heiß genug. Er ging schnell raus und trocknete sich ab und schlüpfte unter die Bettdecke. Er sah seine Klamotten auf dem Boden und stand auf und hing das Jackett und die Hose auf. Die restlichen Sachen faltete er ordentlich auf dem Boden des Schranks. Er sollte lieber lernen, sich um sich selbst zu kümmern. Er machte alle Lampen aus und ging ins Bett zurück und lag da, hellwach, und starrte ins Dunkel und dachte: Linda. Er sah ihre immer noch schönen Beine, er sah ihre großen dunkelgrünen Augen, die ihn nicht ansahen, die sich schlossen wie Jalousien, wenn er ihr das Gesicht zuwandte, er sah ein hübsch geschlungenes lavendelblau/grünes Tuch, er sah buschiges rotes Haar, das ohne Gesicht wie grotesk anmutende Zuckerwatte auf einem Kissen lag, er sah ein Gesicht wie Theos, das in eine hängende, große Brust biß, die Brustwarze abbiß . . .

Er hörte einen Schrei und schoß hoch, langte nach Linda, wollte Linda beschützen. Sie war nicht da. Er war allein.

Sein Kopf fing an zu hämmern, als ob er gegen etwas Hartes gestoßen wäre. Der Schrei zerriß wieder die Stille. Es war kein Schrei. Es war das Telefon. Er streckte seine Hand danach aus und stieß an eine Lampe auf dem Tisch neben dem Bett. Woher war es gekommen? Er kannte sich in dem Zimmer nicht aus.

Er fühlte sich wie ein Mann, der aus tiefen Wassern aufsteigt, ein Ertrinkender. Er konnte nicht atmen. Sein Kopf war im Begriff zu explodieren.

Er ließ seine Beine an einer Seite des Bettes herunter und erkannte das Hotelzimmer wieder, und als der Schrei noch einmal kam, wußte er, wo er war. Als er den Hörer abnahm, sagte eine Frauenstimme: »Hier ist der Weckruf, den Sie bestellt haben, mein Herr. Sechs Uhr dreißig.« Er bedankte sich und legte sich wieder hin und schloß die Augen. Er konnte nicht glauben, daß er geschlafen hatte. Er versuchte, die Bilder, die das Telefon zerschlagen hatte, wieder zusammenzusetzen. Er konnte sich nicht darauf konzentrieren. Seine Gedanken klammerten sich an die Wirklichkeit.

Er würde Linda anrufen und seine restlichen Sachen holen müssen. Aber dazu hatte er noch Zeit. Sie hatte für mindestens drei oder vier Tage gepackt. Vielleicht sollte er sich zuerst etwas Besseres zum Wohnen besorgen. Eine Wohnung. Er war sich nicht sicher, ob er wußte, wie man das anfing. Sie hatten siebenundzwanzig Jahre lang in derselben Wohnung gewohnt. Sie hatte die gesamten Möbel und alles andere, das sie besaßen, ausgesucht. Sogar seine Kleidung. Das war gut so. Ihr Geschmack gefiel ihm. Stilvoll. Er fand, sie hatte Stil. Sie anzurufen, konnte nicht schaden. Vielleicht machte sie sich seinetwegen Sorgen.

Er lächelte. »Bernstein«, sagte er laut, »du bist mir ein harter Bursche. Es gibt nichts Böses im Herzen oder im Kopf des Menschen, dem du in den einunddreißig Jahren, die du bei der Truppe bist, nicht begegnet bist oder von dem du nicht gehört hast. Du hast alles gesehen. Nichts kratzt dich mehr. Nichts überrascht dich. Außer, wie du dich selbst belügst.«

Arbeit. Das war's. An Arbeit glaubte er. Sie hatte ihn noch nie im Stich gelassen.

Seine Hand war am Telefon. Er war sich dessen, was er tat, nicht völlig bewußt, bis er ihre Stimme hörte. Anna. Das heißt, Allegra. Sie hatte ihm Allegra gesagt. Da mußte er vorsichtig sein. Er sollte lieber anfangen, an sie als Allegra zu denken.

21. KAPITEL

Er sagte: »Hallo. Hoffentlich hab ich Sie nicht geweckt. Es ist sehr früh, ich weiß.«

»Macht nichts. Ich habe nicht geschlafen. Schlafen ist nicht gerade meine Stärke.«

»Was denn?«

»Ehefrau und Mutter habe ich immer gedacht. Jetzt weiß ich es nicht mehr. Wollen Sie wirklich, daß ich Ihnen morgens um halb sieben alles über mich erzähle?«

»So früh ist es noch? Tut mir leid.«

»Macht nichts. Meinen Sie nicht, wir wiederholen uns?«

Er lachte. »Waren Sie wirklich auf?«

»Ja.«

»Woran haben Sie gedacht?«

»Ob Sie anrufen würden.«

»Ich hab gesagt, daß ich anrufen würde.«

Darauf antwortete sie nichts. Schließlich sagte sie: »Warum sind Sie so früh auf?«

»Weiß ich nicht. Wahrscheinlich das fremde Bett in dem fremden Hotel. Ich bin noch nie allein gewesen.«

»Sie haben sich erst vor kurzem getrennt, oder?«

»Ja. Wird es leichter?«

»Nicht merklich. Haben Sie jemals erlebt, daß die Zeit alle Wunden heilt? Sie macht sie einem nur vertrauter.«

»Ist vertrauter nicht leichter?«

»Nein, schwerer. Es bedeutet nämlich, daß es kein Entrinnen gibt.« Plötzlich lachte sie, ein unechtes Lachen. »Ich habe noch keinen Kaffee getrunken. Vor dem Kaffeetrinken bin ich ein Morgenmuffel. Vielleicht sollten Sie später mit mir reden.«

»Gut. Wie wär's beim Abendessen? Heute abend.«

Wieder sagte sie nichts darauf. Sie schwieg so lange, daß er sagte: »Hallo? Sind Sie noch dran?«

»Ja«, sagte sie.
»Wo würden Sie gern zu Abend essen?«
»Warum ich?« sagte sie.
»Ich verstehe nicht.«
»Ich bin niemand Besonderes.«
»Der hat Ihnen ja wirklich übel mitgespielt, nicht wahr?«
»Wer?«
»Ihr Mann. Wie hieß er noch?«
»Simon.«
»Richtig. Simon.« Nicht George. »Also um wieviel Uhr hole ich Sie ab?«
»Was ich meine, ist ... Ich könnte wirklich ... Ich meine, ich könnte anfangen, Sie zu mögen. Und dann, was mache ich, wenn Ihre Frau Sie wiederholt?«
»Warum glauben Sie, daß sie das tun würde?«
»Wenn sie sieht, was draußen auf der freien Wildbahn los ist, kommt sie und holt Sie zurück.«
»Ist sieben Uhr recht?«
Wieder antwortete sie nicht.
»Ich könnte zu dem Schluß kommen, daß ich kein alter Schuh bin, den sie auf den Müll schmeißen und dann wieder auflesen kann.«
»Ich bin fünfzig«, sagte sie.
»Herzlichen Glückwunsch. Das schaffen viele Leute nicht.«
»Wie alt sind Sie?«
»Einundfünfzig. Wollen Sie mir wieder eine Dreißigjährige aufdrängen?«
»Die drängen sich selber auf.«
»Ich habe Sie nicht gebeten, mich zu heiraten. Nur, mit mir essenzugehen. Sie haben ein beschissenes Bild von sich selbst.«
»Das nennt man realistisch sein.«
»Ein Mensch kann zu realistisch sein. Sind Sie immer so unsicher gewesen?«
»Als Kind, ja. In schlechten Zeiten dreht sich offensichtlich

alles wieder um.« Sie lachte. Sogar am Telefon klang es angestrengt und irgendwie distanziert.

»Allegra . . .«

Sie antwortete nicht. Er hatte das Gefühl, als ob sie von ihm weggeglitten wäre. Er verlor sie.

Schroff sagte er: »Allegra!«

»Ja?« Sie klang überrascht, als ob er sie von einem weit entfernten Ort zurückgezerrt hätte.

»Ich brauche jemanden, mit dem ich reden kann. Jemanden, der bei mir ist. Mit Ihnen zu reden ist leicht. Bitte.«

»Gut.«

»Um wieviel Uhr?«

»Es muß kein Abendessen sein. Sie können herkommen und reden.«

»Jetzt machen Sie's schon wieder.«

»Was?«

»Ihr lausiges Bild von sich selbst rauskehren. Ich werde nicht viel Geld für Sie ausgeben. Fühlen Sie sich dann wohler?«

Sie lachte. Es schien echter. »Sieben Uhr paßt mir gut«, sagte sie. »Wenn Sie was zu schreiben haben, gebe ich Ihnen die Adresse.«

Fast hätte er gesagt, er hätte sie. Er konnte sich gerade noch zurückhalten. Er mußte sich kontrollieren. Irgendwas an ihr ließ ihn unvorsichtig werden. Er tat so, als hole er einen Stift und schriebe die Adresse auf, wiederholte sie und hörte sich an, wie man hinkam. »Dann seh ich Sie um sieben«, sagte er.

Mit einem Sprung war er aus dem Bett, plötzlich voller Energie, wollte schnell ins Büro, um zu sehen, ob es etwas Neues in dem Fall gab. Er fühlte sich jung. Er konnte kaum abwarten, den Tag zu beginnen.

22. KAPITEL

Feeley hing in seinem Zimmer am Telefon, als Bernie die Tür aufmachte. Er hatte die Ellenbogen auf dem Schreibtisch, und sein Kopf war vornüber gebeugt. An seinem Ende bestand das Gespräch hauptsächlich aus »Ja, Liebes«. Bernie machte auf dem Absatz kehrt, doch Feeley winkte ihn herein und zeigte auf einen Stuhl. Er hielt die Hand über die Sprechmuschel und sah Bernie fragend an.

»Was gibt's über unseren Schwanzmampfer?« fragte Bernie und war sich dessen bewußt, daß er »unseren« gesagt hatte, nicht »deinen«, und sich selbst aktiv in den Fall eingeschlossen hatte.

Ohne seine *ja, Liebes* zu unterbrechen, sah Feeley einen Packen Hefter auf seinem Tisch durch, nahm einen heraus und gab ihn Bernie, der ihn sorgsam durchlas.

Kaum blickte Bernie von seiner Lektüre auf, sagte Feeley abrupt: »Ich muß jetzt gehen, Liebes. Der Inspektor ist hier.« Einen Moment hörte er noch zu. »Sü ... Ich hab zu arbeiten ...« Er legte auf. Wie zur Entschuldigung sagte er: »Sie liebt mich ...«

»Dann mach's nicht kaputt«, sagte Bernie ausdruckslos. Er schlug auf den Hefter, den er vor sich liegen hatte. »Laß uns zusammenfassen. Was haben wir?«

»Nicht viel. Tod zwischen eins und zwei morgens, Sonntag. Das schärfste ist, glaube ich, daß wir zwar einigermaßen sicher sind, wer das Opfer ist, es aber bisher noch nicht mit Gewißheit identifiziert haben. Donlon macht seine Sache gut, was das anbetrifft. Er hat sich das Adreßbuch in der Wohnung angesehen und den Zahnarzt gefunden. Das Opfer hatte überkronte Zähne. Der Zahnarzt hat sie identifiziert. George Stone. Er hatte die Wohnung gemietet. Übrigens, der Hausverwalter ruft die ganze Zeit an, um zu hören, wann er die Bude ausräumen kann, damit er sie wieder vermieten kann. Er will kein Geld verlieren, sagt er.«

»Die Stadt des Mitgefühls«, sagte Bernie. Flüchtig überlegte er, ob er sich um die Wohnung bewerben sollte. Sie sah ganz gut aus. Wie finde ich eine Wohnung in New York City: Immer dem Leichenwagen nach. »Ist jemand hinter dem Mitbewohner her?«

»Nein. Die einzigen, die zugeben, daß sie ihn gesehen haben, sind die Portiers. Sie sagen, er war sehr jung. Pummelig. Locken. Kam und ging zu unregelmäßigen Zeiten. Einer hat gehört, wie er das Opfer ›George‹ nannte. Einmal hat er von unten aus angerufen, um zu sehen, ob George zuhause war.«

»Wie jung?«

»Sechzehn, siebzehn. Schwer zu sagen, sagen sie. Typ T-Shirt und Jeans, Turnschuhe ohne Socken. Ein paarmal high. Einmal sind beide high zusammen nach Hause gekommen. Der Portier mußte den Knopf für ihr Stockwerk für sie drücken.«

»Hat er das Opfer am Abend oder in der Nacht des Mords gesehen?«

»Kann sich nicht erinnern. Glaubt, nicht. Mehr als vierhundert Mieter in dem Gebäude, sagt er, wie kann er sich an jeden jeden Abend erinnern?«

Bernie erinnerte sich an einen Mieter. Einen alten Mann. Er grinste, als er an ihn dachte. Den mit Anna . . . das heißt, Allegra.

»Sechzehn, siebzehn. Jung genug, daß es ein Sohn sein könnte«, sagte Bernie. »Hat jemand nach Johnson und Ramirez versucht, mit seiner Ex-Frau zu reden?«

»Ja. Nicht zu Haus. Gestern abend haben wir es versucht. Obwohl, sie sagt, sie hat ihren Ex-Mann seit acht Jahren nicht gesehen.«

»Versucht es weiter. Geschiedene Leute behalten sich gern scharf im Auge; Haß ist eine ganz schön starke Fessel. Weiß der Zahnarzt was über ihn?«

»Nein. Nur daß er sich vorstellen könnte, daß er ein eher

lockerer Typ ist. Die, zu der ich durchkommen möchte, ist die Dame in der Nachbarwohnung. Eine alte Dame. Sie müßte schon stocktaub sein, um überhaupt nichts gehört zu haben. Nachkriegsgebäude. Dünne Wände.«

»Hol sie her. Manchmal bringt es sie aus dem Konzept, wenn sie hier auf der Wache sind. Es macht es offizieller. Es gibt auch noch einen Mann. Einen alten Burschen. Groß. Dünn. Laute Stimme. Hat einen dunkelkarierten Regenmantel, eine Art Cape, und liest die Sonntagsausgabe der *Times.* Kriegt er vielleicht von dem Portier. Ein Packen davon war auf dem Tisch. Den hätte ich auch gern hier. Mit dem möchte ich gern selber sprechen.«

Feeley bemühte sich sichtlich, seine Verblüffung nicht zu zeigen, aber er stellte keine Fragen.

»Holt alle her, die im neunten Stock wohnen. Auch die aus 8E und 10E. Richtet es so ein, daß sie nicht alle zusammen hier sind.«

Feeley sagte: »In Ordnung, Inspektor.« Aber sein Gesicht sagte, *Warum dieser Fall? Warum hängst du dich so da rein?* Er fuhr fort: »Wir haben einen Haufen guter Spuren bei dieser anderen Schönheit von Samstag abend. Dem Torso ohne Hände, Füße und Kopf.«

»Gut, gut«, sagte Bernie. »Ich nehme die Akte auch mit. Ich seh sie mir in meinem Zimmer an.«

Guckte ihn Feeley komisch an oder bildete er sich das ein? Wahrscheinlich guckst du selber dich komisch an, Bernstein. Er nahm die Akten und stand auf.

»Das schlimmste ist«, sagte Feeley, »vor ein paar Jahren kriegte man Zeugen bei einem Verbrechen. Zehn Leute hätten gesagt, sie hätten etwas gesehen oder gehört. Heutzutage will niemand reingezogen werden. Es kümmert sie nicht. Sie kümmern sich nicht einmal mehr um ihre eigenen Sachen. Leute, die dreißig Jahre verheiratet waren, trennen sich, die Jungen leben fünf Jahre zusammen und scheuen eine feste Bindung, haben Angst vor der Verantwortung, wollen keine Kinder.«

Bernie sagte: »Von den zehn Leuten, die früher gesagt haben, sie hätten etwas gesehen oder gehört, hatten neun es erfunden.«

»Ich weiß nicht; ich weiß nicht«, sagte Feeley. »Auf der Straße schreit eine Frau um Hilfe, die Leute machen die Fenster zu. Aus einem fahrenden Auto wird ein blutender Mann geworfen, und die Leute gehen glatt weiter. Niemand will in irgend etwas hineingezogen werden. Ich weiß nicht. Manchmal denke ich, dieses ganze Frauenbewegungsding ist daran schuld.«

»Man hätte ihnen nie das Wahlrecht geben sollen«, sagte Bernie und ging schnell hinaus, bevor Feeley zu seinem wirklichen Lieblingsthema kam: Frauen bei der Polizei.

Allein in seinem Zimmer las Bernie die Akte über Stone sorgfältig durch. Donlon hatte gute Arbeit geleistet. Es gab Gespräche mit den meisten Leuten aus dem Gebäude und mit allen, die während des gesamten Tages hinaus- und hineingegangen waren. Nichts, was ihnen irgend etwas sagte. Die Frau, die darunter in 8E wohnte, hatte die laute Musik gehört. Sie hatte sich nicht beschwert. Sie hatte eine Tochter im Teenageralter, die auf einer quadrofonischen Anlage Rock 'n' Roll hörte. Sie war dankbar, wenn sich über sie niemand beschwerte. Sie hatte auch gehört, wie jemand herumlief und tanzte, und vielleicht ein Schreien. Sie hatte gedacht, es wäre eine Fete. Nein, den Mann von oben drüber kannte sie nicht. Sie machte sich nichts aus Männern.

Das Paar aus 10E war übers Wochenende weggewesen. Sie waren erst am späten Sonntagabend nach Hause gekommen. Die Leute in 9D waren am Samstagabend ausgewesen. Junge unverheiratete Leute. Vor vier Uhr morgens waren sie nicht zurückgekommen. Sie hatten manches Mal laute Musik aus 9E gehört. Was kann man machen, sagten sie. Es ist ein Mietshaus, kein Vorort mit Bäumen zwischen den Häusern. Sie beschwerten sich nicht. So ist das Leben. Den Typen in der Nachbarwohnung kannten sie nicht. Sie hielten ihn für einen älteren Typen. Vierzig oder fünfzig oder so was. Sie wußten nicht, ob er mit jemandem zusammenwohnte. Hatten sie je eine Frau dort gesehen? Einmal abends, vielleicht vor einem Jahr. Eine Frau mit langen Haaren. Künstlertype. Sie selbst wohnten erst seit etwas über einem Jahr in dem Haus.

Aber *irgend jemand* hatte die Polizei angerufen. *Irgend jemand* hatte angegeben, daß er die Leiche gefunden hatte. Niemand wußte, wer.

Die heißeste Spur war die Miller. 9F. Sie war den ganzen Abend und die ganze Nacht zu Hause gewesen. Bernie beschloß, selbst mit ihr zu reden.

Der Portier sagte, Mrs. Miller sei eine ruhige Dame. Vornehm. Sie sagte immer guten Morgen und guten Tag, und sie gab zu Weihnachten immer ein nettes Trinkgeld. Sie hatte mit niemandem viel zu tun. Weder mochte er sie noch mochte er sie nicht. Sie war auf alle Fälle keine, die einem auf die Nerven ging.

In dem Haus gab es eine Menge alter Damen und auch alter Herren. Den Mann, nach dem ihn der Kriminalbeamte fragte, kannte er sofort. Groß, dünn, mit weißen Haaren, meckerte ständig über irgend etwas. Die Welt war einzig dazu da, daß er seinen Kommentar dazu abgab. Mr. Russell. 15A. »Die ganze Zeit trägt er einen Ziegelstein in einer Papiertüte mit sich herum. Er erzählt es jedem.«

Auf Detective Donlons Klingeln öffnete Mr. Russell seine Tür, und die ganze Bitte-zeigen Sie-mir-Ihren-Ausweis-Prozedur begann von vorn. Sie guckten alle fern und wurden immer schlauer. Bevor es Fernsehen gab, hätte garantiert keiner gewußt, daß man verlangen konnte, einen Ausweis zu sehen.

»Donlon«, sagte Mr. Russell. »Ire?«

»Ja, Sir.«

»Es würde nichts schaden, wenn Sie einen Schlips anhätten, falls Sie Kriminalbeamter sind. Sie sollten mit gutem Beispiel vorangehen. Ich trage immer einen Schlips, sogar wenn ich allein zu Hause in meiner eigenen Wohnung bin.«

»Ja, Sir.« Er würde darum bitten, zum Rauschgiftdezernat versetzt zu werden. Irgendsowas Leichtes. Etwas, wo er mit der Mafia zu tun hätte. Mit diesen alten Leutchen konnte er nicht umgehen. »Mr. Russell, ich nehme an, Sie wissen, daß es im Haus ein . . . Problem gegeben hat.«

»Im Haus gibt's Dutzende von Problemen. Die Hälfte der Zeit ist der Boiler kaputt. Aber das glaube ich nicht. Ich glaube, der Hausbesitzer will am heißen Wasser sparen. Und Einbrüche! Neulich habe ich selbst einen Einbrecher gesehen.«

»Wirklich?«

»Natürlich. Gestern. Ich hab ihn doch genau aus dem Aufzug kommen sehen, mit einem Polizisten. Das war wirklich ein sehr großer Mann. Größer als Sie.«

»Wann war das, Mr. Russell?«

»Morgens. Sehr früh. Vielleicht um fünf. Ich bin runter zur Eingangshalle gegangen, um meine Zeitung zu holen. Meistens hat dieser Dummkopf von Portier sie nicht einmal da. Er vergißt sie. Ich vergesse nie etwas.«

»Sind Sie sicher, daß es ein Einbrecher war?«

»Natürlich bin ich sicher. Ich erkenne einen Einbrecher, wenn ich einen sehe, Sie nicht? Ich habe dieser jungen Frau gesagt, daß es ein Einbrecher war, aber sie sagte, es wäre keiner. Eine nette junge Frau. Sie hat gesagt, wenn es ginge, würde sie mir die Verantwortung für das Wetter übertragen. Aber sie hat gesagt, daß er kein Einbrecher sei. Sie war freundlich. Manche Leute im Aufzug reden nicht mit einem.«

Von einem Einbruch in dem Haus hatte Donlon nichts gehört. Er machte sich eine Notiz, um es zu überprüfen. »Was ich meine, Sir, im Haus hat es anscheinend einen Mord gegeben.«

»Anscheinend? Wissen Sie es nicht genau? Sie sollten Fernsehen gucken. Es kam alles im Fernsehen. Sie haben sogar das Haus gezeigt, es war wahrhaftig im Fernsehen. Und auch heute morgen in der Zeitung. Gestern nachmittag und abend war ich bei meiner Tochter. Immer wieder fing sie davon an, ›Papa, du mußt ausziehen‹, hat sie gesagt, ›du mußt raus aus dem Haus. Jetzt ermorden sie da schon die Leute.‹ Aber sie will ja nur, daß ich in eins dieser Dinger für alte Leute gehe, diese Altenheime, wo sie den Leuten was ins Essen tun. Salpeter, um einem den Sexualtrieb zu nehmen.«

Donlon räusperte sich. »Sir«, sagte er, »wir bitten alle im Haus, zur Wache zu kommen und ein paar Fragen zu beantworten. Wenn es Ihnen nichts ausmacht, könnte ich Sie jetzt dorthin mitnehmen.«

»Sehr gern. Ich hole nur meinen Mantel und meine Papiertüte. Ich wette, er war es.«

»Wer, Sir?«

»Der Einbrecher. Ich wette, er hat den Mord begangen.«

»Könnten Sie ihn identifizieren, wenn Sie ihn sähen?«

»Natürlich«, sagte er. »Ich habe noch alle Tassen im Schrank. Und ich habe einen Ziegelstein in der Tüte bei mir.«

Donlon seufzte. Er würde kündigen. Er würde Sportlehrer werden. Oder eine Kneipe aufmachen. »Sie können auch ruhig einen Schirm mitnehmen. Es hat wieder angefangen zu regnen.«

Ganz offensichtlich war Mr. Russell von der Polizeiwache fasziniert. Er sagte sofort: »Dieses Haus muß gestrichen werden. Eine Schande ist das.«

Sergeant Isabel Petersen am Schreibtisch pflichtete ihm bei: »Sie haben recht, Sir. Wir wären dankbar, wenn Sie das dem Bürgermeister schreiben würden. Bürgermeister Koch heißt er. K-O-C-H.«

»Ich weiß, wer Bürgermeister ist«, versetzte Mr. Russell spitz. »Ich kann Ihnen alle Bürgermeister seit LaGuardia nennen: William O'Dwyer, Vincent Impellatiri, Robert Wagner, John V. Lindsay, Abraham Beame, Edward Koch. Alles Gauner. Außer Fiorello. Die kleine Blume. Ich schreibe dauernd Briefe. Hauptsächlich an *The New York Times.* Sie veröffentlichen sie nicht. Die Briefe bei denen sind alle gefälscht. Sie sind alle von einer Person geschrieben. Sie klingen alle gleich, selbst wenn sie im Widerspruch zueinander stehen.«

»Ja, Sir.« Sergeant Petersen gab ihm Papier und Kugelschreiber.

»Ich war Lehrer. Bin vor fünfzehn Jahren pensioniert worden. Wenn Sie meinen, daß ein Mensch von der Pension leben kann, sind Sie auf dem Holzweg. Ich glaube, das werde ich auch dem Bürgermeister sagen. Mit fünfundsechzig pensioniert. Ich bin achtzig.«

»Auf Ihre Gesundheit«, sagte Sergeant Petersen. »Das sieht man Ihnen nicht an.«

»Natürlich tut man das«, sagte Mr. Russell unduldsam. »Warum auch nicht? Es ist keine Schande, so alt auszusehen, wie man ist. Aber ich überlege, ob ich mir die Haare färben soll. Weiße Haare stehen mir nicht.«

Donlon kam aus Feeleys Zimmer und machte Petersen ein Zeichen, die gerade sagte: »Wir würden uns freuen, wenn Sie den Bürgermeister dazu brächten, daß dieses Haus gestrichen wird.«

»Wenn Sie einmal dabei sind, bitten Sie auch um Tapete«, murmelte Donlon. »Und jeden Tag frische Blumen.«

Petersen deutete auf Feeleys Tür. »Wenn Sie bitte in das Büro hineingehen. Mr. Russell . . .«

Der alte Mann ging auf Feeleys Büro zu, als Bernie seine Tür öffnete und herauskam, einen Ordner in der Hand, und ebenfalls Feeleys Büro zustrebte. Mr. Russell blieb urplötzlich stehen und sagte sehr laut: »Das ist er!«

»Wer, Sir?«

»Der Einbrecher!« Er zeigte mit seinem Regenschirm auf Bernie, der anhielt und ihn grinsend anguckte, so wie in der Eingangshalle. »Das ist er«, sagte Mr. Russell mit fester Stimme.

»Der Mann?« Petersen schien verwirrt.

»Ja.«

»Das ist der Revierleiter, Sir. Inspektor Bernstein.«

»Unsinn. Das ist ein Einbrecher, sage ich Ihnen. Möglicherweise stecken Sie mit ihm unter einer Decke.«

Sergeant Petersen seufzte. »Detective Feeley erwartet Sie, Sir.«

Sehr aufrecht ging Mr. Russell an Bernie vorbei zu der offenen Bürotür. Bernie ging nach ihm hinein und schloß die Tür.

Feeley stand auf. »Guten Tag, Mr. Russell? Ich bin Detective Feeley. Tut mir leid, daß wir Sie in so einem Regen hergebeten haben.« Er zeigte auf einen Stuhl. »Wollen Sie nicht Platz nehmen, bitte. Das ist Inspektor Bernstein. Wir würden Ihnen gern ein paar Fragen zu dem Mord gestern morgen in Ihrem Haus stellen. Wir haben gestern versucht, Sie zu erreichen, als wir die meisten Mieter im Haus angetroffen haben, aber Sie waren nicht zu Hause. Wissen Sie irgend etwas, das uns möglicherweise helfen könnte, den Mörder zu finden?«

»Fragen Sie ihn.« Der alte Mann zeigte auf Bernie, sah sich aber auch mit großer Neugier in dem Büro um.

Feeley sah verwirrt aus.

Bernie zog einen Stuhl dicht zu Mr. Russell heran und setzte sich. Er schlug seine langen Beine übereinander und lächelte, guckte freundlich und entspannt und gab dem alten Mann ein schwarzes Ausweisetui.

»Das ist mein Ausweis, Mr. Russell. Es tut mir wirklich leid, daß Sie mich für einen Einbrecher halten.«

Mr. Russell unterzog ihn einer sorgfältigen Untersuchung, schob seine Brille hoch, um ihn zu lesen, nahm sich Zeit, überprüfte das Foto anhand von Bernies Gesicht und gab ihn ihm zurück.

»Alles klar?« lächelte Bernie.

Mr. Russell starrte ihn an. »Ich weiß nicht. Ich bin nicht sicher.«

Mit einem tiefen Seufzer stand Bernie auf. »Ich glaube, wir können Mr. Russell ruhig wieder nach Hause bringen, Feeley. Er wird uns nicht helfen können.«

Mr. Russell rührte sich nicht.

Feeley sagte: »Ich weiß nicht ... Vielleicht sollten wir ihm noch eine Gelegenheit geben. Stört es Sie, wenn ich rauche, Mr. Russell?«

»Natürlich stört es mich. Sie glauben doch nicht, daß ich dadurch achtzig geworden und kerngesund bin, daß ich dauernd mit Rauchern zusammenhocke!«

»Wirklich achtzig? Auf Ihre Gesundheit.«

»Warum? Ich habe nicht geniest. Jedesmal wenn ich sage, ich bin achtzig Jahre alt, sagt jemand, ›auf Ihre Gesundheit‹.« Er wandte sich Bernie zu. »Was wollen Sie mich fragen?«

»Kannten Sie den Mieter in der Wohnung 9E?«

»Stimmt es, daß er enthauptet wurde und Hände und Füße verloren hat?«

»Nein, Sir. Das ist ein anderer Fall.«

»Ach ja. Das hier war der ...«

»Ein anderer Körperteil. Ja.«

»Er hat keinen Penis verdient, wenn er nicht besser darauf aufpassen kann«, sagte Mr. Russell.

»Kannten Sie ihn?«

»Nein.«

»Irgendeine Ahnung, was für einer er war? Wissen Sie irgend etwas über ihn?«

»Nein.«

»Aber Sie kennen einige seiner Freunde.«

»Was für Freunde?«

»Eine Frau. Sie war gestern morgen mit Ihnen in der Eingangshalle. Eine Frau, die ungefähr einsdreiundsechzig groß *ist.* Sie hatte einen roten Regenmantel an.«

»Ich weiß nicht, wen Sie meinen.«

»Sie haben miteinander gesprochen. Sie hat gesagt, daß ich kein Einbrecher sei.«

»Ich kann mich an keine Frau erinnern, die das gesagt hat.«

»Vielleicht haben Sie es vergessen.«

»Ich vergesse nie etwas. Ich kann Ihnen die Namen aller

Hauptstädte aller amerikanischen Bundesstaaten nennen. Soll ich?«

»Klar«, sagte Bernie.

»Oh Gott«, sagte Feeley.

»Alabama – Montgomery, Alaska – Juneau, Arizona – Phoenix, Arkansas – Little Rock . . .«

Bernie lauschte aufmerksam, als Mr. Russell die Hauptstädte aller Bundesstaaten herunterratterte. Alle fünfzig.

»Das ist wirklich toll«, sagte er und applaudierte. »Nicht wahr, Feeley?«

»Phantastisch. Haben Sie wirklich was gegen *eine* Zigarette?«

»Absolut.«

»Die Frau hatte einen gelben Schirm. Aus gelbem Plastik«, sagte Bernie, und Feeley hörte auf, hin und her zu rutschen.

»Eins von diesen modernen Dingern? Sie heißen Bubble.«

»Ja«, sagte Bernie.

»Sie halten nicht«, sagte Mr. Russell. »Schrott. Diesen Schirm hier habe ich seit zwanzig Jahren. Ich verliere nie etwas.«

»Kennen Sie sie?«

»Wen?«

»Vielleicht können Sie uns sagen, wie sie heißt. War sie eine gute Freundin von dem Mann in 9E?«

»Weiß ich nicht. Ich weiß nicht, über wen Sie reden.«

»Gestern ist sie mit Ihnen im Aufzug hochgefahren.«

»Ich erinnere mich an niemanden mit mir im Aufzug.«

»Erinnern Sie sich, in welchem Stock sie ausgestiegen ist?«

»Mit mir war niemand im Aufzug.«

»Wir wollen ihr nur wegen Samstagabend ein paar Fragen stellen. Sie kann Zeugin gewesen sein«, sagte Bernie. »Sie hatte ein nettes Lächeln. Blond. Blaue Augen. Schlank. Roter Regenmantel.«

Mr. Russell schürzte die Lippen und dachte eine Weile nach.

»Nein«, sagte er schließlich. »Ich erinnere mich an nichts dergleichen.«

Bernie seufzte. Er schrieb seinen Namen und seine Nummer auf ein Stück Papier von Feeleys Schreibtisch und gab es Mr. Russell. »Gut. Falls Sie sich an irgend etwas erinnern sollten, falls Sie sich daran erinnern, sie gesehen zu haben, rufen Sie mich an. Ich würde gern darüber sprechen. Das mit den Hauptstädten der Bundesstaaten ist wirklich toll. Ich kenne sie nicht.«

»Sie würden sie kennen, wenn ich Ihr Sozialkundelehrer gewesen wäre«, sagte Mr. Russell. »Und Sie wären kein Einbrecher.«

»Gut«, sagte Bernie. »Es war nett, mit Ihnen zu reden, Mr. Russell. Verlieren Sie meine Nummer nicht.«

»In meinem ganzen Leben habe ich nichts verloren«, sagte er. »Ich weiß alle Präsidenten der Vereinigten Staaten, von Washington bis Reagan, und alle ihre Vizepräsidenten.«

Feeley wurde blaß. Er stand rasch auf und führte den alten Mann zu dem Tisch draußen und ging schnell in sein Zimmer zurück. Sergeant Petersen sagte: »Auf Wiedersehen, Mr. Russell. Einer der Streifenpolizisten wird Sie nach Hause fahren. Er wartet draußen auf Sie.«

Mr. Russell nickte und ging hinaus. Eine große Straßenkatze suchte vor dem Regen auf der obersten Treppe der Wache Schutz; sie hatte ein Vordach. »Nichts würde ich denen erzählen«, sagte er zu der Katze. »Das ist keine echte Polizeiwache. Das ist nur irgendeine Fassade. Wahrscheinlich ein Wettbüro. Vielleicht sogar ein Bordell. Warum suchen sie wohl das arme nette Mädchen? Wahrscheinlich wollen sie sie töten, um sie zum Schweigen zu bringen.«

Die Katze machte einen Buckel, schlug mit dem Schwanz und fauchte ihn an. »Benimm dich«, sagte Mr. Russell streng und hielt ihr den Schirm entgegen. Die Katze drehte sich um und schlich treppab davon. Mr. Russell marschierte hinter ihr her.

»Sie haben nicht mal ein Bild von mir gemacht oder mir Fingerabdrücke abgenommen«, sagte er, als er in den wartenden

Polizeiwagen stieg. »Ich erkenne einen Einbrecher, wenn ich ihn sehe.«

23. KAPITEL

Feeley ging in Bernies Büro und setzte sich. »Was sagst du dazu, Inspektor?«

»Wär ich ein guter Einbrecher?«

»Du bist zu groß. Du würdest dir den Fuß verstauchen. Bleib lieber bei deinen Leisten. A propos Leisten, was geht hier eigentlich vor, wenn ich fragen darf, Sir?«

»Worüber redest du?«

»Über eine Frau in einem roten Regenmantel ist nichts in der Akte.«

»Nein, und auch nichts über einen Schirm«, sagte Bernie.

»Seit wann spielen wir Fernsehräuber und -gendarmes?«

Eine Minute lang war Bernie still. »Ich habe nichts, das vor Gericht standhält«, sagte er vorsichtig. »Es könnte sein, daß ich jemandem unnötig etwas zufüge. Jemandem, der keine Sorgen gebrauchen kann.« Er hielt inne. Feeley wartete.

Schließlich sagte er: »Das war's?«

»Wenn sich herausstellt, daß mehr dran ist, übergebe ich es dir. Ich halte nichts von Selbstjustiz, Feeley«

»Glaubst du, daß der alte Mann was weiß?«

»Er weiß alle Hauptstädte aller Bundesstaaten und alle Präsidenten von Washington bis Reagan.«

Feeley lachte nicht.

»Ich wette, er kann auch Teilungsaufgaben mit großen Zahlen und Bruchrechnung. Kannst du Bruchrechnung?«

»Kann die Frau im roten Regenmantel mit dem gelben Plastikschirm Bruchrechnung, Inspektor?«

»Welche Frau, Feeley?«

»Das mußt du wissen, Sir.«

»Wenn ich sie finde, frage ich sie. Und dann erzähle ich es dir.«

Feeley nickte und stand auf. An der Tür blieb er stehen und drehte sich um. »Bernie«, sagte er. »Mal was anderes. Also ich meine ... geht es dir gut? Also ... die Kratzer in deinem Gesicht, die Naht an deiner Stirn ... Ich meine ... Du bist so ... du bist nicht du selbst ...«

»Wenn ich nicht ich selbst bin, wer bin ich, Kevin?«

»Ist alles in Ordnung? Ich meine ... zu Hause?«

Dies war eine der Situationen, wo Bernie wünschte, er hätte nicht zu rauchen aufgehört. Er könnte sich eine Zigarette in den Mund stecken und sie anzünden, die Hand schützend vor die Flamme und das Gesicht halten. Er hätte etwas zu tun. Er bemühte sich heftig, sich nicht zu verkrampfen. Er kannte Kevin Feeley seit dreißig Jahren. Länger. Er war auf Kevins Hochzeit gewesen, zur Taufe seiner vier Kinder, zur Beerdigung seiner Mutter. Aber Bernie hatte Kevin nie von Theo erzählt. Er hatte nie irgend jemandem von ihm erzählt. Was gab's da zu sagen? Mein Sohn, der Verrückte?

»Josephine und ich ... ich meine ... wir haben Linda und dich schon lange nicht mehr gesehen.«

»Tut mir leid«, sagte Bernie. »Es hat nichts mit euch zu tun. Wir treffen uns mit ... niemandem ...«

»Ich weiß«, Feeley wurde rot. Er war groß, rotes Haar, rosafarbenes Gesicht, kriegte einen Bauch, wurde weicher. Bequem. »Ich meine ... hm, du weißt ... daß wir uns mit Sean und Kathy treffen ...«

»Ja«, sagte Bernie. Dann wußte Feeley über Theo Bescheid. Was wußte er noch? Wußte er etwas, das Bernie nicht wußte? »Ist schon gut, Kevin.« Er fuhr sich mit der Hand durchs Gesicht. »Stumpfe Rasierklinge. Danke der Nachfrage.« Er nahm eine Mappe vom Tisch und öffnete sie.

Feeley zögerte. Er wollte noch etwas sagen. Auf Bernies Tisch klingelte das Telefon. Bernie stürzte sich darauf.

»Inspektor Bernstein.«

Die Stimme, die sprach, war verhalten, unpersönlich. »Bernie, hier ist Linda.«

»Ja. Hallo, Linda.« Er hoffte, seine Stimme paßte zu ihrer. »Eine Sekunde, bitte.« Er legte seine Hand über die Sprechmuschel. »Noch etwas, Kevin?«

»Nein, Sir.«

Feeley ging schnell hinaus und schloß die Tür. Bernie guckte auf das Telefon in seiner Hand, als ob es sie ihm zeigen würde, als ob er fähig wäre, ihr Gesicht zu sehen. Er holte tief Luft und nahm die Hand von der Sprechmuschel.

»Entschuldigung«, sagte er. Und dann wußte er nicht, was er noch sagen sollte. Er schwieg.

»Bist du dran?« fragte sie.

»Ja.«

»Entschuldige, daß ich dich auf der Arbeit anrufe.« Mit der Stimme hätte sie eine Telefonumfrage durchführen können. »Ich wußte nicht, wo ich dich sonst erreichen konnte. Du hast mir nicht Bescheid gegeben, wo du wohnst.«

»Wolltest du wissen, wo ich wohne?«

»Bernie, ich hoffe, wir verhalten uns in dieser Angelegenheit wie zwei erwachsene Menschen. Wir müssen das tun, was das beste für Theo ist.«

»Und du meinst, es ist das beste für Theo, keinen Vater zu haben.«

»Das ist lächerlich. Du bist immer noch sein Vater. Genau deshalb rufe ich dich an. Um dich daran zu erinnern, daß heute Montag ist. Du solltest Theo von der Schule abholen und mit ihm zum Zahnarzt gehen.«

»Wie kommt er nach Hause?«

»Natürlich bringst du ihn.«

»Was ist daran natürlich? Du hast mich rausgeschmissen. Das weiß er doch.«

»Ich habe es ihm erklärt.«

»Erklär es mir.«

»Bernie, du hast mir nicht zugehört. Seit Jahren nicht. Wieder und wieder habe ich es dir gesagt. Für Theo ist es besser, wenn du nicht im Haus bist. Wenn du nicht da bist, wird er von dir nicht Dinge erwarten, Dinge, die du ihm nicht geben kannst.«

»Was für Dinge?«

»Du liebst ihn nicht.«

»Das hast du zu ihm gesagt?«

»Natürlich nicht. Aber er weiß es. Er kann es fühlen.«

»Habe ich ihm jemals wehgetan? Du bist diejenige, die ihn anschreit und schlägt und ihn unter Druck setzt und Anforderungen an ihn stellt.«

»Du stellst keine Anforderungen an ihn, weil er dir unwichtig ist.«

»Das hast du auch zu ihm gesagt, nehme ich an.«

»Ich habe ihm nichts erzählt, das ihn verletzt. Ich habe ihm gesagt, du bist immer noch sein Vater; du holst ihn ab und gehst mit ihm irgendwohin ... in den Park ... zum Sport ...«

»Er haßt Sport. Er fürchtet sich vorm Park. Er hat Angst vor Vögeln und Eichhörnchen und Würmern.«

»Ich habe ihm gesagt, du würdest im Sommer in deinem Urlaub eine Woche mit ihm an den Strand fahren, und ihr würdet angeln.«

»Er hat Angst vorm Strand. Er hat Angst vor Sand. Er hat Angst, er kommt in seine Nase und erstickt ihn.«

»Er sagt, er hat dann keine Angst.«

Wie oft hatten sie genau diese Diskussion geführt? »Letztes Jahr und vorletztes Jahr hat er das auch gesagt. Und außerdem würde ich ihm keinen Angelhaken anvertrauen.«

»Siehst du, du bist immer negativ, was ihn anbetrifft. Für ihn ist es besser, wenn du nicht mehr da bist und die ganze Zeit negativ über ihn denkst.«

»Linda« er holte Luft, »ist es ohne mich für dich auch besser?«

»Ich habe mit seinem Arzt gesprochen. Wir haben viele Male darüber gesprochen.«

»Ist es besser für dich, Linda? Ist es besser für dich, wenn ich nicht da bin?«

»Uns verbindet nichts mehr, Bernie. Du bist besessen von dieser übertriebenen Vorstellung von Loyalität, von richtig und falsch. Du denkst, es ist ›falsch‹, wenn ein Mann Frau und Kind verläßt. Aber das hat mit Liebe nichts zu tun.«

»Vielleicht bin ich von der Liebe besessen.«

»Es ist nur deine Herkunft, dein . . . kulturelles Erbe.«

»Ganz richtig. Ich bin ein Scheißjude.«

»Das hab ich nie gesagt«, rief sie. »Nie hab ich das gesagt, nie!«

»Das ist mein kulturelles Erbe. Scheißjude.«

»In dieser Frage bist du zu empfindlich.«

»Ich bin überhaupt nicht empfindlich darin. Ich bin stolz darauf.«

»Ich weiß. Dein Volk hat der Welt die Zehn Gebote gegeben, und du bist Polizist geworden, um dafür zu sorgen, daß sie von allen befolgt werden.«

»Warum ist Sean Polizist geworden?«

»Es ist ein Job. Das ist alles. Einfach ein Job. Für dich ist es der heilige Gral.«

»Bringst du nicht deine Metaphern durcheinander?«

»Ich hatte gehofft, wir würden uns nicht streiten. Daß du es begreifen würdest.«

»Das hast du wirklich gehofft? Hast du demnach auch gehofft, daß ich in alle Ewigkeit mit dreihundert Dollar auf der Bank auskommen würde?«

»Das Geld ist für Theo.«

»Theo hat immer noch einen Vater, worauf du selbst hingewiesen hast. Sein Vater wird für seinen Lebensunterhalt sorgen. Ebenso wie sein Vater wegen des Geldes zu einem Rechtsanwalt gehen wird.«

»Ich hätte nicht gedacht, daß du deswegen fies und egoistisch würdest.«

»Ich hätte nicht gedacht, daß ich mich eines Abends aus meinem Zuhause ausgeschlossen finden würde.«

»So ist es besser für uns alle. Auch für dich.«

»Danke, daß du an mich denkst.«

»Es gibt nichts, was du sagen kannst, was mich bewegen könnte, meine Meinung zu ändern.«

»Linda«, sagte Bernie sehr langsam und deutlich, »hast du gehört, daß ich dich gebeten habe, deine Meinung zu ändern?« Seine Worte überraschten ihn. Er hatte nicht gewußt, daß er sie sagen würde, ja, nicht einmal, daß sie in seinem Kopf gewesen waren.

Sie schien auch überrascht zu sein, dachte er, denn sie schwieg lange, und dann sagte sie kalt: »Theo wartet in der Schule darauf, daß du ihn abholst. Wirst du da sein?«

»Natürlich, wie du gesagt hast. Wirst du zu Hause sein, wenn ich ihn bringe?«

»Nein. Du weißt, heute ist der Tag, an dem ich meinen Kurs mache.«

»Ich habe keine Schlüssel. Ist dir das klar?«

»Theo hat die Schlüssel.«

»Was, wenn er sie verliert?«

»Du erwartest immer nur das Schlimmste.«

»Ich erwarte das Übliche.«

»Sean hat die Schlüssel. Er hat heut frei.«

»Erwartest du wirklich von mir, daß ich zu deinem Bruder gehe, um die Schlüssel zu meiner eigenen Wohnung zu holen?«

»Es ist nicht mehr deine Wohnung.«

»Ins Schwarze getroffen, Linda. Genau ins Ziel. Ich hoffe, er verliert die Schlüssel nicht. Wenn doch, bring ich ihn dir in deinen Kurs.«

»Ich habe sie in der Innentasche seiner Jacke festgesteckt«, sagte sie.

Sollte er sie daran erinnern, daß sie das schon einmal gemacht und Theo sie trotzdem verloren hatte? Wozu wäre das nütze? Es war ihr klar, oder es würde ihr nie klarwerden. Mit einemmal war es unwichtig geworden. Er sagte: »Ich habe immer noch den Briefkastenschlüssel, wenn du den nicht auch ausgewechselt hast. Steck die Schlüssel in einem Umschlag in den Briefkasten.«

Sie zögerte.

»Ich versuche nicht, sie zu behalten, Linda.«

»Gut. Du kannst deine restlichen Sachen mitnehmen, wenn du heute schon da bist«, sagte sie. »Ich habe sie dir gepackt.«

»Ich wäre dir zu Dank verpflichtet, wenn du auch etwas Geld dazu packtest. Ich habe nichts. Falls du dir dessen nicht bewußt bist, für dreihundert Dollar kriege ich keine Wohnung.«

»Nimm einen Kredit auf«, sagte sie. »Ich komme an das Geld nicht ran. Es ist auf einem unkündbaren Konto für Theo. Er ist auch dein Sohn, ganz egal, wie du darüber denkst. Wirst du ihn diesen Sonntag treffen?«

»Am Sonntag arbeite ich.«

»Du hast vorletzten Sonntag gearbeitet und gestern.«

»Das schwere Leben eines Gralshüters. Dir hat es die Zeit verschafft, deine kleine Pläne durchzuziehen.«

»Wann, soll ich ihm sagen, holst du ihn ab?«

»Ich hole ihn heute ab.«

»Ich meine, für einen ganzen Tag.«

»Ich werde die Besuchsrechte mit den Rechtsanwälten klären.«

»Du haßt ihn wirklich.«

»Nein. Tue ich nicht. Er ist auch mein Sohn, wie du gesagt hast. Ich hasse nicht einmal dich, Linda.«

Er legte auf.

Stimmte das, überlegte er. Stimmte es, daß er sie nicht haßte?

24. KAPITEL

Vor Theos Schule blieb Bernie ein paar Minuten im Auto sitzen. Er mußte seine Gedanken von der Akte auf seinem Schreibtisch frei machen. Und er mußte sich für Theo wappnen.

War dies Theos vierte oder fünfte Sonderschule in ebenso vielen Jahren? Schulen für »außergewöhnliche« Kinder. Langsam gingen sie ihnen aus. In der zweiten Klasse war er aus der staatlichen Schule rausgeworfen worden.

Ein paar Kinder kamen aus dem Gebäude. Es wurde Zeit für ihn, zu gehen und seinen Sohn zu holen. Theo durfte nicht mit den anderen Kindern zusammen herauskommen. Es gab zu oft Streitereien, wenn er mit ihnen zusammen herauskam. Die anderen Kinder hänselten ihn und beschimpften ihn und stießen ihn, sagte er. Er mußte sich wehren, oder? sagte Linda.

Bernie dachte darüber nach, ob Theos Verhalten heute anders war, wo sein Vater aus dem Haus war. Hoffte er, daß der Junge heute schlimmer als sonst war, streitsüchtiger und wütender, sich mehr gehen ließ?

Theo saß an einem Tisch im Rektorzimmer und malte ruhig. Als sein Vater hereinkam, blickte er auf und wandte sich wieder seinem Bild zu. Einen schmerzlichen Moment lang stellte sich Bernie einen großen, kräftigen Jungen mit einem lässigen Grinsen vor, der sagte: »Hallo, Dad.« Einen Jungen, um den er seinen Arm legen konnte, mit dem er Ball spielen konnte, den er zum Angeln mitnehmen und mit dem er einfach nur herumalbern und reden konnte. Mit diesem Jungen fühlte er sich unwohl. Er war klein und dünn, mit dürren Armen und Beinen, schön, dunkel, das lockige Haar immer zu lang, weil er Angst vor dem Friseur hatte, und hatte große, dunkle, ernste Augen. Bernie wußte nicht, wie er mit ihm reden sollte. Einen idiotischen Augenblick lang war er versucht, auf Zehenspitzen hinauszugehen. Wegzulaufen. Wohin? Erwachsene laufen nicht weg, Bernstein.

Er sagte: »Hallo, Theo.«

Theo blickte nicht auf. »Ich krieg das Bein von dem Hund nicht hin.«

»Soll ich dir helfen?«

»Nein.«

»Zeichnen Sie, Mr. Bernstein?« Die Rektorin war hereingekommen und stand an der Tür und beobachtete sie. Sie legte ein paar Papiere und Bücher auf den Tisch und lächelte Bernie an. Ihm fiel auf, daß sie keinen Ehering trug. Urplötzlich fielen ihm Dinge wie Eheringe auf.

»Er heißt nicht *Mr.* Bernstein«, sagte Theo. »Er heißt *Inspektor* Bernstein. Er kann wirklich gut zeichnen. Mutter sagt, er hätte Künstler werden können.«

»Ich kann zeichnen. Das ist alles. Ich habe keine künstlerischen Fähigkeiten. Aber seine Mutter.«

»Theo ist sehr talentiert«, sagte Miss Farber. Sie stand jetzt dicht neben Bernie, lehnte sich leicht an ihn. »Dürfen wir sehen, was du gemacht hast, Theo?«

Theo schmiß die Stifte, mit denen er gezeichnet hatte, hin, schnappte sich einen dicken schwarzen und kritzelte wütend über die ganze Zeichnung; er drückte so fest auf, daß der Stift abbrach. Er schleuderte ihn gegen die Wand, zerknüllte das Papier mit beiden Händen und warf es dem abgebrochenen Stift hinterher. Sein dünner Körper zitterte heftig.

»Du F-Ficksau!« schrie er Miss Farber an und rannte hinaus.

»Es tut mir leid«, sagte Bernie. »War er heute schwierig? Ungewöhnlich schwierig?«

»Nicht, daß ich wüßte«, sagte sie. »Ist irgend etwas zu Hause passiert?«

»Meine Frau hat nicht mit Ihnen gesprochen?«

»Nein.«

»Das hätte sie tun müssen. Sein Lehrer sollte darauf vorbereitet sein für den Fall, daß er durchdreht. Mrs. Bernstein und ich haben . . . nun, wir haben uns getrennt.«

»Ich bin froh, daß Sie mir das sagen. Es ist wichtig, daß wir das wissen. Ich werde mit seinem Lehrer reden. Ich kann ihn zu Hause anrufen, wenn er schon gegangen ist. Wenn Sie wollen, können Sie mich heute abend zu Hause anrufen. Dann erzähle ich Ihnen, wie es heute gewesen ist.« Sie schrieb ihren Namen und ihre Telefonnummer auf einen Zettel und gab ihn ihm. Sie lächelte. Sie war hübsch, groß und schlank, ungefähr vierzig. Ihre Lippen glänzten und waren feucht, als ob sie gerade erst Lippenstift aufgelegt hätte. »Rufen Sie nur heute abend an oder wann immer es Ihnen paßt«, sagte sie.

Er sagte: »Danke schön. Zu Hause wollte ich Sie nicht belästigen.«

»Sie belästigen mich nicht. Seit mein Mann gestorben ist, habe ich nicht mehr so arg viel zu tun.«

»Tut mir leid ...«

»Es ist schon zwei Jahre her. Heute nachmittag werde ich mit Theos Lehrer sprechen.«

»Danke schön.« Er stopfte den Zettel in die Tasche. »Ich sehe mich besser mal nach meinem Sohn um.«

Theo wartete draußen vor dem Büro auf ihn. »Jetzt bist du stinksauer auf mich«, sagte er. »Jetzt haßt du mich wirklich.«

»Ich hasse dich nicht. Ich bin nicht sauer auf dich. Ich wüßte nur gern, warum du dich so verhältst, Theo.«

»Ich wüßte es auch gern.« Seine Lippen zitterten. In seinen Augen waren Tränen.

»Ist Miss Farber wirklich eine alte Ziege, Theo?«

»Nein. Sie ist nett.«

»Meinst du, du könntest ihr das sagen?«

»Kann ich es morgen?«

»Gut. Wir müssen gehen. Sonst sind wir zu spät beim Zahnarzt.«

»Ich will nicht zum Zahnarzt.«

In Bernies Kopf fing es plötzlich an zu hämmern. »Hör zu, Theo«, sagte er scharf, mit leiser Stimme. »Ich habe einen beschissenen Tag hinter mir. Ich bin immer noch groß genug, um dich hochzuheben und zum Auto zu tragen und dich reinzuschmeißen und dich dann schreiend zum Zahnarzt zu zerren. Das finden wir beide schrecklich. Können wir uns das diesmal nicht ersparen?«

Er betete, daß das ziehen würde. Manchmal klappte es. Dutzendmal hatte er Linda gesagt, es sei besser, Theo alle Zähne verlieren zu lassen, als immer wieder diese Szenen durchzustehen. Der Junge hatte von Natur aus schlechte Zähne, und wahrscheinlich waren sie durch das ungesunde Essen noch schlechter geworden.

Theo schien mit sich zu kämpfen. Sanft legte Bernie ihm die Hand auf die Schulter. Er war so erbärmlich dünn, es tat Bernie weh, ihn zu berühren. Zusammen gingen sie zum Auto.

»Mutter hat die Wohnung ganz schön verändert«, sagte Theo.

Bernie sagte nichts. Er wußte nicht, was er sagen sollte. Nachdem sie eine Weile gefahren waren, sagte Theo: »Wenn ich alt genug bin, töte ich dich.«

Bernie antwortete nicht.

»Ich hab's nicht so gemeint, Dad. Du weißt, daß ich's nicht so gemeint habe.«

»Ich weiß. Der Zahnarzt tut dir nicht weh. Das tut er nie. Er gibt dir was zum Schlafen, und dann macht er seine Arbeit, und dann wachst du auf. Ich bleibe die ganze Zeit bei dir in dem Zimmer. Das verspreche ich dir.«

»Woher weiß ich, daß du die ganze Zeit dableibst?«

»Bist du jemals aufgewacht und hast gesehen, daß ich weg war?«

»Aber ich weiß nicht, was du tust, wenn ich schlafe.«

»Ich bin direkt neben dir. Ich verspreche es dir. Du schläfst auch nur kurze Zeit.«

Wie viele Male waren sie diese Litanei durchgegangen?

»Ich will meinen Mund nicht so aufmachen.«

»Das will keiner. Ich auch nicht. Wir müssen es tun.«

»Es gibt so viele Sachen, die wir tun müssen und nicht tun wollen.«

»Das stimmt. Das ist so, wenn man groß wird.«

»Ich werde niemals groß! Nie!«

Er fing wieder an, sich aufzuregen. Bernie sagte: »Stimmt, Theo. Du hast wahrscheinlich recht damit.«

Auf dem Weg nach Hause war Theo schläfrig und lehnte sich still an seinen Vater. Auf einmal fragte er: »Warum hast du einen beschissenen Tag hinter dir?«

»So ist das Leben manchmal, Theo. Morgen ist es vielleicht besser.«

»Mutter hat die Wohnung ganz schön verändert.«

»Das hast du schon mal gesagt«, sagte Bernie. Er stellte keine Fragen. Er wollte Theo nicht durch Fragen mit hineinziehen. Oder hatte er Angst, die Antworten zu hören? Er war sich nicht sicher, welches von beiden zutraf. Sie fuhren an einem McDonald's und an einem Burger King und an einem koscheren Delikatessengeschäft vorbei. Bernie überlegte, wie so oft, wie es ist, wenn man seinen Sohn zu einem Hamburger und Pommes frites und einem Milchshake oder einem Corned-Beef-Sandwich einlädt. Vielleicht sogar zu einem Knisch.

»Bringst du mich nach Hause, Dad?«

»Ja, natürlich.«

»Bleibst du dann da?«

»Was hat dir deine Mutter gesagt?«

»Sie hat gesagt, du würdest nicht mehr mit uns zusammenwohnen.«

»Hm ... wir probieren es einmal so. Aber ich bin immer noch dein Vater.«

»Das hat sie auch gesagt. Aber warum mußt du wegziehen? Wegen mir, weil ich böse bin?«

»Nein, Theo. Nicht deinetwegen. Und du bist nicht böse.«

»Mutter hat die Wohnung ganz schön verändert«, sagte Theo noch einmal.

Theo hatte ihn gewarnt. Aber der Schock, den Bernie gekriegt hatte, als er nach Hause kam und die neuen Schlösser vorgefunden hatte, war nichts im Vergleich zu dem, als er in die Wohnung kam, die siebenundzwanzig Jahre lang sein Zuhause gewesen war. Linda hatte ihn ausgelöscht. Es war, als habe er nie gelebt, sei nie gewesen. Sein Bett war aus dem Schlafzimmer verschwunden. Das Hochzeitsfoto, das Bild eines glücklichen Paares, das sich anlächelte, war von der Frisierkommode entfernt worden. Alle seine Bilder, seine Diplome, seine Tapferkeitsauszeichnungen, alles weg. Jedes Bild, das er aufgehängt hatte, alle Zeichnungen, die er in den ersten Jahren ihrer Ehe angefertigt hatte, seine Bücher; das Bild seiner Eltern von ihrer Hochzeit ... noch ein glückliches, lächelndes Paar ... alles weg.

Sein Verstand setzte aus. Wenn er gestorben wäre, dann gäbe es irgendwelche Zeichen dafür, daß er gelebt hätte; sie hatte nichts aufgehoben. Sein Schreibtisch war aus dem Arbeitszimmer herausgenommen worden. An seiner Stelle standen ihre Nähmaschine und ein Bügelbrett und der Fernseher aus dem Wohnzimmer.

Eine Nachricht auf dem Küchentisch teilte ihm mit, daß seine Sachen in den Koffern im Flurschrank seien. Seine restlichen Sachen seien bei Sean im Keller. Wann immer er wolle, könne er sie holen. Sean, schrieb sie, habe nichts damit zu tun. Sie habe sie selbst dorthin transportiert.

Er sah sich in der Wohnung um, als nehme er an seinem eigenen Begräbnis teil. Er war wie gelähmt. Sie wollte ihn aus ihrem Leben ausradieren, als ob sie ihn nie gekannt hätte. Der Gedanke war unerträglich.

Theo zog ihn am Arm, schrie ihn an. Er zwang sich, seine Aufmerksamkeit wieder auf seinen Sohn zu lenken. Es war, als ob er einen Nebel zu durchdringen versuche. »Ich rede mit dir, Dad ...«, schrie Theo. »Nie hörst du mir zu. Nie achtest du auf ...«

»Die Wohnung ... sie ist ganz verändert ...«

»Das hab ich dir doch gesagt«, schrie Theo zornig. »Ich möchte Saft!«

Wie ein Schlafwandler holte Bernie eine Dose mit Saft und machte sie für Theo auf. Er schüttete ihn in Theos Glas, das einzige Glas, aus dem er trank.

»Findest du die Veränderungen schlimm, Theo?«

»Mutter hat gesagt, es sei besser so. Sie hat gesagt, wenn du mich besuchen kämst, dann nur, um mich zu sehen, und wegen sonst nichts. Sie hat gesagt, du würdest dich nur um mich kümmern, weil das der Zweck deines Besuches wäre.«

Am Anfang, vor Theo, waren sie nach Irland und England und Spanien, Italien, Frankreich verreist. Sie hatten sich Dinge für die Wohnung mitgebracht, Dinge, die sie zusammen ausgesucht, über die sie gestritten und gelacht hatten, die ihnen beiden wert waren. Belleek-Geschirr aus Irland, Vasen aus Italien, Porzellan, Bilder, Wandbehänge, Glas und Leder. Sie hatte alles weggetan. Sie hatte ihn in ein Wesen ohne Geschichte verwandelt, ohne Vergangenheit, ohne Ort, wo es hingehörte. Eine Unperson. Einen Mann, der nie geliebt hatte und nie geliebt worden war.

Sie mußte wie verrückt gearbeitet haben, um so viel so schnell zu schaffen.

»Spiel mit mir.«

»Was?«

»Spiel mit mir Schach.«

»Theo, bitte, ich kann nicht ... Ich kann jetzt nicht. Wirklich nicht. Ich bin zu aufgeregt. Kannst du versuchen, mich zu verstehen? ...«

»Mutter hat gesagt, du würdest mit mir spielen.«

»Werd ich auch. Am Sonntag. Wir treffen uns am Sonntag.«

»Nein! Stimmt nicht! Ich glaube dir nicht! Ich will jetzt

spielen!« Sein Gesicht wurde rot. »Ich hasse dich! Du Arschloch! Du riesengroßes, gemeines Arschloch!« Er schüttete den Traubensaft aus dem Glas auf Bernie. Der traf ihn im Gesicht und am Kragen und floß ihm den Hals hinunter. Der Junge schnappte sich die leere Saftdose und zerquetschte sie mit den Händen. Durch die kalte Flüssigkeit zur Besinnung gebracht, rappelte Bernie sich auf. Er sah die Dose in der Hand seines Sohnes. »Wirf sie nicht!« sagte er zornig.

»Tu ich doch! Tu ich doch!« Theo holte mit dem Arm aus. Bernie ergriff ihn an den Handgelenken, drehte sie ihm um, doch Theo ließ die Dose nicht los.

»Laß sie fallen!« knurrte Bernie.

»Nein!« Geschrei, Theo trat seinem Vater mit aller Kraft vors Schienbein. Bernie fuhr ein stechender Schmerz durchs Bein. Ohne zu denken, holte er mit seiner freien Hand aus und gab Theo eine Ohrfeige. Der Junge ließ los. Die Dose fiel ihm aus der Hand. Ein Ausdruck des Erstaunens erschien auf seinem Gesicht. Er starrte seinen Vater an. Sie starrten einander an und blieben so stehen, beide zitterten, der schmächtige, zu klein geratene Junge und der riesige Mann. Scham überkam Bernie. Der Junge war so hilflos. Er hatte ihn noch nie geschlagen. Er hatte ihn gebändigt, ihn hochgehoben und weggezogen, ihn grob aufs Bett oder ins Auto geworfen. Aber er hatte ihn nie geschlagen. Er war außer sich geraten, wenn Linda es tat.

Das Staunen auf Theos Gesicht wurde zu Haß. »Ich bin froh, daß du nicht mehr hier wohnst«, kreischte er. »Hoffentlich seh ich dich nie wieder! Hoffentlich stirbst du!« Er bückte sich, um die heruntergefallene Dose aufzuheben, aber Bernie erwischte sie zuerst. Als er sich danach bückte, war er mit Theo auf Augenhöhe; der starrte ihn wieder haßerfüllt an und spuckte dann. Die dunkelrote Spucke traf Bernie am Auge. Sie rann ihm übers Gesicht.

»Ich bin froh, daß Mutter dich rausgeschmissen hat«, tobte Theo. »Wir brauchen dich hier nicht!« Er raste in sein Zimmer und warf die Tür zu. Bernie hörte das Klicken im Schloß. Das Geräusch kannte er.

Einen Moment lang kämpfte er mit sich selbst. Ein Teil von ihm wollte hinter seinem Sohn hergehen, versuchen, mit ihm zu reden.

Mit wem zu reden? Mit was? Wie kam man in diesen gewalttätigen Kopf und brachte ihn zum Zuhören?

Er öffnete die Schranktür und nahm die beiden großen Koffer, die Linda gepackt hatte, und verließ die Wohnung ohne einen Blick zurück. Er zwang sich, nichts zu fühlen. Taub. Das war am sichersten. Denn Männer weinen nicht.

25. KAPITEL

Janet Stone ließ ihrem Sohn keine Zeit, über den »Stromausfall« zu meckern. Sie hatte zwei Tickets für den frühen Nachmittagsflug nach Miami reservieren lassen. War es nicht ein Glück, sagte sie sich, daß er genau zu dieser Zeit angerufen hatte? Sie konnten Großmama und Großpapa begrüßen, die am Flughafen sein und ihnen ihr Auto leihen würden, damit sie für zwei Wochen nach Disney World fahren konnten. Mit Sicherheit hatte Großvater ein schönes Geschenk für Stevie; das hatte er doch immer, nicht wahr?

Er müßte erst mit George reden, sagte Stevie.

George sei nicht zu Hause, sagte sie. Sie habe ihn zu erreichen versucht, als sie aus dem Haus gegangen sei, um wegen des Tickets für Stevie anzurufen, damit er wisse, wo Stevie sei. »Du kannst ihn vom Flughafen aus anrufen«, sagte sie. »Aber jetzt brechen wir besser auf, oder wir verpassen unseren Flug.«

Stevie bewegte sich langsam, zögernd, ganz und gar nicht sicher, ob er fahren wollte. Sein Gesicht fühlte sich heiß an, und er schwitzte am ganzen Körper, als ob er Fieber hätte. Aber Disney World hatte er immer sehen wollen. Und Großvater gab ihm immer ein schönes Stückchen Knete. Ein bißchen Knete konnte er gebrauchen. George war dauernd pleite.

Er aß eine zweite Portion Lasagne, hauptsächlich, weil sie so in Eile war, und dann aß er noch mehr grüne Bohnen und Pastete. »Das meiste von meinem Krempel ist bei George. Ich muß dahin gehen und es holen.«

»Wir verpassen das Flugzeug.« Sie bemühte sich, ihre Stimme ruhig zu halten. Jedes vorbeifahrende Auto, jeder Schritt auf der Straße konnte die Polizei sein, die zurückkam.

»Dann nehmen wir eben ein anderes Flugzeug.«

»So einfach ist das nicht. Die Flüge sind normalerweise lange im voraus gebucht. Ich hatte großes Glück, daß ich für dich einen einfachen Flug bekommen habe. Du hast immer noch ein paar Sachen hier. Und was du brauchst, kannst du dir in Florida besorgen. Das macht doch Spaß. Du kannst dir ein Disney World Hemd kaufen.« Genau an dieser Stelle kriegte sie Ärger. Er sagte, er wolle sein T-Shirt tragen. Das widerwärtige Ding.

»Ich hab es noch nicht waschen können«, sagte sie. »Wir können es mitnehmen und dort waschen, und dann kannst du es in Disney World tragen.« Nur über ihre Leiche.

»Ich mach mir einen Scheißdreck draus, ob es dreckig ist. Ich will es anziehen. George nörgelt nicht die ganze Zeit an mir rum wegen dreckig oder sauber.«

Sie zügelte ihren Zorn. Es war doch schließlich ganz egal, was er anhatte. »Gut«, sagte sie. »Aber jetzt müssen wir wirklich los. Bist du in ungefähr zehn Minuten startbereit? Ich spüle das Geschirr zu Ende.«

Aber er war immer noch wütend. Und ihm war heiß, und er war müde und hatte Magenschmerzen. Aber das würde er ihr, verdammt noch mal, nicht sagen. »Ich will nicht fahren. Ich will bei George bleiben.«

Sie wußte nicht, was sie tun sollte. Die Sozialarbeiterin sagte immer: »Setzen Sie ihn nicht unter Druck! Sie bringen ihn nur gegen sich auf. Gehen Sie es langsam an. Nichts passiert über Nacht.« Aber sie hatte nicht einmal mehr eine Nacht.

»Ich gehe«, sagte er.

Sie konnte nichts mehr machen. Sie hatte versucht, ihn zu beschützen, und sie hatte versagt.

»Mach, was du willst«, sagte sie, geschlagen. Sie verließ die Küche.

Zornig rief er ihr nach: »Du kannst dir ruhig dein Geld für mein Ticket zurückholen!«

Darauf sagte sie nichts. Sie lief die Treppe hoch. Sie hörte, wie er aus der Küche in den vorderen Flur ging. Vom Fuß der Treppe schrie er sie an: »Du willst mich nicht! Du interessierst dich einen Scheißdreck für mich! Du willst nur nicht, daß ich bei George bleibe!«

Sie blieb stehen und drehte sich um. »Das ist nicht wahr!« schrie sie. Sie biß sich auf die Lippen, um nicht loszuweinen. »Ich hab dich sehr lieb. Deine Schwestern waren immer eifersüchtig auf dich, weil sie dachten, ich hätte dich lieber als sie.«

»Sie haben mich immer geärgert.«

»Was ist nur mit uns los, Stevie? Ich habe nie begriffen, was mit uns los ist. Wir haben uns immer so gut verstanden, du und ich. Wir haben Spaß miteinander gehabt. Wir waren Freunde. Dann bist du dreizehn geworden, und alles ist anders geworden.«

»Du hockst mir immer auf der Pelle«, sagte er trotzig.

»Das ist nur, weil du wichtig für mich bist.«

»Du willst mein Leben bestimmen. Immer kommandierst du mich rum.«

»Wahrscheinlich denke ich immer noch, du wärst mein Baby.«

»Ich bin kein Baby!«

»Ich weiß. Für mich ist es schwer, zu kapieren, daß du groß geworden bist.«

»Bin ich aber. Und du hockst mir immer auf der Pelle. Du

willst, daß ich zurück zur Schule gehe und den ganzen Mist da lerne!«

»Du bist immer gern zur Schule gegangen.«

»Bin ich nie. *Du* wolltest, daß ich gern ging.«

»Kann sein, daß du recht hast. Vielleicht wollte ich, daß du etwas bist, was du wirklich nicht sein willst.«

»Verdammte Scheiße, ich will kein Scheißarzt oder Zahnarzt werden!«

»Tu, was du tun möchtest, Stevie.« Entmutigt wandte sie sich zum Gehen. »Ich geh jetzt mal besser und rufe bei der Fluggesellschaft an und laß deinen Flug streichen.«

»Warte doch mal!« sagte er. »Warum bist du immer so voreilig und machst alles so schnell? Warum kannst du nicht einmal eine Minute warten? Ich krieg davon Kopfschmerzen. Vielleicht fahr ich mit dir in dieses Scheiß-Disney World. Aber ich komme nicht mit hierher zurück. Ich will mit George zusammenwohnen.«

»In Ordnung, Stevie«, sagte sie.

»Und ich zieh, verdammte Scheiße, an, was ich will. Du sollst nicht dauernd an mir rummäkeln.«

»In Ordnung, Stevie. Ich hole die Koffer.«

»Ich hol die Scheißkoffer«, sagte er.

Irgendwas stimmte nicht mit ihm. Das konnte sie sehen. Aber sie würde ihn jetzt in diesem Augenblick nicht danach fragen. Wenn sie Glück hatte, würde das Flugzeug pünktlich losfliegen, und sie würden eben noch einsteigen können, ohne daß er Zeit hätte, George anzurufen.

Sie mußte ihn hier wegkriegen. Für danach hatte sie keine genaue Vorstellung. Sie würde später darüber nachdenken, was zu tun sei. Jetzt brauchte sie nur ein bißchen Glück.

Sie hatte keins.

Der Flug hatte Verspätung. Dreißig Minuten, hieß es.

26. KAPITEL

Irgend etwas war im Gange. Stevie wußte es. Er wußte zwar nicht, was, aber irgendwas war's. Er war nicht blöde. Meine Scheiße, er kannte seine Mutter. Wenn er seine eigene Scheißmutter nicht kannte, wen dann? Sie gab zu viel nach. Und was zum Teufel tat er hier auf diesem Flughafen mit ihr und fühlte sich dabei so beschissen?

Immer fiel er auf ihren Mist rein. Dieser ganze Mist mit Was-ist-denn-passiert, wir-waren-doch-Freunde, ich-hab-dich-lieb. Gut, Disney World wollte er ja sehen. Und es geschah George auch ganz recht, wenn er eine Weile fort wäre. Der und seine alten Votzen. Würde George überhaupt merken, daß er weg war? Er war George doch scheißegal. Aber er würde ihn anrufen. Er wußte, daß sie versuchen würde, ihn daran zu hindern. Sie gab es nicht zu, aber irgendwie versuchte sie es. Sie hatte Tricks drauf. Die ganze Zeit versuchte sie, verfluchte Scheiße, mit ihren Scheißtricks sein Leben zu bestimmen.

Wie mit dem T-Shirt. Sie hatte alle seine anderen Sachen gewaschen und im Trockner getrocknet, nur nicht sein T-Shirt. Gut, dann zog er es scheißschmutzig an. Selbst wenn er es eigentlich nicht wollte, weil es klebrig und feucht war und stank. Er würde auch kein Jackett drüber ziehen, wie sie wollte und obwohl es kalt war und nach Regen aussah und er fror und seine Nase immer noch lief. Ihm war schlecht. Er fühlte sich abgrundtief beschissen.

Er konnte sehen, daß sie stinksauer wurde, als sie ihr sagten, daß sie eine halbe Stunde auf das Flugzeug warten müßten. Er kannte sie. Sie hoffte, sie könnte ihn ins Flugzeug drängeln, damit er George nicht mehr anrufen konnte. Vielleicht hielt sie ihn für blöde, aber er war nicht blöde.

Sobald sie das Gepäck am Schalter abgegeben hatten, sagte er: »Ich gehe George anrufen.«

»Er ist nicht zu Hause. Hab ich dir doch gesagt. Ich habe schon angerufen.«

»Er kann nach Hause gekommen sein, oder?« sagte er kampfbereit. Ihm fiel auf, daß sie sich fortwährend umsah, als ob sie jemanden suchte. Er fand auch, daß sie aussah, als ob sie Angst hätte, sie war wie auf dem Sprung.

»Warum kümmern wir uns nicht zuerst um unsere Plätze«, sagte sie. »Dann haben wir alles erledigt.«

Sie machte ihn müde. Sie machte ihn immer müde. Zum Beispiel, wenn sie ihn nur beobachtete, um zu sehen, was er falsch machte.

»Du machst das mit den Plätzen. Ich muß aufs Klo. Ich treff dich am Flugsteig.«

Bevor sie was sagen konnte, lief er davon, ging um eine Ecke und verdrückte sich in eine Männertoilette. Vielleicht war da ein Telefon drin. Manchmal gab es in Männertoiletten ein Telefon. Er hörte, wie sie hinter ihm herrief: »Komm, wir gehen erst ein Eis essen ...« Aber er hatte sie durchschaut. Er war nicht dumm. Er ignorierte sie.

Doch natürlich gab es kein Scheißtelefon. Er würde hier nicht so schnell abhauen. Sollte sie sich Sorgen machen. Er würde rauskommen, wenn ihm danach war, und dann George anrufen. Ein Telefon suchen genau da, wo sie sehen konnte, wie er anrief.

Er stand am Pißbecken, als er den Mann sah. Er hatte nicht gesehen, wo er herkam. Ein schnieker Typ. Dreiteiler. Fünfzig-Dollar Haarschnitt. Trug einen Diplomatenkoffer. Er sah so aus wie George auf den Bildern von früher, nur, daß er lang und groß und stark aussah wie ein Footballspieler. Der Mann stand an dem Pißbecken neben ihm. Warum, verdammte Scheiße, tat er das? Es gab zwanzig Pißbecken, eins neben dem anderen. Sonst war niemand da. Er benutzte es nicht einmal. Der Mann wandte sich ihm zu und lächelte.

»Schönes Hemd«, sagte er.

Stevie guckte ihn mißtrauisch an. Verarschte der Mann ihn?

Aber er lächelte immer noch freundlich. Er steckte sich eine Zigarette an und zog den Rauch langsam und tief ein. Stevie beobachtete ihn, ihm wurde schwindlig. Kein Arsch rauchte eine Zigarette so. Es war ein verdammter Joint. Er konnte es sogar riechen. Er starrte den Mann an. Scheiße, so einen konnte er auch gebrauchen.

Immer noch lächelnd reichte der Mann ihm den Joint. Stevie nahm ihn und zog den Rauch tief ein. Er wußte, verflucht, ja nicht einmal, wann er die nächste Gelegenheit dazu hatte, wenn er mit *ihr* verreiste, so, wie sie ihn immer im Auge behielt, als ob er verschwinden würde oder sonst eine Scheiße. Sowieso, warum fuhr er mit ihr? Gierig sah er zu, wie der Mann den Rauch einsog.

»Mit wem verreist du?«

Er konnte doch nicht sagen, »mit meiner Mutter«, du liebe Scheiße, oder? Er sagte: »Mit niemandem. Warum muß ich mit jemandem verreisen wie ein kleines Kind oder so was?«

»Du bist allein?«

»Ja. Ich fliege nach Florida.«

»Ah ja. Viele Collegestudenten fliegen jetzt da hin, hab ich gehört.«

Es interessiert einen Scheiß, was du hörst. Laß den Joint rüberwachsen. »Ja«, sagte Stevie.

»Du hast doch bestimmt ein Mädchen mit.«

»Nein. Ich habe Ihnen doch gesagt, ich bin allein.«

»Dann wartet bestimmt in Florida ein Mädchen auf dich. Auf einen gutaussehenden Jungen wie dich.«

»Nein.«

Warum redete der Arsch so viel? Warum gab er den Joint nicht rüber? Konnte er nicht sehen, daß er ihn *brauchte?*

Stevie sah den Mann einatmen. Der rauchte das Scheißding allein zu Ende. Stevie geriet in Panik. Der Joint verbrannte dem Mann fast die Finger. Hatte er nicht mal eine Scheißklammer?

Der Mann nahm einen letzten tiefen Zug. Stevie hatte das

Gefühl, er könnte sehen, wie es runterging, sich in seinem Körper ausbreitete, ihn wärmte und entspannte. Stevie war so kalt. Achtlos zerriß der Mann das letzte Stück Zigarettenpapier und ließ die kleinen Blätter ins Pißbecken fallen.

»Nein!« Stevie langte danach, als ob er sie einfangen wollte. Der Mann beobachtete ihn.

»Warum, zum Teufel, tun Sie das?« fragte Stevie.

Der Mann lächelte.

»Ha'm Sie noch mehr davon?«

»Haste Kohle?« sagte der Mann belustigt.

Stevie antwortete nicht. Er überlegte, ob er vielleicht rausgehen und aus seiner Mutter fünf, vielleicht zehn Dollar rausschlagen konnte. Aber wie? Was konnte er sagen, wofür er es brauchte? Ich will einen Brösel kaufen, etwa? Hier im Flughafen würde sie sich in die Hosen scheißen.

Stevie wußte, daß der Mann ihn beobachtete. »Das ist sowieso Kinderkram«, sagte er und lächelte wieder. Er klopfte auf den Diplomatenkoffer. »Was ich hier drin habe ... das ist das wahre.«

»Ich hab keine Kohle«, sagte Stevie. Ihm war schrecklich kalt. Seine Zähne klapperten. Scheiß-Air-Condition. Vielleicht würde er sein Jackett anziehen, wenn er hier rausging. Seiner Mutter einen Gefallen tun.

»Armer Junge, du frierst«, sagte der Mann, als ob er sich Sorgen machte. »Armer, hübscher Junge. Du bist hübsch, weißt du.«

»Zisch ab«, sagte Stevie.

Der Mann zuckte mit den Schultern. »Ich könnte was für dich tun.«

»Was zum Beispiel?«

»Wir könnten füreinander etwas tun.« Er lächelte, die ganze Zeit lächelte er. Er legte Stevie die Hand auf die Schulter und den Nacken, und ließ sie dann den Rücken hinuntergleiten.

»Da kommt jemand«, sagte er plötzlich. »Komm ...« Er

nahm Stevies Hand und zog ihn mit sich in die letzte Kabine und schloß die Tür.

Stevie sah Männerfüße und hörte, wie jemand pißte und das Pißbecken gespült wurde, und dann noch mehr Füße und mehr Pissen und mehr Spülen. Der Mann flüsterte: »Jemals das echte genommen? Jemals Äitsch genommen?«

Hatte er nicht. Er hatte sich immer vorgestellt, er würde, verdammte Scheiße, aber er hatte nicht.

»Das ist gut. Das ist das wahre.«

»Ich will meinen Flug nicht verpassen«, sagte Stevie.

»Du hast reichlich Zeit. Ich fliege mit demselben Flugzeug. In einer Minute wirst du dich phantastisch fühlen. Warm . . .«

»Ich hab keine Kohle.«

»Du hast etwas Besseres, lieber Junge, mein Lieber . . .«

Er wollte sich gut fühlen. Er brauchte es wirklich. Die ganze Zeit zerrten alle an ihm herum, als ob sie Stücke von ihm abreißen wollten.

Sie fragte sich jetzt bestimmt, wo er war. Gut. Sollte sie sich fragen.

Er war ihr ja doch egal. Und George mit der dürren Zicke, mit all seinen Zicken; George war es auch egal, wie es ihm ging. Und diese Scheiß-Shelley, der war er auch egal. Scheiß auf sie. Scheiß auf sie alle.

Er war so müde, und ihm war so kalt.

Der Mann hatte den Diplomatenkoffer offen. Stevie sah, wie er ein kurzes Stück Gummiband und eine Nadel herausnahm. Er maß etwas weißen Puder in einen Löffel ab. »Halt das, Süßer.« Mit seinem Feuerzeug erhitzte er den weißen Puder und zog ihn auf die Spritze. »Du wirst dich wundervoll fühlen. So hast du dich noch nie gefühlt. Du hast doch keine Angst, oder, mein Hübscher?«

Stevie hatte Angst. Er hatte gesehen, wie sich ein paar seiner Freunde einen Schuß setzten. Warum er es nicht getan hatte, wußte er nicht. Scheiße noch mal, er hatte es einfach nicht.

Der Mann verknotete das Gummiband oben an Stevies Arm und streichelte sein Arminneres, um eine Vene zu kriegen.

»Ich weiß nicht«, sagte Stevie zweifelnd. Er machte Anstalten, sich loszumachen, aber der Mann stach mit der Nadel in die Vene, löste dann schnell das Gummiband und zog die Nadel heraus und warf alles in den Diplomatenkoffer und machte ihn mit einem Klicken zu.

Stevie sagte: »Nein! Ich muß gehen. Ich kann Sie und Ihren Anzug nicht leiden . . .«

»Schon gut«, flüsterte der Mann nervös. »Psst . . . Ich fixe mir selbst schnell noch einen kleinen, und dann gehen wir beide zusammen raus. Ich will hier keinen Ärger. OK?«

Weil der Mann flüsterte, flüsterte Stevie zurück: »OK.« Langsam wurde er schläfrig. Warm. Es fühlte sich gut an.

Der Mann erhitzte noch ein bißchen Puder. »Ich will sehen, ob das Gummi noch gut ist«, sagte er. Stevie sah ihm wie aus großer Entfernung zu. Sehr schnell band er das Gummi wieder um Stevies Arm und stieß die Nadel in eine Vene. »Geht's dir besser? Jetzt wirst du mir keinen Ärger machen, oder?«

Stevie nickte, seine Augen halb geschlossen, er sah, wie der Mann seine Hose aufmachte. Wenn er pissen wollte, warum stellte er sich nicht von vorn ans Becken? Was war das Fettzeug, das er über seinen ganzen Schwanz schmierte? Stevie konnte kaum noch die Augen offenhalten.

»Ich mag dich«, sagte der Mann. »Du bist ein hübscher Junge. Magst du mich?«

Stevie versuchte zu sagen, »Ja . . ., ja, Mann . . .«, wie George, aber seine Lippen waren wie gelähmt. Er versuchte zu lächeln.

Die Hände des Mannes waren jetzt unter Stevies Hemd, und er streichelte das weiche Fleisch an seinem Bauch. »Mein Süßer«, flüsterte er. »Laß mich was Schönes für dich tun. Würde dir das gefallen?«

Stevie nickte, lächelte. Er konnte sich kaum aufrechthalten, aber er fühlte sich gut, warm. Er wollte schlafen.

»Geht es dir gut, lieber Junge?« flüsterte jemand.
Das war das letzte, was er je hörte.

27. KAPITEL

BERNIE. Anna war ihm dankbar. Denn einen Tag lang, einen ganzen Tag lang, sobald der Name Simon aus irgendeinem Winkel ihres Gehirns kroch, schwang Anna BERNIE wie ein Kreuz vor den bösen Geistern, und Simon verschwand ... nicht für immer, nicht einmal lange, aber er verschwand, glitt an den geheimen Ort zurück, an dem er lauerte.

Den magischen Namen benutzte sie nicht gegen Emily. Um Emily durfte sie sich sorgen. Hatte sie einen Job gekriegt; wie erging es ihr mit ihren neuen Freundinnen, ihrer Wohnung; wann würde sie anrufen?

Ihr Job war keine Hilfe im Kampf gegen böse Geister. Ihr Job war weder angenehm noch unangenehm, schwer oder leicht. Weder mochte sie ihn noch mochte sie ihn nicht. Es war ein Job. Er brachte ihr Geld. Das war alles, was er je gewesen war. Mehr hatte sie nie von ihm gewollt. Trotzdem dachte sie, wie komisch es war, daß sie acht Stunden ihres Tages in ihrem Job verbrachte und Bücher verschlagwortete und katalogisierte, sie einordnete; die Besprechungshefte *Library Journal, Hornbook, Booklist, Publishers' Weekly* durchsah, einkaufte, Rechnungen überprüfte, Rechnungen bezahlte, Bücher zurücknahm und auslieh. Acht Stunden von den achtzehn, die sie wach war, und es beeinflußte ihr Leben so wenig. Befriedigung hatte sie in der Arbeit nie gesucht. Danach hatte sie in ihrer Familie gesucht.

Seit fünfzehn Jahren arbeitete sie in dieser Bücherei. Sie machte ihre Arbeit gewissenhaft, oft außergewöhnlich gut, und wenn sie von dort wegging, fiel der Job von ihr ab wie ein Mantel von ihrer Schulter, der in den Schrank gehängt wird. Während der gesamten fünfzehn Jahre hatte sie mit Miss Lucy Haines zusammengearbeitet, der Hauptbibliothekarin. Lucy, jetzt über sechzig, hatte angefangen Moonboots zu tragen und ihre Brille an einer Kette, die auf ihrer knochigen Brust auf- und abtanzte. Fünfzehn Jahre lang hatten sie und Lucy Weihnachtskarten, Osterkarten und Geburtstagskarten ausgetauscht. Sie war zur Beerdigung von Lucys Mutter gewesen. Lucy hatte Anna einen Besuch abgestattet, als deren Mutter gestorben war. Im Job hatten sie gute Beziehungen gepflegt. Anna nannte sie Miss Haines. Sie nannte Anna Mrs. Welles. Ihre Scheidung erwähnte Anna nie. Sie wußte nicht, ob Miss Haines davon wußte. Dann gab es noch John Saxe. Den Bibliothekar am Informationstisch. Er trug eine dicke, schwarzumrandete Brille, und seine Zehen zeigten nach außen, wenn er ging. Er war ruhig und hatte eine sanfte Stimme, und er war immer müde, weil er noch zwei andere Jobs hatte. Er hatte eine Frau und acht Kinder.

Als es Simon noch gab, hatte Anna keinen anspruchsvolleren Job gewollt. Sie hob ihre Energie für ihn auf. Und jetzt? Anspruchsvolle Jobs gab es nicht für Menschen, die merkten, wie ihnen plötzlich Tränen aus den Augen liefen. Nicht für einen Menschen, dessen Kopf in jedem Augenblick von dem einen lähmenden Gedanken besessen war: *Was habe ich falsch gemacht?*

BERNIE. Resolut klammerte sie sich heute an die Gedanken über ihn. Um konkret über ihn nachzudenken, wußte sie nicht genug von ihm. Sie hielt sich an seine Stimme. Bariton. Angenehm. Sehr männlich. Seine Anmut beim Tanzen, sein drängendes Interesse.

Aber noch etwas anderes stahl sich immer wieder in sie hinein, das unangenehme Gefühl, daß sein Interesse mit ihr nichts zu tun hatte. Vielleicht war er schlichtweg einsam. Fühlte sich verloren. Frisch getrennt zu sein machte oft Angst. Frisch Getrennte machten oft Fehler. »Heißt das, daß ich ein Fehler bin?« Sprach hier nur ihre Selbsteinschätzung? Der Teil von ihr, der sagte, wenn Simon sie ablehnte, wenn sie auf irgendeine

Weise ihre Beziehung kaputtgemacht hatte, wenn sie etwas so Falsches, so Fürchterliches, getan hatte, wer sonst sollte sie dann wollen?

Immer wieder sagte die Stimme der Seelenklempnerin: »Sie haben nichts Falsches getan. Wie ... bei einem Geschäft ... es gibt gute und schlechte Partner.« Anna hörte die Worte. Wieder und wieder hörte sie sie, sie bummerten gegen ihren Kopf wie ein Rammbock und versuchten nach innen durchzubrechen. Schafften es nicht.

Bernie. Schließlich kam die Zeit, als Lucy Haines »Wir schließen« sagte und »Guten Abend, Mrs. Welles. Guten Abend, Mr. Saxe. Einen schönen Feierabend«.

Anna schlug ihren *Sears Subject Index* und ihre *Dewey Tables* zu und legte sie auf ihr Regal und sagte: »Danke. Ihnen auch, Miss Haines.« Im Auto wurde sie sich bewußt, daß sie sich den ganzen Tag leicht unbehaglich gefühlt hatte. Irgend etwas nagte an ihr, etwas, was sie tun mußte oder an das sie sich erinnern mußte. Und sie hatte den ganzen Tag diesen widerlichen Geschmack im Mund. Vielleicht sollte sie zum Zahnarzt gehen. Zahnärzte waren teuer.

Sie versuchte mit aller Kraft, ihre Gedanken auf Bernie zu richten. Ein Teil von ihr hoffte, er würde nicht kommen. Warum, wußte sie nicht. Vielleicht, weil es etwas an ihm gab, das sie nicht erklären konnte. Wenn er mit ihr zusammen war, schien er zu entschlüpfen, ihr zu entgleiten. Oder war sie es, die ihm entglitt?

Sie hielt an, um Brie und Jarlsbergkäse und Ricottasalat zu kaufen. Ob er Käse mochte? Ob er trank? Sie glaubte nicht, daß er gestern abend ein Getränk in der Hand gehabt hatte. Sie kaufte Weißwein und Scotch. Es kam alles auf viel mehr, als sie erwartet hatte. War das nicht immer so? Nun, Spaghetti konnte es immer noch geben.

Sie hatte sich nicht besonders viel Zeit gelassen, um sich fertig zu machen, und sie mußte sich beeilen. Sie duschte rasch und trocknete sich die Haare und wünschte sich dabei, sie hätte sich genug Zeit gelassen, um sie zu tönen. An ihren Schläfen konnte man das Grau sehen. »Worüber regst du dich so auf? Es ist eine Verabredung, das ist alles.« Ja, aber es war eine Verabredung, die ihr zur Abwechslung mal gefiel.

Immer noch in ihrem uralten, verblichenen blauen Morgenmantel, der an den Ellenbogen durchgescheuert war, ein Morgenmantel, von dem sie sich einfach nicht trennen konnte, schminkte sie sich sorgfältig. Etwas in ihr rebellierte dagegen, sich das Gesicht anzumalen; das Etwas, das sagte: »Ich bin fünfzig. So sehe ich eben mit fünfzig aus. Warum muß ich versuchen, es zu verbergen?« Aber die Realistin in ihr gewann.

Sie war gerade fertig geworden, da ging ihre Klingel. Es war achtzehn Uhr dreißig. Sie hatte noch ein halbe Stunde, um sich anzuziehen und den Käse zu arrangieren. Viel Zeit. Wenn sie schneller gewesen wäre, hätte sie vielleicht sogar Zeit gehabt, sich trotzdem noch das Haar zu tönen. Die Klingel ging noch einmal, heftiger.

Sie machte auf.

Es war Bernie.

»Fragen Sie nicht, wer da ist, bevor sie die Tür aufmachen?«

»Ich habe Sie nicht so früh erwartet.«

»Um so mehr Grund zu fragen, wer da ist.«

»Ich vergesse es immer. Es macht nichts. Wie sind Sie unten ohne den Brummer reingekommen?«

»Es macht sehr wohl was. Es ist gefährlich. Es kam gerade einer vorbei und hat mir die Tür aufgehalten. Die Leute sind immer höflich, wenn sie es nicht sein sollten, und häßlich, wenn sie es nicht sein sollten. So sind sie nun mal. Ich hätte die Sprechanlage benutzen sollen, ich weiß. Hören Sie, wenn es Ihnen jetzt nicht paßt, kann ich rausgehen und einen Spaziergang machen und später zurückkommen. Es regnet nicht sehr.«

»O nein, Entschuldigung. Kommen Sie herein. Ich habe nicht gedacht . . .«

Doch, hatte sie doch. Sie hatte gedacht, aber sie konnte sich nicht erinnern, an was sie gedacht hatte. Etwas mit Bernie. Sein Gesicht oder seine Stimme. Oder wie er groß in der Tür stand. Es gab einen nagenden Gedanken.

Sie machte die Tür weit auf. »Kommen Sie herein.«

Er sah sie an und lachte: »Sie sehen ja so schick aus.«

Sie wurde rot. »Ich schaffe es einfach nicht, ihn wegzuwerfen. Er ist so bequem. Ich habe einen neuen Morgenmantel.«

»Bevor ich geheiratet habe, hatte ich so einen. Ich glaube, es ist so was wie eine Schmusedecke.«

»Wahrscheinlich.« Sie hatte ihn in das matt erleuchtete Wohnzimmer geführt. Am Rande bemerkte sie, daß er eine Papiertüte bei sich trug. »Ich bin in einer Minute bei Ihnen.« Sie ging in die Küche. Er folgte ihr.

»Ich lege ein bißchen Käse raus«, sagte sie. »Möchten Sie was trinken? Wein? Scotch?«

»Machen Sie sich keine Umstände.«

»Es macht keine Umstände. Außerdem, da ich es schon eingekauft habe, sollten Sie auch was davon nehmen.«

Er sah ihr zu, wie sie den Käse auf ein Brett legte und Cracker in einem Korb zurechtmachte. Er lehnte am Türrahmen, und seine Augen folgten ihr, sahen auf ihre Hände.

»Sie tragen keinen Nagellack«, sagte er.

»Nein. Sollte ich? Ich kann Nagellack nicht leiden. Er brökkelt immer ab.«

»Meine Frau mochte ihn auch nie.«

»Wie heißt sie?«

»Linda.«

»Das ist ein schöner Name«, sagte sie.

»Sie ist hübsch. Sie sehen ihr ähnlich.«

»Sie vermissen sie.«

Er wirkte überrascht. »Ich weiß nicht.« Er dachte eine Minute nach. »Ich vermisse . . . eine Frau . . .«, sagte er. »Eine Frau, zu der ich nach Hause komme. Ich weiß nicht, ob es ausgerechnet Linda ist. Was ist mit Ihnen? Vermissen Sie Ihren Mann?«

Der Schmerz, den diese Frage verursachte, war fürchterlich. Es war, als ob sie Simon leibhaftig ins Zimmer brächte . . . seinen Geruch, den Geschmack seiner Lippen. Sie drehte Bernie den Rücken zu und beschäftigte sich angelegentlich mit dem Käse.

»Wein oder Scotch?« fragte sie aufgekratzt, überrascht, daß sie überhaupt reden konnte.

»Wein.«

Sie gab ihm die Flasche und den Korkenzieher und hoffte, daß er nicht merkte, wie ihre Hände zitterten. Er nahm beides. Ihre Hände berührten sich. Er legte ihr eine Hand unters Kinn und hob ihr Gesicht zu sich hoch.

»Entschuldigung«, sagte er. »Eine blöde Frage.«

»Ihnen entgeht nichts.«

»Klar, wenn ich ins Fettnäpfchen getreten bin, merke ich es.«

Sie tätschelte seine Hand. »Sie sind ein netter Mann«, sagte sie. Sie trug den Käse und den Wein ins Wohnzimmer, und er folgte ihr mit den Gläsern, sein Päckchen immer noch unterm Arm. Sie war neugierig, was es war. »Ich bin gleich wieder da. Ich brauche nicht lange zum Anziehen.«

»Gehen Sie noch nicht. Leisten Sie mir Gesellschaft.«

»Hier drin?« Sie wies auf ihren Morgenmantel, wandte sich ab und schlug ihn enger um sich.

»Warum nicht. Er ist hübsch. Bequem.«

»Na gut. Für ein Glas.« Sie hielt ihm die Gläser entgegen, und er goß für sie beide ein. Sein Jackett war zugeknöpft. Sie wollte ihm sagen, er solle es ausziehen, es sich bequemer machen, hatte aber Angst davor, wie es klingen würde. Er erhob sein Glas. »Ein Prosit.« Sie erhob ihrs.

»Auf das Leben«, sagte er.

»Oder den Tod«, sagte sie. »Was immer zuerst kommt.«

Er stellte sein Glas ab. »Trinken Sie nicht darauf. Sie müssen das Leben respektieren.«

»Warum? Ist Ihres so wundervoll?«

»Vielleicht ist es mein Fehler gewesen, wenn es nicht wundervoll ist. Aber das Leben ist alles, was wir haben. Es ist alles, was wir von Gott wissen.«

Sie war überrascht. Sie wußte nicht, warum. »Glauben Sie an Gott?«

»Ich weiß nicht. Aber ich glaube an das Leben. Ich respektiere es. Sie nicht?«

»Ich weiß nicht. Jedenfalls nicht mein eigenes. Wenn ich könnte, würde ich es verschenken.« Sie lachte. »Kennen Sie jemanden, der ein Leben haben will, gebraucht, ein bißchen angeschlagen, reparaturbedürftig? Gratis.«

»Mit dem Leben dürfen Sie nicht scherzen.«

Habe ich gescherzt, überlegte sie. »Meinen Sie, Gott wird mich hören und mich bestrafen?«

»Glauben *Sie* an Gott?«

»Ich. Nein. Früher ja, vor langer Zeit. In einem anderen Leben. Die Leute haben Gott erfunden. Es ist ihre letzte Zuflucht vor dem Tod.«

»Sie haben keine Angst vor dem Tod?« fragte er.

»Nein.«

Vorsichtig sagte er: »Es wird behauptet, daß ein Mensch, der keine Angst vorm Tod hat, der das Leben nicht respektiert, jemand anderem das Leben nehmen könnte.«

Was würde ich mit dem Leben eines anderen anfangen wollen? Ich will mein eigenes nicht, dachte sie. Sie legte etwas Brie auf einen Cracker und reichte ihn ihm. Er schob ihn in seiner Hand hin und her.

»Glauben Sie das . . . was Sie gerade gesagt haben?« fragte sie.

»Ich weiß es nicht. Sie?«

Ihr wurde plötzlich schwindlig. Es mußte der Wein auf leeren Magen sein. Seit ihrem Joghurt-und-Kaffee Mittagessen hatte sie nichts mehr gegessen. Sie stellte ihr Glas Wein hin und schnitt sich ein Stück Käse ab. Sie spürte ein Pulsieren im Zimmer. Ein Warten. Sie spürte, wie er sie beobachtete. Sie lächelte. Ihr Lächeln war ihr Schutz.

»Ich glaube ... jeder könnte töten«, sagte sie leichthin, immer noch lächelnd. »Glauben Sie nicht?«

Gestern noch hätte er nein gesagt. Das Bild eines fetten Mädchens mit einer roten Haarmähne tauchte plötzlich vor ihm auf. Die Hitze stieg ihm ins Gesicht.

»Unabsichtlich, kann sein. Oder in einem Moment von Traurigkeit oder Verzweiflung oder Wahnsinn.« Er goß beiden noch einmal ein. Er schien weit weg von ihr zu sein. Im Zimmer war es mit einemmal sehr still. Sie leckte sich über die Lippen. Sie waren vom Wein klebrig. »Glauben Sie, daß Sie töten könnten?« fragte er. Sie hatte gewußt, daß er sie das fragen würde. »Glauben Sie, daß Sie töten könnten?« sagte er noch einmal. Es war, als säße er dicht neben ihr. »Sie haben noch gar keinen Käse gegessen«, sagte sie. »Mögen Sie keinen Brie? Das ist Jarlsberg, und das ist Ricottasalat. Es ist Schafskäse. Ganz lecker.«

Sie reichte ihm ein bißchen, und er aß es. »Köstlich«, sagte er. Er lächelte. »Nein, ich glaube, Sie könnten niemanden töten. Sie sind zu sanft.«

»Glauben Sie, daß ich sanft bin?«

»Ja. Oder sind Sie's nicht?«

»Schwach, glaube ich. Kraftlos. Das wird oft mit Sanftheit verwechselt.«

»Und andersherum«, sagte er. »Leute, die nicht kämpfen können, die sanft sind, werden als schwach bezeichnet.«

»Sie sind schwach. Die Leute sollten sich wehren, wenn sie verletzt werden. Zur rechten Zeit und am richtigen Ort«, hörte sie sich selbst sagen.

»Wer kann darüber wirklich urteilen?« sagte er. »Nur das Gesetz.«

Auf einmal hämmerte ihr Kopf wie verrückt. Ihr Mund fühlte sich wieder ekelig an. Sie mußte Mundwasser mitnehmen, wenn sie ausgingen.

Er sagte ruhig: »Ich glaube, letztlich ist es nicht Gott, der uns kontrolliert. Oder das Gesetz. Letztendlich sind wir es selbst. Das Schuldgefühl. Das Gewissen. Meinen Sie nicht?«

Ihr fehlten die Worte. Ihr Verstand schaltete sich ab. Oder hatte er sich schon vorher abgeschaltet? War sie es, die gesprochen hatte? Sie war sich selbst fremd. Es mußte der Wein sein.

Er saß dicht neben ihr. Beugte sich zu ihr hinüber. Sie stand auf. »Das ist eine komische Verabredung. Wir sind so ernst. Ich ziehe mich besser mal an. Machen Sie es sich bequem. Legen Sie Ihr Jackett ab. Essen Sie Käse. Es dauert nicht lang.« Sie ging schnell hinaus.

Er war allein im Zimmer. Er schwitzte. Mit seinem Taschentuch wischte er sich das Gesicht ab und machte sein Jackett auf. Der häßliche dunkelrote Fleck war auf dem ganzen Hemd. Er hatte das Jackett zugelassen, um ihn zu verbergen. Er sah sich in dem Zimmer um. Es war ein schönes Zimmer, gemütlich, mit einem hübschen künstlerischen Anflug. Die Vorhänge paßten nicht dazu. Zu elegant. Stammten vermutlich aus dem Haus. Er stand auf und guckte sich die Bücher auf den Bücherregalen an. Meist Klassiker. Ein ganzer Haufen Gedichte. Und ein Gartenbuch. Was haben Sie gesucht, Inspektor Bernstein? Krimis? Es gab eine Stereoanlage und einen Kassettenrecorder. Nicht neu. Nichts in dem Zimmer war neu. Sie hatte den Kassettenrecorder angelassen. Sie mußte ihn benutzt haben. Der Verstärker und das Gerät waren sehr warm.

»Hallo. Hier bin ich.«

»Das ging aber schnell. Und Sie sehen bezaubernd aus. Sie haben Ihren Kassettenrecorder angelassen.«

»Hab ich? Kann ich eigentlich nicht. Es ist Emmys. Seit gestern ist sie nicht mehr hier gewesen.«

»Ihre Tochter?«

»Ja.« Anna kam näher, um nachzusehen. »Wer kann ihn benutzt haben? Vielleicht ist sie heute nachmittag zu Hause gewesen, als ich bei der Arbeit war. Vielleicht hat sie eine

Nachricht drauf gesprochen. Aber das hat sie noch nie gemacht.«

»Er steht auf Aufnahme. Sie könnten es ja ausprobieren.«

»Könnte ich, ja. Aber dann gäbe es noch andere Anzeichen dafür, daß sie da war.« Sie drückte auf die Rückspultaste und starrte ihn an. »Ihr Hemd! Haben Sie sich Wein drübergeschüttet? Es müßte sofort gewaschen werden. Wenn man Salz drauf tut und Mineralwasser ...« Sie machte den Kassettenrecorder aus. »Man muß es waschen, wenn der Fleck noch frisch ist. Geben Sie es mir ...«

Er schüttelte den Kopf. »Das ist sehr freundlich von Ihnen. Nein. Es ist kein Wein. Es ist ... ein Unfall. Ich habe sogar ein sauberes Hemd.« Er zeigte zu der Tüte auf der Couch. »Wenn es Ihnen nichts ausmacht, würde ich mich gern umziehen.«

»Selbstverständlich. Warum haben Sie mir das nicht früher gesagt?«

»Ich wollte ja. Eigentlich ist das auch der Grund, warum ich zu früh war. Ich war in der Klemme. Ich hatte die Wahl: zum Hotel gehen und mich umziehen, und dann wäre ich zu spät gekommen, oder sofort hierherkommen, und ich würde zu früh sein. Ich habe mich dafür entschieden, ein Hemd aus dem Koffer in meinem Auto zu ziehen und sofort hierherzukommen. Zu früh. Ich hoffe, es hat Ihnen nichts ausgemacht.«

»Nein, natürlich nicht. Geben Sie mir das Hemd. Es muß sofort gewaschen werden, oder der Fleck bleibt drin. Es ist auch überall auf dem Kragen. Ich habe es noch gar nicht bemerkt. Es sieht so aus, als ob es immer noch feucht wäre.«

»Nein. Sie sind schon angezogen. Sie werden sich selbst schmutzig machen.«

»Ich passe auf.«

»Nein. Trotzdem danke. Sie sind sehr nett.« Er ergriff das saubere Hemd. »Wirklich, wissen Sie. Sehr nett. Und ich werde mich sogar noch schneller umziehen als Sie. Weil Sie hier in dem Dreh wohnen, suchen Sie das Restaurant aus.«

Sie deckte den Käse zu und ließ ihn mit dem Wein auf dem Arbeitstisch in der Küche. Vielleicht wollten sie etwas davon, falls sie hierher zurückkamen. Dann ging sie wieder zu dem Kassettenrecorder und nahm ihn mit zur Couch. Sie hatte die Hand wieder auf der Rückspultaste, als er in seinem sauberen Hemd aus dem Badezimmer kam.

»Das ging aber schnell. Und Sie sehen gut aus«, sagte sie.

Er lachte. »Ich habe mir auch das Gesicht gewaschen, als ich an meinem guten Aussehen gearbeitet habe.« Er hatte im Badezimmer auch ein paar Haare aus ihrem Kamm genommen; sie waren in einem Papiertaschentuch eingewickelt in seiner Tasche. Er bemerkte, daß sie den Kassettenrecorder in der Hand hatte. »Wenn Sie es abhören wollen ...«

»Nein, es ist albern. Wenn Emmy hier gewesen wäre, gäb es irgendein Anzeichen. Sie hätte einen Zettel hiergelassen. Soll ich Ihnen das Hemd wirklich nicht wenigstens einweichen?«

»Nein. Das nächste Mal, wenn ich Theo besuche, ziehe ich es an, so daß es egal ist, wenn er wieder mit dem Saft nach mir schmeißt.«

»Theo?«

»Mein Sohn. Er ist zwölf. Er hat einen Gehirnschaden.« Er blieb stehen und blickte sie an. »Das ist das erste Mal, daß ich das zu irgend jemandem außer meiner Frau laut gesagt habe. Das erste Mal.«

»Das klang aber nicht so, als ob Sie es kaum über die Lippen gebracht hätten.«

»Stimmt. Es ... es sagte sich einfach selbst, von selbst.« Er ging auf sie zu. »Es hat gut getan, es zu sagen. Meine Frau ... Linda ... spricht nicht darüber.«

»Es ist nicht Ihr Fehler, daß er gehirngeschädigt ist. Nicht wie bei einer Scheidung.«

»Ich bezweifle auch, daß das Ihr Fehler war.« Er hielt ihr Kinn wieder in seiner Hand und lächelte sie an. »Was immer der Grund, den Schaden hat er.« Zu rasch nahm er seine Hand weg.

»Ich bin am Verhungern. Lassen Sie uns gehen. Es regnet wieder. Nehmen Sie besser Ihren Schirm mit.«

»Wenn es regnet, können wir hier bleiben. Ich kann herrliche Omelettes.«

»Darauf wette ich. Ein andermal. Ich habe zwei Häuserblocks entfernt geparkt, Ihren Schirm werden Sie also wirklich brauchen.«

Sie holte ihn und ihren Mantel. »Er ist ziemlich kaputt. Ich hab's Ihnen doch gesagt.«

»Lassen Sie mal sehen. Vielleicht kann ich ihn ganzmachen.«

Er nahm ihn ihr ab und betrachtete ihn sorgfältig. Seine Hände zitterten. »Die Stange ist kaputt«, sagte er und bemühte sich, die Aufregung in seiner Stimme unter Kontrolle zu kriegen. Das war's. Er war sich sicher. Absolut. *Der* Schirm. Es war etwas. Ein Anfang. Er war auf dem richtigen Weg. Er machte ihn auf.

»Oh ... oh, nein ...«, sagte sie aufgebracht. »Das hätten Sie nicht tun dürfen. Es bringt Unglück, wenn man einen Schirm im Haus öffnet.«

»Das glauben Sie nicht wirklich!«

»Es ist albern, nehme ich an. Ich dachte, wir könnten uns gegenseitig Glück bringen.«

Sie stand im Flur, ihre Augen zur Erde gewandt, in ihrem weichen lilafarbenen Kleid, ihre Arme hingen herab, der rote Mantel in ihrer Hand schleifte auf dem Boden. Sie sah so einsam aus und ängstlich. Zerbrechlich. Fast wie ein Kind. Was tat er da? Niemand hatte den Schirm gesehen. Hatte er ihn sich ausgedacht? War er verrückt? Warum vergaß er die ganze Sache nicht?

Dann sah sie zu ihm hoch und lächelte. Sie hatte ein schönes, wehmütiges Lächeln. Sie hatte neben dem alten Mann ... Russell ... gestanden, und sie hatte ihr schönes, wehmütiges Lächeln gelächelt ...

Noch einmal mit Russell zu reden, würde nichts bringen. Vor Gericht wäre seine Aussage keinen Pfifferling wert.

»Mögen Sie italienisch?« sagte sie.

»Italienisch?«

»Italienisches Essen. Chinesisch, spanisch, indisch, amerikanisch? Oder vielleicht Fisch? Es ist alles in der Nähe.«

»Sie bestimmen.« Er machte den Schirm zu und nahm ihn mit hinaus. Er war deprimiert. Er hätte in Hochstimmung sein müssen, erregt.

»Ich weiß was«, sagte sie und sah auf einmal froh aus, »wenn Ihnen das Fahren nichts ausmacht, es gibt ein Lokal nicht weit von hier, wo das Essen nicht schlecht ist und wo man tanzen kann.«

Wegen ihres Lächelns fühlte er sich zu ihr hingezogen. Ihr Lächeln bewirkte, daß er sie beschützen, ihr Sicherheit geben wollte. Es war so kläglich, so zögernd, es wagte sich vor und war doch voller Angst. Er wollte gerade den Arm um sie legen, hielt dann aber inne und streckte die Hand statt dessen nach dem Aufzugknopf aus, den sie schon gedrückt hatte. Nachdrücklich sagte er zu sich selbst: »Du bist ein Bulle an einem Fall, Bernstein, kein mittelalterlicher Draufgänger. Ein Bulle an einem Fall.«

Sie schien seinen plötzlichen Rückzug gespürt zu haben. Ihr Lächeln verschwand. Ohne ein Wort zu sagen, blickte sie starr vor sich auf die Aufzugtür.

28. KAPITEL

Feeley wollte gerade sein Büro verlassen, als das Telefon klingelte. Er zögerte und ging dann dran. Er ärgerte sich, als er Jake Harris' Stimme hörte. »Feeley, haben Sie zufällig heute nachmittag Zeitung gelesen? Die *New York Post,* wenn ich den Namen aussprechen darf?«

»Ich arbeite für mein Geld. Ich sitz nicht rum und lese Zeitung. Was gibt's?«

»Jugendlicher Herointoter im Kennedy-Flughafen, in der Toilette. Analverkehr gab's auch.«

»Wissen Sie, wieviele Jugendliche in dieser Stadt heute nacht eine Überdosis genommen haben? Es ist eine Scheißepidemie. Außerdem gehört der Flughafen zu Queens, nicht mein Gebiet.«

»Der Junge heißt Stone. Steven Stone.« Feeley setzte sich hin und öffnete seinen Mantel. »Seine Mutter ist hysterisch. Sie waren auf dem Weg in die Ferien nach Florida. Sagt die ganze Zeit, daß sein Vater schuld ist. Sie sind geschieden.«

»Der Vater heißt George Stone?«

»Ja. Sie sollten hören, mit was für Namen sie ihn belegt. Das würde einen betrunkenen Seemann verlegen machen.«

»Danke, Jake.«

»Bis jetzt hat sie nicht erwähnt, daß er tot ist. Glauben Sie, daß sie es nicht weiß?«

»Sie weiß es.«

»Ich kann es nicht länger unter dem Tisch halten, Feeley. Verstehen Sie. Deshalb habe ich angerufen.«

»Ja, o.k. Jake.«

Feeley rief seine Frau an und sagte ihr, er würde spät kommen, und hörte ungeduldig zu, als sie ihm sagte, was sie von seinem Job, der Abteilung, der verdammten Scheißstadt und ihm dachte. Auch von seiner Mutter. Seine Mutter konnte sie nämlich auch nicht leiden.

Dann sagte er: »Ich liebe dich, Schatz«, und legte auf.

Er rief bei Bernie zu Hause an.

Das Kind war dran. Als Feeley nach dem Inspektor fragte, sagte der Junge: »Er wohnt nicht mehr hier«, und legte auf.

Kevin war verblüfft. Eine ganze Minute lang starrte er auf den Hörer in seiner Hand, und dann fiel ihm ein, daß der Junge plemplem war. Sean hatte es einige Male erwähnt, aber sich nicht weiter darüber ausgelassen. Schließlich war es ja auch das Kind von Seans Schwester.

Er wählte noch einmal, und als der Junge antwortete, versuchte Feeley, seine Stimme zu verändern, und fragte nach Mrs. Bernstein. Der Junge sagte: »Warum haben Sie das nicht beim ersten Mal gesagt, als Sie angerufen haben?« und ging weg, und dann kam Linda ans Telefon. Feeley sagte: »Hallo, Linda wie geht es dir? Hier ist Kevin Feeley.«

»Gut, Kevin. Wie geht es dir? Wie geht's Josephine?«

»Gut. Gut, danke.«

»Und den Jungen?«

»Auch gut. Treiben uns in den Wahnsinn, wie üblich.«

»Grüß schön von mir.«

Es war genauso wie jedes Mal, wenn er mit ihr reden mußte. An dieser Stelle holte sie immer ihren Mann. Diesmal mußte er fragen: »Kann ich den Inspektor sprechen?«

Sie zögerte. Das konnte er hören. »Er ist nicht da, Kevin.«

»Es ist ziemlich wichtig, glaube ich. Wenn du von ihm hörst, würdest du ihn bitten, mich anzurufen?«

»Falls ich von ihm höre.«

»Weißt du zufällig, wo ich versuchen könnte, ihn zu erreichen?«

»Nein.«

Im Hintergrund hörte er ein Krachen, und sie mußte die Sprechmuschel zugehalten haben, weil er überhaupt nichts mehr hörte, und dann sagte sie schnell »Auf Wiederhören« und legte auf.

Wieder guckte er gedankenverloren auf das Telefon in seiner Hand und legte es dann ab. Irgendeine Scheiße war mit Bernstein im Gange. Der Junge hatte gesagt, er wohne nicht mehr da, und Linda hatte gesagt, »*falls* ich von ihm höre«.

Hatte Bernie seine Frau verlassen? Bernie?

Niemals. Er hatte nie eine andere Frau angesehen. Er hatte nie auch nur Witze über Frauen gemacht. Auf dem Nachhauseweg ging er nie in eine Kneipe. Hing nie abends spät noch rum für 'ne kleine Runde Poker. War irgendwas los mit ihm?

Vielleicht hatte Linda ihn rausgeschmissen. Leicht konnte es nicht sein, mit Herrn Saubermann zu leben.

Er nahm wieder den Hörer ab und wählte die Nummer des Reviers in Queens. Er wollte mit dieser Stone sprechen. Der Fall kam in die Gänge, wurde interessant. Er wollte wirklich mit Bernie darüber sprechen. Bernie war ein wahnsinnig guter Ermittler gewesen. Kevin fragte sich, was Bernie wußte, über das er nicht sprach. Es sah ihm auch nicht ähnlich, Informationen zurückzuhalten, selbst wenn es nur Spekulationen waren. Er würde jeden hängen, der das täte. Es war keine ordentliche Polizeiarbeit. Bernie war immer ein ordentlicher Polizist gewesen.

Kevin hoffte, daß alles in Ordnung war. Er mochte den Burschen nämlich wirklich sehr gern. Bewunderte ihn. Sie hatten viele Jahre zusammengearbeitet. Er war vielleicht ein bißchen pingelig, aber ein guter Kerl. Absolut.

Und darüber hinaus stand Kevin in seiner Schuld.

29. KAPITEL

Draußen hielt Bernie ihr den Schirm gegen den Regen, der nicht viel mehr als dichter Nebel war. Das Schweigen war ungemütlich geworden. Ein wesentlicher Teil von ihr hatte sich zurückgezogen. Er mußte ihn wiedergewinnen.

Sobald sie im Auto waren, sagte er fröhlich: »Gut, Sie dirigieren.«

Da lächelte sie auch, zu strahlend, das Lächeln, das sie wahrscheinlich für die Singlestanzereien aufsetzte. »Wollen Sie wirklich? Ich meine, wollen Sie tanzen?«

Er lächelte sie auch an und hatte den Verdacht, daß sein Lächeln genauso wie ihrs war. Daß er so nicht weiterkam, wußte er. »Ich will. Wo?«

»Es könnte teurer sein als die Kneipen hier in der Gegend.«

»Das spielt keine Rolle. Wir wollen feiern.«

»Feiern, was?«

»Alles, jedes. Unser Treffen. Den Regen.«

Sie lachte. Es war fast echt. Sie kam zurück, aber vorsichtig. »Den Regen?«

»Warum nicht? Er läßt die Blumen wachsen.« Auf einmal fielen ihm die Rosen, die er für Linda gekauft hatte, ein, die jetzt möglicherweise welk im Kofferraum seines Wagens lagen. Er wünschte, er hätte Anna Rosen mitgebracht.

Sie sagte ihm, wo das Restaurant war, ungefähr fünfzehn Meilen entfernt, auf Long Island, und lehnte ihren Kopf zurück, halb wieder bei ihm, halb im Versteck. Er ließ den Motor an.

»Gut«, sagte er. »Heute abend machen wir einen drauf.« Mach langsam, Bernstein. Langsam. Ein Spiel. »Entspannen Sie sich. Schließen Sie die Augen. Machen Sie Ihren Kopf leer. Nicht denken.«

»Hmmmm.«

War sie wieder bei ihm? »Jetzt geben Sie die erste Antwort, die Ihnen in den Sinn kommt. Erzählen Sie mir von sich.«

»Ich bin geschieden«, sagte sie.

»Ist das Ihr Ausweis?« sagte er ärgerlich. »An Ihnen muß mehr dran sein als das.«

Sie antwortete nicht. Er befürchtete, daß er sie wieder verloren hatte. Er sagte: »Sie müssen sehr wütend auf ihn sein.«

»Nein«, sagte sie. »Ich bin auf mich selber wütend. Ich habe versagt.«

»Was haben Sie falsch gemacht?«

»Ich weiß es nicht. Deswegen ist es so schwer.«

»Also waren Sie nicht die vollkommene Ehefrau. War Ihr Mann der vollkommene Ehemann?«

»Ich habe ihn geliebt. Nach Vollkommenheit habe ich nicht gesucht. Er war achtundzwanzig Jahre lang mein Mann. Ich habe ihn geliebt.«

»Sie *müssen* sehr wütend auf ihn sein.«

»Bin ich nicht! Bin ich nicht!« sagte sie zornig.

»Sie klingen wütend.«

»So grausam hätte er am Ende nicht zu sein brauchen. Er hätte mich nicht verletzen und demütigen müssen. Die Psychofrau sagt, es war deshalb, weil er sich schuldig gefühlt hat.«

»Wahrscheinlicher ist, daß er Sie so wütend machen wollte, damit Sie ihn verließen. Vor Gericht hätte er mehr rausgeholt, wenn Sie ihn verlassen hätten.«

»Er hat auch so genug rausgeholt.«

»Möglicherweise, weil sie nicht gekämpft haben.«

»Ich habe nicht wirklich geglaubt, daß ich das mußte.«

»Sie hatten den Mut verloren. Das kann ich verstehen.«

»Sie haben sich selbst nicht für wert gehalten«, hatte die Psychofrau gesagt. *»Sie haben seine Einschätzung von Ihnen akzeptiert ...«*

»Ich konnte mich nicht dazu bringen, zu glauben, daß er mich verletzen wollte. Nach all den gemeinsamen Jahren. Und wir hatten ein Kind. Ich habe ihn nie mit Absicht verletzt. Ich mag ihm nicht gerecht geworden sein, aber ich habe nie versucht, ihn zu verletzen.« Auf einmal setzte sie sich auf. »Möchten Sie ein Kaugummi?« sagte sie, zu fröhlich. Sie wickelte es für ihn aus und für sich auch ein Stück. »Ich wollte Sie nicht anöden.«

»Ich bin nicht angeödet.«

»Erzählen Sie mir von sich«, sagte sie.

»Soll ich mich entspannen und meine Augen zumachen?«

»Wenn Sie mögen«, sagte sie, immer noch fröhlich.

»Dann können Sie auf keine von Louise Kings Partys mehr gehen.«

»Gebongt«, sagte sie lachend. »Sind Sie jemals auf ihren Partys gewesen?«

»Nein. Am Samstag war eine, nicht wahr?«

»Ja, es war langweilig.« Sie schloß wieder die Augen, lehnte sich zurück und runzelte die Stirn. Er betrachtete sie. Sie sah aus, als versuche sie, sich an etwas zu erinnern. Sie sagte wie zu sich selbst: »Es war eine sehr langweilige Party. Louise fragte, ob ich auf sie warten und sie nach Hause mitnehmen könnte ... glaube ich.«

»Warum hat sie ausgerechnet Sie gefragt?«

»Wir wohnten früher im selben Stadtteil. In derselben Straße.«

»Haben Sie sie nach Hause gebracht?«

»Ich glaube nicht«, sagte sie langsam.

»Erinnern Sie sich nicht?«

»Ich habe sie nicht nach Hause gebracht.«

»Ich nehme an, nachher sind Sie noch zu einer besseren Party gegangen.«

»Glauben Sie?«

»Bei George«, sagte er einfach so.

»George? Ich kenne keinen George.«

»In der Amsterdam Avenue. 'Ne laute Party Jazz. Shit.«

Sie lachte und richtete sich auf: »In meinem ganzen Leben habe ich noch keinen Shit geraucht. Das ist wahrscheinlich lächerlich. Ein Mensch in meinem Alter sollte ihn wenigstens mal versucht haben. Ich hab's nie. Sie?«

»Versucht? Klar. Einige Male. Hat mir nicht die Bohne gebracht.«

Er sah sie wieder an. Sie hatte sich wieder in sich selbst zurückgezogen.

Laß es gut sein, Bernstein. Er machte einen Musiksender an. Eine Weile fuhren sie schweigend. Es war nicht unangenehm.

»Ist das nicht das Restaurant, auf der anderen Straßenseite?«

Sie rappelte sich auf. »Ja. Sie müssen bis zu der Ecke fahren und links in die Straße einbiegen und dann wenden und zurückkommen.«

»Warum kann ich hier nicht links abbiegen?«

»Da ist eine doppelte gelbe Line. Es ist verboten«, sagte sie.

»Hier gibt es keine Bullen.«

»Aber es ist verboten«, sagte sie ernsthaft.

Er lächelte. Es war ihm nicht bewußt, daß er lächelte. Sie sah das Lächeln und sagte: »Habe ich was Falsches gesagt?«

Er klopfte ihr beschwichtigend auf die Hand. »Nein, ganz und gar nicht.« Ihre Finger unter seinen waren angespannt. »He, keine Aufregung . . .«, sagte er. Er streichelte ihre Finger und spürte, wie sie sich nervös bewegten und dann ruhig unter seinen lagen wie ein zerbrechlicher Vogel.

Er dachte an seine erste Nacht mit Linda. Er erinnerte sich an ihre kleinen keuchenden Schreie ängstlicher Lust. Und hinterher, wie sie sich in seinen Armen ausruhte, wie ein zutraulicher Vogel, zerbrechlich und weich.

Sie sagte: »Einen Dollar für Ihre Gedanken.«

»Früher war's ein Penny.«

»Die Inflation«, sagte sie.

Er fuhr in die Parklücke und hielt an. Er blieb einen Moment sitzen und sah sich um. Auf der anderen Straßenseite war ein Motel, das mit Wasserbetten, Farbfernseher und Sexfilmen warb. Das Licht seines an- und ausgehenden Firmenzeichens ließ ihr Gesicht erröten. Ihm kam der Gedanke, daß sie mit einem anderen Mann ihre Verabredung zum Essen vielleicht in dem Motel abgeschlossen hätte. Der Gedanke war ihm unangenehm, machte ihn sogar aggressiv. Auf der einen Seite des Motels war ein Burger King, auf der anderen ein Chinarestaurant. Ihre Finger bewegten sich. Es wurde ihm bewußt, daß er immer noch ihre Hand hielt. Er überlegte, was passieren würde, wenn er einfach so dahinsagen würde: »Haben Sie das über diesen Mord gelesen? Es ist in allen Zeitungen. Eine gruselige Angelegenheit. Dem Mann ist der Penis abgebissen worden.«

Jetzt war nicht der richtige Zeitpunkt; sie hatte eine Hand an der Tür.

»Wenn Sie gestatten . . .«, sagte er lächelnd, stieg aus, ging um das Auto herum auf ihre Seite, um die Tür zu öffnen, und half ihr heraus. »Die Ritterlichkeit ist noch nicht tot«, sagte sie.

»Sie ist wie die Wahrheit«, sagte er. »Sie wird nie sterben, aber sie führt ein elendes Leben.«

»Ich wußte gar nicht, daß Sie zynisch sind.«

»Ich auch nicht.« Er lachte. »Ich glaube, in Wirklichkeit wissen wir gar nicht, was wir sind. Oder wir sind zu verschiedenen Zeiten Verschiedenes.« Er lachte wieder. »Im Augenblick bin ich hauptsächlich hungrig.«

Und außerdem bist du ein Bulle, sagte er sich noch einmal mit allem Nachdruck. Ein Bulle an einem Fall. Vergiß das nicht.

Beim Abendessen sagte er das wieder zu sich selbst. Er genoß das Essen. Vielleicht war es, wie sie ihn umsorgte. Ihm fehlte eine Gabel, und sie gab ihm ihre ohne ein Wort, und sie hörte ihm zu, wenn er sprach; sie guckte ihn an, als ob sie ihn wirklich sähe. Er hatte vergessen, wie schön das war. Vielleicht war es ihre Aufmerksamkeit für ihn oder das weiße Tischtuch und das Silber und die rubinroten Kelchgläser und die Kerze in dem rubinroten Kerzenhalter und die frische Rose in einer Vase auf dem Tisch. Vielleicht war es auch einfach das Abendessen ohne Theo. Er konnte sich nicht erinnern, wann er und Linda das letztemal allein essengegangen waren. Es war ihm bewußt, daß er sich wohl fühlte. Er war dankbar, als sie sagte, ihr Essen sei herrlich. Er freute sich darüber. Sie sah erfreut aus, als er sagte, sein Fisch sei sehr lecker. Daß er die Wahl des Restaurants gut fand. Hier müßten sie wieder hingehen, sagte er, und wußte, daß er es meinte. Er wollte wiederkommen. Mit ihr.

Als die Band zur Pause ging, führte er sie von der Tanzfläche und hielt dabei ihre Hand. Er bestellte mehr Wein, und sie tranken ihn langsam. Und dann erzählte er ihr von Theo. Was aus zwölf Jahren zu erzählen war. Er wußte nicht, wie es dazu kam. Er erzählte es ihr, wie es war, wie er es empfand. Sie hörte zu. Mit Anteilnahme. Als die Band nach einer halben Stunde zurückkam, hielt er immer noch ihre Hand, und er führte sie auf die Tanzfläche, weil er dicht bei ihr sein wollte.

Sie sagte: »Sie tanzen sehr gut.«

»Ich bin eingerostet«, sagte er.

Sie schüttelte den Kopf und schmiegte sich enger an ihn. Ihr Kopf lag an seiner Schulter. Er spürte, daß sie mit geschlossenen Augen tanzte. Er hielt sie fest, als ob er sie beschützte, bewegte sich sanft, damit sie nicht stolperte. Es gefiel ihm also. Er fühlte sich wohl. Was war daran unrecht? Was konnte es schaden?

So so, Inspektor Bernstein, es schadet also nichts, wenn die Bullen die Huren ficken, bevor sie sie einbuchten? Auf meinem Revier passiert das nicht. Nicht in Bernsteins Revier. Nicht, wenn sie ihre Jobs behalten wollen. Stimmt das, Bernstein?

Was, zum Teufel, war mit ihm los?

Er sagte: »Tut mir leid, daß ich ein Spielverderber sein muß. Ich muß morgen arbeiten.«

Sie seufzte und nickte und sagte dann auf einmal: »Glauben Sie, die würden einen Walzer für uns spielen, wenn Sie sie darum bitten? Den letzten Tanz ...«

In ihrem Eifer war etwas Kindliches und Anrührendes. Er konnte es ihr nicht abschlagen. Und er wollte auch einen Walzer tanzen.

Die Band spielte den Walzer für sie. Es war ein wunderschöner Walzer, dachte er.

Sie lachte, als sie aufhörten, außer Atem und strahlend. Ihre Freude war ansteckend. Sie sagte: »Danke« und umarmte ihn spontan und küßte ihn auf die Wange und ging dann verwirrt zurück zum Tisch. Auf der Rückfahrt im Auto saß sie näher bei ihm. Sie wirkte entspannt, glücklich. Darum fühlte er sich auch wohl. Es war so lange her, daß eine Frau mit ihm glücklich gewesen war, so lange her, daß er das Gefühl gehabt hatte, daß er eine Frau glücklich machen konnte. Er wollte sie berühren. Er legte seine Hand auf ihre.

Sie sagte: »Kommen Sie noch mit rauf auf einen Schlaftrunk?«

Er konnte nicht nein sagen. Er konnte sie doch nicht kränken, oder? »Wenn es Ihnen nicht zu spät wird«, sagte er.

»Es wird nicht zu spät.«

Sie sah zufrieden aus. Als sie vom Auto zu ihrem Haus gingen, legte sie ihren Arm durch seinen, und ihre Finger berührten sich. Er nahm ihre Hand und hielt sie locker. Sie schien in seiner Hand Ruhe zu finden. Sie gingen sehr eng nebeneinander.

Und dann kamen sie auf dem Weg zu ihrer Wohnung an dem Raum vorbei, wo der Müll verbrannt wurde. Draußen hatte jemand einen Packen Zeitungen hingelegt. Obendrauf war die New *York Post* von heute. Die sechs Zentimeter hohe Schlagzeile schrie: JUGENDLICHER HEROINTOTER AM FLUGHAFEN. In etwas kleineren Buchstaben ging es weiter. »Der sechzehnjährige Steven Stone . . .«

Stone!

Er nahm die Zeitung von dem Packen und las rasch. Janet Stone!

Anna wartete an ihrer offenen Wohnungstür auf ihn. Sie sah ihn fragend an.

»Mir ist gerade was eingefallen. Ich muß noch was erledigen . . . wegen . . . Theo . . . Hören Sie, es war wunderschön. Wirklich wunderschön. Aber ich muß jetzt gehen. Ich rufe Sie morgen an . . .«

Sie sah überrascht und dann verletzt aus. Und dann verschloß sich ihr Gesicht wieder, und er konnte ihm nichts ansehen. So konnte er nicht gehen. Wirklich nicht. Er ging dicht zu ihr hin.

»Gute Nacht«, sagte er.

»Gute Nacht.«

Er stand da, verlegen, ungeduldig und hin- und hergerissen. Sie drehte sich um, um hineinzugehen. Er packte sie am Arm. »Gute Nacht«, sagte er noch einmal. »Ich kann mich nicht erinnern, wann ich das letztemal einen Abend so sehr genossen habe.«

Sie antwortete nichts.

»Ich rufe Sie an. Ich kann es jetzt nicht erklären.«

Sie nickte, sagte nichts. Er hielt sie am Arm fest. Er zog sie an sich. Er wußte nicht, daß es geschehen würde; er wollte sie auf die Wange küssen, freundlich sein, den Kontakt halten. Er küßte sie auf den Mund. Er hielt sie und küßte sie hart auf den Mund. Dann drehte er sich um und ging schnell den Flur hinunter zur Treppe.

Was machst du, Bernstein? Was, zum Teufel, machst du da? Sein Herz klopfte. Er raste die Treppen hinunter zum Auto und fuhr sehr schnell zu dem Revier in Queens, das in der Zeitung erwähnt worden war. Der Chef der Ermittlung dort, Joe Scanlon, war ein früherer Kollege von ihm.

30. KAPITEL

Durch einen Einwegspiegel auf dem Revier in Queens beobachteten Bernie und Detective Feeley Detective Scanlon, der mit Janet Stone redete. Sie hatte noch geschwollene Augen, aber jetzt weinte sie nicht mehr. Ein junger Polizist kam in das Zimmer und bot ihr eine Tasse Kaffee an. Sie schüttelte den Kopf.

»Können wir es noch einmal durchgehen, Mrs. Stone?« sagte Scanlon ruhig. »Sie sagen, Sie waren am Samstagabend zu Hause und spielten mit einigen Frauen Mah-Jongg?«

»Bridge. Ich habe gesagt, daß wir Bridge gespielt haben.« Ihre Stimme klang angespannt.

»Tut mir leid. Bridge. Sie sind ungefähr um dreiundzwanzig Uhr dreißig gegangen. Was passierte, nachdem sie gegangen waren?«

»Das hatten wir alles schon einmal. Tausendmal!« Sie schrie plötzlich oder versuchte es. Ihre Stimme war heiser und angestrengt. »Ich habe es Ihnen wieder und wieder gesagt. Sie haben mein Haus ungefähr um dreiundzwanzig Uhr dreißig verlassen. Die genaue Zeit weiß ich nicht. Ich habe sie nicht an der

Stechuhr vorbeigeführt. Ich habe aufgeräumt und bin ins Bett gegangen.« Ihre Stimme brach, und sie fing an zu husten. Der Kommissar bot ihr den Kaffee noch einmal an. Sie winkte ab, besann sich dann und nahm ihn. Sie trank einen Schluck und stellte ihn auf dem Tisch ab. Müde, ihre Stimme kaum mehr als ein krächzendes Flüstern, sagte sie: »Wenn Sie glauben, daß ich das Arschloch getötet habe, stellen Sie mich unter Anklage, aber lassen Sie mich in Ruhe . . .«

»Sie haben ihn gehaßt.«

»Natürlich. Ich hasse ihn noch. Aber ich habe ihn nicht getötet. Ich hätte ihn längst töten sollen. Ich bedaure, daß ich es nicht getan habe. Aber ich habe es nicht getan. Jetzt erheben Sie Anklage gegen mich, oder lassen Sie mich nach Hause.«

»Darum geht es gar nicht, Mrs. Stone«, lächelte Scanlon sehr freundlich. Er hatte ein breites, offenes Gesicht mit Sommersprossen. »Wir brauchen Ihre Hilfe.«

»Zu grob«, murmelte Bernie. »Er macht es zu grob.«

»Sie sollten eine Pause machen, bis sie den Bericht über ihr Gebiß von ihrem Zahnarzt haben«, sagte Feeley.

Bernie schüttelte den Kopf. »Nein. Vielleicht kann sie uns jetzt was erzählen, wo sie zu aufgeregt ist, um es zu verbergen.«

Scanlon probierte es nun mit einem scherzhaften Ton. »Mrs. Stone, Sie sehen fern. Sie wissen, wenn wir Sie für schuldig hielten, würden wir Sie auf Ihre Rechte hinweisen.«

»Tun Sie das«, sagte sie. »Weisen Sie mich auf meine Rechte hin. Auf alle. Die Rechte einer Frau im mittleren Alter, deren Mann sich plötzlich in die Lustprinzip-Generation begibt. Ich hatte drei kleine Kinder. Erzählen Sie mir was von deren Rechten in einer hirnlosen, drogenverseuchten, selbstverliebten Welt. Wer hilft einer alleinstehenden Frau mit drei Kindern? Wer hilft den Kindern? Was wäre passiert, wenn ich auch beschlossen hätte, abzuheben?« Sie weinte wieder. »Denken Sie vielleicht nicht, ich hätte nicht tausendmal alles zum Teufel gewünscht und daran gedacht, wegzulaufen . . .«

»Es gibt jede Menge Frauen der Lustprinzip-Generation«, sagte der junge Polizist mit offensichtlicher Bitterkeit.

Scanlon starrte ihn an. Aber Mrs. Stone nahm von keinem der beiden Notiz. Sie weinte hemmungslos. »Warum weisen Sie Stevie nicht auch auf seine Rechte hin? Was hatte er nach Recht und Gesetz von seinem Vater zu erwarten?«

»Haben sie sich verstanden? Stevie und sein Vater?«

»Natürlich. Stevie hat seinen Vater geliebt. Warum nicht? Ich war die Böse. Mir blieb es vorbehalten, nein zu ihm zu sagen.«

»War er zu jedem Zeitpunkt am Samstagabend mit seinem Vater zusammen?«

»Das fragen Sie mich dauernd. Woher soll ich das wissen?«

»Hat er Ihnen nicht gesagt, wo er gewesen ist?«

»Nein. Natürlich nicht. Er hat mir nie etwas gesagt. Ich habe ihn nicht gefragt. Die Sozialarbeiterin hat gesagt, stellen Sie ihm keine Fragen. Setzen Sie ihn nicht unter Druck.«

»Er hat Sie um fünf Uhr morgens angerufen, und Sie haben ihn von einem Telefon an einer Straßenecke abgeholt. Sie haben ihm keine Fragen gestellt?« Scanlon klang ungläubig.

»Glauben Sie, Sie hätten Fragen gestellt?«

»Sie haben verdammt recht«, sagte Scanlon.

»Falsche Taktik, falsche Taktik«, murmelte Bernie. »Sie braucht Mitgefühl, keine Kritik.«

»Für eine Frau allein ist es schwer«, sagte Feeley »Die Jugendlichen von heute ... Ich glaube nicht, daß Josie es allein schaffen würde.«

Bernie sagte nichts. Feeley wurde rot. Bernie sah die Farbe in seinem Gesicht und sah verlegen weg. Seinetwegen? Wegen Feeley? Wegen Linda? Er wußte es nicht. Aber ihm wurde klar, daß Feeley bei ihm zu Hause angerufen haben mußte ... seinem früheren Zuhause. Also wußte er Bescheid.

Janet Stone sagte: »Stevie hat ihn auch nicht getötet. Er hat ihn geliebt. Er ist ein Telefon suchen gegangen, um ihn anzurufen, um ihm auf Wiedersehen zu sagen, weil wir in Ferien fuhren.«

»Vielleicht wußte Stevie, wer mit seinem Vater am Samstagabend zusammen war. Er hat es Ihnen vielleicht erzählt. Hat er nicht irgend etwas gesagt? Gab es da eine Party? Wer war da? Irgend etwas muß er rausgelassen haben. Versuchen Sie zu überlegen. Es könnte uns helfen, herauszufinden, was Stevie zugestoßen ist. Alles könnte helfen. Alles könnte ein Anfang scin.«

»Er hat mir nichts gesagt.«

»Ich kann verstehen, daß es Ihnen wirklich einerlei ist, wer Ihren Mann getötet hat . . .«

»Es ist mir nicht einerlei. Wenn Sie ihn finden, geben Sie mir Bescheid. Ich werde ihm gratulieren.«

»Werden Sie auch dem gratulieren, der Ihren Sohn getötet hat? Es könnte genau derselbe sein, oder es könnte eine Verbindung bestehen.«

»Wenn das stimmt, ist George schuld. An allem ist George schuld.«

»Wollen Sie nicht, daß wir herausfinden, wer es ist?«

»Wird es Stevie zurückbringen, allen möglichen Müll auszugraben?«

»Was für Müll, Mrs. Stone?«

»Weiß ich doch nicht! Weiß ich doch nicht! Ich weiß gar nichts! Lassen Sie mich in Ruhe!« Sie weinte hemmungslos.

Scanlon wandte sich ab und ging zur Tür. Mit der Hand auf dem Türdrücker sah er zurück und sagte so nebenbei: »Übrigens, Mrs. Stone, was ist mit Ihrem Regenschirm?«

Aus dem Augenwinkel sah Bernie, daß Feeley sich umdrehte und ihn anguckte. Seine Miene blieb ausdruckslos. Scanlon stellte Mrs. Stone die Frage noch einmal, die ihn, ohne etwas zu begreifen, ansah.

»Regenschirm?« fragte sie.

»Aus gelbem Plastik mit einer kaputten Stange?« Der Kommissar sandte einen unwillkürlichen, kurzen Blick in Richtung des Einwegspiegels. Bernie blickte die Frau forschend an. Schließlich konnten viele Leute solche Schirme haben; und billige Schirme; deren Stangen gingen oft kaputt. Mrs. Stone sah total verwirrt aus.

»Hatte Stevie solch einen Schirm?«

»Stevie hat nie einen Schirm benutzt.«

Bernie wurde sich eines Gefühls der Enttäuschung bewußt. Und er wurde sich dessen bewußt, wie inständig er gehofft hatte, daß diese Frau auch so einen Schirm gehabt hätte, daß der, den er in Stones Wohnung gesehen hatte, ihrer gewesen war. Oder wenigstens nicht Annas.

Scanlon sagte: »Zu keinem Zeitpunkt waren Sie am Samstagabend in der Wohnung Ihres Ex-Mannes?«

»Nein. Auf keinen Fall. Ich hatte nichts mit ihm zu schaffen.«

»Sie kannten keinen von seinen Freunden oder Freundinnen?«

»Nein.«

»Und Sie wissen nicht, ob Ihr Sohn da war?«

»Nein.«

»Oder wo er war?«

»Nein.«

»Trotz der späten Tageszeit stellten Sie ihm keine Fragen?«

»Nein! Nein! Nein! Lassen Sie mich in Ruhe!« Sie vergrub ihr Gesicht in den Händen und weinte fürchterlich.

Einen Augenblick lang sah Scanlon sie an. »Mrs. Stone, falls Sie sich zufällig an etwas erinnern ... an irgend etwas, das uns helfen könnte ... Ihnen helfen ... einem anderen Jugendlichen helfen ... werden Sie uns anrufen?«

Weinend nickte sie.

»Und natürlich, bleiben Sie in der Stadt. Nur für den Fall, daß wir Sie brauchen.« Unwillkürlich sah er noch einmal in Richtung Bernie und ging aus dem Zimmer. Bernie betrachtete Mrs.

Stone. Eine Frau in den mittleren Jahren mit dem dicken Körper der mittleren Jahre, abgesunkenen Brüsten, kurzem schwarzem Haar, das grau wurde, ohne modischen Schnitt. Sie war auch nicht modisch gekleidet.

Etwas war ihm an dieser trauernden Gestalt vertraut. Wie sie den Kopf in die Hände gebeugt hatte, erinnerte sie ihn an seine Mutter. Sie mußte etwa im selben Alter sein wie seine Mutter, als sein Vater starb. Dessen Tod hatte seine Mutter zerstört. Davon hatte sie sich nie wieder erholt. Wenn er an alleinstehende Frauen dachte, kam ihm immer seine Mutter in den Sinn. Hatte er sie geliebt? Warum fragte er sich das jetzt? Als sein Vater gestorben war, hatte er sich keine Fragen gestellt. Er war vom College abgegangen, hatte sich einen Job gesucht, war der Mann im Haus geworden, der Vater für seine beiden kleinen Schwestern, hatte die Entscheidungen gefällt, die sein Vater gefällt hätte in der Art und Weise, wie es sein Vater getan hätte. Sogar jetzt hatte er ein gutes Gefühl, wenn er an seinen Vater dachte. Der war ein mittelgroßer Mann gewesen, untersetzt, mit Glatze und Brille, schnell wütend, noch schneller besänftigt, impulsiv, gefühlvoll. Zwölf Stunden am Tag sechs Tage in der Woche hatte er in seinem Schneidergeschäft gearbeitet. Am Samstag ging er mit seinem Sohn angeln oder mit der ganzen Familie in den Park. Er liebte Kinder über alles, knuddelte sie und küßte sie alle, sogar seinen Sohn. Bernie lächelte, als er sich daran erinnerte, wie er sich hinunterbeugen mußte, damit ihn sein Vater küssen konnte; sein Vater hatte das wunderbar gefunden.

Er hatte seinen Vater geliebt. Er hatte genauso ein Vater wie er werden wollen.

»Verkehrte Welt«, sagte Feeley plötzlich. »Wohin gehen wir alle? Wo endet das alles einmal? Was ist mit der Liebe passiert ... zum Beispiel, bis daß der Tod uns scheide, trotz all unserer Macken ...«

Bernie lachte. »Sag mir, wo die Blumen sind!«

Scanlon kam rein und schmiß sich auf einen Stuhl. »Was meinst du, Bern?«

»Wozu?«

»Zum Leben auf dem Mars. Was, zum Teufel, glaubst du wohl, was ich meine?« Er holte eine Schachtel Zigaretten heraus und bot sie reihum an. Bernie schüttelte den Kopf. »Was ist wichtig an diesem Fall, daß seinetwegen hier der Chef und der Leitende Kommissar eines Reviers antanzen?«

»Ich bin zufällig vorbeigefahren und habe den Polizeinotruf mitgekriegt. Dann habe ich mich dafür interessiert.«

»Und deine Tante Tillie auch«, sagte Scanlon. »Wie geht es Linda?«

»Immer dasselbe. Wie geht's Sarah?«

»Schlechter. Hier stehe ich, Stolz der Iren, mit einem Ring durch die Nase, an dem mich eine jüdisch-amerikanische Prinzessin all die Jahre an der Leine herumführt. Könnte ich dich vielleicht für einen Tausch interessieren?«

»Das scheint wohl der Zug der Zeit zu sein, Gattinnen fallenzulassen, oder? Kevin hier kann das gar nicht leiden.«

»Kevin hier hat eine Frau, die ihre Mafiavettern herbeirufen würde, wenn er ihr komisch kommt«, sagte Scanlon.

»Weißt du immer noch nicht, daß nicht alle Italiener bei der Mafia sind?«

»Mehr Glück beim nächsten Mal«, lachte Scanlon und haute Feeley auf den Arm. »Also los jetzt, Bernie, was ist mit diesem Fall? Glaubst du, daß zwischen den beiden Morden eine Verbindung besteht?«

»Ich weiß nicht. Über keins der Opfer haben wir was in den Akten. Wir müssen nur am Ball bleiben. Wir sollten einander auf dem laufenden halten. Danke für die gute Zusammenarbeit, Scan.«

»Danke gleichfalls.«

Bernie nickte. »Ja. Gut ... wir hören voneinander. Bis bald.« Er nickte Feeley zu und ging.

Kevin sah ihm nach, wie er ging. Er hatte plötzlich den Eindruck, daß Bernie ein einsamer Mann war.

Scanlon zerdrückte seine Zigarette im Aschenbecher. »Was ist los mit ihm, Kevin?«

»Warum denkst du, daß was los ist?«

»Hör doch auf, Feeley. Ich kenn den Typ seit zwanzig Jahren.«

»Ich kenne ihn seit dreißig. Er war acht Jahre lang mein Partner«, sagte Feeley.

»Hat dir mal das Leben gerettet, nicht wahr?«

»Mehr als einmal. Als wir beide noch grün hinter den Ohren waren, hat er für mich 'ne Kugel gefangen.«

»Er ist der beste«, sagte Scanlon. »Vielleicht ein bißchen pingelig.«

»Pingelig! Der würde seiner eigenen Mutter einen Strafzettel verpassen.«

»Der hat keine Mutter. Hatte nie eine. Der hat nur die Zehn Gebote«, lachte Scanlon und zündete sich noch eine Zigarette an.

»Ich glaube, er und Linda haben sich getrennt.«

»Er hätte sie längst verlassen sollen. Wenn *die* nicht pingelig ist.«

»Sie haben so ein ... irres Kind ... Übrigens, was war das Ding mit dem Regenschirm?«

»Das fragst du mich? Bern hat mich gebeten, das mit reinzubringen. Was ist damit?«

»Das wüßte ich auch gern. Ich wüßte gern, was in seinem Kopf vor sich geht, was er tut.« Plötzlich wirkte er, als habe er sich zu etwas entschlossen. Er sah sich im Zimmer um und deutete auf eine Mütze an der Garderobe. »Deine Mütze, Scan?«

»Ja.«

»Kann ich sie borgen? Es regnet. Ich bin erkältet.«

»Du klingst nicht, als ob du erkältet wärst.«

»Bin ich aber. Kann ich sie borgen? Mittwoch beim Bowling bring ich sie dir wieder mit.«

»Was ziehe ich im Regen an?«

»Eine Plastiktüte, tief ins Gesicht gezogen. Mach schon, Scan . . .«

»Bezahlst du mir dann einen Monat lang beim Bowling alle meine Biere?«

»Mistkerl! O.k. Wenn wir auch die Autos tauschen. Und keine Fragen.«

»In Ordnung.« Er warf Feeley seine Autoschlüssel zu.

Feeley fing sie auf und ließ seine Schlüssel auf Scanlons Tisch fallen, nahm dessen Mütze und lief hinaus.

»Sei vorsichtig, du blöder Ire. Er ist immer noch schlauer als du«, brüllte ihm Scanlon hinterher.

»Er ist nicht allwissend«, brüllte Feeley zurück.

»Niemand ist allwissend«, murmelte Scanlon in sich hinein. »Nicht mal der Allwissende.«

31. KAPITEL

Der Regen hatte aufgehört, doch er hing kalt und naß in der Luft. Bernie ging durch ihn hindurch zu seinem Auto. Er setzte sich ans Steuer und versuchte, seine Gedanken zu sammeln. Er war müde, aber nicht schläfrig. Er wußte, wenn er zum Hotel zurückginge, könnte er nicht schlafen. Der Gedanke an das Hotel deprimierte ihn. Langsam war es an der Zeit, in Sachen Auszug von dort etwas zu unternehmen. Wegen unzähliger Sachen mußte er etwas unternehmen. Er konnte nicht darüber nachdenken. Annas/Allegras Gesicht, das überrascht und verletzt und schließlich verschlossen ausgesehen hatte, ließ ihn nicht zum Nachdenken kommen.

Er mußte sie anrufen. Es war zu früh am Morgen. Es war zu früh, ins Büro zu gehen. Im Rückspiegel sah er Feeley die

Treppen der Wache rasch herunterkommen. Er wollte nicht mit Feeley sprechen. Oder mit jemand anderem. Er ließ den Motor an und fuhr los.

Er war überrascht, als er merkte, daß er zu Annas Haus gefahren war. Er fuhr um die Ecke und parkte seitlich des Gebäudes. In der stillen, leeren Straße sprang eine Katze auf die Mülltonnen, machte einen Buckel, schlug zornig mit dem Schwanz und rannte dann weg. Was würde sie tun, Anna/Allegra, wenn er sie jetzt anriefe? Oder bei ihr klingelte? Blöde Idee. Er glitt auf den Beifahrersitz. Wieder sah er ihr Gesicht und ihr zögerndes, wehmütiges Lächeln. Er schloß die Augen. Sein Körper war schmerzhaft verkrampft. Wenn er vom Auto aus jemanden überwachte, war er immer verkrampft. Er war zu groß, in Autos war es für ihn immer unbequem.

Er brauchte Tage in der Sauna, unter der heißen Dusche und im Schwimmbecken, um den Schmerz von einer Überwachungsaktion zu lindern.

Verhörkommission: Überwachung? Ist das eine Überwachung, Inspektor Bernstein? Und Sie um die Ecke vom Eingang zu dem Gebäude.

Inspektor Bernstein: Eine Überwachung nicht unbedingt. Ich fürchte, ich bin etwas verwirrt. Ich habe nicht gut geschlafen.

V.K. (mit gespielter Sympathie): Ah . . . tut uns ausgesprochen leid, das zu hören. Und wo ist das Problem, alter Junge?

Bernie: Vielleicht wollte ich nur nicht in das Hotel zurückgehen.

V.K: Oder vielleicht wollten Sie vergessen, was ein guter Polizist ist.

Bernie: Vielleicht will ich Linda und Theo vergessen.

V.K: Lügner! Wann haben Sie zum letztenmal an sie gedacht?

Bernie: Sie hat mich rausgeschmissen! Ich hätte sie nie verlassen.

V.K: Vielleicht haben Sie sie dazu getrieben. Vielleicht haben Sie sie enttäuscht, weil Sie ihr immer erzählt haben, Sie wollten zurück an die Uni, um Rechtsanwalt und alles zu werden, bevor Sie sie dazu gebracht haben, Sie zu heiraten, und dann sind Sie bei der Truppe geblieben.

Bernie: Quatsch! Sie war so damit beschäftigt, ein Kind zu kriegen, mit ihren Tests und Ärzten und ihrer Temperatur, die sie jeden Scheißmorgen gemessen hat, und jeden Monat rumgeheult, als ob es sich für nichts anderes in der Welt zu leben lohnte. Sie hat gar nicht gewußt oder wissen wollen, was ich tat. Sie hat mir nie Beachtung geschenkt. Ich existierte nicht außer als Maschine zum Kindermachen.

V.K: Wahrscheinlich hatte sie recht. Sie wollten in Wirklichkeit nie ein Kind. Sie wollten Theo nicht. Sie haben ihn nie geliebt.

Bernie: Wenn Sie es wissen wollen, ich hab das hier gar nicht nötig! Ich könnte aufhören zu arbeiten. Weggehen aus der Stadt. Mir ein eigenes Leben aufbauen. Es laufen jede Menge Frauen in der Gegend herum. Ich könnte eine finden, die mich liebt, mich zu schätzen weiß. Wir könnten zusammen weggehen, an einen warmen, sonnigen Ort.

V.K: Was für Frauen, Bernstein? Was für eine *Frau?*

Er riß die Augen auf. Plötzlich war er hellwach, richtete sich auf und tastete nach der Pistole in seinem Beinholster und sah vorsichtig durch das beschlagene Fenster. Die Straße war immer noch ruhig. Ab und zu kam jemand, und wenige Autos bewegten sich durch die schmutzige, graue Dämmerung. In dem kalten Auto war sein Körper naß, von seinem Gesicht tropfte der Schweiß. Seine Beine waren eingeschlafen. Er rieb sie, stieg dann schwankend aus und stampfte mit den Füßen auf, um den Kreislauf wieder in Gang zu kriegen, und reckte sich. Der Traum war noch da, verstörte ihn immer noch.

Er sah auf die Uhr. Er mußte ungefähr zwei Stunden geschlafen haben. Müde war er überhaupt nicht. Er stieg wieder ins Auto und ließ es an. Bis zum Arbeitsbeginn war immer noch Zeit, ins Hotel zurückzugehen, zu duschen und sich zu rasieren und umzuziehen. Er wollte noch einmal mit dem Portier reden. Und mit dieser Frau, die neben Stone wohnte. Der alten Frau. Mrs. Miller.

Ein paar Autos weiter unten auf der anderen Straßenseite fuhr ein weiteres Auto los. Am Steuer saß Detective Feeley, Scanlons Mütze tief im Gesicht, und folgte dem Wagen seines Vorgesetzten in sorgfältigem Abstand. Wenn jemand ihn gefragt hätte, warum, hätte er darauf keine Antwort geben können. Außer vielleicht einem anderen Kollegen. Vielleicht Bernie selbst. Ein anderer Kollege hätte das verstanden: Er hatte ein Gefühl, ein Gefühl, daß sich etwas zusammenbraute.

32. KAPITEL

Verzweifelt versuchte Anna zu schlafen, aber der Schlaf wollte sich nicht einstellen. Sie konnte ihren Kopf nicht abschalten. Schließlich stand sie auf und wickelte sich in ihren alten Morgenmantel und eine Decke und ging ins Wohnzimmer.

Jetzt hast du zwei Zimmer anstatt einem, in denen du wachbleiben kannst. Dank Emily.

Sie rollte sich auf der Couch zusammen. »Na gut, Kopf«, sagte sie, »du willst weiterarbeiten. Arbeite.«

Seit wann brauche ich die Erlaubnis von dir? Ich arbeite, wann ich will.

Erwarte keine Hilfe von mir. Ich will schlafen.

Was ist denn so toll am Schlafen? Eines Tages schläfst du für immer.

Leere Versprechungen.

Du willst vergessen; nur das willst du. Der Schlaf funktioniert nicht immer.

Wenn du dich auf eine Sache konzentrieren könntest, Kopf. Wenn wir eins nach dem anderen erledigen und dann wegpakken könnten ... aber du springst von einem zum anderen.

Du gibst mir zuviel zum Arbeiten. Es ist zuviel für mich.

Du warst noch nie zu was nütze, Kopf.

War ich doch! War ich doch! Aber jetzt ist es zu viel. Zu viel zum Drübernachdenken, zu viel zu erinnern. Zu viel zu vergessen. Und ich muß gestehen, irgend etwas nagt an mir.

Was denn?

Weiß ich nicht.

Gut, Heulsuse. Was war gestern abend mit Bernie?

Das fragst du?

Schweigen aus der Abteilung Kopf. Sie hatte sich abgeschaltet.

»Du bist mir eine schöne Hilfe«, sagte Anna.

Wenn das so ist, laß mich. Bleib bei Gefühlen.

Das war schlimmer. Es tat wie verrückt weh.

Also, was ist los gewesen, Kopf? Es ging alles so gut. Ich dachte, er könnte mich leiden. Ich dachte, wir hätten uns beide wohl gefühlt. Und dann drehte ich mich eine Sekunde lang um, die Tür aufzumachen . . .

Das war dein erster Fehler. Dreh einem Mann nie den Rücken zu.

Du bist zu nichts nütze. Du und deine schlaumeierigen Ideen. Was hab ich falsch gemacht?

Nicht schon wieder! Warum bist *du* es immer, die etwas falsch macht? Vielleicht war er schuld.

Kopf, du bist von meiner Psychotante angesteckt.

Vielleicht hat Bernie Probleme. Schuldgefühle. Angst vor Sexualität. Vielleicht hat er Ausschlag an den Eiern. Vielleicht stimmte es wirklich, daß er sich erinnert hat, daß er was mit seinem Sohn machen mußte.

Vielleicht hat er mich nur benutzt, um mir seine Probleme zu erzählen, und dann festgestellt, daß er mich nicht nett findet.

Warum bleibst du nicht bei den Gefühlen? Laß mich aus der Sache ganz raus. Dann könnt ihr beide euch richtig ausheulen. Ihr beide versucht seit Jahren, mich zu ertränken.

Was tue ich, wenn er anruft?

Wieso glaubst du, daß er anruft?

Er hat gesagt, er würde. Glaubst du, er wird?

Willst du, daß er anruft?

Er will's wahrscheinlich nicht. Ich hab keine Ahnung, was eigentlich passiert ist. Es sah so aus, als ob er mich nett fände.

Du fandst ihn nett.

Stimmt, ja. Alles ging so leicht mit ihm.

Für *dich* war es so.

Für ihn auch. Er schien . . . es war so . . . so natürlich.

Er hat dich oft ganz schön auf Abstand gehalten.

Ich habe ihn auch auf Abstand gehalten. Ich hatte Angst. Vielleicht hat er gespürt, daß ich mich zurückgenommen habe.

Jetzt gibst du wieder dir die Schuld.

Er ist ein einfühlsamer Mensch. Ein anständiger Mann.

Damit meinst du altmodisch?

Auch gut. Altmodisch.

Wie du. Du haßt dein jetziges Leben.

Was ist daran zu mögen?

Du könntest es aufgeben. Jeden Abend heimkommen und lesen und fernsehen, vielleicht Sticken lernen, zweimal in der Woche ehrenamtlich mit behinderten Kindern arbeiten und viel masturbieren.

Leck mich!

Ihr Kopf wurde ein Vakuum.

Die Stille kroch hinein.

Mir ist kalt. Mir ist schrecklich kalt. Warum ist die Stille immer so kalt?

Laß uns zu Bernie zurückgehen. Du hast seinen Arm losgelassen und dich umgedreht, um die Tür aufzumachen, und er murmelte was davon, daß er gehen müsse, und haute mit seiner Zeitung ab.

Mit was für einer Zeitung?

Er hatte eine Zeitung in der Hand, als er wegging. Das weiß ich genau.

Wo hat er die Zeitung hergekriegt?

Wahrscheinlich vom Müll draußen vor dem Müllschlucker. Da liegen immer Zeitungen. Vielleicht ist er weggerannt, weil er was in der Zeitung gesehen hat.

Vielleicht vielleicht vielleicht. Vielleicht hab ich Mundgeruch. Ich hab einen ekelhaften Geschmack im Mund. Warum hat Simon aufgehört, mich zu lieben? Vielleicht finde ich das auch in den Zeitungen.

Zornig stieß sie die Beine nach vorn, um aufzustehen. Ihr Fuß stieß an etwas Hartes. Es war der Kassettenrecorder. Sie und Bernie hatten die Kassette abspielen wollen. In dem fahlen Licht vor der Dämmerung starrte sie darauf. Sie sollte sie abspielen. Vielleicht war Emmy zu Hause gewesen und hatte eine Nachricht hinterlassen. Sie hätte vielleicht gestern abend zu Hause bleiben sollen. Vielleicht hatte Emmy angerufen. Vielleicht brauchte Emmy sie.

Meine liebe Anna, blick den Tatsachen ins Auge. Emmy braucht dich nicht. Keiner braucht dich. Was du brauchst, ist Schlaf.

Ich würde welchen kriegen, wenn du abschalten und aufhören würdest, mich zu belabern.

Nie hörst du auf mich. Du und deine Gefühle, ihr seid dicke Freunde.

Ich bin euch beide leid. Ich bin alles leid. Sie stand auf und schlug die Decke um sich. Sie mußte morgen arbeiten. Sie mußte schlafen. Sie nahm den Kassettenrecorder und trug ihn ins Schlafzimmer. Vielleicht sollte sie was aufnehmen. Ihre Lebensgeschichte. Lieber Kassettenrecorder: Hilfe. Halt mich davon ab, es noch einmal zu tun.

Was noch einmal zu tun?

Das war ein Witz, blöder Kopf.

Das Unterbewußtsein erzählt keine Witze. Es ist zu introvertiert. Jetzt schlafen wir. Alle zusammen.

33. KAPITEL

Bernie las die Akte Stone und las sie wieder und las sie noch einmal. Der Schlüssel, entschied er, der Schlüssel mußte die alte Dame von nebenan sein. Mrs. Miller. Sie mußte taub sein, wenn sie nichts gehört hatte. Aber er fand keinen Zugang zu ihr. Er konnte sich nicht vorstellen, was sie offener machen würde.

An die professionellen Mörder, die Unterweltzeugen, kam man eigentlich leichter ran. Man wußte, was zu ihnen durchdrang: Geld oder das Bedürfnis nach Macht oder Rache. Oder man konnte versprechen, sich um sie oder ihre Familien zu kümmern. Aber diese alte Frau bot einfach keinen Aufhänger. Eine Witwe. Sie lebte allein, keiner da, um den sie sich Sorgen machen mußte oder der sich um sie Sorgen machte. Lebte in vornehmer Armut, aber war stolz. Ein dickschädeliger Typ vom alten Schlag. Brave Bürgerin. Er würde intuitiv vorgehen müssen, um zu ihr durchzukommen.

Detective Donlon hatte seine Sache gut, aber nicht großartig gemacht. Donlon war sorgfältig, umsichtig, phantasielos.

Bernie schickte Johnson und Ramirez los, um Mrs. Miller zur Wache zu bringen. Sie würde sich unwohl fühlen, vielleicht sogar Angst kriegen. Vielleicht war sie noch nie auf einer Polizeiwache gewesen. Das könnte ihre Abwehr schwächen. Vielleicht bekam er mehr aus ihr heraus.

Selbstverständlich konnte sie sich weigern zu kommen oder verlangen, daß sie einen Rechtsanwalt mitbringen konnte. Er rechnete nicht damit. An feinerer Kenntnis der Gesetze mangelte es ihr sicherlich. Und Rechtsanwälte kosten Geld. Wahrscheinlich kannte sie keine Rechtsanwälte, jedenfalls keine für Strafsachen. Sehr einsam und allein, hatte der Portier gesagt. Schien seit dem Tod ihres Mannes ganz alleinzustehen. Dem Portier waren absolut keine Freunde bekannt, die sie besucht hätten. Er hatte sie nie mit jemand anderem zusammen gesehen als mit ihrem Mann. Er hatte nie erlebt, daß sie mehr als Guten Morgen oder Guten Abend zu den Leuten gesagt hatte.

Bernie trank seinen Kaffee und schritt in seinem Büro auf und ab, als er auf sie wartete.

Eigentlich hätte er müde sein müssen. Er hatte in der vergangenen Nacht nicht mehr als zwei oder drei Stunden geschlafen. Aber er war nicht müde. Tatsächlich war er hellwach. All seine Nervenenden schienen wach und bloß zu liegen, sie kribbelten beinahe. Es kam ihm vor, als atme er reinen Sauerstoff, so klar und so leicht war sein Kopf. Sein Körper war Erwartung und Erregung. Und noch etwas anderes. Etwas, das er nicht erkennen konnte. Er versuchte, sich über seine Gefühle klarzuwerden, und es ging nicht.

Irgend etwas entzog sich ihm. Ein Gefühl . . .

Er mußte was mit seinen Händen machen. Er sollte wieder anfangen zu rauchen.

»Hast du eine Zigarette, Feeley?«

»Du rauchst doch nicht mehr.«

»Linda konnte es nicht leiden. Wegen ihr habe ich aufgehört. Willst du meine Lebensgeschichte für eine schäbige Zigarette?«

Feeley schüttelte ihm eine aus der Schachtel und zündete ein Streichholz an. »Warum habe ich ein Gefühl, als ob ich dich korrumpiere?«

»Ich bin nicht korrumpierbar. Hast du das noch nicht gehört?« sagte Bernie. Es klang bitter. Das Nikotin biß ihm auf der Zunge. Er zog den Rauch tief ein. Anna rauchte nicht. Er dachte an ihren ernsthaften Protest, als er verkehrswidrig wenden wollte. Er mußte wieder lächeln. Er merkte, wie Feeley ihn beobachtete, nicht geradeheraus und offen, sondern verstohlen.

»Was Neues in Queens bei dem Mord an Stevie?«

»Nicht, seit du das letztemal gefragt hast, Inspektor. Außer daß die Zähne bei dem Biß weder die von Mrs. Stone noch die von dem Jungen sind.«

»Sie haben den Biß von dem Sohn *daraufhin* überprüft?«

»Verrückte Welt, Inspektor.«

Bernie zerquetschte die Zigarette an der Innenseite seines metallenen Abfallbehälters und ließ sie hineinfallen. »Schmuddelige Angewohnheit«, knurrte er. Er nahm den Stoß Papiere auf seinem Schreibtisch in Angriff. Feeley beobachtete ihn offen. Bernie sah nicht auf, Feeley beugte sich zu ihm hinüber.

Es klopfte an der Tür, und Bernie schoß hoch und machte sie auf.

»Mrs. Miller?« sagte er aufgeräumt zu einer würdevoll auftretenden Frau, die mit Johnson und Ramirez draußen stand.

»Ja.«

Er machte die Tür weiter auf, lächelte aber nicht. »Kommen Sie herein.«

Zögernd, offenbar ängstlich und nicht neugierig, ging sie in das Zimmer. Er beobachtete, wie sie sich bewegte. Sie wirkte müde. Er zog ihr höflich einen Stuhl herbei, immer noch ohne zu lächeln.

»Ich bin Inspektor Bernstein. Das ist der Chef der Ermittlung, Detective Feeley.«

»Guten Tag«, sagte sie.

»Sie sind die Nachbarin eines Mr. George Stone, Mrs. Miller?«

»Ich wohne in der Wohnung 9D.« Ihre Stimme war fest und klar.

Er sah sie genauer an. Groß, dünn, spärliches weißes Haar, das sorgfältig arrangiert einen vielgetragenen schwarzen Hut säumte, ein ordentlicher schwarzer Mantel, der vor zehn Jahren schick gewesen sein mochte. Sie saß sehr aufrecht, aber es kostete sie augenscheinlich Mühe.

»Der Mann in der Wohnung neben Ihnen scheint ermordet worden zu sein. Brutal ermordet.«

»Darüber weiß ich nichts.«

»Sie kannten den Mann nicht?«

»Nein.«

Er setzte sich nah zu ihr, auf die Kante seines Tischs. Sie guckte weg, als ob sie flüchten wollte. Er wußte, daß seine Größe übermächtig sein mußte.

»Sie wohnen in Ihrer Wohnung« – er nahm ein paar Papiere und zog sie zu Rate – »seit sechsundzwanzig Jahren.«

»Ja.«

»Und Mr. Stone hat dort sechs Jahre gewohnt. Sie haben ihn nie gesehen?«

»Ich habe ihn sehr selten gesehen. Wir hatten nicht den gleichen Tagesablauf.«

»Woher wissen Sie, was für einen Tagesablauf er hatte?«

»Ich weiß es nicht. Ich habe es angenommen, weil ich ihn selten kommen und gehen sah.«

»Und Sie haben ihn nie gehört?«

»Nein.«

»Diese neuen Gebäude, man kann die Flöhe husten hören.«

»Ich bin nicht mehr so jung, wie ich war. Ich höre nicht mehr gut.«

»In sechs Jahren hat sich keiner beim anderen eine Tasse Zucker ausgeliehen . . . um es so auszudrücken?«

»Mitnichten.«

»Er war nicht Ihr Fall?«

»Nein.«

»Woher wußten Sie das?«

»In meinem Alter, junger Mann, sollte ich in der Lage sein, zu merken, wer ›mein Fall‹, wie Sie sagen, ist und wer nicht.«

»War es wegen der Musik, die er spielte?«

»Darüber weiß ich nichts. Ich habe eine Schlaftablette genommen und bin eingeschlafen.«

»Jeden Abend?«

»Am Samstagabend.«

»An anderen Abenden müssen Sie ihn gehört haben. Andere Leute haben ihn gehört. Er war kein sehr rücksichtsvoller Nachbar.«

Sie antwortete nicht.

Feeley sagte: »Möchten Sie eine Tasse Tee oder einen Kaffee, Mrs. Miller?«

»Nein, danke.«

»Dieser Fall kann sehr wichtig sein, Mrs. Miller«, sagte Bernie. »Sie haben vielleicht gehört, daß Mr. Stones Sohn auch einem Mord zum Opfer gefallen ist.«

»Ich habe es heute morgen im Radio gehört.«

»Sie haben Detective Donlon nicht gesagt, daß der junge Mann sein Sohn war.«

»Woher sollte ich das wissen? Der junge Mann nannte ihn George. Das habe ich bereits gesagt. Sie sahen sich überhaupt nicht ähnlich. Und Mr. Stone sah nicht aus wie irgend jemandes Vater. Er sah aus wie ... ein lockerer Typ. So drückt man sich ja wohl aus.«

»War er ein lockerer Typ, Mrs. Miller?«

»Das weiß ich ganz gewiß nicht.«

»Gab er viele Partys?«

»Das weiß ich nicht.«

»Sie hätten ganz bestimmt die Leute rein- und rausgehen gehört. Musik. Lärm. Tanzen. Die Tür auf- und zugehen. Vielleicht haben Sie gesehen, wie jemand hineinging oder herauskam. Männer. Frauen.«

»Nein. Ich kümmere mich um meine eigenen Angelegenheiten.«

»Wir wissen nicht, was dem Fall zugrundeliegt. Es können Drogen sein. Anscheinend ist der Junge durch eine Überdosis gestorben.«

»Das würde mich nicht überraschen. Wie so einer sah er aus, mit seinem obszönen T-Shirt.«

»Sie haben doch keine Angst, uns zu sagen, was Sie wissen, oder? Es würde mit der strengsten Vertraulichkeit behandelt. Sie würden auf gar keinen Fall in Gefahr geraten.«

»Ich weiß nichts.«

»Alles würde uns helfen. Auch wenn Sie nur eine Einzelheit wissen, einen Menschen gesehen haben. Von jemandem die Haarfarbe. Die Farbe eines Mantels. Einen Regenschirm.«

Sie schüttelte den Kopf.

»Es wäre Ihre Pflicht als Staatsbürgerin, uns zu helfen. Sie sind sicher eine verantwortungsbewußte Staatsbürgerin.«

»Ja, ich bin eine verantwortungsbewußte Staatsbürgerin. Morris hätte auch nicht einen einzigen Fetzen Papier auf die Straße fallen lassen. Das hat mir wahrhaftig viel Gutes eingebracht. Der Staat tut wahrhaftig eine Menge für mich! Sie wollen mir sogar meine Rente kürzen. Was passiert dann mit mir? Wie bezahle ich meine Miete?« Sie gebot sich selbst Einhalt. »Ich weiß gar nichts«, sagte sie ruhiger. »Erinnern Sie sich an irgendeinen Mann oder irgendeine Frau, die jemals in die Wohnung hineingegangen oder herausgekommen ist?«

»Ich spioniere meinen Nachbarn nicht hinterher.«

»Selbst wenn Sie sie nicht mögen?«

Er konnte sehen, daß sie müde wurde, sich nicht mehr konzentrieren konnte. Es fiel ihr schwerer, ihren Rücken gerade zu halten. Und ihre Antworten wurden länger.

»Wir wissen natürlich mehr, wenn die Laborberichte über die Fußabdrücke und die Fingerabdrücke hereinkommen.«

»Fußabdrücke?«

»Ja. Wir werden mehr darüber wissen, wer in der Wohnung gewesen ist.«

»Was würde das beweisen?«

»Wer in der Wohnung war. Waren Sie jemals in seiner Wohnung, Mrs. Miller?«

»Was würde ich in der Wohnung eines solchen Menschen tun?«

War es echte Empörung, oder war es Angst?

»Sie könnten hineingegangen sein, um sich wegen der Musik zu beschweren, darum zu bitten, sie leiser zu stellen. Er könnte Sie ausgelacht haben, beleidigend geworden sein. Sie könnten sogar wütend geworden sein und ihn getötet haben.«

»Ich bin eine alte Frau, Inspektor!«

»Leute wie er haben weder Respekt vor dem Alter noch Anstand. Ihren Kindern zu erlauben, in solchen T-Shirts herumzulaufen.«

Sie guckte auf ihre zusammengeballten Hände in ihrem Schoß. Laß sie nicht zuviel denken. »Wir könnten hiermit den notwendigen Anfang machen. Es könnte uns helfen aufzuräumen. Diese Stadt ist den Schmutz leid. Wir haben so wenig, von dem aus wir weitermachen können. Ein paar Fingerabdrücke, ein paar Fußabdrücke. Sie könnten etwas sehr Wichtiges tun. Denken Sie nach. Denken Sie nach! Haben Sie zu irgendeiner Zeit, Tag oder Nacht, irgend jemanden gesehen, irgend etwas gehört? Irgend jemanden in der Wohnung, an der Tür, im Flur, am Aufzug? Mrs. Miller, bitte ... Sie könnten behilflich sein, unsere Stadt wieder sicher zu machen ...«

Sie sah ihn an. Hinter ihrem Gesicht ging ein Kampf vor sich. Sie atmete tief und schloß die Augen und seufzte. Sie öffnete den Mund, als ob sie sprechen wollte, und schloß ihn wieder, kämpfte mit sich ...

Beinah ... beinah ... Beinahe hatte er sie. Er konnte es spüren. Jetzt vorsichtig. Er mußte das Richtige sagen. »Mrs. Miller, wenn Ihr Mann hier wäre, ich bin sicher, er würde Ihnen raten, uns zu helfen. Er würde wollen, daß Sie uns sagen, was Sie wissen, was immer es ist.«

»Morris«, sagte sie. Ihre Augen weiteten sich. »Morris ...« Sie saß wieder sehr gerade. »Mein Mann und ich, wir haben uns immer nur um unsere eigenen Angelegenheiten gekümmert. Wir haben uns nie irgendwo eingemischt. Ich kümmere mich immer nur um meine eigenen Angelegenheiten. Ich weiß nichts. Ich habe eine Schlaftablette genommen und bin schlafen gegangen.«

»Wir müssen sie noch einmal bearbeiten«, sagte Feeley

Bernie nickte. Er wußte, es würde nichts bringen.

»Es kann sein, daß sie was weiß. Im jetzigen Stadium würde alles nützen«, sagte Feeley.

»Ja.«

»Fast hattest du sie. Ich war mir sicher, daß du sie hattest.«

»Fast ist nicht genug.«

»Ich möchte wissen, was sie hat zurückschrecken lassen.«

Bernie wußte es. Er hatte einen Fehler gemacht. Er hatte das Falsche gesagt. Er hätte wissen müssen, daß es falsch war. Er hatte den Bericht wieder und wieder gelesen. Ein Paar. Kinderlos. Keine Freunde. Alleinlebend. Mr. Miller hätte seiner Frau nicht geraten, mit der Polizei zu reden. Sich einzumischen. Irgendwo hinein verwickelt zu werden.

Das hätte er wissen müssen. So was zu wissen, hatte ihn zum Inspektor gemacht.

Warum hatte er einen Fehler gemacht?

Er fühlte sich ausgelaugt. Die kribbelnde Vorfreude, die Erregung waren weg. Und das andere Gefühl auch ... das war auch weg. Er wußte, was es für ein Gefühl gewesen war. Es war Angst. Er wußte sogar, wovor er Angst gehabt hatte.

Er mußte etwas tun, um sich selbst reinzuwaschen.

Er wählte ihre Nummer. Anna/Allegra.

Niemand nahm ab.

34. KAPITEL

»Louise King?«

»Ja.«

Der junge Mann warf ihr einen Brief zu und rannte die Treppen zu ihrem Haus wieder hinunter. Louise starrte den Umschlag blöde an. Dann machte sie ihn auf. Es war eine Vorladung.

»Verdammte Säue«, sagte sie. »Verdammte, gemeine, beschissene Säue.«

Sie wäre am liebsten so, wie sie war, in ihrem rotgeblümten weiten Morgenmantel, auf die Straße hinuntergelaufen und hätte sie alle angeschrien, ihre Nachbarinnen, ihre ehemaligen Freundinnen in der Straße, die Noch-Verheirateten. »Wartet nur, bis ihr dran seid. Dann seid ihr allein und arm und müßt eure Bälger großziehen, und dann werdet ihr mich anflehen, daß ich euch zu einer meiner Partys kommen lasse!«

Sie hatten es also wirklich getan. Sie zerrten sie vor Gericht, damit sie an diesem Samstagabend keine Party in ihrem eigenen Haus veranstalten konnte. Sie behaupteten, ihre Partys seien ein Gewerbe und diese Gegend sei für Gewerbe nicht ausgewiesen, sondern eine reine Wohngegend. Sie behaupteten, die Autos blockierten die Einfahrten, was Quatsch war, und der ganze Verkehr sei eine öffentliche Gefahr. Sie hatten damit gedroht, falls sie noch eine Party annoncierte.

Was zum Teufel sollte sie jetzt machen? Mehr als vierzig Leute hatten wegen der Party angerufen. Vielleicht dreißig davon würden auftauchen. Es gab keine Möglichkeit, ihnen abzusagen. Sie notierte die Adressen und Telefonnummern nicht. Sie sollte eigentlich eine Anzeige in die Zeitungen setzen, die besagte, »Party abgesagt wegen dieser Ratten von Nachbarinnen«.

Sie mußte versuchen, jemand anderen, der woanders wohnte, dazu zu bringen, ihr sein Haus noch einmal zu überlassen, aber dann mußte sie die Einnahmen teilen. Wahrscheinlich war es ihre Nachbarin Rae, die die ganze Kampagne gegen sie organisiert hatte. Wahrscheinlich hatte die Angst, jemand würde zweimal auf ihre Einfahrt treten und dann wäre sie öffentliches Eigentum. Sie hatten immer Mah-Jongg zusammen gespielt, sie und Rae und die anderen Ziegen. Das war's zum Thema Nachbarinnen und Freundinnen.

Bei der Scheidung hatte Louise das Haus bekommen und sonst nichts. Keinen Pfennig, um es oder die beiden Kinder zu unterhalten. Ihre Nachbarinnen wären alle begeistert gewesen, wenn sie das Haus verkauft hätte und jeden Donnerstag zum Mah-Jongg-Spielen gekommen wäre und sie mit traurigen oder lustigen Geschichten aus der Singleswelt ergötzt hätte. Es war überhaupt keine Welt. Es war ein Marktplatz.

Sie sah sich in dem goldgerahmten Türspiegel im Eingangsflur an. »Die fette Louise«. Wenn man eine Frau pfundweise verkaufen könnte, wäre sie Millionärin. »Die fette Louise«. Das sagten alle. Sie hat wirklich ein hübsches Gesicht, wenn sie nur nicht so fett wäre. Wenn sie nicht so fett gewesen wäre, hätte sie ihren Mann nicht verloren. Es spielte keine Rolle, daß sie neben ihrem Mann wie Twiggy aussah. Für einen Mann war es in Ordnung, fett zu sein. Und kahl. Und dumm. Und sogar krank.

Ihre neueste beste Freundin, Dotty, war gerade dabei, einen Mann zu heiraten, der zehn Jahre älter als sie war und dazu einen Schrittmacher hatte. Außerdem hatte er eine Glatze und Übergewicht. »Er liest«, sagte Dotty. »Er liest wirklich Bücher und geht ins Theater und ins Ballett und mag gute Musik. So einen Mann treffe ich zum erstenmal seit acht Jahren.«

»Du hast Hunderte von solchen Frauen getroffen. Du hast mich getroffen. Ich lese. Ich gehe ins Theater und ins Ballett, wenn ich das Geld habe, und ich liebe klassische Musik.«

»Aber du kannst nicht mit mir schlafen«, sagte Dotty.

»Er denn? In seinem Alter?«

»Ungefähr die Hälfte der Zeit funktioniert es«, sagte Dotty.

Was ein besserer Schnitt war als bei ihrem Ex, Frank. Dabei hatte sie wirklich kein Recht, sich zu beklagen. Sie hatte die Scheidung gewollt. Keiner glaubte ihr, weil Frank so reich war. Das war das einzige, was ihn interessierte, reich zu sein und noch reicher zu werden. Es wäre ihr nie in den Sinn gekommen, daß ein so reicher Mann nach der Scheidung den Bundesstaat verlassen und kein Geld für seine Kinder schicken würde. Mit einer neuen Frau war er irgendwo draußen im Westen und wurde wahrscheinlich noch reicher. Sie konnte versuchen, ihn aufzuspüren, und was dann? Versuchen, ihn dazu zu bewegen,

Geld zu schicken? Laut Gesetz war er nicht dazu verpflichtet, wenn er in einem anderen Bundesstaat lebte, der keine Austauschvereinbarungen mit New York hatte. Das konnte sie anfechten. Sie konnte ihr ganzes Leben damit verbringen, es anzufechten, und vielleicht sogar gewinnen und erreichen, daß er wegen mangelnder Unterhaltszahlungen ins Gefängnis geworfen wurde. In der Zwischenzeit wären ihre Kinder in Rente. Außerdem war das nicht die Art, wie sie den Rest ihres Lebens verbringen wollte. Sie war wirklich schrecklich froh, als sie ihn los war. Noch war sie jung, noch hübsch. Sie hatte wunderschönes, dichtes schwarzes Haar, und sie pflegte ihr Gesicht. Noch nie hatte sie jemand ohne Make-up erwischt, ganz egal, wie früh am Morgen.

Das Problem war, sie hatte eine Menge Talente, die alle zu der Frau eines reichen Mannes paßten. Ihr größtes Talent war Partys zu geben. Sie versuchte es zu nutzen, um für sich und ihre beiden Kinder den Lebensunterhalt zu verdienen. Jetzt hatten ihr diese Kühe das angetan! Und die verdammten Bullen, die ihnen halfen und Strafzettel an die Leute verteilten, die in der Straße parkten und zu ihren Partys kamen. Es war eine dieser Privatstraßen, wo man ohne vorherige Vereinbarungen mit der Polizei nur in den Einfahrten parken durfte.

Zum Teufel mit ihnen allen! Jetzt brauchte sie ein großes Stück selbstgemachten Schokoladenkuchen. Falls sie je irgend jemand lieben sollte, mußte er ihr Fett lieben.

Sie ging in die Küche.

Als es wieder klingelte, nahm sie das Stück Kuchen mit an die Haustür. Der Mann, der im Eingang stand, war sehr groß. Lang und breitschultrig, mit dünner werdendem schwarzem Haar und dunklen Augen und einem tollen Lächeln. Sie fand, er sah hinreißend aus.

»Hallo«, sagte sie.

Er streckte ihr seinen Ausweis entgegen. »Inspektor Bernstein.«

»Die Vorladung habe ich schon bekommen«, sagte sie.

»Wirklich?«

»Ja. Ist das hier noch eine?«

»Nein. Keineswegs. Ich brauche Ihre Hilfe. Aber sehen Sie sich erst den Ausweis an.«

»Hab ich. Sie sind fürchterlich unfotogen.«

»Bin ich?« Er guckte das Bild an. »Sie meinen, daß ich in Wirklichkeit besser aussehe?«

»Viel besser.«

»Danke.«

»Was kann ich für Sie tun? Sammeln Sie für die Polizistenwitwen und -waisen? Schicken sie etwa jetzt schon Inspektoren dafür los?«

»Normalerweise nicht. Ich will Ihnen nur ein paar Fragen stellen.«

»Nur zu.«

»Wollen Sie mich nicht hineinbitten? Ihre Nachbarn gucken schon.«

»Woher wissen Sie das?«

»Für so was hab ich ein Gespür. Wenn sich eine Gardine einen halben Zentimeter bewegt, kann ich das von der anderen Straßenseite aus sehen.«

»Sie haben recht. Sie gucken. Sie wollen sicherstellen, daß ich keine Party gebe. Eine Singlesparty. Sie finden, daß es hier nicht hergehört. Daß es die Gegend entwertet und die Grundstückspreise drückt.«

»Dazu haben Sie die Vorladung bekommen?«

»Ja. Kommen Sie rein. Möchten Sie ein Stück Schokoladenkuchen? Selbstgemacht.«

»Warum nicht?« Er folgte ihr in die Küche. Ihr Morgenmantel blähte sich auf wie ein riesiges rotes Segel. Sie schnitt ihm ein furchterregendes Stück Kuchen ab. »Kaffee?«

»Wenn es nicht zuviel Mühe macht.«

»Essen macht mir nie Mühe«, sagte sie.

»Übrigens, ich sollte Ihnen sagen, daß Sie jetzt überhaupt

nicht mit mir reden müssen. Ich bin Polizeibeamter in New York City. Hier habe ich keine Ermittlungsbefugnis.«

»Aber Sie könnten sie bekommen.«

»Es könnte etwas arrangiert werden. Ich habe mir nicht die Zeit dazu genommen. Wollen Sie, daß ich das tue?«

»Nein. Jedenfalls jetzt noch nicht.« Sie beugte sich vor, um den Kaffee einzugießen; der Morgenmantel lag äußerst lose um ihren Körper. Sie hatte keine Unterwäsche an. Eine Sekunde lang befürchtete er, ihre Riesenbrüste würden herausrutschen und auf dem Tisch landen. Er hatte den Eindruck, daß sie sich lange vornüberbeugen mußte, um eine Tasse Kaffee auszuschenken. »Es ist wegen meiner Partys, nehme ich an.«

»Eigentlich ja. Am Samstagabend haben Sie eine Party gegeben, in Manhattan.«

»Ich gebe jeden Samstagabend eine Party. Und mittwochs abends. Damit verdiene ich meinen Lebensunterhalt. Ich befriedige ein Bedürfnis. Was ist daran unrecht?«

»Nichts. Ich interessiere mich für die am letzten Samstagabend.«

»Sie sollten sich für die an diesem Samstagabend interessieren.«

»Warum?«

»Weil Sie zu der kommen könnten.«

»Vielen Dank. Ich bin verheiratet.«

Sie zuckte mit den Schultern. »Die Guten sind immer vergeben.«

»Woher wollen Sie wissen, daß ich ein Guter bin?«

»Für so was hab ich ein Gespür«, sagte sie. Sie lehnte sich herüber, um ihm eine Tasse nachzuschenken, und er war wieder alarmiert. Rasch sagte er: »Ich interessiere mich für eine Frau, die auf der Party war. Anna Welles.«

»Was hat sie, was ich nicht habe?«

»Einen gelben Plastikschirm«, murmelte er.

»Was?«

»Ich habe gesagt, kennen Sie sie?«

»Nicht sehr gut. Früher wohnte sie hier um die Ecke, aber sie war nicht in meiner Gruppe. Sie hat nicht Mah-Jongg gespielt.«

»In wessen Gruppe war sie?«

»Ich weiß es wirklich nicht. Wahrscheinlich in keiner. Sie war ein häuslicher Typ. Die Nachbarschaft hier ist nicht die freundlichste der Welt. Keiner läuft dem andern hinterher. Ich glaube, sie kann sich nicht richtig durchsetzen. Ihr Mann hat sie wegen einer jüngeren Frau verlassen. Das hat sie irgendwie kaputtgemacht.«

»Woher wissen Sie das?«

»Die Weiber klatschen eine Menge. Über jeden. Über mich klatschen sie auch, aber ich mache mir einen Dreck draus.«

»Sind Sie geschieden?«

»Ja. Aber ich war diejenige, die es wollte. Eines Abends habe ich zu Frank gesagt: ›Frank, ich will mich scheiden lassen.‹ Er hat ›Hä?‹ gesagt. Das war die längste Unterhaltung, die wir seit einem Jahr gehabt hatten. In Wirklichkeit der längste Verkehr jedweder Art. Noch Kaffee?«

»Nein, nein. Danke.« Abwehrend hob er die Hand. »Der Kuchen ist wunderbar. Anna war am Samstag auf Ihrer Party?«

»Das ist möglich. Ich gebe so viele Partys, ich kann mich nicht erinnern, wer wann wo war.«

»Soweit ich weiß, haben Sie sie gebeten, Sie mit nach Hause zu nehmen. Ist das korrekt?«

»Es ist möglich. Mein Auto war mal wieder kaputt. Normalerweise frage ich immer mehrere Leute, für den Fall, daß es sich einer anders überlegt.«

»Hat sie Sie nach Hause gefahren?«

Sie dachte eine Minute lang nach. »Samstag war in Manhattan ... Nein. Jemand Interessanteres tauchte auf, ziemlich spät. Er hat mich mitgenommen. Hin und wieder fällt auf meinen Partys auch für mich einer ab.«

»Ist Anna allein weggegangen?«

»Weiß ich nicht. Sehen Sie mal. Ich organisiere die Party. Die Leute bezahlen ihren Eintritt und gehen rein. Was sie danach machen, ist ihre eigene Angelegenheit. Ich führe nicht über sie Buch. Sie sind alle erwachsen.«

»He ... Ich dachte, wir verstehen uns. Worüber regen Sie sich so auf?«

»Ich rege mich nicht auf. Ich bin nur etwas ... in Stimmung. Tut mir leid. Wegen der Partys stehe ich so unter Beschuß. Vorladungen und Drohungen und gehässige Kommentare. Ich glaube, die Welt wird kontrolliert von verheirateten Leuten, und neuerdings fühlen sie sich alle bedroht. Ich weiß nicht, was sie sich vorstellen, was auf den Partys abläuft. Höchstwahrscheinlich Gruppensex in der Badewanne. Hören Sie, man geht zu einer Party und bezahlt seinen Eintritt, und wenn man geht, fragt einen vielleicht ein Typ, ob man noch eine Tasse Kaffee mit ihm trinkt. Man ißt ein Sandwich zusammen, und man fragt ihn alles über ihn, und er erzählt einem alles über sich ganz ausführlich. Und dann schreibt er sich vielleicht die Telefonnummer von einem auf, und vielleicht ruft er einen an und vielleicht nicht.«

»Vielleicht bittet er Sie zum Kaffee in seine Wohnung.«

»Vielleicht«, sagte sie und sah ihn offen an, »und vielleicht gehen Sie mit und vielleicht nicht, es hängt davon ab, wie einsam Sie sind oder wie verzweifelt oder wie schwer es Ihnen an diesem Abend fällt, in Ihr leeres Nest zurückzugehen.«

»Oder ob Sie ihn mögen oder nicht. Als Mensch?«

Sie zuckte die Schultern. »Kann sein. Das kann ein Faktor sein oder auch nicht. Es kann nur wegen Sex sein. Wissen Sie, Frauen brauchen ihn genauso wie Männer. Sie können das nicht verstehen. Sie sind verheiratet. Vögeln wahrscheinlich regelmäßig.«

Er spürte, wie er rot wurde. Sie saß ihm gegenüber, ihre großen Brüste mit den vorstehenden Brustwarzen waren deutlich unter dem dünnen, rotgeblümten Stoff zu sehen. Ihre Haltung war einladend. Sie lachte. »Gut, Inspektor, wir verstehen uns. Können Sie diese Vorladung für mich erledigen?«

»Nein«, sagte er.

Wieder lachte sie und machte eine Handbewegung. Dabei fiel ein Löffel auf den Boden. Sie bückten sich beide, um ihn aufzuheben. Ihr Kleid öffnete sich wieder. Er hatte das Gefühl, als ob er in die wogenden weißen Brüste gefallen wäre. Er kriegte den Löffel als erster zu fassen und erhob sich und gab ihn ihr. Ihm war, als lache sie über ihn. Oder lachte er über sich selbst? Bernie Bernstein, der nette jüdische Junge.

Er sagte: »Sie erinnern sich nicht, ob Anna allein weggegangen ist?« Louise schloß die Augen und dachte nach. Sie war eine dieser Frauen, die Schokoladenkuchen essen können und dabei nicht den Lippenstift von ihren Lippen mitessen. Sie waren leuchtend rot und schimmerten.

»Wenn ich es recht bedenke, erinnere ich mich. Sie ist allein weggegangen. Sie hat ihren Schirm geholt. Ich stand draußen im Flur und redete mit ein paar Typen, und ich habe gesehen, wie sie ihren Schirm holte. Mir ist es deshalb aufgefallen, weil am Aufzug Leute warteten und sie nicht mit ihnen wartete. Sie ist die Treppen runtergelaufen.«

»Warum hat sie das getan?«

»Vielleicht mag sie keine Aufzüge. Leute, die daran gewöhnt waren, in einem Haus zu leben, können sich nicht an Aufzüge gewöhnen. Vielleicht haben ihr die Leute nicht gefallen, die da warteten. Ich weiß es nicht.«

»Vielleicht hat unten jemand auf sie gewartet, und sie war in Eile.« Louise zuckte mit den Schultern.

»Hat sonst jemand sie bemerkt?«

»Nicht, daß ich wüßte. Wir haben nicht über jeden, der gegangen ist, gesprochen. Es war keine Vorstadt-Bridgeparty.«

»Haben Sie bemerkt, ob jemand hinter ihr hergegangen ist oder ob sie hinter jemandem die Treppe runtergegangen ist?«

»Sie war allein. Was soll das alles? Ist sie in irgendwelchen Schwierigkeiten?«

»Ich hoffe, nicht. Übrigens, es wäre für alle besser, wenn Sie ihr gegenüber nichts von dem hier erwähnten.«

»Warum sollte ich es ihr gegenüber erwähnen?«

»Ich weiß nicht. Solidarität unter Frauen vielleicht.«

»Ich lese die *Ms.* nicht, Inspektor. Ich sehe Anna nie, außer auf meinen Partys.«

»Haben Sie ihren Schirm gesehen? Welche Farbe hatte er?«

»Darauf habe ich nicht geachtet. Aber ihren Mantel habe ich gesehen. Den Mantel trägt sie seit zwei Jahren. Einen Regenmantel. Rot. Sie könnte einen neuen gebrauchen. Dieser Scheißkerl muß sie vor Gericht echt verarscht haben, wenn sie sich nach zwei Jahren keinen neuen Mantel kaufen kann.«

Er stand auf. »Noch eins. Ich hätte gern eine Gästeliste von der Party.«

»Sie machen wohl Witze. Was für eine Liste? Wer würde sich in eine Liste eintragen? Manche von den Leuten sind verheiratet. Sie sehen überrascht aus, Inspektor Bernstein. Treuer, hingebungsvoller, verheirateter Inspektor Bernstein.«

»Ich bin zu lange Bulle, um von irgend etwas überrascht zu sein«, sagte er.

»Wirklich?« Sie beugte sich zu ihm hinüber und legte ihren Arm auf seine Schulter und lächelte. Ihre Lippen waren sehr rot und glänzend. Feucht.

Er lächelte zurück.

»Ich mag große Männer«, sagte sie.

Er rückte nicht weg. »Kennen Sie viele von den Leuten, die zu den Partys kommen? Wie lange machen Sie das schon?«

»Ungefähr zwei Jahre. Ich kenne einige. Die Stammgäste. Und manchmal kommt jemand Interessantes. Der wird kein Stammgast.«

»Kennen Sie einen Mann namens Stone? George Stone? War er Samstag abend auf der Party?«

Sie rückte von ihm weg, aber nicht viel. »Der Typ in den Zeitungen? Der, der getötet wurde?«

»Derselbe.«

»Zu meinen Partys kommen keine Schwulen.«

»Wer hat gesagt, daß er schwul war?«

»Die Zeitungen.«

»Die lügen doch wie gedruckt«, sagte er. »Sie müssen ihre Geschichten an den Mann bringen. Für derartiges gibt es keinerlei Beweise.«

»Wenn er da war, habe ich ihn nicht gesehen.«

»Ich glaube, wenn herauskäme, daß er da war, könnte es Ihren Partys schaden. Besonders, wenn er mit jemandem zusammen weggegangen ist, der ihn später tötete. Denken Sie gerade daran?«

»Es ist mir durch den Kopf gegangen«, sagte sie.

»Wer würde es jemandem erzählen? Ich bin nicht einmal offiziell hier. Ich hole nur Informationen für mich selbst ein. Sie könnten leugnen, mir je etwas erzählt zu haben, mich je gesehen zu haben. Sie können mir vertrauen.«

Sie lachte, ein sehr deutliches Wer-kann-einem-Bullen-trauen-Lachen. »Vielleicht nehmen Sie ja das gesamte Gespräch auf Band auf.«

»Durchsuchen Sie mich.«

»Führen Sie mich nicht in Versuchung. Sie glauben doch nicht, Anna Welles hat es getan?«

»Das habe ich nie gesagt.«

»Sie ist eine zarte Seele.«

»Jeder kann töten, das wissen Sie.«

Louise lächelte. »Sie hätte diesen Scheißkerl von Mann, der sie auf solche Weise verlassen hat, töten sollen. Und seine Leiche mit dem Kopf nach unten als abschreckendes Beispiel und Warnung für andere betagte Jugendliche auf dem Dorfanger aufhängen sollen.«

»Sie mögen Männer sehr, oder?«

»Für einen Bums im Heu sind sie schon gut. Manchmal.«

»War George Stone auf der Party?«

»Wenn er da war, bin ich ihm nicht begegnet. Ich weiß wirklich nicht, ob er da war. Ich würde gern sagen, er war nicht da, aber ich weiß es wirklich nicht. Möglicherweise war er mit einem Freund da, der sich daran erinnern kann. Meine Partys sind sauber. Sie sind dafür da, daß sich alleinstehende Menschen auf angenehme Weise treffen können. Ich habe wirklich nicht die Möglichkeit, zu überprüfen, wer kommt und wer nicht.«

»Haben Sie nie Probleme?«

»Natürlich, dann und wann betrinkt sich jemand und kommt mir dumm. Oder es kommt ein Trottel mit einem bißchen Shit. Den raucht er im allgemeinen auf dem Klo. Üblich ist es nicht. Das sind alles Leute im mittleren Alter.«

»Stone hatte ganz schön viel Shit rumliegen, unter anderem.«

»Das hab ich gelesen. Auf dem Bild in der Zeitung habe ich niemanden erkannt.«

»Es war ein altes Bild. Mindestens acht Jahre alt. In acht Jahren kann sich ein Mann verändern. Zum einen war er jetzt viel dünner. Und wie Sie sagen, Sie sind nicht dafür verantwortlich, wer zu Ihren Partys kommt.«

»Ich kenne ihn nicht.« Sie kam wieder näher. Ihre glänzenden Lippen waren sehr nahe. Sie hatte einen hübschen Mund. Ein hübsches Gesicht. Weiche, helle Haut und intelligente dunkle Augen und dichtes, reiches Haar. Er spürte ihre Brüste auf seiner Brust. »Womöglich hat sich was in meinem Unterbewußtsein verklemmt. Sie könnten versuchen, es loszuschütteln.«

»Ginge das?«

»Es würde Spaß machen, es auszuprobieren.«

Er lachte. Und dann hörte er auf zu lachen. Treu, hingebungsvoll. Verheiratet. Mit wem? Mit einer Frau, die ihn rausgeschmissen hatte.

»Niemand verlangt von Ihnen, Frau und Kind zu verlassen, Inspektor.«

»Ist es für Sie der Beweis, daß wir nicht aufgenommen werden?« Er legte seine Arme um ihre Schultern. Um ihre Taille hätte er es nicht geschafft. Er sah sich selbst, als ob ihm gegenüber ein Spiegel wäre. Was tat er eigentlich? Was war mit ihm los? So etwas hatte er nie zuvor getan. Neugierig beobachtete er sich, als ob er einen Fremden beobachtete. Einen Fremden, den er weder begriff noch leiden mochte.

»Ich erwarte nicht, daß Sie mich jetzt nach oben tragen«, sagte sie. »Ich kann gehen.« Ihr Mund war nah an seinem. Er holte ihn noch näher.

Mit ihrem hübschen Mund vollbrachte Louise atemberaubende Dinge. Sie erschöpfte ihn. Und schließlich wurde sie ruhig und lächelte ihn an und sagte: »Ich wußte, daß du gut sein würdest.«

Es war schön, das zu hören.

»Du warst auch nicht schlecht«, sagte er.

»Was außerdem nett an dir ist, du hast nicht gesagt, ich wäre die schönste Frau der Welt, wenn ich fünfzig Pfund abnähme.«

Eher fünfundsiebzig. »Hast du das vor?«

»Zum Teufel, nein. Nicht einmal für einen wie dich. Lieb mich, lieb mein Fett.«

»Hat dein Unterbewußtsein was hochgeschüttelt?«

»Über Stone? Nein. Ich kenn den Mann nicht. Aber du kannst kommen, wann immer du willst, und mich befragen. Zum Teufel mit der Ermittlungshoheit.«

Bevor er ging, sagte er: »Selbstredend ist Ihnen klar, falls sich herausstellt, daß Sie lügen und Sie wissen, daß Stone auf Ihrer Party war, und wenn Sie wissen, mit wem er weggegangen ist, dann werden Sie sich in größeren Schwierigkeiten befinden als mit einer Vorladung.«

»Also wo juckt's dich, Bernstein?« sagte er zum Steuerrad in seinem Auto. »Was stimmt bei dir nicht?« In den letzten drei Tagen hatte er mehr Sexualität gehabt als in den letzten drei

Jahren. Er sollte sich großartig fühlen. Entspannt. Er tat es nicht. Wegen was fühlte er sich so beschissen? Zwei unabhängige Erwachsene. Und warum mußte er zu Louise am Schluß gehässig sein?

Selbst wenn er so was nie gemacht hatte, andere Polizeibeamte machten es. Frauen liebten das Image vom Machobullen.

Könnte jemand behaupten, er sei Linda untreu?

An Linda dachte er aber nicht. Sondern an Anna/Allegra. Dauernd sah er ihr feines, trauriges Gesicht.

Also mach dich wieder an den Fall, Inspektor. Was haben wir? Mögliche Zeugen:

Der alte Mann, Russell: Den kannst du streichen.

Louise King: Von da keine große Hilfe.

Mrs. Miller: Vielleicht. Aber es würde lange dauern. Und sie müßten sie hart anfassen.

Stevie: Tot.

Es gab wirklich nur eine Möglichkeit. Anna/Allegra. Sie selbst. Er mußte an sie rangehen.

Aber das hatte er die ganze Zeit gewußt. Warum drückte er sich davor?

Louise lag in ihrem Bad in einem Berg duftenden Schaums. Jesus, wie sie die Männer haßte. Die wußten genau, wie sie einen runterziehen konnten. Sie streckte eine plumpe Hand voller Schaum nach einem Teller auf einem Tisch neben der Badewanne aus und nahm einen großen Bissen von einem Stück Zitronenkuchen. Dieses Bullenschwein, er hätte ihr nicht drohen müssen, als er ging. Wahrscheinlich hatte er es getan, weil er sich schuldig fühlte. An mehr, als sie ihm erzählt hatte, konnte sie sich wirklich nicht erinnern. Sie aß den Kuchen auf. Er hätte ihr den Spaß hinterher nicht verderben müssen Dabei war er enorm standfest. Vielleicht ein bißchen mechanisch, aber das war zu erwarten gewesen. Es war das erste Mal, und er kannte sie nicht. Wahrscheinlich das erste Mal, daß er seine Frau betrog. Er würde es ihr wahrscheinlich beichten. Um es von seiner Seele zu kriegen und auf ihre drauf.

Warum mußte er es versauen? Sie haßte ihn. Ihn und alle Männer. Schwänze. Das einzige, wozu sie gut waren, war ein Fick, wenn sie überhaupt zu etwas gut waren.

Sie wünschte, sie könnte es ihm irgendwie heimzahlen. Sie war keine Anna Welles. Diese arme, vertrauensvolle Närrin hatten sie ins Knie gefickt. Was wollten sie ihr jetzt antun? Möglicherweise versuchten sie, ihr diesen fiesen Mord anzuhängen, weil sie den wirklichen Verbrecher nicht finden konnten. Sowenig wie sie ohne Flügel fliegen konnte, sowenig konnte Anna jemanden töten.

Plötzlich lächelte Louise. Sie hievte sich aus der Wanne – das Wasser wurde sowieso kalt – und zog einen Frotteebademantel an. »Ich rufe sie jetzt an. Sage ihr, sie soll vorsichtig sein. Sich vorsehen.«

Sie suchte Annas Nummer im Telefonbuch von Queens und wählte.

35. KAPITEL

Auf seinem Schreibtisch lagen einige Nachrichten. Er ging sie schnell durch. Sean hatte angerufen. Und Linda, zweimal. Und natürlich die Zeitungen und das Fernsehen. Er würde veranlassen, daß Feeley sich mit ihnen beschäftigte. Feeley kam anscheinend immer gerade nach ihm rein oder ging kurz nach ihm raus. Und es gab Proteste von Schwulengruppen. Und der Hausbesitzer wollte auch wissen, wann Mr. Stones Wohnung von der Polizei freigegeben würde. Wieder überlegte er, ob er sich selbst darum bewerben sollte. Und es gab eine reichliche Anzahl von Geständnissen und Fangt-mich-bevor-ich-es-wieder-tue. Alle mußten überprüft werden.

Er wählte Annas Nummer. Es antwortete immer noch niemand. Er überlegte, um welche Zeit sie von der Arbeit nach Hause kam.

Vielleicht kam sie nicht sofort nach Hause. Vielleicht ging sie nach der Arbeit noch irgendwohin und kam spät nach Hause. Dann könnte er sie nicht treffen. Mist.

Sie war Bibliothekarin. In Queens. In Queens konnten nicht so arg viele Bibliotheken sein. Er ging ins Vorzimmer und suchte sich das Telefonbuch von Queens. Er winkte Feeley zu, der da draußen saß, und ging zurück in sein Zimmer.

Es gab fünfundachtzig Zweigstellen der Öffentlichen Bibliothek des Bezirks Queens. Er hoffte, daß er nicht alle fünfundachtzig anrufen mußte, um herauszufinden, in welcher sie arbeitete.

36. KAPITEL

Anna hörte den Wecker. Es war, als ob es aus weiter Entfernung käme. Sie blieb still liegen und sammelte Kraft, um ihre Hand durch die Stille zu bewegen, die sie umgab. Die schlimmste Zeit war immer morgens. Oder war es abends? Kein Grund aufzustehen. Kein Grund ins Bett zu gehen. Es gab einige Tierarten, die in dem Moment starben, in dem sie ausgedient hatten oder zumindest ihre Funktion erfüllt hatten. Eine Biene. Eine Biene stach und starb. Du bist nicht einmal so intelligent wie eine Biene, Anna.

An irgend etwas versuchte sie sich zu erinnern. Oder war es vergessen? War es ein Traum, der immer noch am Rande des Bewußtseins schwebte? Sie konnte es sich nicht ins Gedächtnis zurückrufen, und es ließ sie nicht zur Ruhe kommen. Hatte sie geträumt? Hatte sie geschlafen? Wann? Heute nacht? In der letzten Woche? Im letzten Jahr? Wann hatte sie zum letztenmal geschlafen, wirklich geschlafen, jegliche Bewußtheit aufgegeben? Totale Bewußtlosigkeit.

Das Klingeln ging weiter. Sie sammelte ihre ganze Kraft und dirigierte sie zu ihrem Arm. Er bewegte sich langsam durch die dichte, geräuschlose Leere um sie und erreichte den Wecker und drückte auf den Knopf. Das Klingeln hörte auf.

Dankbar schloß sie die Augen.

Etwas anderes begann zu klingeln.

Das mußte das Telefon sein. Zum Teufel damit. Das Telefon mußte allein damit zurechtkommen. Sie konnte ihren Arm nicht bewegen, um es abzustellen. Sie hörte es nicht. Sie merkte nicht, daß es aufhörte. Sie spürte nur, wie die Stille näher kam wie eine Decke. Sie wartete darauf, daß sie sie zudecken würde.

Das Klingeln kam wieder, zerschmetterte die Stille, schleuderte die Scherben umher.

Wer rief sie an? Sie war ihnen doch egal. Niemand hatte an ihr Interesse. Sie wollten nicht, daß sie schlief. Es war ihnen egal, ob sie lebte. Sie wollten sie nur nicht sterben lassen. Man sollte ihr erlauben zu sterben, wenn sie wollte. In Australien gab es einen Aboriginesstamm, dessen Mitglieder sich durch Willenskraft dazu bringen konnten zu sterben. Darüber hatte sie einen Film gesehen. Nach dem Film war sie nach Hause gegangen und hatte sich hingelegt und versucht, sich zum Sterben zu bringen. Aber das verdammte Telefon hatte geklingelt. Das war das Problem. Dieser Stamm in Australien hatte kein Telefon. Das ist es nämlich, was unsere Macht über uns selbst zerstört. Unsere Selbstbestimmung geht durch die Telefonkabel flöten. Das macht uns machtlos. Telefone und Fernsehen und die neue Moral. Die scheißneue Moral. Woraus besteht sie denn: Ficken. Außer für dich, Anna/Allegra, Ex-Mrs. Welles. Du kannst das Telefon und den Fernseher haben, aber was das Übrige betrifft, ist er abgehauen. Hat eine gesehen, die ihm besser gefiel. Eine Junge, Hübsche; eine, die nicht traurig war. Männer mögen keine traurigen Frauen; sie bezeichnen sie als bitter. Sie mögen Frauen, die fröhlich und lebhaft und angenehm sind und keine Sorgen oder abhängige Angehörige haben und nicht über sich selbst reden, weil das sie davon abhält, den Männern zuzuhören. Warum war er so weggegangen? Was hatte sie verbrochen? Was gesagt? Hatte sie es ihm zu leicht gemacht? Sie versuchte, sich ein Gesicht vorstellen. Simon? Bernie? Jemand anderes?

Das Telefon klingelte wieder. Dauernd unterbrach es sie. Vielleicht war es Emmy.

Emmy brauchte sie nicht. Emmy fing ein ganz neues Leben an. Wenn bei dem Stamm in Australien ein junger Mann mündig wurde, ging er allein los, um sich irgendwo durchzuschlagen. Er ging ohne Essen oder Wasser, nur mit einem Lendenschurz. Nicht mal mit einem Paar Designerjeans. Wenigstens hatte Emmy die Jeans.

Und ein alter Mensch, ein unnützer Mensch, konnte sich irgendwo unter einen Baum legen und den Tod herbeirufen, damit er käme und ihn holte. Wenn du das tätest, Anna, würden die Vögel in den Bäumen was auf dich fallen lassen.

Ich habe mein Selbst überlebt.

Sei still, sei still, verdammtes Telefon!

Sie sprang auf und ergriff das Telefonkabel und riß es aus der Wand. Es gab ein schreckliches, gewalttätiges Krächzen von sich. Das Geräusch jagte die Stille davon.

Die Anstrengung hatte sie erschöpft. Keuchend saß sie auf dem Bett, schnappte nach Luft, hielt die Telefonschnur in der Hand.

Trotzdem sollte sie Miss Haines anrufen und ihr sagen, sie würde zu spät kommen. Die arme Miss Haines. Anna hatte den Verdacht, daß sie sich Sorgen machte, sich still im verborgenen Sorgen machte. Möglicherweise hatte sie ihr ganzes Leben den Sorgen gewidmet. Sie machte sich um ihre Mutter Sorgen, ihre Katze, die Bibliothek, den erschreckenden Anstieg von Buch- und Zeitschriftendiebstählen. Sich Sorgen machen war alles, was sie hatte. Als Miss Haines John einmal verärgert hatte, sagte er: »Was sie braucht, ist ein Mann.«

»Jeder kann Liebe gebrauchen«, hatte Anna gesagt.

»Liebe?« hatte John gelacht. »Alles, was sie braucht, ist ein guter Fick.«

Das sollte alles kurieren. Alle Probleme auf der Erde. Es war die grandiose Illusion des männlichen Egos. Der Unbesiegbare Schwanz. Oder war es bloß ein Mittel gegen die Frauen? Früher hieß es, daß Frauen es nicht mochten. Jetzt hieß es, daß es das sei, was sie am meisten brauchten.

Und wann bist du eine Männerhasserin geworden, Anna?

»Bin ich nicht! Bin ich nicht!«

Was ist mit Fräulein Beigefarbene-Spaghetti-Träger? Ist sie nicht auch ein bißchen verantwortlich?

Es gibt kein Verantwortungsgefühl mehr. Und kein Schuldgefühl mehr. Sie sind out, wie Stäbchen und Korsett.

Sie hatte wieder diesen schrecklichen Geschmack im Mund. Sie sollte sich die Zähne putzen. So einen schrecklichen Geschmack hatte sie früher nie im Mund gehabt.

Sie sollte auch einen Kaffee trinken. Und Musik anmachen, um die Stille, die sich wieder hervorstahl, davonzujagen. Hunger hatte sie nicht. Sie war nur müde. Selbst nachdem sie sich die Zähne geputzt und das Gesicht gewaschen hatte, war sie noch nicht hungrig. Doch sie ging in die Küche und fand eine Tüte Brötchen im Tiefkühlfach und eine Schere, um die Tüte aufzuschneiden, und machte das Radio an. ». . . Detective Feeley sagte heute morgen, die Polizei verfolge neue Hinweise zu dem brutalen Mord an . . .« Sie drehte das Radio ab. Na ja, was hört man schon im Radio?

Oh, etwas Wunderschönes. Etwas . . . »In den Nachrichten wurde heute bekanntgegeben, daß Liebe wieder in Mode gekommen ist. Altmodische Liebe: Bis daß der Tod uns scheide, und danach lebten sie glücklich und zufrieden, und ihre Kinder liebten sie wirklich . . .« Das wirst du nicht sagen, oder, Radio? Wer braucht dich schon!

Sie legte die Tüte mit den Brötchen hin, nahm die Radioschnur und schnitt sie mit der Schere durch. »So«, sagte sie.

»Was du jetzt brauchst, ist ein guter Fick. Das wird dich ganzmachen.«

Sie ging zum Fernseher im Wohnzimmer und schnitt auch das Kabel durch. »Für dich gilt das gleiche«, sagte sie.

Sie ging ins Schlafzimmer zurück und legte sich ins Bett und deckte sich den Kopf mit der Decke zu und versuchte zu schlafen, versuchte, das Gesicht des Mannes auszulöschen: Simon oder Bernie oder sonst wen. Die Namenlosen versuchte sie immer zu vergessen.

Warum war er nicht geblieben? Es wäre schön gewesen, wenn er geblieben wäre. Es wäre warm gewesen, ein lebendiger Mensch hätte sie gehalten.

Sie sollte besser aufstehen und zur Arbeit gehen. Sie mußte sich beschäftigen.

»Was du brauchst, Anna, ist ein guter Fick«, kicherte sie. Und versuchte wieder zu schlafen.

37. KAPITEL

Bernie hatte das Zählen aufgegeben. Irgendwann bei seinen unzähligen Anrufen bekam er die Antwort, die er wollte: »Ja, hier gibt es eine Bibliothekarin, die Mrs. Welles heißt.«

»Kann ich mit ihr sprechen?«

»Ist da Mr. Welles?«

»Warum fragen Sie?«

»Entschuldigung. Ich hatte nicht die Absicht . . . Es ist deshalb, weil Mrs. Welles heute nicht zur Arbeit gekommen ist. Um die Wahrheit zu sagen, wir machen uns Sorgen um sie. Sie hat nicht angerufen, um zu sagen, daß sie nicht kommt. So etwas hat sie nie zuvor gemacht. Niemals. Mrs. Welles' Tochter hat auch angerufen und nach ihrer Mutter gefragt. Sie hat gesagt, daß sie den ganzen Morgen dort angerufen hat. Das Telefon muß kaputt sein. Ihre Tochter macht sich Sorgen . . .«

Er legte auf und holte seinen Mantel.

Das Telefon klingelte. Ungeduldig nahm er es und knurrte: »Inspektor Bernstein.«

»Bernie, hier ist Paul Thompson.«

Das Büro des Bürgermeisters. Er setzte sich.

»Neuerdings murkst ihr Weißen euch ja gegenseitig ganz schön ab«, sagte Thompson in seinem schleppenden Tonfall.

»Auf's Abmurksen habt ihr kein Monopol, Junge.«

Thompson lachte. Mit seinem Harvard-Akzent sagte er: »Wenn man die Weißen hört, würde man es nicht glauben. Das hier ist ein offizieller Anruf, Bernie. Der Bürgermeister will, daß ihr die Bösen ganz schnell fangt. Diese ganzen Verbrechen in der Stadt sind schlecht fürs Geschäft.«

»Du kannst dem Bürgermeister zusichern, daß wir daran arbeiten. Wir tun unser Bestes.«

»Euer Bestes ist immer gut genug für mich, Inspektor. Aber der Bürgermeister will, daß ihr den Arsch bewegt.«

»Ja, Sir. Machen wir. Das kannst du ihm von mir versichern.«

»Fang irgend jemanden wegen irgend etwas, um Himmels willen, Mann«, sagte Thompson, und Bernie lachte, als er exakt den Ton und die Stimme und die Art des Bürgermeisters hörte. Glänzend braun, wunderbar gepflegt und hübsch, Thompson hätte Schauspieler sein sollen.

Bernie sagte: »Ja, Sir.« Er hätte argumentieren und protestieren und Thompson alles, was die Abteilung in allen Bereichen tat, erzählen können. Aber das hatte er schon lange aufgegeben. Es hörte doch nie jemand zu; niemand wollte wirklich eine Antwort. Thompson redete weiter. Das war sein Job, für den Bürgermeister mit den Leuten zu reden. Der Bürgermeister selbst redete mit den Zeitungen. Das war sein Stil. Thompsons eintöniges Reden entglitt Bernies Bewußtsein. Er überließ sich seinen Gedanken. Wie viele Bürgermeister hatte er überlebt, die alle dasselbe sagten, jeder auf seine eigene Art? Da war der Volkstribun, der mit seinem Gefolge von Reportern und Fotografen in den Polizeiwachen aufmarschierte und dem Verbrechen den Krieg erklärte; so einer gelobte, die Stadt zu säubern, oder wenigstens den Times Square. Und es gab den großen, liberalen Bürgermeister, der der Armut den Krieg erklärte und mit den Straßenräubern und Zuhältern, die er glaubte, für seine eigenen Zwecke gebrauchen zu können, durch die Straßen marschierte; und der, der wie ein Krämer aussah und den man öffentlich oder privat nie hatte fluchen hören. Er sollte den alten Mr. Russell anrufen. Russell würde sich an alle erinnern. Aber er behauptete, er erinnere sich nicht an Anna.

»... Scheißspiel in der City«, sagte Thompson gerade. »Zu viele Straßenräuber und Morde und Prostituierte ...«

»Und Singlestanzereien«, sagte Bernie.

»Was?«

»Nichts.«

»Ihr Jungs müßt jetzt loslegen! Greift durch! Fangt in den Revieren an. Ihr müßt euer eigenes Haus saubermachen.«

»Im Fensterputzen bin ich mies«, sagte Bernie.

Thompson machte eine Pause. »Ist bei dir alles in Ordnung, Bernie?«

»Ja, Paul. Nur ein bißchen damit beschäftigt, die Bösen zu jagen. Könntest du zur Pointe kommen? Ich würde gern weiterarbeiten.«

»Die Öffentlichkeit will, daß die Polizei ihr Geld wert ist.« Er war irritiert. »Fang einen Gauner, um Himmels willen. Sie wollen es in sechs Zentimeter großen Schlagzeilen lesen. Fang einen. Fang das Arschloch, das den Schwanz aufgefressen hat. Das liest sich gut.«

Richtig. Wenn du mich vom Telefon wegläßt.

Als Thompson aufgehört hatte zu reden, wartete draußen eine Abordnung von Geschäftsleuten auf ihn. Sie weigerten sich, mit jemand anderem als dem Revierleiter zu sprechen. Kampfbereit stampften sie in sein Büro. Sie waren mit der Kriminalität in der Gegend sehr unglücklich: Prostitution,

Morde, Überfälle, Einbrüche, Parken in der zweiten Reihe. Bernie war auch der Meinung, daß das schlecht sei. Er hatte Mitgefühl mit ihnen. Er erzählte ihnen von seinen Problemen: Zu wenig Polizeibeamte, zu wenig Geld, zu viele hinderliche Bestimmungen und Vorschriften. Aber die Polizei tat ihr Bestes. Er führte Statistiken an. Wenn sie ein Nachbarschaftskomitee gründeten, würde sein Beauftragter für die Öffentlichkeitsarbeit bei ihnen vorbeikommen, und sie könnten die Probleme gemeinsam angehen. Mit sanfter Gewalt schob er sie hinaus und machte sie mit seinem Beauftragten für die Öffentlichkeitsarbeit, Sergeant Wilson, bekannt und rannte zurück in sein Büro, um seinen Mantel zu holen. Sein Telefon läutete wieder. Er ließ es läuten. Als er die Tür anfaßte, ging sie von außen auf. Es war Feeley.

»Deine Frau ist am Telefon«, sagte er. »Sie hat dauernd versucht, dich zu erreichen, und hat schließlich nach mir gefragt. Ich habe ihr gesagt, daß diese Delegation bei dir war, und ließ sie dran, und sagte der Vermittlung, sie solle sie zu dir durchstellen, sobald du frei seist.«

Bernie zögerte. Er konnte Linda nicht kompromittieren, indem er jetzt wegging. Er ging zum Tisch zurück und nahm das Telefon auf. »Danke schön, Feeley«, sagte er.

Feeley nickte und ging hinaus.

Ausdruckslos höflich sagte er: »Hallo, Linda«, und war überrascht, daß er nichts fühlte.

»Ich hab den ganzen Tag versucht, dich zu erreichen«, sagte Linda schäumend. »Ich habe ein Dutzend Nachrichten hinterlassen.«

»Zwei«, sagte Bernie. »Ich habe jahrelang versucht, dich zu erreichen.«

»Was soll das schon wieder heißen?«

»Warum hast du angerufen, Linda?«

»Ich weiß nicht, wo du wohnst.«

»Ich habe mich noch nicht entschieden.«

»Irgendwo wohnst du doch. Ich muß dich anrufen können. Wir müssen miteinander reden.«

»Ich habe nicht viel Zeit. Ich war gerade auf dem Weg nach draußen.«

»Glaubst du, du könntest deinen Beruf einmal so lange vergessen, daß du dich daran erinnerst, daß du einen Sohn hast?«

»Was willst du, daß ich sage, Linda? Du hast mich ausgesperrt.«

»Wann wirst du ihn wieder treffen?«

»Ich weiß es nicht. Du hast gesagt, ohne mich ginge es ihm besser.«

»Ich habe damit nicht gemeint, daß du ihn nie sehen sollst.«

»Was ist nie? Ich habe ihn gestern gesehen.«

»Du hast ihn gestern fürchterlich aufgebracht. So aufgebracht habe ich ihn noch nie gesehen. Du mußt ihn heute sehen. Versuch zu erreichen, daß er es versteht.«

»Versteht, was? Was kann ich ihm begreiflich machen?«

»Du hast ihn GESCHLAGEN!«

»Du schlägst ihn die ganze Zeit.«

»Aber du noch nie. Du hast ihn *geschlagen*. Du hast ihn verletzt. Es geht ihm schrecklich.«

Bernie sagte nichts.

»Du liebst ihn nicht . . .« Plötzlich weinte sie. »Du bist hart und gemein und gefühllos. Du bist nichts anderes als ein Bulle! Und Sean ist auch nicht besser als du. Ihm ist auch alles egal. Ihr seid beide gleich.«

»Bedaure, Linda. Bedaure, wenn ich dich enttäuscht habe.«

»Du hast dich verändert«, sagte sie bitter. »Ich glaube, du hast jemand anderes gefunden. Da wohnst du. Es hat ja nicht lange gedauert. Schön, die wirst du auch enttäuschen.«

»Das sollte deine Sorge nicht mehr sein, oder, Linda?« sagte er kalt und legte auf.

Wieder nahm er seinen Mantel und rannte los, bevor noch irgend etwas ihn von Anna fernhalten konnte. Am Rande, aus dem Augenwinkel, glaubte er zu sehen, wie Feeley gleich nach ihm wegging.

38. KAPITEL

Ein Mensch muß aufstehen. Ein Mensch muß sich die Zähne putzen und das Haar kämmen, nicht mit derselben Bürste natürlich, und sich duschen und anziehen und frühstücken und abwaschen und . . . Wozu, zum Teufel?

Jetzt nerv nicht so, Anna. Tu, was du tun mußt.

Das habe ich mein ganzes Leben lang. Wenigstens habe ich es versucht. Sieh, wo ich gelandet bin.

Steh auf.

Erst muß ich schlafen.

Du wirst nie einschlafen, und das weißt du. Du hast es die ganze Nacht versucht. Und den ganzen Tag. Komm raus aus dem Bett. Du solltest was essen.

Ich habe keinen Hunger.

Du mußt essen. Langsam siehst du wie eine alte Trockenpflaume aus. Konzentrier dich auf Kaffee. Auf den Duft. Es gibt nichts Besseres als den Duft von frischgebrühtem Kaffee.

Siehst du, total demoralisiert bin ich nicht. Ich halte gewisse Standards aufrecht. Kaffeestandards. Pulverkaffee trinke ich nie. Ich mahle immer noch frische Kaffeebohnen und koche richtigen Kaffee.

Dann steh auf und tu's. Tu's!

Jemand hat die Telefonschnur rausgezogen.

Du weiß sehr wohl, wer die Telefonschnur rausgezogen hat. Tu nicht so, als ob!

Aber warum? Warum?

War sie wahnsinnig? War so Wahnsinn? Wissen Irre, daß sie irre sind, und sind hilflos, etwas dagegen zu tun?

Was hilft es dir, Anna, verlassen und allein zu sein und eine vertrocknete Pflaume und außerdem noch irre? Was hilft es dir, irre zu sein? Besonders, wenn du es weißt.

Was hilft es Emmy?

Du mußt dich allein zurechtfinden, Emmy. Krieg sie, lieb sie und laß sie ziehn. Das hatte sie irgendwo gelesen. Früher hatte sie viel gelesen. Früher hatte sie viele Sachen gemacht. Die alte graue Mähre, is nich mehr, was sie gern wäre. Wenn du jetzt noch anfängst zu dichten, Anna, dann sterbe ich.

Denk an den Duft von Kaffee. Steh auf und folge dem Duft des Kaffees ...

Auf dem Tisch war eine Tüte Brötchen. Eine verdammte Idiotie, das Radiokabel durchzuschneiden. Vielleicht war es ein Scherz. Sie hatte immer diese alberne Art von Humor. Wie sollte sie das Emmy erklären? Emmy wohnte hier nicht mehr. Sie mußte nichts erklären. Niemandem.

Vielleicht hatte sie die Telefonschnur durchgeschnitten, damit sie nicht erklären mußte, warum sie niemand anrief. Sie *konnten* nicht anrufen, weißt du, weil die Telefonschnur durchgeschnitten war. Nicht, weil es niemanden gab, der sie liebte. Sie *konnten* sie nicht anrufen, wenn die Schnur kaputt war.

Zu Hause gibt es nichts, was mich unterhält. Kein Radio. Keinen Fernseher. Ich werde nicht wieder ins Bett gehen. Ich werde meinen frischgebrühten Kaffee trinken und mein Brötchen essen, indem ich es in kleine Stücke breche und Butter drauf tue und es sorgsam mit Marmelade bestreiche, und ich werde sogar ein Stück von diesem leckeren, teuren Käse, den ich gestern abend groß eingekauft habe, essen. Und ich werde mein Haar färben. Und ich werde ausgehen. Wenn keine Party oder Tanzveranstaltung oder Quatschrunde ist, gibt es immer noch Bars. Eine Singlesbar. Warum nicht? Bisher hatte sie noch keine Bar ausprobiert.

Sie mußte zurück ins Schlafzimmer, um ins Bad zu kommen. Schaffte sie es am Bett vorbei, ohne wieder reinzukriechen?

Der Kassettenrecorder stand auf dem Nachttisch. Emmy

nahm manchmal aus dem Radio Musik auf Kassette auf. Vielleicht, wenn sie ihn jetzt anmachte, hülfe ihr das. Es wäre ein Geräusch in der Stille. Sie ging hin.

Halt! Das ist nur eine Ausrede, nah am Bett zu sein, drauf zu sitzen, während du am Kassettenrecorder rumfummelst, dich zurückzulehnen, hinzulegen ... Du willst Geräusche? Du willst Musik? Du willst den Trost eines lebendigen Körpers. Geh aus. Mach dich aus dem Haus!

Vielleicht kann ich mich einen Moment ausruhen. Ich habe nicht geschlafen ...

Bin ich verrückt? Bin ich wirklich verrückt? Ich weiß meinen Namen. Allegra. Nein. Anna. Anna Welles. Ich weiß, welcher Wochentag heute ist. Dienstag.

Ich kann das Einmaleins bis zwölf mal zwölf ist einhundertundvierundvierzig.

Aber kann ich Recht und Unrecht unterscheiden?

Welches Recht und Unrecht? Recht und Unrecht haben sich verändert.

Die Wahrheit hat sich verändert.

Alles verändert sich.

Ich muß mich auch verändern.

Danke, Simon. Du hast mich auf den neuesten Stand gebracht, in die neue, veränderte Welt.

Vielleicht gibt es Recht und Unrecht nicht mehr.

Vielleicht existiert die Wahrheit nicht.

Vielleicht existiere ich nicht.

Es gibt nur die Veränderung.

Wenn niemand weiß, daß du lebst, wenn es niemanden interessiert, existierst du dann?

Wenn du niemand anderen kennst, bist du dann tot?

Wenn ich hier sterbe, allein, und niemand weiß es, bin ich dann gestorben? Habe ich je gelebt?

Wenn ich hier verrückt werde und keiner weiß es, bin ich dann verrückt?

Wenn ein Mensch Böses tut und keiner weiß es, war es dann böse?

Aber du wüßtest es, Anna.

Sie zitterte. Sie wußte nicht, warum, mit einemmal bebte sie. Ihr Mund fühlte sich schrecklich an. Es wurde einem schlecht davon. Sie mußte ihre Zähne noch einmal putzen.

Etwas ging mit ihr vor, war vielleicht schon vorgegangen. Sie mußte hier weg. Voller Angst rannte sie ins Badezimmer und schlug die Tür hinter sich zu, als ob jemand sie jagte.

39. KAPITEL

Das Problem war, sie konnte sich nicht entscheiden, was sie anziehen sollte. Darüber dachte sie die ganze Zeit nach, als sie ihr Haar machte und duschte und ihr Make-up auflegte. Und dann stand sie in ihrem alten blauen Morgenmantel vor dem Schrank und starrte hinein. Nichts war hübsch. Nichts war neu. Vielleicht war es letztendlich sinnlos, auszugehen. Sie hatte nichts Hübsches anzuziehen. All die anderen Frauen waren immer so attraktiv.

Als die Klingel ging, hielt sie inne und lauschte. Es war das erste Geräusch seit Stunden, das sie nicht selbst gemacht hatte. Es verwirrte sie. Sie konnte sich nicht rühren. Es klingelte wieder. Erst beim dritten Klingeln war sie fähig, sich aufzuraffen und zur Tür zu gehen.

Der große Mann hatte einen Blumenstrauß in der Hand. Er sah aufgeregt aus. »Hallo. Erinnern Sie sich an mich?«

»Sie sind der Ausreißer«, sagte sie.

Er lachte. »Ich erkläre es, wenn Sie mich reinlassen.«

Sie rührte sich nicht.

Er schob ihr die Blumen zu. »Friedensangebot.«

Langsam, reflexartig, streckte sie die Hand nach den Blumen aus. »Danke schön«, sagte sie genauso reflexartig.

»Ich habe den ganzen Tag versucht, Sie zu erreichen. Ihr Telefon ist kaputt. Also bin ich einfach gekommen.«

»Ich habe mich gerade fertiggemacht, um auszugehen.«

»Oh . . .« Seine Stimme verriet seine Enttäuschung. »Es tut mir leid. Ich meine, es tut mir leid für mich. Für Sie freue ich mich, wenn Sie eine Verabredung haben.«

»Es ist keine Verabredung. Ich gehe aus.« Sie lächelte dieses wehmütige Lächeln, das an ihm zerrte. »Auf die Jagd, könnte man sagen.« Sie ging zurück in die Wohnung. Er folgte ihr. Sie ging in die Küche und öffnete einen Schrank. Oben auf einem Regal war eine Vase. Er langte nach oben und holte sie ihr und füllte sie mit Wasser.

»Ist das Wasser auch nicht zu kalt?« fragte sie. »Blumen sollte man nicht in sehr kaltes Wasser stellen.«

Er schob den Ärmel ihres Morgenmantels hoch und schöpfte mit der Hand ein bißchen Wasser und spritzte es gegen ihr Arminneres, als ob er es für das Bad eines Babys probierte.

»Es ist genau richtig«, sagte sie und lächelte wieder. Er schob den Ärmel herunter und hielt sie einen Augenblick lang am Handgelenk fest. Seine Hände brachten ihren Arm an seine Lippen und er küßte sie aufs Handgelenk. Sie wurden beide rot. Als er sie losließ, steckte sie die Blumen in die Vase und machte sich an ihnen zu schaffen.

»Sie sind wunderschön«, sagte sie. »Danke schön.« Sie trug sie ins Wohnzimmer.

»Anscheinend treffen Sie mich immer in diesem alten Lumpen.«

»Mir gefällt er. Er ist so heimelig.«

Sie schüttelte den Kopf und ging weiter ins Schlafzimmer. Ohne zu denken, ging er hinter ihr her. Sie schien keine Notiz von ihm zu nehmen. Sie zog ihren Morgenmantel aus und stand da in Büstenhalter und Unterhose. Es schien ganz normal zu sein, ohne Berechnung. Sie nahm einen weißen Body und ein Paar enggeschnittener schwarzer Hosen. »Ich hab die Sicherheitsnadel verloren. Ich müßte den Haken ganzmachen«, sagte sie zu sich selbst. »Macht nichts. Da geht der Gürtel drüber.«

Irgendwo hatte er eine Sicherheitsnadel gesehen. Sie lag auf einem verstaubten schwarzen Glastisch. Wo war das gewesen?

Sie zog einen silbernen Stretchgürtel an und hochhackige schwarze Sandalen und ging nah an ihm vorbei zurück ins Wohnzimmer. Er sagte: »Sie haben Ihr Haar so schön gemacht.«

Wie zum erstenmal wurde sie sich seiner wieder bewußt. Sie blieb stehen. Sie stand dicht bei ihm. »Sie sind sehr aufmerksam. Warum ist eine Frau mit einem so aufmerksamen Mann wohl unglücklich?«

»Vielleicht habe ich aufgehört, aufmerksam zu sein. Vielleicht habe ich angenommen, sie wüßte, wie ich zu ihr stehe. Sie war schließlich meine Frau. Ich habe sie geliebt.«

»Vielleicht sollten Sie es noch einmal versuchen. Jetzt, wo Sie was dazugelernt haben, werden Sie es besser machen.«

»Das Opium der mittleren Jahre«, sagte er ärgerlich. »Der Traum von der Zweiten Chance. Auferstehung ohne Tod.«

Sie wollte weitergehen. Er nahm ihre Hand. »Sind Sie hinter so was her? Hoffen Sie darauf? Eine zweite Chance?«

Sie lächelte wieder, ein Lächeln wie Tränen. »Nein. Ich weiß nicht, was ich mit einer zweiten Chance tun würde. Außer der ersten Chance habe ich nichts gelernt. Ich weiß nicht, was ich damit falsch gemacht habe.«

»Was wollen Sie denn dann? Was suchen Sie?« sagte er harsch. »Rache?«

Die Tränen strömten ihr aus den Augen, als ob sie dahinter aufgestaut gewesen wären. Sie wandte sich ab.

»Ich will«, sagte sie, zugleich spöttisch und bitter, »ich will, daß Sie mich halten. Mich in den Arm nehmen und bei mir liegen und mich halten. Weiter nichts. Nur mich halten. Als ob ich Ihnen wichtig wäre. Als ob Sie mich seit achtundzwanzig Jahren kennten und wir zusammen gelitten und gelacht hätten und ich Ihnen wichtig wäre.« Sie lächelte traurig. Die Tränen strömten ihr übers Gesicht.

Seine große, starke Hand streichelte ihre Wange. »Sie sind mir wichtig, Anna«, sagte er.

Ganz sacht hob er sie hoch und hielt sie einen Moment lang eng an seiner Brust, ohne sich zu bewegen. Sie drückte ihr Gesicht gegen seine Schulter. Er küßte sie aufs Haar und ging zum Bett. Er legte sie sanft hin und zog seine Schuhe und sein Jackett aus und legte sich neben sie. Er hielt sie, wie er so oft seine Linda gehalten hatte, Monat um Monat, wenn das Blut zu fließen begann; wie er Theo als kleinen Jungen gehalten hatte, wenn er wegen irgendeines überwältigenden geheimnisvollen Unglücks geweint hatte.

»Entschuldigung«, sagte sie und versuchte aufzuhören zu weinen.

Er hielt sie fester, liebkoste ihren Nacken und ihr Haar. »Ist doch gut«, sagte er zärtlich, »ist doch gut . . .«

Sie überließ sich ihren Tränen und vertraute ihm darin, daß er ihren Schmerz nicht zerstören und ihr keine leeren Trostworte anbieten würde.

Sie weinte die Tränen, die er nicht weinen konnte.

Er fühlte sich ihr näher, als er sich je in seinem ganzen Leben jemandem gefühlt hatte. Er fühlte sich stark. Er konnte jemanden beschützen. Es war ein Gefühl wie Liebe. Es wärmte ihn. Er war glücklich.

Sie mußten geschlafen haben. Er fühlte, wie sie sich bewegte, und öffnete die Augen. Sie lag an ihn gepreßt, sie hielt ihn, ihr Gesicht war an seinem Hals.

»Danke«, sagte sie.

Seine Hand bewegte sich über ihre Schulter und ihren Rükken. Ihm erschien ein Bild von einem Vogel mit einem gebrochenen Flügel. Ihr Körper entspannte sich an seinem.

»Sie sind ein netter Mann.«

Das Zimmer war warm und matt beleuchtet. Es war, als hinge es im Raum, losgelöst von allem anderen, und als seien sie beide zusammen allein, ungefährdet, von der Welt unangetastet. Sie schlummerten und erwachten, ließen sich beide treiben. Verschwommen kam es ihm vor, als stünde sie auf und käme wieder zurück zu ihm.

»Sie kümmern sich gern um Menschen«, sagte sie leise zu ihm.

»Ich glaube schon.« Darüber hatte er noch nie nachgedacht. Sein ganzes Leben als Erwachsener hatte er sich um Menschen gekümmert: seine Mutter, seine Schwestern, seine Frau, seinen Sohn. Sogar sein Job war ein Sich-um-Menschen-kümmern ... um die ganze Stadt. »Ich glaube, ich habe es gern getan. Ob ich es noch tue, weiß ich nicht.«

»Verändern sich Leute denn?«

»Manchmal wird einem eine Veränderung aufgezwungen, und sie zwingt einen, sich selbst zu verändern.«

»Nur vorübergehend. Dann sind wir einen einzigen Augenblick lang frei; eine machtvolle gefühlsmäßige Kraft befreit uns von uns selbst; wir können etwas tun, das wir nie getan hätten. Und dann geht es vorbei, und wir sind wieder wir selbst.«

»Vielleicht. Ich weiß nicht.« Er küßte sie. »Alles was ich im Moment weiß, ist, daß ich am Verhungern bin. Ich hab den ganzen Tag fast nichts gegessen.«

»Ich auch nicht. Aber es ist so angenehm hier.«

»Steh auf, Faulpelz. Jetzt gehen wir raus und essen was.«

»Müssen wir rausgehen? Wir können Käseomeletts essen.«

»Ich will nicht, daß du in der Küche rumbosselst. Außerdem, wolltest du nicht irgendwo hingehen, wo man tanzen kann?«

»Ich will rumbosseln. Und wir können hier tanzen.«

Sie machte Anstalten, aufzustehen, und er zog sie zurück und küßte sie und ließ sie dann gehen. Sie stand auf und machte die Lampe neben dem Bett an. Er sah sie an und brach in Lachen aus. Bevor sie beleidigt sein konnte, zog er sie wieder an sich und küßte sie wieder und sagte dann: »Deine Wimperntusche ...«

Sie ging schnell zum Spiegel. Von den Tränen war ihr die Wimperntusche in schmierigen schwarzen Streifen über die Wangen gelaufen, und ihre Augen waren verschmiert, sie sah grotesk wie ein traurig-lustiger Clown aus. Der Anblick verblüffte sie und fügte ihrem Gesicht noch einen überraschten Ausdruck hinzu. Er lachte wieder.

Sie lachte auch, nahm ein Kissen und bewarf ihn damit und rannte ins Badezimmer. Er sah ihr zu, wie sie ihr Gesicht abschrubbelte. Sie sah glücklich aus. Richtig glücklich. Er war ihr dankbar. Er hatte lange keine Frau glücklich gemacht. Er zog sich die Schuhe an. Sein Jackett hing ordentlich auf einem Stuhl. Sie mußte es dahingetan haben, als er geschlafen hatte. Er ließ es auf den Boden fallen.

»Wo ist dein Radio?«

»Es ist kaputt«, rief sie über das Geräusch des fließenden Wassers hinweg.

»Und wie veranstalten wir dann den Tanz, von dem du mir so viel erzählt hast?«

Sie tupfte ihr sauberes Gesicht mit einem Handtuch trocken. In dem weichen Licht, ohne Make-up, sah sie sehr jung aus. Unschuldig.

»Emmy hat bestimmt ein paar Kassetten mit Musik hiergelassen. Sie hat dauernd Sachen aus dem Radio aufgenommen. Vielleicht ist sogar noch eine drin. Oder du könntest für uns singen.«

Er lachte. »Meine Stimme könnte der Grund sein, warum mich Linda fallengelassen hat.« Er küßte sie auf ihre feuchte Stirn und ging zum Nachttisch hinüber. Er drückte auf die Play-Taste des Kassettenrecorders. Im unteren Fach des Nachttischs war ein ordentlich gefaltetes Bettuch. Es hatte ein wildes geometrisches Muster in Schwarz und Braun. Es schlug in seiner Erinnerung einen vagen Ton an. Dann nahm der laute Rhythmus von Hard Rock das Zimmer ein. Er kam vom Kassettenrecorder. Bernie fing an zu lachen. »He, he ...«, rief er und drehte sich im Kreis und wirbelte mit den Armen.

Sie kam mit dem Handtuch aus dem Badezimmer und lachte auch. Er zog sie zu sich, schnalzte mit den Fingern und ächzte wie die männliche Stimme auf der Kassette. Sie ging zu ihm, wedelte mit dem Handtuch wie eine Stripperin mit der Boa, und zusammen drehten sie sich holpernd im Kreis und lachten. Und plötzlich brach Annas Stimme durch die Musik.

»An irgend etwas versuche ich mich zu erinnern. Es entschlüpft mir immer, gleitet aus meinem Kopf hinaus und wieder hinein wie der Mond, der mit den Wolken spielt ...«

Sie hielten inne, wie erstarrt in ihren grotesken Bewegungen. Die Stimme auf der Kassette war tot, ohne Emotionen.

»Ich möchte, daß es jemand begreift«, sagte die Stimme. *»Ich bitte nicht um Verzeihung. Ich verzeihe mir selber nicht. Aber ich hätte gern, daß es jemand versteht ...«*

»Mach aus«, flüsterte er.

Sie rührte sich nicht.

»Mach das verdammte Ding aus!« schrie er.

Sie sank aufs Bett, den Kopf in den Händen. »Ich kann nicht. Kannst du es?«

Er sah das schrecklich zugerichtete Wesen auf dem häßlichen schwarz-braunen Laken mit den scheußlichen Blutspritzern. Ihm fiel ein, wo er den staubigen schwarzen Glastisch mit der Sicherheitsnadel gesehen hatte. Er setzte sich neben sie aufs Bett. Er berührte sie nicht.

»Den ganzen Tag sah es nach Regen aus. Der Himmel war dunkel. Wenn es regnet, zieht sich die Wohnung um mich zusammen ...« Unerbittlich sprach die Stimme weiter ...

»... ich kann es mir nicht leisten, dauernd Schirme zu verlieren.«

Das Gerät rauschte weiter in die Stille hinein und hörte dann mit einem Klicken auf. Die Stille umschloß sie beide.

Kläglich sagte Bernie: »Ich bin Bulle, Anna.«

»Ich weiß«, sagte sie. »Ich glaube, ich habe es immer gewußt.«

»Anna . . .«

»Ich habe dir nie gesagt, daß ich Anna heiße.«

»Keiner außer uns hat die Kassette gehört. Keiner weiß es.«

»Dein Ausweis ist aus deinem Jackett gerutscht, als du es auf die Erde hast fallen lassen.«

»Ich kann dich nicht festnehmen.«

Sie sagte nichts.

»Er war ein Ekel. Ein Dreck. Er hat es verdient zu sterben.«

»Du bist Bulle, kein Richter.«

»Ich liebe dich«, sagte er.

»Deine Frau hast du auch einmal geliebt.«

Er schüttelte den Kopf. »Wir waren gesunde, schöne junge Tiere. Um zu lieben, wirklich zu lieben, muß man gelitten haben.«

»Du kennst mich nicht.«

»Ich kenne dich. Ich kenne dich besser, als ich Linda je gekannt habe. Es gibt Dinge, die weiß man einfach. Man fühlt sie.«

»Ich bin gesehen worden.«

»Nein. Niemand erinnert sich an etwas«, sagte er.

»Später vielleicht doch.«

Er stand auf und zeigte auf den Kassettenrecorder. Er faßte ihn nicht an. »Das ist der einzige Beweis.«

Sie ging langsam hin und machte ihn aus. Er klickte. Das Zimmer war schrecklich still. Sie drehte sich zu ihm. Er stand reglos da, die Arme hingen ihm herunter.

»Du könntest den ganzen Mist erfunden haben. Es gibt Leute, die das tun, weißt du. Du solltest die Geständnisse hören, die wir kriegen.«

Schweigend bewegte sie sich über den Teppich auf ihn zu. »Ich geh und leg etwas Make-up auf. Es dauert nicht lange.« Sie legte ihre Arme um ihn und hielt ihm ihren Mund entgegen. Er zögerte. Sie spürte, wie er zögerte. Sie ging weg. Er zog sie an sich und küßte sie wild, verzweifelt, klammerte sich an sie.

Erschüttert ließ er sie gehen. Sie lächelte ihn an, ihr altes wehmütiges Lächeln. »Danke«, sagte sie. Sie ging von ihm weg ins Badezimmer, machte die Tür zu und verschloß sie. Er hörte das Schloß klicken.

Da wußte er Bescheid. Als er das Schloß zuschnappen hörte, wußte er Bescheid. Er griff rasch zu seinem Jackett. Aus der Tasche war die Pistole verschwunden. Er rannte zur Badezimmertür und hämmerte dagegen. »Anna ...« schrie er. »Anna! Allegra! Nein ... Nein! Warte!«

Der Schuß donnerte ihm in den Ohren wie eine Kanone. Er hörte sich ihren Namen schreien, als er durch die Tür krachte.

Sie hatte sich in den Kopf geschossen.

Es schlug gegen die Wohnungstür. Jemand klingelte und haute gegen die Tür. Er wußte nicht, wie, aber er gelangte zur Tür und machte sie auf. Er war nicht überrascht, Feeley zu sehen.

»Alles in Ordnung, Inspektor?«

Er nickte.

»Was ist passiert?«

Bernie deutete auf das Schlafzimmer und ging hinter Feeley hinein. Während Feeley im Badezimmer war, zog Bernie schnell die Kassette aus dem Gerät und steckte sie in die Tasche.

Als Feeley herauskam, sah er blaß aus. »Jesus«, sagte er. »Wie ist sie an die Pistole gekommen?«

»Ich hatte sie aus dem Beinholster genommen und in die Jackettasche gesteckt. Sie hat sie rausgenommen.«

»Ist sie ... diejenige?«

»Welche?«

»Hat sie George Stone getötet?«

»Wie kommst du darauf, Feeley?«

»Der Schirm.« Er zeigte auf einen Schirmständer in der Badezimmerecke. Darin stand ein Schirm. Gelb. Aus Plastik. Bernie hatte ihn nicht einmal bemerkt.

»Was für ein Schirm, Feeley?« sagte er. Seine Stimme klang entfernt, als käme sie von ganz weit her. »Warum?«

»Inspektor?«

Warum hatte er sich die Kassette angehört? Warum hatte er sie nicht sofort zerstört? Warum war er nicht sofort zu ihr gegangen und hatte sie in die Arme genommen?

»Ist ganz bestimmt alles in Ordnung, Sir?«

»Ich bin Bulle«, sagte Bernie.

Feeley sah ihn an, sein Vorgesetzter stand da wie eine Statue. Dann sah er einen jungen, geschmeidigen Bernie aus einem Auto springen, die Pistole gezogen, schreiend, er zog das Feuer auf sich, das seinem unvorsichtigen Partner in den Rücken gegangen wäre. Noch einmal sah er ihn, sein Bein blutete, wie er in einem Hagel von Kugeln seinen verwundeten und bewußtlosen Partner aus einem belagerten Gebäude zog.

Er ging zurück ins Badezimmer und löste Annas Finger von Bernies Pistole. Er wischte sie mit seinem Taschentuch sauber, dann putzte er den Türgriff ab. Mit den Händen in seinen Handschuhen zog er Schubladen heraus und leerte sie auf den Fußboden und verstreute den Inhalt im Zimmer. Er fand Annas Handtasche und zog die Brieftasche heraus und entnahm die Scheine und verstreute den Rest auf den Boden. Dann nahm er Bernies Jackett und warf es ihm zu. Wie versteinert stand Bernie neben dem Bett. Das Jackett fiel auf den Boden. Feeley ging hin und hob es auf. »Zieh es an«, sagte er mit fester Stimme.

Bernie rührte sich nicht.

»Legst du Wert auf eine offizielle Untersuchung, Inspektor?«

»Ich habe sie zerstört.«

»Ich würde annehmen, jemand anders hat damit angefangen.«

Bernie wollte zum Badezimmer. Feeley stellte sich ihm in den Weg.

»Ein Bulle muß nur ein Bulle sein. Er muß kein Heiliger sein. Außerdem stehe ich in deiner Schuld.« Er legte Bernie das Jackett um die Schulter. »Gehen wir.«

Er drehte Bernie um und schob ihn zur Tür. Im Wohnzimmer hielt er an, um ein paar Kissen und Bücher auf den Boden zu werfen. Vorsichtig öffnete er mit Handschuhen die Wohnungstür und sah aufmerksam hinaus. Im Flur war niemand. Er schob seinen Arm unter Bernies Ellenbogen und drängte ihn hinaus und die Treppen hinunter und in Scanlons Auto und fuhr schnell weg.

Bernie sah starr hinaus, sah nichts. »Worin unterscheide ich mich von einem gewöhnlichen Kriminellen, Kevin?« sagte er tonlos.

»Überhaupt nicht. Du bist unvollkommen, wie sie. Wie wir alle. Ich hab mir immer gedacht, daß du das nicht wußtest.«

Bernie antwortete nicht.

»Sie haben den Mann, der Stevie getötet hat. Haben ihn erwischt, als er es wieder mit einem Jungen probieren wollte. Im Busbahnhof.« Einen Augenblick schwieg er. »Willst du reden, Bern?«

»Nein.«

Kevin nickte.

Abends allein in seinem Hotelzimmer weinte Bernie. Es war das erste Mal seit dem Tod seines Vaters, daß er weinte.

40. KAPITEL

Die Frühausgabe von *The New York Times* enthielt die kurze Story einer Frau in Queens, Anna Welles, die offenbar bei einem Wohnungseinbruch ermordet worden war. Die Polizei nahm an, daß sie zur Zeit des Einbruchs im Badezimmer gewesen war oder versucht hatte, durch das Fenster zu entkommen, weil die Tür eingeschlagen war. Mrs. Welles war in den Kopf geschossen worden. Aus ihrer Brieftasche war alles Bargeld verschwunden, und Schubladen und Regale waren durchwühlt worden. Anhaltspunkte über die Identität des oder der Verbrecher gab es nicht. Da es keine Anzeichen für ein gewaltsames Eindringen gab, nahm man an, daß die alleinlebende Frau den Gewalttäter selbst hineingelassen oder die Tür nicht verschlossen hatte. Die Polizei warnte die Bewohner der Gegend noch einmal davor, ihre Türen unverschlossen zu lassen und sie zu öffnen, ohne sich vorher zu vergewissern, wer draußen ist.

Die Spätausgabe enthielt die Story nicht. Sie hatte einer Story über einen versuchten Überfall auf ein älteres Paar vor einer Bank in Manhattan Platz gemacht.

MICKEY SPILLANE

Mickey Spillane
Ich, der Richter
Aus dem Amerikanischen
von Daisy Remus
220 Seiten
Rotbuch Krimi 1048

Mickey Spillane
Jackpot
Aus dem Amerikanischen
von Lisa Kuppler
262 Seiten
Rotbuch Krimi 1069

Mickey Spillane
Die Rache ist mein
Aus dem Amerikanischen
von Lisa Kuppler
256 Seiten
Rotbuch Krimi 1072

Mickey Spillane
Die Töchter der Nacht
Aus dem Amerikanischen
von Lisa Kuppler
297 Seiten
Rotbuch Krimi 1049

Mickey Spillane
Regen in der Nacht
Aus dem Amerikanischen
von Lisa Kuppler
220 Seiten
Rotbuch Krimi 1102

ROTBUCH VERLAG · HAMBURG